일본을 강하게 만든
문화코드 16

일본을 강하게 만든 문화코드 16

윤상인 · 박전열 외

나무와숲

타자를 바라보는 시선의 윤리

윤상인 _ 한양대 교수

1966년과 1968년 두 차례 일본을 단기간 여행하고 난 후 발간된 롤랑 바르트의 『기호의 제국』(1970)은 서구의 대표적 지성이 제출한 가장 우호적인 일본 문화론으로 일컬어진다. 실제로 이 책 곳곳에서 일본에 대해 정감어린 눈으로, 때로는 경이로운 눈으로 이국의 풍물을 바라보고 매료되는 바르트의 모습을 쉽사리 발견할 수 있다. 그러나 사실을 말하자면 바르트의 이 책은 타자에 대한 진지한 이해의 시점이 결여된, 철저히 자기중심적 사고의 산물이다.

하이쿠, 젓가락, 파친코, 스모, 선물포장, 분라쿠, 절하기, 일본 요리, 정원, 거리 풍경, 꽃꽂이, 다실茶室……. 그의 책 속에서 화려한 수사와 함께 만화경처럼 펼쳐지는 갖가지 일본적 풍물들은 사회적·문화적 의미로부터 완전히 일탈한 층위에서 오로지 글읽기의 열락으로 인도하는 매혹적인 기호들일 뿐이다. 바르트에게 있어서 일본은 의미가 지배하는 서구와는 정반대로 기호가 지배하는 '기호의 제국'이었고, 그런 점에서 일본은 해체주의적 기호학의 실천을 위한 유토피아였다. 상품 포장이나 덴푸라 등을 예로 들며 일본 문화는 의미보다는 형식을 중시한다는 바르트의 (전략적인) 규정은 그가 열거한 문화 기호들이 모두 '의미의 상실'에 다다르기 위해 존재한다는 더할 나위 없이 공허한 언설로 매듭지어진다. 이러한 문화 기호들로 구성된 일본이라는 텍스트는 '중심이 결여되고 의미가 상실된' '텅 빈 제국'이 되는 것이다.

어쩌면 당연한 귀결일지도 모르지만, 바르트의 더없이 호사스런 일본론에는 (실체로서의) '일본'이 없다. 전편을 종횡무진 누비는 사유의 현란함만이 있을 뿐이다. 『기호의 제국』은 해체주의적 방법론이라는 중심의 시각에서 변방의 불가사의한 타자를 관음증적 눈빛으로 구석구석 임의적으로 훑어 나간 기록이다. 바르트는 이 책의 서문에서 볼테르나 피에르 로티 같은 전 시대의 프랑스 지식인들이 일본 등 미지의 동양 문화에 대해 기지의 언어로 두 세계를 '구별'하고자 했던 서양의 '자기도취'를 비판하고 있음에도 불구하고, 그의 언설 역시 철저히 차이와 대립의 구조에서 비롯되고 있는 것은 자기중심주의라는 함정의 깊이를 여실히 보여준다.

바르트의 예는 타자에 대한 동경이나 우호의 감정이 곧바로 타자에 대한 공정하고 진지한 시선을 보장하는 것이 아니라는 사실을 일깨워준다. 결국 문제는 타자를 향한 시선의 윤리에 결집된다. 타자와의 만남이 자기 확인의 절차가 아닌 자기변혁의 계기를 이루는 것, 그것은 타자에 대한 시선의 진지함과 유연성에 의해서만 도달할 수 있는 경지임에 틀림없을 것이다.

영욕이 교차한 20세기를 마감하고 세기의 전환기에 접어든 오늘날 어느덧 우리 주변 곳곳에 일본이 넘친다. 번화가에는 일본 영화 간판이 걸려 있고, 길가 행상의 좌판에는 낯익은 일본 만화 캐릭터 인형이 쌓여 있는가 하면, 주택가 골목길에서도 도쿄의 웬만한 스시집보다 근사한 일식집 두세 군데는 쉽게 찾을 수 있게 되었다.

그러나 무엇보다도 괄목할 만한 변화는 일본에 관한 출판물의 증가다. 언제부터인가 일본에 대한 관찰의 기록이나 논평은 상업적 매력이 있는 출판 종목으로 자리잡았다. 이렇듯 일본 담론이 유례없는 풍요로움을 구가하고 있음에도 불구하고, 그 속에서 일본이라는 타자에 대한 인식은 극히 소수의 예외를 제외하고 여전히 우리에게 궁색하고 어설프다. 개인적 체험이나 단편적 에피소드만을 나열해 가며 일본인의 심성이나 사회 구조를 거침없이 재단하는 아슬아슬한 주정主情적 일본론이나, 일본어의 독특한 표현이나 일본 사회나 문화의 이질적인 부분을 필요 이상 확대하여 분리된 특수한 영역 속에 가두어 버리는 선정적 일본론 등은 모두 여전히 상업주의 보호의 그늘 속에서 건재하고 있다.

이러한 일본 담론에서 공통적으로 보이는 병폐는 사회적 변동에 대한 고려 없이 정형화된 일본에 대한 이해를 일본적 특질로 안이하게 규정한다는 점이다. '해석'의 폭력을 피하기 위해서라도 타자의 변하지 않는 것에 대한 관찰 못지않게, 변하는 것에 대한 세심한 배려가 필요함은 물론이다. 일례로 지난 30여 년간 대다수 한국인들에게 가와바타 야스나리를 읽는 일은 그 자체로 '일본' 문학 '입문'을 의미했다. 그러나 80~90년대를 거치면서 변모를 거듭해 온 일본 문학계에는 가와바타풍의 '일본적 서정의 미학'이나 사소설의 자기 고백이 자취를 감춘 지 오래되었다. 다시 말해서 대다수의 지난 세대 한국인 독자들이 알고 있는 '일본' 문학은 오늘날 존재하지 않는 것이다.

군살 박힌 일본 인식의 확대재생산에는 윤리적으로 이완된 일본 담론이 상당 부분 기여하고 있다. 그리고 이러한 처지에서 상업주의로부터 탈피한 품격 있는 일본 담론이 발붙이기 어려웠던 것이 사실이다.

또 한 가지, 일본과 일본 문화를 바라보는 시선을 흐리게 하는 것 중에 '중심의 사고'가 있다. 근대 이전 우리의 조상들은 중국이라는 중심을 축으로 파악된 세계 질서 속에서 소중화小中華 의식에 침윤되었고, 변방 일본을 야만적 타자로 치부해 왔다. 그리고 근대화 과정을 거치면서부터는 서양이 가치의 표준으로 등장하면서 우리는 언제부턴가 일찍이 서양이 그러해 왔듯이 '구별'의 시선으로 '특수한' 일본을 바라보는 데 익숙해졌다.

그런 의미에서, 이미 오래된 일이지만 국내의 어느 저명한 평론가가 루스 베네딕트의 『국화와 칼』을 원용하여 "미와 잔인함이 공존하는 세계" 운운하며 가와바타 소설의 심미적 특질을 설파했던 것만을 놓고 비판하는 것은 온당하지 않다. 그것보다는 우리의 일본 인식 속에는 서양이라는 중심의 거울에 표상된 일본의 면면이 이미 적지 않게 자리잡고 있다는 사실에 대한 씁쓰레한 자기 인식이 선행되어야 할 것이다.

걸핏하면 인구에 회자되곤 하는 "일본을 알아야 한다"는 구호는 어차피 공허한 메아리에 그칠 수밖에 없는 속성을 지닌다. 자국민과 자국 문화에 대한 포괄적·체계적 이해조차 결코 쉽지 않은 터에 과연 타자에 대해 '안다'는 경지는 과연 도달 가능한 것일까. 결국 우리는 일본의 꽃꽂이에 대해서, 또는 천황제에 대해서는 알 수 있다손 치더라도 '일본'은 영영 알지 못할지도 모른다. 우리가 알 수 있는 것은 일본에 대해 잘 모르고 있다는 사실뿐이다.

새로운 세기를 맞는 지금, 우리에게 요구되는 것은 일본이라는 타자에 대한 섣부른 규정이나 판단에 앞서 투명하게 바라볼 수 있는 시선의 윤리다. 저 건너편의 타자와의 차이를 즐기는 이분법적 사고는 무책임할 뿐이며, 때론 위험스럽기조차 하다. 미래의 올바른 좌표 설정을 위해서도 일본은 좀 더 가까이, 보다 진지하게 들여다보아야 할 타자다.

이 책에 수록된 16편의 글은 공교롭게도 바르트의 저작에서 언급된 일본 문화 목록과 유사하지만, 그 실질에서는 일본과 일본 문화에 대한 진지하고도 양심적인 진술로 채워져 있다. 그동안 전문 분야에 대한 식견을 갖춘 전문가에 의한 일본 담론이 드물었던 차에 이 책에서 차분하면서도 품격 있는 일본 문화 리포트를 세기의 전환기에 접하게 된 것은 진정 다행스런 일이다.

차례

Code 1

구도의 세계에 닿으려는 정신활동

박진열·중앙대 교수

―

다도

다도의 경지와 참선의 경지는 같다

사람들이 물을 마시는 이유는 단순히 목마름을 달래려는 생리적인 욕구만은 아니다. 사람이 즐기는 거개의 음식이 다 그렇듯이, 물을 마시는 것도 단순히 목을 축이는 데 그치지 않고 더욱 맛있는 음료를 추구하며, 그것을 즐기는 특별한 방법을 만들어 낸다는 것은 어느 정도 수준의 문화를 꽃피운 나라들의 습속에서 공통되게 볼 수 있다.

특히 일본 사람들이 차를 마시는 데 기울이는 관심과 그로 해서 빚어지는 문화적 격식들은 보는 이의 흥미를 불러일으키기에 충분할 만큼 독특하다. 일본인들은 차를 마심에 있어서 단지 그 맛을 음미하는 데 그치지 않고, 여러 사람이 모여서 차를 마시는 순서와 차를 대접하는 방식, 다도구의 제작 양식들을 일정하게 정하고 각 단계에 의미를 부여했다. 이처럼 다실을 꾸미고 다도구를 준비하여 차를 마시면서 이야기를 나누고 즐기는 전체 과정의 양식을 통틀어 다도茶道라 한다.

차노유茶の湯라고도 하는 다도는 크게 세 가지 요소로 이루어진다. 다실과 다도구 등의 물질적인 요소, 차를 마시는 방법에 관한 행위적인 요소, 다도에 관련된 미의식이라는 정신적인 요소 등이 그것이다. 즉 다도는 이런 요소들을 익히고 세련

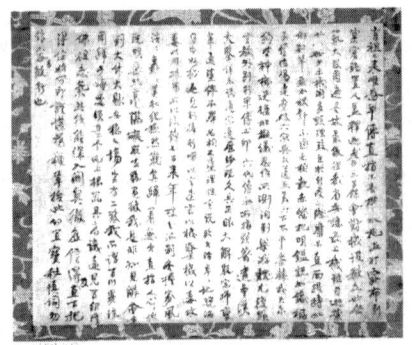

중세 이후 직업적으로 차를 다루는 이들에 의해 규칙이 정해지고 이를 즐기면서 다도가 시작되었다.

되게 가꾸어 가며 즐기는 일종의 정신적인 유희 활동이자 세련된 의례로 전승된 전통 예능의 한 가지이며, 그것에 온 마음을 다 써서 몰입하다 보니 구도의 정신에 닿게 되는 고도의 정신 활동인 것이다.

차의 고전적인 형태는 원래 중국과 한국, 일본이 서로 유사했다. 차는 약용으로도 마시고, 부처님에게 공양물로 올리기도 했으며, 참선하는 스님들의 정신을 맑게 하는 음료로도 쓰였다는 점은 삼국이 공통되었다. 그러나 중세 이후 일본에서는 직업적으로 차를 다루는 다케노 조(武野紹鷗, 1502~1555), 센노리큐(千利休, 1522~1592) 등의 다인茶人이 활동하고, 이들에 의해 차를 달여서 마시는 여러 가지 규칙이 정해지면서 이 규칙에 따라 차를 즐기는 일을 다도라고 이름 붙이게 되었다. 이후로 삼국의 다문화茶文化는 각기 크게 다른 길을 걷게 되었다.

직업적인 다인들에 의해서 차를 마시는 때와 장소, 그리고 차를 달이고 접대하는 절차가 일일이 정해졌을 뿐 아니라 불교의 선禪 정신과 불교 의식을 다도의 정신세계와 의식에 응용해서 다도를 통해 정신 수양을 꾀하고자 했다. 즉 다도를 통해서 선의 경지에 이를 수 있다고 생각했으며, 선의 경지란 다도의 경지와 같은 것이라고 생각하는 사상이 싹텄다. 다도를 수련해서 얻은 경지와 참선을 통해서 얻은 경지가 같은 것이라는 '다선일미茶禪一味' 사상이 성립된 것이다.

이와 더불어 다도의 엄격하고도 다양한 격식과 절차가 확립되었고, 이를 뒷받침하는 세련된 미의식이 갖추어져 다도는 일본 전통문화의 하나로 자리잡게 되었다.

다회를 여는 일곱 가지 방식

주인이 다실에 손님을 불러 차를 마시며 이야기를 나누는 일을 다회茶會라고 한다. 스승이나 제자 혹은 벗을 초대해서 다도를 즐길 수 있도록 다실과 다도구茶道具를 갖추어 놓고, 좋은 이야깃거리가 있다면 언제라도 다회를 열 수 있다.

다회는 개최 시기와 목적 등에 따라서 일곱 가지로 나뉘는데, 이를 다사칠식茶事七式이라고 한다.

① 정오에 모여 간단하게 식사를 곁들여 여는 다회는 '낮 다회'라 한다.

② 밤에 모여 이야기를 나누며 여는 '밤 다회'는 주로 겨울 밤에 열며, 이때는 긴 겨울의 정취를 이야깃거리로 삼는다.

③ 아침에 여는 '아침 다회'는 주로 여름날 아침에만 열며, 이른 아침에 느끼는 청량감을 이야깃거리로 삼는다.

④ '새벽 다회'는 새벽 4시경부터 동이 트는 풍경을 보면서 그 정취를 이야깃거리로 삼기 위해서 연다.

다회는 다실과 다도구를 갖추어 놓고 좋은 이야깃거리만 있다면 언제라도 좋다.

⑤ 다실에 신분이 높은 귀한 손님이 다녀간 직후에, 비록 그 손님과 함께 차를 마시지는 못했으나 그 손님과 같은 자리에 앉아서 그 손님이 쓰던 다도구로 차를 마시며 그분의 정취를 느껴보기 위해서 여는 다회를 '자취 다회'라고 한다. 귀한 손님의 자취를 음미하며 감상에 젖어 보는 데 의미가 있다.

⑥ 미리 알리지 않고 불쑥 찾아온 손님을 위하여 여는 다회를 '불시不時 다회'라고 한

다. 이 경우에는 정식 절차를 갖추지 못하며, 손님도 이를 탓하지 않는다.

⑦ 그해에 새로 딴 찻잎을 차 단지에 넣어 봉해 두었다가 11월에 손님을 모신 자리에서 개봉하고, 그 자리에서 찻잎을 갈아 차를 달여 대접하는 다회를 '개봉 다회'라고 한다. 손님이 보는 앞에서 개봉하는 일은 그 손님에게 소중한 것을 드린다는 정성의 표시가 된다.

다회를 여는 양식은 이상과 같이 일곱 가지가 있으나, 이밖에도 손님을 한 분만 모시고 여는 '독객獨客 다회', 손님이 식사를 하고 왔을 경우 다과만 내는 '식후食後 다회', 밤새 다실에 피워 둔 숯불의 타다 남은 불꽃을 감상하기 위해 아침에 손님을 모시고 여는 '잔불을 감상하는 다회' 등 그때그때 적절한 목적에 따라서 다회는 다채롭게 전개된다.

다실과 정원, 그리고 다회 풍경

다도의 구체적인 모습을 이해하기 위해서 낮에 여는 표준적인 '낮 다회'의 진행 순서를 살펴보자. 우선 다회를 주최하고 싶은 사람, 즉 다회의 주인은 초대할 손님들에게 초대 편지를 낸다. 출석 여부의 답장을 받으면 다회를 열 준비를 한다. 다회 당일에는 약속한 시간에 손님들이 다실 정원 입구 대기실에 모인다. 여기서 손님들은 한 사람씩 정객正客, 차객次客, 삼객三客, 사객四客, 말객末客 등으로 역할을 분담한다. 역할에 따라서 다실 내에서 차를 대접받는 순

다회에 초대된 손님들은 바깥 정원에서 손을 씻고 안쪽 정원을 거쳐 비로소 다실에 들어선다.

서와 앉는 자리가 정해진다.

손님들은 외로지外露地라고 하는 바깥 정원의 굽은 길을 걸어 들어가서 준비된 걸상에 앉아 기다린다. 주인이 맑은 물 담은 통을 들고 나와 손 씻는 물그릇에 물을 채워 놓고 들어간다. 손님들은 일어나서 차례로 손을 씻는다. 그후 주인은 안쪽 정원인 내로지內露地로 들어가는 문을 열고 손님들을 맞이하며 인사를 나눈다. 다회가 열리는 다실의 안쪽 정원은 나무를 심고 굽은 길을 만들어 그윽한 느낌을 주도록 한다.

다실은 소박한 맛을 풍기도록 꾸미는데, 보통 초가로 지붕을 만들고, 벽에는 흙을 발라 자연스럽게 한다. 주인은 안쪽에 있는 출입구를 통해 먼저 다실에 들어가서 손님들이 들어오기를 기다린다.

손님들은 니지리구치躪口라는 작은 문을 통해 몸을 움츠리고 고개를 낮추어 기어들어가듯이 다실로 들어간다. 이 문은 몸을 구부려야 들어갈 수 있도록 작게 만드는데, 그 크기는 가로 약 60센티미터, 세로 약 60센티미터다. 문을 이렇게 작게 만드는 데는 까닭이 있다. 다실에 들어가면 누구나 다 속세 신분의 귀천을 떠나 대등한 자격으로 만나야 한다는 상징적 의미로 문을 작게 만든 것이다. 다실에서는 빈부귀천을 따지지 않으며 인간 본래의 겸손한 자세로 돌아가서, 모두가 평등한 관계에서 다회를 진행해야 한다는 의도가 나타나 있다.

다실 안에 들어와 앉은 손님과 주인이 인사를 나눈 뒤, 손님들은 차례대로 정해진 자리에 앉는다. 주

다실 입구는 고개를 낮추어야 들어갈 수 있다. 이는 신분을 떠나 대등한 자격으로 만나야 한다는 상징이다.

인이 먼저 이로리ﯛﻟﻪ라는 실내용 화덕에 숯불을 피우면 손님들은 숯불이 피는 모습을 감상한다. 주인은 향을 피워 정취를 돋운다. 이어 준비해 두었던 회석요리懷石料理를 내어 손님들을 대접한다.

본격적으로 차를 마시기 전에 허기를 달랠 요량으로 간단한 식사를 내는데 이를 '회석요리'라 한다.

회석이란 원래 불교에서 나온 말이다. 선방禪房에서 수양하는 젊은 승려들이 긴긴 겨울 밤의 공복에 시달릴 때, 이를 이기지 못해 돌을 따뜻하게 데워서 품속에 넣고 허기를 잊으려 했다는 고사에서 유래한다. 회석요리는 잔칫상의 잘 차린 풍성한 요리와 달리, 일시적으로 허기를 달랠 정도 분량의 간단한 식사로 밥 한 주먹, 반찬 한두 가지, 국 한 그릇으로 차린 조촐한 상차림을 말한다. 회석요리를 먹을 때는 술을 곁들이게 되는데, 술은 취하지 않을 정도로 조금만 마신다. 회석요리를 다 먹은 후에 주인은 다과를 낸다. 손님들은 다과를 다 먹은 후에 일단 정원으로 나간다. 중간 휴식을 위한 것이다.

손님들이 나가서 쉬는 사이에 주인은 다실에 걸어두었던 족자를 떼어내고 그 자리에 꽃을 장식하고 차를 준비한다. 준비가 끝나면 주인은 걸어두었던 징을 쳐서 손님들에게 들어올 시간이 되었음을 알린다. 손님들은 다시 손을 씻고 차례대로 다실로 들어와 자리에 앉는다. 주인은 먼저 맛이 진한 차인 농차濃茶를 낸다. 이로리에 새로 숯을 얹어 숯불을 다시 일구고 다과를 낸 뒤, 이번에는 맛이 엷은 차인 박차薄茶를 낸다. 이 동안에 손님과 주인은 여러 가지 이야기도 나누고 시도 짓고 주인의 다도구나 다실에 대한 감상도 이야기하며 다회를 즐긴다.

다도의 격식에 따라 차를 마시기 위해서는 여러 가지 다도구가 필요하

다실은 차를 마시는 공간이자 예술 감상을 위한 공간이기도 하다. 따라서 다실에는 반드시 족자를 걸거나 꽃꽂이를 장식한다.

다. 대표적인 다도구로는 물을 담아 두는 항아리, 찻물을 끓이기 위한 화덕이나 이로리가 필요하고, 물을 끓이는 가마, 가루차를 담아 두는 찻단지, 가루차를 떠내는 찻숟가락, 차를 적시는 찻솔, 찻잔 등이 있다. 그림을 그리거나 글씨를 써서 다실에 걸어두는 족자나 꽃병도 다도구의 일종이다. 다도구는 형태적인 면에서 실용성을 지니고 있음은 물론, 다실의 분위기와 어울리는 아름다움을 갖추도록 고안된다.

보통 다회를 한 차례 진행하는 데 걸리는 시간은 네 시간 이내로 하며, 그 이상 길어지지 않도록 한다. 손님의 수는 다섯 명 이내를 원칙으로 한다. 다섯 명 이상 되면 이야깃거리가 분산되거나 손님들이 편을 갈라 이야기를 나누게 될 염려가 있기 때문이다.

또한 다회에서 무엇을 이야깃거리로 삼는가는 매우 중요한 문제가 된다. 다도 창시자의 한 사람인 다케노 조가 교훈하기를 "다실에 들어오면 세속적인 잡담은 금한다"고 했다. 다실에서는 금전에 관한 이야기, 남녀관계 이야기, 정치에 관한 이야기 등은 금기 사항이다. 시나 차에 대한 이야기를 이상적인 이야깃거리로 삼으며, 다실을 통해서 풍류를 즐겨야 한다고 했다.

다실에는 반드시 족자를 걸거나 꽃꽂이를 장식해 둔다. 다실은 차를 마시는 공간이자 예술 감상을 위한 공간으로서의 의미를 갖기 때문이다. 도회지 한가운데 있는 다실의 경우, 다실을 나서면 곧 사람들의 왕래가 빈번한 거리라고 해도 다실 안에서는 깊은 산중에 있는 것과 같은 마음가짐이 들도록 준비를 해야 한다. 이를 일컬어 다실의 공간은 시중에 있는 산거山居와 같은 곳이어야 한다고 말한다. 다실은 일상생활과 예술 세계를 연결짓는 완충지대 역할을 한다. 다실에 들어감으로써 번잡한 일상생활로부터 단절되어, 정신적으로 해방된 예술 세계를 실현하게 되는 것이다.

다실에서 주인과 손님 또는 손님과 손님의 만남은 매우 소중한 만남으로 여겨야 한다는 정신을 일기일회一期一會라 한다. 가령 아무리 여러 번 똑같은 주객이 자리를 함게 한다 해도, 오늘과 같은 자리는 두번 다시 반복되지 않는다. 이전에 만났던 적이 있는 사람이라 해도 지금의 나는 그때의 내가 아니며, 그때의 당신이 이미 아니다. 다음에 다시 만날 수 있다 해도, 그때의 나와 당신은 지금과 같지 아니하다. 이를 생각하면 만남은 내 일생에 단 한 번뿐인 소중한 만남이 된다. 그러기에 주인은 만사에 신경을 써서 조금이라도 소홀함이 없도록 정성을 다해야 하며, 손님 또한 이 자리가 두번 다시 없는 소중한 자리라는 것을 잘 알아서 주인이 객의 취향 등 여러모로 어느 것 하나 빠뜨리지 않고 다회를 진행하여 준 것에 대해 진심으로 감사하며, 진실한 마음으로 교제해야 한다. 이것을 일기일회라고 한다. 장난삼아 차 한 잔을 나누는 일이 있어서는 안 된다는 말이다.

여름에는 시원하게, 겨울에는 따뜻하게

센노리큐는 당시에 여러 가지 형태로 전해지던 차 마시기 풍습을 다듬고 체계화해서 다도의 경지를 개척했기에 다성茶聖이라고 일컬어진다. 그는 오사카 남부의 상업도시사카이의 상인 집안 출신으로, 다케노 조에게 차에 대한 격식을 배워, 소박하고 차분한 멋을 이상으로 하는 와비차(佗茶)의 경지를 구현하고 이를 격식화했다. 도요토미 히데요시의 측근이 되어 다회의 집행을 담당하는 한편, 궁중의 다회 집행을 담당하기도 했다.

그의 다도에 관한 견해는 제자들이 기록한 『남방록(南方錄)』에 잘 정리되어 있다. 이 책은 다도의 고전으로 널리 애독되고 있으며, 이를 통해 다도의 정신세계와 미의식을 살펴볼 수 있다.

이 책의 서두에 실려 있는 다음과 같은 일화에는 다도의 정의와 마음가짐이 잘 나타나 있다.

어느 날 센노리큐의 제자가 스승에게 다회를 열 때 주의해야 할 점과 스승이 여는 다회의 비결을 묻자, 센노리큐는 이렇게 대답했다.

"다회를 여는 데 특별히 주의해야 할 점은 없다네. 그저 차를 마시는 자리는 여름에는 서늘하게, 겨울에는 따뜻하게 해야 좋다는 정도지. 또 숯불의 세기는 물이 끓을 정도면 좋고, 찻물은 마시기 좋을 정도로 따뜻하면 좋다네."

무언가 충격적인 말씀을 기대했던 제자는 너무나도 평범한 대답에 놀라서 볼멘소리를 했다.

"그 정도라면 누구나 다 알고 있는 말입니다."

이에 스승은 다시 부탁했다.

"자네 말이 옳아. 그러나 그런 다회를 진행하기는 정말로 어려운 일이야. 자네가 내게 그런 자리를 마련해 주게. 나야말로 진정 그런 다회에 참석해 보고 싶네."

좋은 다회란 느낌에 거스름이 없는 지극히 자연스러운 공간을 갖추고 평온한 마음으로 차를 나눌 수 있도록 해야 한다는 것이다. 이와 같은 다

도의 기본적인 마음가짐은 누구나 다 알
수 있는 평범한 일 같지만, 정작 이를 실
천하기는 쉽지 않다는 뜻이다.

다실에는 찻물을 끓이기 위해 불을
피우는데, 계절에 맞추어 붙박이식 화덕
인 이로리와 이동식 풍로를 구별해서 쓴
다. 이로리는 찻물을 끓일 뿐 아니라 난
방 역할을 겸하기 때문에 겨울에만 쓰
고, 풍로는 이로리와 달리 가마 위에만
열을 집중시킬 수 있어 방 안 전체를 덥

일상의 실용성과 아름다움이 자연스레 연장되는 곳이 바로
다도의 이상세계다.

게 하지는 않기 때문에 여름에만 써야 한다는 것이다. 이는 계절적 분위
기에 맞추어 다도구를 구분해서 써야 함을 말한다. 너무나도 당연한 일
상생활적 실용성과 아름다움이 자연스럽게 연장되는 곳에 다도의 이상
세계가 있다는 것이다.

이 이야기는 오늘날 널리 알려져 있는 일본 다도의 기본 정신인 '사
규'의 모태가 되는 귀중한 사항이기도 하다.

사규란 네 가지의 규規, 즉 지켜야 할 네 가지 규율을 말한다. 선종禪宗에
서는 승려들의 생활 양식은 '화경청적和敬淸寂'을 기본으로 해야 한다고 말
한다. 센노리큐는 바람직한 다실의 분위기, 즉 다도를 하고자 하는 사람
들이 지녀야 할 마음가짐 역시 이 네 가지가 기본이 되어야 한다고 했다.

① '화和'란 서로 사이좋게 지내며, 나아가 불심에 의해 서로가 하나
로 잘 어우러지는 상태를 말한다. 다실에 모인 주인과 손님은 각기 개성
을 발휘하는 독립 · 독보적인 존재이면서도 모두 함께 불성佛性으로 돌
아감으로써 서로 하나가 되는 상태가 곧 화다. 즉 각자는 개성을 지닌

사람임과 동시에 모두가 공통적으로 불심을 지니고 있음으로써 불이일 여不二一如하는 상태가 곧 화의 정신이라는 것이다.

② '경敬'이란 종이 주인을 섬기듯이 일방적으로 윗사람을 섬기라는 말이 아니다. 주인이나 손님 모두 불성을 공유하는 존엄한 인격체임을 서로 인정할 때 저절로 우러나오는 상호 존중의 마음가짐을 말한다. 늘 서로 합장하는 자세로, 서로 공경하는 마음으로 다도에 임하는 정신을 말한다.

③ '청淸'은 감각적·물질적인 청정무구淸淨無垢의 상태를 기본으로 한다. 늘 마음을 깨끗하게 하고 욕심을 떨쳐 버린 마음을 지님으로써, 참된 자유로움을 얻어 청정무구한 가운데서 살아갈 수 있는 경지를 말한다. 이 청은 정신세계의 청정을 말할 뿐 아니라 다실과 다도구를 청결하게 다루는 일과도 통하는 정신이다.

④ '적寂'은 조용한 상태, 즉 다실에서는 정적을 유지하라는 의미이지만, 다도에서는 공간적인 정적만을 의미하는 것이 아니라, 주위에 의해 동요되지 않는 마음의 정적, 적연부동寂然不動의 심경을 말한다. 이는 나아가 불교적인 원적圓寂, 즉 열반涅槃 혹은 '대조화를 이루어 평온한 세계'를 가리킨다.

이와 같은 다도의 사규, 즉 '화경청적'은 다실에 주객이 모여 진행하는 다회를 통해서 구현되는 다도의 이상적인 정신세계를 의미한다.

'와비'라는 미의식

다인들은 사규가 구현되는 다회의 공간이 보다 흥미롭고 진지한 자리가 되도록 격조 있는 미의식을 추구했다. 그 예로

'와비ゎび・侘의 아름다움'을 들 수 있다. 와비란 한적한 가운데 느끼는 정취, 소박하고 차분한 멋, 혹은 한거閑居하는 상태를 아름답다고 여기는 미적 감각을 가리키는 말이다.

중세 무로마치室町 시대는 전통적인 미의식을 부정하며, 새로운 미의식을 추구한 시대이기도 했다. 값비싼 것이나 외면적으로 풍성하고 화려한 것보다는 정신세계를 충실하게 하는 일에 더 큰 가치를 두는 새로운 미의식이 존중되었다. 이런 미의식은 싸늘한 것, 시든 것, 절제된 것에서 아름다움을 찾으려는 미의식, 즉 유현미幽玄美를 중시하는 경향으로 나타났다. 따라서 한적하고 차분한 것, 호화로운 것보다는 흠이 있어서 세인들의 관심에서 밀려난 것, 버려진 것, 쇠퇴한 것, 불완전한 것 가운데서 느낄 수 있는 미를 적극적으로 존중하기에 이르렀다.

이러한 미의식을 와비라 한다. 부유한 귀족들이 많은 돈을 들여 호사를 자랑하며 물질적인 향락을 추구하는 것과는 대조적인 와비 정신이 문인이나 다인들 사이에 뿌리를 내리게 된 것도 이때다. 당시의 다인들은 한적한 곳에 소박하고 자그마한 초가지붕의 다실을 짓고, 그 가운데서 와비의 아름다움이 깃들여 있는 다도구를 쓰는 다회를 이상적인 다회로 여겼다.

화려하고 값비싼 다도구보다는 와비의 아름다움을 느낄 수 있는 불완전미를 지니고 있는 다도구를 더욱 소중하게 여기던 이 시기의 미의식은 다음 일화에 잘 나타나 있다.

유명한 다인 다케노 조와 그의 제자 센노리큐, 이 사제지간에는 미의식이 서로 통하는 바가 있었다. 어느 날 다케노 조와 센노리큐가 다른 친구들과 함께 소노宗能의 집에서 열리는 다회에 초대받아 가는 길이었다. 일행이 길을 가던 중 다케노 조가 길가의 한 가게에 진열되어 있는 꽃병을 발견했다. 그러나 다른 사람들과 함께 가는 길이었기 때문에 아무 내색도 하지 않고 가게 앞을 지나쳤다. 그는 내일 저 꽃병을 사서 그 꽃병에 어울리는 꽃꽂이를 해두고 친구들을 불러 다회를 열어야겠다고 생각했다.

그러나 다음날 아침 다케노 조가 그 꽃병을 사려고 갔을 때는 이미 팔리고 없었다. 아쉽게 생각하고 있던 중 센노리큐로부터 다케노 조를 초대한다는 초대장이 왔다. 어제 소노의 집에서 열었던 다회에 참석했던 손님들도 모두 초대했다고 적혀 있었다. 게다가 어제 함께 가던 길가의 가게에 마음에 드는 꽃병이 있어 사가지고 왔으며, 꽃병에 꽃꽂이를 하여 보여 드리고 싶다는 말이 덧붙여져 있었다.

다케노 조는 어제 자기가 보아두었던 바로 그 꽃병을 센노리큐가 구입했으리라는 것을 알고 "내가 한 발 늦어 그만 놓쳐 버리고 말았군. 그 꽃병이 결국 센노리큐의 손에 들어갔구나" 하며 아쉬운 마음으로 다실로 갔다.

다실의 작은 문을 열고 안을 들여다보던 다케노 조는 깜짝 놀랐다. 한동안 멍하게 그대로 서 있다가 정신을 가다듬고 나서야 다실로 들어갔다. 이 모습을 본 다른 손님들이 의아해했다.

그 꽃병에는 흰 동백꽃이 꽂혀 있었다. 꽃병에는 한쪽에만 손잡이처럼 만들어 붙인 장식용 귀가 달려 있었다. 다회가 시작되고 센노리큐가 나와서 손님들에게 인사를 했을 때, 다케노 조가 말했다.

"어제 내가 보아두었던 바로 그 꽃병을 센노리큐가 사온 것은 이해할 수 있는 일이다. 그러나 센노리큐가 꽃병의 두 귀 가운데 한쪽 귀를 떼어내고, 한쪽 귀만 남겨서 쓴 것은 정말로 신묘하고 불가사의하다. 실은 나도 어제 그 꽃병을 처음 보았을 때, 매우 마음에 드는 꽃병이라고 생각했다. 나는 두 귀가 붙어 있는 그 꽃병을 사다가 한쪽 귀를 떼어내 버리고 쓰려고 마음먹었다. 좌우에 귀가 붙어 있는 꽃병의 모양은 너무 완벽하게 대칭을 갖추고 있었기 때문에 균형이 잘 잡히고 완전했다. 그러나 균형이 너무 잘 잡혀 완전하기 때문에 여유가 없어

자연스럽고 소박하며 불완전한 것에서 느끼는 미의식을 와비라 하고, 이를 구현하려는 다도를 '와비차' 라 한다.

보이고 아름다움이 덜하다. 오히려 한쪽 귀를 떼어내 균형이 깨져 불완전한 상태가 되면 더욱 아름답게 느껴질 것이다.

오늘 이 다회에서 센노리큐가 꽃병을 사온 그대로 쓰고 있으면, 내가 한쪽 귀를 떼어 주려고 마음먹고 있었다. 센노리큐에게 불완전함이 더 아름답다는 이야기를 한 뒤에 한쪽 귀에 손을 대면 싱거워질 테니까, 틈을 보아 내 마음대로 꽃병의 한쪽 귀를 떼어내려고 했다. 그래서 이렇게 망치까지 준비해 가지고 왔다."

다케노 조는 품고 왔던 망치를 꺼내 놓으면서 말을 이었다.

"그런데 내가 망치를 써보지도 못한 채 센노리큐에게 그 기선機先을 빼앗겨 버리고 말았구나."

이 일화는 다인들 사이에 형성되어 있던 미의식을 잘 설명해 주고 있다. 이와 같이 다실과 다도구가 자연스럽고 소박하며 비대칭적이고 불완전한 가운데서 느낄 수 있는 미의식을 '와비'라 하며, 이런 정신을 구현하려는 다도를 '와비차わび茶'라 한다. 이 와비는 다도의 세계뿐 아니라 문학의 세계에서도 중요한 미의식의 하나로 계승되고 있다.

선종과 함께 전래된 다도의 역사

중국 당나라에서 유행하던 다문화는 견당사遣唐使들에 의해 나라 시대부터 일본에 전파되었다. 815년 승려 에이추永忠가 천황에게 차를 바쳤다는 기록이 일본에서 가장 오래된 차에 대한 기록이다. 당시 중국 문화를 동경하던 헤이안 시대 일본의 지식인들 사이에서는 중국식 차가 한동안 유행했으나, 중국식 차를 마시는 풍습은 이내 시들해져 버리고 말았다.

그후 가마쿠라 시대 초기에 승려 에이사이榮西가 1168년과 1169년 두 차례에 걸쳐 중국에 가서 선종禪宗과 함께 중국의 새로운 다문화를 수입했다. 가마쿠라 시대의 승려 에이사이가 전한 차 마시는 풍습은 선종의 사찰은 물론 무가 사회와 서민들 사이에도 널리 보급되었다. 에이사이는 1211년에 차가 지닌 약용 효능을 강조하는 내용의 『끽다양생기喫茶養生記』를 저술했는데, 이 다서茶書는 일본의 다도 형성에 많은 영향을 끼쳤다. "차는 사람을 양생養生하는 선약仙藥이며, 장수하도록 하는 묘술妙術이다"라는 서문으로 시작하는 이 책은 차의 생리학적 효능을 논한 실용적인 다서로 다도의 보급에 박차를 가하는 역할을 하며 널리 유포되었다.

차가 널리 보급되자 차의 약용 효능보다 기호품으로서의 의미가 크게 강조되었다. 14세기 초에는 귀족들 사이에서 차의 맛과 색깔을 보고 차의 생산지 이름을 알아맞히는 놀이가 유행했다. 이런 내기를 투차鬪茶라 했는데, 호사가들이 차를 즐기는 방식으로 여러 가지 투차 방법이 고안되었다.

남북조 전란 시대에 활약하던 신흥 귀족들은 투차를 즐기는 한편, 중국에서 들여온 미술품이나 공예품 등을 자신의 서재인 서원書院에 장식해 두고 손님을 불러 함께 감상하며 즐기고자 했다. 이런 호화롭게 장식한 서원에서 멋쟁이 귀족들은 차에 조예가 깊은 사람들을 불러모아 컬렉션을 자랑하며 차도 마시고 풍류를 즐겼다.

한편 15세기 후반이 되자 새로운 다도 풍조가 일어났다. 당시 귀족들 사이에서 유행하던 선禪 사상을 바탕으로 해서 소박하고 적막한 것 가운데서 아름다움을 찾으려는 무일물無一物의 정신을 다도에서 구현하고자 한 것이다. 당시까지의 찻자리는 호화롭고 값비싼 다도구를 자랑이라도 하려는 듯 많이 늘어놓아야 좋다고 여겼다. 그러나 이와 반대로 다실과 다도구는 호사스럽지 않고 소박해야 한다는 미의식이 확산되었다. 중국에서 수입한 현란한 모양의 다도구보다는 차분한 느낌을 주는 일본제 다도구 가운데서 다도의 미를 찾으려고 했다. 이는 미의식의 일대 전환이며, 이후 일본 다도의 기본 정신이 되었다. 이런 정신은 흙벽이 그대로 보이게 짓는 소박한 초가지붕 다실, 나무나 대나무를 깎아 만든 소박하며 실용적인 다도구로 표현된다.

이 무렵에 활동한 센노리큐는 다도를 완성된 경지로 끌어올린 인물이었다. 그는 다도구를 선택할 때 값비싼 명품만을 주장하지도 않았고, 값싸고 거친 것이 좋다고 주장하지도 않았다. 그는 기존의 미의식에 개의치 않고 새로운 미, 즉 와비의 발견에 힘을 기울였다. 또한 아름다움과 실용성의 척도로 '진행초眞行草'라는 3단계를 설정해 미의식의 세계를 구체적인 모습으로 형상화하고자 했다.

센노리큐는 오다 노부나가織田信長와 도요토미 히데요시豊臣秀吉 등 권력자의

일본의 다도는 흙벽이 보이는 초가와 소박하면서도 실용적인 다도구로 표현된다.

측근에서 다도를 관리하는 책임을 맡는 다두茶頭가 되었고, 그는 최고 권력자의 의례적인 다도 진행을 담당하게 되면서 차 다리기의 의례적인 측면, 다회의 진행 순서, 회석요리 등을 양식화해 다도를 확립했다. 그의 다도는 일본 특유의 예능 계승 체계인 이에모토家元 제도에 의해서 계승되었는데, 센노리큐의 세 명의 손자와 제자들은 새로운 유파를 형성·발전시키면서 왕실이나 귀족은 물론 신흥 도시민들에게도 다도를 널리 보급했다.

메이지유신 이후 서양 문화를 중시하는 사회적 분위기 때문에, 다도는 한동안 쇠퇴기에 놓이기도 했다. 그러나 유명 정치인이나 경제인 사이에 복고적인 미술품 수집 붐과 함께 일본의 전통문화인 다도에 대한 재인식이 이루어지면서 다도가 다시 부흥하게 됐다. 그들의 맹렬한 미술품 수집열은 다도구에 대한 인식을 심화시킨 동시에 다실을 미술작품 감상의 공간으로 인식하는 새로운 미의식을 싹트게도 했다.

근대 지식인들 사이에서도 다도를 새로운 관점에서 파악하고자 하는 경향이 나타났는데, 특히 근대 미술운동의 지도자인 오카쿠라 덴신岡倉天心의 명저 『차의 책茶の本』은 근대의 다도 이론을 정리한 입문서로 널리 읽혀, 다도가 대중적인 기반을 얻는 데 결정적인 역할을 했다. 1929년에 간행된 이 책은 보스턴 미술관의 동양부 고문으로 있던 저자가 일본 문화를 소개하기 위해 *The Book of Tea*라는 제목으로 발표하기도 했다. 다도, 와비차의 미의식, 다도구, 역사, 다실, 다실의 꽃꽂이 등에 대해 도교道教 사상을 배경으로 독특한 견해를 전개한 이 책은 일본의 명저의 하나로 꼽힌다.

이와 동시에 다도의 대중화가 이루어졌다. 특히 다도는 근대 여성의 필수적인 교양 예법으로 자리잡게 되면서, 여자고등학교를 중심으로 다의과茶儀科가 개설되어 학교 교육과정에서 다도를 지도하게 되었다.

오늘날 다도의 각 유파는 정통의 수장眥長인 이에모토를 정점으로 수백만 명의 문하생을 거느리고 일본 국내외에서 활발하게 활동하고 있다. 그 대표적인 예로 무샤노코지센케武者小路千家, 오모테센케表千家, 우라센케裏千家 등의 종가宗家를 비롯해서 야부노치류藪內流, 엔슈류遠州流, 세키슈류石州流 등의 유파가 있다.

이와 같은 이에모토 제도는 다도뿐 아니라 일본의 다른 예능 장르에도 있다. 유파의 이에모토는 문하생에게 예능을 전수하며, 문하생은 이에모토의 권위를 존중하고 제자로서의 의무를 서약해야 한다. 다도의 이에모토는 각 등급의 다도를 전수받은 제자에게 사범師範의 면허 발행권과 교수권을 수여한다. 즉 이에모토는 상급 제자들에게 단계별로 면허를 내주고, 제자는 면허에 따라 그보다 하급의 제자를 모아 교수할 권한을 부여받는다.

다도는 꽃꽂이, 즉 이케바나生け花·花道와 함께 일본인들의 생활 예술로서 실용적인 위치를 차지하고 있다. 또 전통적인 일본인의 생활 문화로서 가치를 높이 평가받고 있는 한편, 일본 정신문화의 특질을 잘 드러내는 문화 요소의 한 가지라고 할 수 있다.

Code 2

작은 체구를 위한 겹쳐입기의 미학

염혜정·전북대 교수

一

기모노

대륙의 영향에서 벗어나 독특하고 다양한 미 형성

기모노着物란 '입
다'를 의미하는 '기루着る'와 '모노物'가 합성되어 생긴 말이다. 즉 인간
이 몸에 걸쳐 입는 것은 모두 기모노인 셈이다. 그러나 일본 사람들은
과거 조상들이 예로부터 입어 온 의복에 한해서만 기모노라 부르며, 서
양 의복인 양복과 구별을 한다.

오늘날 일본 사람들이 입는 현대의 의복, 즉 양복은 근대화와 서구화
를 내걸었던 메이지 시대 전반기에 국가 정책에서 나온 소산이다. 그후
서양화가 강력히 진행되면서 당시 일본인들은 자신들의 의복인 기모노
를 '양洋'과 반대되는 '화和'란 말을 붙여 와후쿠和服라 부르고 양복과 구
별하였다.

이는 단지 의복에만 국한된 것이 아니라 와쇼쿠和食, 와시쯔和室, 와시
和紙 등 일본 전통에서 비롯된 스타일의 것에는 와和란 말을 붙여 사용했
다. 그리고 다종다양한 감각과 형태의 상품들이 즐비하게 늘어선 오늘
날에도 특유의 색상·문양·재질 등을 특징으로 한 화和의 세계는 지긋
한 나이의 소비자뿐 아니라 젊은층, 하물며 외국인들에게까지도 특별한
관심을 갖게 한다.

외형적으로 볼 때 기모노는 앞에서 여미고 허리에 띠, 즉 오비帶를 둘
러서 입는 원피스 형식의 의복으로, 양복과 같이 단추 등을 사용하지 않
으며 인체의 곡선을 무시한 채 직선으로 재단된 형태다. 대학에서 복식
디자인을 강의하면서 학생들이 일본의 기모노에 관해 갖고 있는 이미지

를 직접 들어 보면 게이샤藝者, 가부키歌舞伎, 스모相撲 등과 같은 특정 이미지에 국한되어 있음을 느끼게 된다. 그것은 우리가 TV나 영화, 책 등을 통해 접하는 일반 이미지와 별 다름이 없을 것이다.

그러나 기모노는 그 정형화된 외형에도 불구하고 목적과 용도에 따라 색·소재·무늬 등에 차이가 있으며 그 종류와 명칭 또한 다양하다. 그리고 그 역사를 보면 비록 초기에는 우리나라를 통해 대륙으로부터 영향을 받았다 하더라도 곧 화려한 왕조 복식으로부터 수수하고 은근한 서민 문화에까지 이르는 독특하고 다양한 미를 형성해 왔다.

지금으로부터 10여 년 전 기모노의 개념을 양복에 도입해서 성공을 거둔 일본 디자이너들이 표현한 것은 다름 아닌 칙칙한 색에 허름하고 너덜너덜한 형태로, 군데군데 누더기를 기워 대거나 낡아 구멍이 나기도 한 모습이었다. 당시 매스컴은 이 괴상한 의복을 보고 2차 세계대전 당시 원자폭탄을 맞은 모습과 같다고 빈정댔지만 곧 가난과 결핍을 승화시킨 새로운 미학으로서 현대 패션의 한 장르를 형성하기에 이르렀다.

여기까지를 총괄해 보면 우리가 기모노에 관해 갖고 있던 기존 개념은 극히 편협한 것이었음을 알게 된다. 그렇다면 기모노는 언제 생긴 것이며, 현재의 일본인들이 입는 기모노에는 어떠한 종류가 있을까? 그것은 어떠한 목적과 용도를 갖고 있으며 특징은 무엇인가? 궁금증은 무궁무진하다. 따라서 이 글에서는 와후쿠 중에서도 편의상 가장 일반적인 긴 길이의 원피스 형태를 기모노라 칭하고, 이에 초점을 맞추어 그 궁금증들을 풀어 나가기로 한다.

현재 일본의 기모노는 우리 한복과 마찬가지로 왼쪽 자락을 위로 오게 하여 오른쪽으로 여미는 '우임' 형식이다. 이는 동양 철학에 바탕을 둔 중국 고대부터의 여밈 방식으로, 이에 비해 유라시아 대륙의 기마민

벽화에 나타난 7세기 말의 궁정 여자 복식. 수·당과의 교류가 활발해지면서 이때의 복식에는 중국의 영향이 강하게 나타난다.

족은 '좌임' 복식을 널리 입었다.

그런데 일본의 복식사를 보면 좌임이 일반적이었던 시기가 있었다. 당시 고분 벽화나 그곳에서 출토된 하니와埴輪, 즉 토우土偶를 통해 본 복식을 보면 여성은 저고리에 치마, 남성은 저고리에 바지로 우리나라 삼국 시대 복식과 크게 다르지 않다. 남녀 모두 상하 분리된 투피스 형식의 의복을 입고 있어 언뜻 서양 옷과 비슷하다는 느낌을 주는데, 차이가 있다면 단추가 아니라 끈을 사용하여 좌임으로 여민 것이라 할 것이다. 이는 북방 기마민족들의 복식이 우리나라를 통해 전해진 것으로, 우리는 이런 형식의 의복을 호복胡服이라 부른다.

그후 나라(710~794) 시대가 되면 중국의 수·당과 교류가 활발해지면서 복식에 중국의 영향이 강하게 나타나게 된다. 따라서 이 시기에는 당나라의 복식제도에 의거한 의복령衣服令이 제정되어 신분 계급에 따라 나라의 중요한 의식을 위한 예복禮服과 관직자가 조정에 출근하거나 보통 의식에 입는 조복朝服 등이 규정되었다. 그러나 후반기가 되면 이 가운데 당나라 색이 가장 짙었던 예복이 없어지고, 그 대신 조복의 폭과 길이를 늘린 후 그것을 몇 겹이나 겹쳐 입는 차림이 나타난다.

당시의 귀족 생활에서 형성된 이러한 차림은 그후 헤이안(794~1185) 시대에 전성을 이루었던 궁중 문화를 배경으로 화려한 꽃을 피우게 된다. 즉, 일본 전통 복식의 극치라 할 수 있는 헤이안 시대의 왕조 복식은 사실 완전한 창작이라기보다는 당나라 양식을 취사선택하여 발전시킨 것이라 할 수 있다.

화려한 일본 왕조 복식의 극치, 주니히토에

1993년 6월 9일은 일본 왕
세자의 혼례식이 온 국민의 관심 속에 성대하게 치러진 날이다. 당시 일
본에 유학 중이던 터라 그 혼례식 광경과 그것을 보는 주위의 관심 정도
를 생생하게 기억할 수 있다. 아침 일찍부터 열린 혼례식은 처음에는 일
본 왕실의 전통에 따라 행해졌으며, 그 다음은 웨딩드레스와 포멀웨어
차림으로 카 퍼레이드가 벌어졌다. 거의 모든 TV 방송이 전 과정을 생
중계하였는데, 역시 화제는 마사코雅子 왕세자비의 옷차림에 집중되었
다. 그때 마사코 왕세자비가 혼례복으로 입었던 일본 전통 복식이 바로
주니히토에十二單로, 더 자세히 말하자면 '하나타치바나花橘 가사네花橘襲
의 주니히토에'다.

'가사네'란 겹쳐 입는 것을 의미한다. 즉 긴 옷 안에 같은 재단의 옷을
몇 겹이나 겹쳐 입는 것으로, 앞서 말했듯이 헤이안 시대에 화려한 궁중
문화를 배경으로 발전된 형식이다. 이 시기의 유물은 대단히 적으나 『겐
지모노가타리源氏物語』, 『마쿠라조시枕草者』 등의 문학에 나타난 복식의
묘사로부터 당시의 상태를 가늠해 볼 수 있다.

헤이안 시대는 일본 복식 사상 가장
아름답고 호화로운 복식을 입었던 시대
이며, 가장 많은 옷감이 사용되고 가장
많은 수의 의복을 겹쳐 입던 시대다. 그
대표적인 예가 남성의 소쿠타이束帶와
여성의 주니히토에다. 중요한 의식에
입는 것일수록 겹쳐 입는 수가 많았는
데, 그것은 신체가 작은 일본인이 위엄

일본 왕세자의 혼례식 장면. 마사코 왕세자비가 입은 혼례복이
일본 복식 문화의 극치라 할 '주니히토에' 다.

일본 복식 사상 가장 아름답고 호화로웠던
헤이안 시대의 복식.

을 갖추기 위한 것이었으리라 생각된다.

복식은 정식과 약식으로 나뉘는데, 특히 여성의 경우 주니히토에는 전자에 속한다. 조금 복잡할지 모르지만 그 구조를 알아보자. 우선 속옷으로 단기누單衣와 고소데小袖를 입고, 그 위에 3장 내지 5장 정도의 '우치기'를 겹쳐 입는다. 또 다시 우치기누打衣를 입고 그 위에 최고급 비단으로 만든 우와기表着를 덧입는데, 그 밑자락은 길게 늘어뜨린다. 마지막으로 제일 위에 가라기누唐衣를 입는데 소매가 짧아 밑에 입은 것이 보이도록 만든 것이 특징이다. 그리고 하반신은 우치바카마打袴라 하는 바지를 착용하고 그 위에 치마를 두르는데 밑자락은 길게 끌리도록 한다. 이렇게 열거하기에도 힘이 드는 주니히토에는 그것을 입는 데 상당한 시간이 소요되며 무게 또한 웬만한 어린이 체중과 비슷하다 하여 더욱 화제를 모으는 복식이다.

주니히토에의 미학은 이에 그치지 않고 가사네이로메襲色目라 하여 겹쳐 입는 의복들의 색 배합과 배열, 심지어 그 명칭에까지도 특별한 감정을 불어넣었다. 그리하여 주니히토에의 배색명에는 사계절의 꽃과 나무 등과 같은 풍물이 직접적으로 사용된다. 예를 들면 앞서 말한 마사코 왕세자비의 '하나타치바나 가사네의 주니히토에'에서 '하나타치바나'란 여름에 입는 주니히토에의 배색명 중 하나로, 우리말로 번역하자면 송이꽃 자금우 혹은 여름 귤나무란 의미를 갖는다. 겉과 안을 황색 계열로 배색한다.

다시 말하면 헤이안 시대에 나타난 가사네이로메란 의복의 배색에 사계절의 풀과 나무 등의 이름을 붙인 후 거의 그 시기에 맞추어 착용하였다. 여기서 색채는 단순한 색채가 아니라 곧 계절의 자연 풍물과 상통하는 것이며, 그러한 자연 감정이 이들 배색의 배경을 형성하고 있는 것이다. 현대의 눈으로 보면 그러한 정신적 여유가 부러울 따름이다.

복장의 간소화로 이어진 기모노 역사

어느 나라의 복식도 그 발전 과정을 보면 위엄과 격식을 상징하던 겉옷이 차츰 생략되고 그 속에 가리워 있던 속옷이 겉으로 등장하면서 근대화되어 왔다고 할 수 있다. 이는 우리나라의 한복도 마찬가지여서 예를 들어 현재 우리가 입는 치마저고리는 원래 포袍라는 코트 속에 입던 것이었는데, 지금은 그 자체만으로도 예복의 역할을 훌륭히 해내고 있다. 또한 현대 의생활에서 빼놓을 수 없는 셔츠류도 과거에는 재킷과 코트 안에 입던 것으로 결코 겉옷으로 입는 법이 없었다. 이를 통해 보면 인류가 추구해 온 생활의 합리화·간소화 지향이 이렇듯 복식에 있어 속옷의 겉옷화 현상을 초래하였으리라 생각된다.

그렇다면 일본의 기모노는 어떠할까? 화려함이 극치를 이루었던 헤이안 시대의 복식은 그후 차츰 간소화의 길을 걷게 되어 현재와 같은 기모노의 출현으로 이어지게 되었으니, 앞서 말한 속옷의 겉옷화 현상이 일본의 경우도 예외는 아니었던 듯하다. 특히 이러한 현상이 헤이안 시대 이후 이어진 일본의 중세기에 나타난 것은 당시 사회·경제적 변화가 배경에 깔려 있기 때문에 이를 위해서는 당시 새로운 세력으로 등장한 무가武家의 복식과 일반 서민의 복식에 나타난 변화를 거론하지 않을 수 없다.

가마쿠라 시대에는 염색 기술이 발달, 백색 위주에서 벗어나 다양한 문양으로 장식된 고소데가 확산되었다.

12세기 말 가마쿠라鎌倉에 최초의 무가 정권이 들어선 이후 약 150년간을 가마쿠라 시대(1185~1333)라 한다. 이 시대는 천하통일을 목표로 각지에서 권력 쟁탈이 반복되었던 시기로, 이러한 난세가 그들의 복식에 활동성과 간소화를 안겨 주게 된 것은 당연한 일이다. 이 시기 무사들의 옷차림을 보면 오늘날의 신사복과 같은 상하 투피스 형식의 의복에 머리에는 모자를 쓰고 허리에는 칼을 찬 모습이었다. 그리고 이는 시대가 흐르면서 정세가 더욱 격화됨에 따라 보다 간략한 것으로 변화되어 모모야마桃山(1568~1598) 시대 무렵에는 바지마저 생략되어 원피스 형태의 복장이 나타나게 된다.

여성복 역시 그 이전에 겹겹이 입었던 의복들을 하나 둘씩 벗어던지고 바지와 치마도 생략되었다. 그리하여 그동안 속옷이었던 고소데를 겉옷으로 착용했으며, 이에 오비, 즉 띠를 매는 형식이 비로소 정착되었다.

다음으로 일반 서민들의 복식을 보기로 하자. 무가 사회는 특산물의 보호 장려책을 강구하여 영지의 증강을 꾀했는데, 그 결과 생산고는 증대하고 사람들의 왕래와 물자 운송의 필요성이 대두되면서 산업과 교통이 급속도로 발달했다. 그에 따라 서민 사회도 현저히 발달하여 그들이 입는 복식에도 상당한 질적 향상이 이루어지게 되었다.

비교적 풍부하게 남아 있는 당시의 유품과 풍속도 등에 나타난 그들의 모습을 보면 신분의 차이도 남녀의 차이도 없이 대부분 고소데를 입고 있는데, 그것은 발목 정도의 길이에 폭이 넓으며 소매 폭이 좁은 것이 특징이다. 특히 주목할 만한 점은 모모야마 시대에 이르러 우리나라를 비롯한 타국과의 교류가 왕성해진 것을 배경으로 하여 직물의 염색 기술이 급속도로 발전함에 따라 고소데의 질이 크게 향상되었다는 것이다. 따라서 백색 위주에서 벗어나 각양각색의 문양으로 장식된 고소데가 크게 확대되어 갔는데, 이는 다음 시대에 꽃피우게 될 고소데의 화려한 절정기를 위한 밑거름이 되게 된다.

에도 시대의 소시민들이 꽃피운 기모노 문화

에도江戸란 도쿄의 옛 이름으로 도쿠가와 이에야스가 막부幕府를 열어 정치의 중심으로 삼은 이래 260여 년간 계속된 시기를 에도 시대(1603~1867)라 한다. 이 시기 내내 지속된 평화는 사람들에게 생활의 안정과 여유를 주어 각자의 직업과 취향 등을 살린 다양한 복식과 풍속이 생겨났다. 특히 말기에는 그곳에 거주하는 사람들을 중심으로 조닌町人(근세 일본의 사회계층 중 하나. 도시에 거주하는 상인 등을 중심으로 소시민적 특성이 있다) 문화가 생성되고, 이에 예인藝人·유녀遊女 등의 풍속이 가미되어 후세에 남는 일본 독자적인 스타일이 나타났다.

이러한 사회 문화적 특성을 배경으로 에도 시대에 이르러 풍부하고 다양한 복식 문화를 꽃피우게 된 것은 당연한 일일지도 모른다. 특히 이 시기에 유일하게 남게 된 고소데가 독립된 의복으로서 급속한 질적 향상을 보이게 되는데, 이로써 현대의 기모노가 그 기반을 완성하게 된다.

따라서 이 시기에는 고소데와 오비의 소재뿐

염색과 직조 기술이 발달한 에도시대 초기 복식.

에도 시대 초기에는 기발함과 화려함을 추구하는 '다테의 미감'이라는 복식 문화가 발달했다.

아니라 문양이 오는 위치와 크기, 오비를 묶는 방법, 머리 형태 등에 다양한 궁리가 행해졌다. 또 에도의 초기와 말기를 구별짓는 미학적 특성이 함께 연루되어 같은 에도 시대라 하더라도 시기별로 다른 특징을 보이고 있는데, 이를 알아보는 것은 현대 일본 문화 속에 내재된 미적 감정을 이해하는 데에도 큰 도움이 된다.

에도 초기에 시민 생활의 경제적 여유는 이미 상당한 수준에 이르고 있었다. 이러한 여유는 장식에 대한 관심을 높여 염색이나 직조 기술이 급속히 발전하였다. 또한 고소데의 장식에 유젠友禪 염색이 대거 행해진 것도 이때부터로, 직조·자수·홀치기·금박 등의 기법에 유젠 염색을 가미함으로써 더욱 다채롭고 섬세한 표현을 연출하였다. 따라서 이 시기에는 고소데 장식에 작은 무늬가 전체를 가득 메우며 반복되는 지문地文과 모티프 단위가 공간을 약간 두며 반복되는 단문團文, 그리고 한 폭의 그림과도 같이 섬세하게 묘사되는 회화풍의 무늬 등이 다양하게 추구되었다.

에도 초기는 무가 계급이 중심이 된 시기로 그들과 유복한 시민들은 모두 다채롭고 화려한 것을 추구하였다. 이와 같이 기발함과 화려함을 추구하는 경우 특히 신체 장식이나 거동에 있어 남의 눈에 띄고자 하는 욕구가 생기게 마련인데, 일본인들은 이를 '다테だて'의 미감이라 풀이한다. 다테伊達란 '의기나 사나이다움을 과시하는 일', '화려한 거동을 함', '외견을 꾸밈', '겉멋을 부림' 등의 의미를 갖는 명사로, 남자답게 의

협심을 살려 목숨을 아끼지 않는 것을 의미하는 단어인 오토코다테男伊達의 다테도 이와 같은 맥락의 말이라 할 수 있다. 즉 정신적인 면보다는 외모를 강조하고 과시하며, 이에서 미적 효과를 찾는 것을 의미한다.

그러나 에도 시대 후기에 이르면 전혀 새로운 풍이 하나 나타나는데, 이것이 그 유명한 '이키いき' 취향이다. 이키란 옷차림, 복장, 사람의 분위기 등을 표현하는 말로 촌스러움과 반대되는 세련된 도시적인 감각을 말한다. 에도 후기, 특히 문화문정기文化文政期(1804~1830)에 조닌들의 삶의 냄새가 배어 있는 거리와 유곽을 중심으로 발달한 감각으로 에로틱한 분위기가 있으나 결코 악취미가 아니며, 아름다움이나 우아함과는 조금 다른 차원의 매력을 갖는 미적 감각이다. 그리고 어디까지나 서민적이며 성인다운 취향을 중심으로 한다.

우리가 이키의 미감에서 주목할 만한 점은 이키가 그 이전의 모든 지배 스타일에 대항하여 생성된 독특한 미적 세계란 점이다. 그 예로 경풍京風과 에도풍을 들어 보자. 경풍은 교토京都로부터 온 스타일이란 의미로, 무엇보다 화려한 것이 특징이다. 예를 들면 화장에서도 경풍은 하얗게 분을 덧바르고 눈꼬리를 빨갛게 한 짙은 화장을 가리켰는데, 도쿄 즉 에도에서도 이 경풍은 최첨단의 유행으로서 동경의 대상이었다. 이키는 이러한 경풍과 반대되는 스타일을 주장한 데서 시작한 것으로, 무엇보다 수수하고 자연스런 스타일을 특징으로 한다. 이는 현재의 관서풍關西風·관동풍關東風과도 일맥상통하는 것으로, 일본인들은 교토나 오사카를 중심으로 한 관서 지방의 화려한 스타일

에도 후기 이키 취향의 고소데를 입은 여인들.

과 도쿄를 중심으로 한 관동 지방의 수수하고 자연스런 스타일을 빗대어 말하곤 한다.

그렇다면 이키 취향은 기모노에 어떠한 변화를 가져왔을까? 우선 색채를 보면 이키 취향은 종래와 같이 여러 색을 화려하게 배합시키는 것이 아니라 한두 가지 색만으로도 농도의 변화를 통해 다양한 색조로 표현하였다. 따라서 에도 후기에 나타난 이키 취향의 색채는 가사네이로메로 대표되는 헤이안 시대 이후의 색채 문화와 전혀 다른 구조를 형성하고 있다. 특히 회색·차색·남색이라는 극히 수수한 색을 기본으로 하고 이에 약간의 화려한 색을 가미함으로써 색다른 맛을 내곤 했는데, 이는 수수한 색과 화려한 색을 아주 조금씩 대비시키는 방법으로 화려함이 내재된 은근함을 나타내고자 한 것이다.

또한 이키 취향은 종래의 복잡한 장식보다는 줄무늬와 같은 단순한 문양에 새로움을 불어넣었다. 줄무늬는 자연스런 문양 구성 방법으로 줄무늬 자체가 새로운 것은 아니었다. 그러나 줄무늬는 그 이전의 고전적 주제에서 벗어나 단순한 스타일로 새로운 취향을 나타냈다는 점에서 주목해 볼 만하다.

복식 문화의 유행을 주도한 '가부키'

가부키는 일본 고유의 무대예술로 남자 배우들만으로 이루어진다. 세인의 관심은 여성 역을 맡은 남자 배우에게 쏠리게 마련인데, 그것은 과거나 현재나 마찬가지다. 에도 시대의 기록들을 보면 여성 역을 맡은 남성 배우들이 여성의 아름다움을 가장 효과적으로 연기하기 위해 고심했던 사실을 전하고 있다. 그 결과 현실의 여성들 이상으로 여성스러운 자태로 연기하기도 했는데, 이와 같이 허구로 만들어진 여성의 미에 여성 관객들이 매료되어 자신들도 그렇게 되고 싶다는 기분을 불러일으킬 정도였다고 한다. 그리하여 에도 시대에는 가부키 배우의 무대 모습이 그에 공감하는 관객의 복식에 영향을 미쳐 유행을 형성한 예를 흔히 찾아볼 수 있다.

그것은 주로 여성복을 중심으로 나타났는데, 실제로 에도 전기에 출판된 서적을 보면 여성복의 문양과 형태, 오비를 묶는 형태 등에 가부키가 영향을 미쳤음을 알 수 있다. 대표적인 예로 흑과 백, 청과 황, 청과 적 등을 서로 바둑판 모양으로 배열한 이치마츠市松 문양이 있다. 그 기원은 에도 중엽 가부키 배우 이치마츠가 자신의 바지에 이 문양을 사용한 데서 이치마츠란 이름으로 널리 유행한 것이라 한다.

그후 에도 시대 후기의 문화문정기가 되면 가부키에 대한 관심은 한층 현저하게 나타나 조닌 생활 속에 가부키 취미가 더욱 깊숙이 침투해 갔다. 여기 재미있는 예가 있다.

에도 시대의 문양을 보면 일종의 수수께끼와도 같은 문양을 종종 찾아볼 수 있다. 그 대표적인 예가 '요키코토키쿠' 문양과 '가마와누' 문양으로, 에도 전기의 남성복에 처음 등장하였다. '요키코토키쿠(좋은 소식을 듣는다)'란 요즈음의 유카타浴衣에도 종종 사용되는 문양으로, 기모노에 도끼(斧, 요키)·가야금(琴, 고토)·국화(菊, 기쿠) 문양을 그려 넣으면 좋은 소식을 듣게 된다는 길상의 의미로부터 온 것이다. 또한 '가마와누' 문양이란 낫(鎌, 가마)·고리(輪, 와) 그리고 히라가나의 누ぬ를 함께

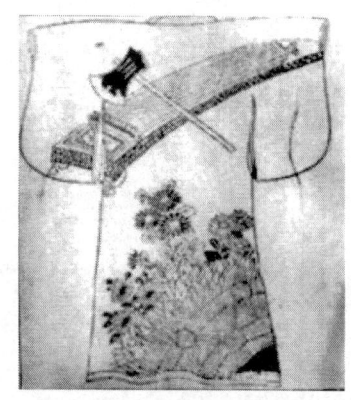

도끼·가야금·국화를 그려넣은 요키코토키쿠 문양의 기모노.

낫과 고리 등을 그린 가마와누 문양의 기모노.

그려 넣은, 즉 무엇을 해도 걱정하지 않는다는 의미의 문양으로 역시 길상의 의미를 갖는다.

　이 두 문양이 에도 후기에 와서 다시 한 번 유행하게 되는데, 그 이유인즉 에도 후기의 한 고증서에 과거의 문양들 중 재미있는 예로 이 두 문양이 제시되어 있는 것을 가부키 관계자가 눈여겨보고 무대 의상으로 채용하여 큰 유행을 낳았다고 하니 당시 가부키의 영향이 얼마나 컸었는지를 미루어 짐작할 수 있다.

양장의 시작과 함께 기모노 개량 시대 열리다

　　　　　　　　　긴 에도 시대가 끝나고 메이지(1868~1912) 시대로 들어와 양장이 도입되자 점차 서양의 생활 습관이 정착하기 시작하였다. 당시 양장은 실용성이란 측면에서 우선 군복과 유니폼에서 시작되었는데, 이러한 공적·제도적 용도와는 별도로 양장에 대한 호기심과 일종의 이국적 취미에서 착용한 경우도 적지 않았다.

　양장이 일반 의생활에 도입되자 그와 동시에 기모노도 개량의 길을 걷기 시작했다. 그것을 배경으로 새로운 아이템이 등장하기도 했는데, 현재 여학생들이 졸업 가운 대용으로 입기도 하는 안도하카마는 활동성을 위해 오비의 압박을 약화시키고 밑자락을 넓게 한 바지다.

　이러한 활동성은 기모노 그 자체에서도 나타나 허리춤에서 길이를 한 번 접어 단을 짧게 한 후 오비마쿠라帶枕, 오비아게帶揚げ, 오비시메帶締め

를 이용하여 오비를 매는 오늘날과 같은 착장 양식을 정비해 갔다. 한편 일본 전통의 머리 형태인 쪽진 머리를 대신하여 서양풍의 트레머리가 유행하였는데, 이는 양장뿐 아니라 와후쿠의 머리 형태로도 익숙해져 갔다.

안도하카마를 입은 여학생들.

이와 같이 서양화 바람이 불어닥친 근대 사회의 기모노는 실용화란 목적 아래 일본과 서양, 신新과 구舊를 한데 섞은, 그때까지와는 다른 새로운 시대적 양식이 도처에 보이게 된다. 그와 더불어 양복과 반대되는 의미로 와후쿠和服란 명칭을 새롭게 얻게 되었다. 그리고 다이쇼(1912~1926)에서 쇼와(1926~1989)로 시기를 거듭해 갈수록 와후쿠는 중요한 의식과 특별한 행사에 입는 아이템으로서의 역할을 수행하게 되었다.

젊은이들에게 여전히 인기 있는 기모노의 매력

전후 일본 사회 전반에 걸친 생활의 서양화·합리화와 함께 여성의 사회 진출이 증가함에 따라 일상복으로서의 기모노는 급속히 그 자취를 감추게 되었다. 그러나 현재 일본의 패션 산업적 측면에서 보나 의생활적 측면에서 보나 기모노는 결코 경시할 수 없는 존재다. 그 예로 1996년도 『섬유백서』에 실린 와후쿠에 관한 데이터를 보자. 먼저 일본 시장에서의 판매 총액(1994년도 기준)을 비교하면 와후쿠는 1조 1948억 엔으로 비즈니스 슈트와 셔츠·코트 등의 신사용품이 기록한 1조 1696억 엔과 여성의 스커트와 블

라우스의 1조 1171억 엔을 상회하고 있다. 이는 한 벌당 가격의 차이가 크게 작용했겠지만, 아무튼 와후쿠는 다른 아이템들과 비교하여 결코 뒤지지 않는 비율을 차지하고 있음을 알 수 있다.

그 중 품목별 구성비(1994년도 기준)를 보면 여성의 기모노가 전체의 62%, 여성의 오비가 19.2%로 여성의 기모노가 대부분을 차지한다. 그 이유는 결혼식·장례식과 같은 관혼상제에 여성들이 예복으로 흔히 착용하기 때문으로 이는 우리나라와 크게 다르지 않은 점이다. 그러나 일본의 패션산업에서 와후쿠가 든든한 존재로 자리잡게 된 데에는 성인식·사은회 등과 같은 젊은층의 행사에 여성의 기모노가 크게 환영받고 있는 것도 무시할 수 없다. 또 평소에는 염색한 머리에 청바지 차림으로 패스트푸드점을 드나들던 젊은이들도 유카타浴衣로 평소와는 다른 자신을 연출하고 일본의 전통 축제인 '오마츠리お祭り'를 즐기는 것이 하나의 트랜드로 자리잡고 있다.

따라서 일본의 젊은이들이 즐겨 보는 패션 잡지들도 성인식이나 오마츠리 계절이 다가오면 앞다투어 후리소데振袖와 유카타에 관한 상품 정보와 코디네이트 사진들을 실어 내보낸다. 대단한 변신이다. 과거의 기모노가 우리들이 일상생활에서 입는 청바지나 티셔츠와 같은 수준이었다면 지금은 칵테일 드레스 등과 같은 파티웨어 수준으로 비약적인 발전을 한 셈이다.

기모노의 선택 방법도 종래에는 아는 사람이나 값싼 곳에서 구입하는 경향이 강했는데, 최근엔 자신의 취미를 최우선으로 구입하는 사람이 많아졌다. 그 욕구에 대응해 등장한 것이 디자이너 캐릭터 브랜드(일명 DC 브랜드)의 기모노라는 것이다. 특히 디자이너 브랜드의 기성복 유카타가 호황을 누리고 있는데, 무엇보다 풍부한 색과 무늬가 돋보이게 입고 싶을 때 곧바로 입을 수 있다는 편리함이 젊은층의 호응을 얻게 된 것으로 풀이된다.

그렇다면 현재 기모노에는 어떤 종류가 있으며, 어떻게 입고 있을까?

기모노는 서양 의복과 같이 다양한 형태로 변화되는 것이 아니라 특정 형태가 정해져 있기 때문에 디자인상의 변화는 아주 적다. 그러므로 그 종류는 소재·문양·염색법·직조·소매 길이 등에 의해 구별되는 경우가 많다. 예를 들면 예복용으로 입는 도메소데留袖라는 기모노는 도메소데라는 소매 형태에서 비롯된 말이다. 도메소데란 소매 길이를 짧게 줄인 기모노란 의미로 후리소데와 반대 의미를 갖는다. 이를 달리 '에도즈마' 혹은 '스소모요'라고도 하는데, 에도즈마란 에도즈마 무늬란 뜻으로 에도 막부 시대에 장군의 부인이 거처하던 곳의 하녀들이나 게이샤들이 기모노의 앞자락에만 무늬를 놓은 데서 유래한 명칭이다. 또한 밑자락(스소)과 무늬(모요)를 의미하는 스소모요는 말 그대로 밑자락 부분에만 무늬가 들어간 것으로, 오늘날에는 도메소데에 이 형식이 주로 보이기 때문에 일반적으로 도메소데의 다른 이름으로 쓰인다. 즉 에도즈마나 스소모요 모두 무늬의 형식이 그대로 기모노의 명칭으로 된 예라 하겠다.

그러나 오늘날에는 그 대부분이 때와 장소에 맞추어 특정 소재나 소매 형태, 무늬 등을 입는 경향이 있으므로 착용 용도와 목적별로 나누어 생각하는 것이 가장 알기 쉽다.

격조와 기품의 상징인 '도메소데'

격식과 품위를 가장 최우선으로 하는 기모노로는 당연히 도메소데를 꼽는다. 기모노 중에서는 최상의 예복이라 할 수 있는데 주의해야 할 점은 기혼 여성만이 착용한다는 점이다. 가사 노동 때문이었는지 그 이유는 확실하지 않지만 여성들이 시집을 가면 소매가 긴 후리소데를 입지 않기 때문에 '소매를 묶는다' 라는 의미인 도메소데가 기혼 여성용 기모노가 되었다.

같은 도메소데라 하더라도 검은색 바탕에 밑자락에 회화풍 무늬가 장식되고 뒷면의 중심과 좌우의 앞뒤, 어깨에 각각 다섯 개의 문장이 들어간 것을 가장 정식으로 하여 친족의 결혼식이나 엄숙한 의식 때 착용한다. 여기에 들어가는 문장이란 주로 과거로부터 내려오는 가문이 사용된다. 일본의 지배계급들은 과거로부터 각 가문家門을 상징하는 문장, 소위 가문을 소유하여 현재는 300여 종에 달한다. 그 가문을 도메소데의 장식으로 사용하게 되는데 염색으로 표현하는 것이 자수보다 고가로, 문장의 부분만 하얗게 염색하지 않고 남겨두었다가 뒤에 그려 넣는 방법을 사용한다.

그 밖에도 이로도메소데色留袖라 하여 검은색 이외에 백색이나 기타 다른 색을 바탕색으로 하고 문장도 약식으로 한 개 혹은 세 개를 넣기도 한다. 물론 검은색만큼 정식 예복은 아니나 예복에도 최근 좀더 화려하고 멋있는 느낌을 추구하는 경향에 따라 부쩍 선호되고 있다.

친지의 결혼식 등 엄숙한 의식
때 입는 도메소데.

미혼 여성들만의 특권인 화려한 '후리소데'

1월 15일은 일본이 정한 성인의 날이다. 아울러 한껏 차려입은 후리소데 모습의 예비 숙녀들이 알록달록 거리를 수놓는 날이기도 하다. 후리소데란 예복용의 소매가 긴 기모노로 에도 시대까지는 남녀 모두 착용하였으나 현재는 미혼 여성들이 착용한다. 후리소데는 우아하게 늘어진 긴 소매와 염색과 자수 등에 의한 호화로운 무늬가 특징으로, 기모노 중에서 가장 아름다운 것으로 손꼽힌다. 결혼 피로연에서 신부의 의상으로 많이 입고 졸업식, 사은회, 각종 파티, 맞선 등에 미혼 여성들이 입으나, 패셔너블한 감각으로 후리소데를 입는 기혼 여성들도 늘어나고 있다. 최근에는 정월에 기모노를 입는 젊은 여성들이 점차 감소하고 있으나 성인의 날만큼은 후리소데를 입은 예비 숙녀들이 거리를 아름답게 장식한다.

그렇다면 성인의 날과 후리소데는 어떠한 관계가 있을까? 과거 일본에서는 1월 15일을 소정월小正月이라 하여 20세가 되는 젊은이들의 정월로 삼는 곳이 많았다. 또한 여자들의 정월이라고도 하여 새해 명절맞이에 바빴던 여성들이 이 날만 각자 외출복으로 갈아입고 모이는 날이기도 했다. 이 날을 기념하여 성인이 된 젊은이들이 정장을 입고 모이는 관습이 예로부터 있었는데, 이것이 현재에도 계속되어 최근에는 각 시와 구가 성인식 행사를 주최하고 있다. 이 행사에 성인의 날을 맞이한 예비 신사 숙녀들이 정성스레 모양을 내고 출석하는 것이 상례로 되고 있으며, 그 이유로 이 날 일본 거리는 후리소데의 젊은 여성들로

호화로운 무늬가 특징인 기모노로 미혼 여성만 입을 수 있는 후리소데.

화려하게 장식되는 것이다.

언뜻 보기에 기모노는 가운형 원피스에 끈 하나 두른 듯한 인상을 주지만 기모노를 입기 위해서는 대단히 많은 부품이 필요하다. 한번 나열해 보면 하다주반(속내의)과 나가주반(중간 내의)을 입고 밑에는 고시마키腰卷き(하의)라는 속옷을 둘러 입으며 발에는 다비足袋(버선)와 조리草履를 신는다. 또한 오비를 묶기 위해서는 타월 한두 장(오비의 압박을 덜 느끼게 해준다), 고시히모腰ひも(기모노와 나가주반을 입기 위한 끈) 두세 개, 오비도메帶留め(오비가 흘러내리지 않도록 묶는 끈), 오비이타帶板(오비의 앞 형태를 보정해 주기 위해 넣어 주는 얄팍한 쿠션과 같은 것), 오비아게帶揚げ(오비의 형태를 고정시키기 위한 천), 오비마쿠라帶枕(오비아게의 안에 넣어 오비의 형태를 보정해 주는 쿠션과 같은 것), 오비지메帶じめ(오비가 풀어지는 것을 막기 위해 그 위에 다시 묶어 주는 장식 끈) 등의 부품이 필요하다.

이와 같이 기모노는 착용 방법이 매우 복잡하고 까다로운 옷으로, 특히 오비를 매기 위해서는 숙달된 사람의 도움이 필요하다. 평소 기모노를 입을 기회가 극히 없는 대부분의 일본 여성들이 성인의 날을 맞아 처음으로 후리소데를 입으려면 무엇을 사서 어떻게 입어야 할지 당황하게 되는 것은 어쩌면 당연한 일일 것이다. 이러한 기회를 놓칠세라 기모노 업계는 예비 숙녀들을 대상으로 몇 주 전부터 떠들썩한 판매 전략을 내세우곤 하는데, 그 전략 중 하나가 일일이 사모으는 불편을 덜어 주기 위해 후리소데에 필요한 잡다한 부품들을 풀 세트 혹은 토털 코디네이트란 이름으로 기모노와 함께 판매하는 것이다. 보통 그 가격이 400만 원에서 600만 원 정도인데, 앞서 말한 디자이너 캐릭터 브랜드의 경우에는 기모노 한 벌만으로도 700만 원에서 1000만 원 정도가 된다. 이것은 대졸자의 한 달 임금이 200만 원 정도라 한다면 그의 약 2배에서 5배가 되는 가격이니 일반 가정의 가계 사정을 감안한다면 손쉽게 지출할 수 없는 액수임에 틀림없다. 그 때문에 중고 기모노를 수선해 주는 리사이클점이나 임대를 해주는 상점이 늘어나고 있으며, 최근에는 전자 상거래를 통해 산지 직판의 기모노를 보다 싸게 살 수 있는 방법도 나타나고 있다.

그러나 재미있는 것은 어떠한 경로를 통해서든 기모노를 구입하고도 입는 방법을 몰라 고심하는 사람들을 위해 이때쯤 되면 미용실이나 전문 착장 교실이 성행을 이룬다는 점이다. 아무튼 일본 여성들은 성인이 되기 위해 아주 많은 금전적 희생을 치르고 있는 것만은 틀림없다.

각종 모임에 어울리는 '호몬기'

세미 포멀은 정식 예복 다음에 오는 것으로 우아하고 기품이 있으면서도 변화와 개성을 필요로 한다. 젊은 여성들이 친구 결혼식의 피로연 같은 파티 때 입는 기모노나 중년 여성들이 각종 모임에 입는 기모노가 이에 해당한다. 특히 현재 일본에서 다도나 꽃꽂이 전문 강사나 문하생들은 평소에도 기모노를 즐겨 입기 때문에 예복처럼 호화스럽지는 않더라도 개성을 표현할 수 있는 기모노가 필요하다. 이런 때에는 호몬기訪問着가 안성맞춤으로 나이와 결혼 여부에 관계없이 누구라도 착용한다.

호몬기는 말 그대로 방문복이란 뜻으로, 사교용 목적을 갖는 기모노다. 다이쇼 시대에 나타난 종류로, 후리소데보다 소매가 짧아 후리소데의 미를 경쾌하고 가볍게 나타낸 것이

호화스럽지 않지만 개성을 살릴 수 있어 평소에도 입을 수 있는 호몬기.

다. 특히 밑자락에서 왼쪽 앞 어깨와 소매에 걸쳐 에바繪羽 무늬가 들어가는 것이 특징이다. 에바란 기모노 무늬의 하나로, 염색하지 않은 백색 옷감을 가봉한 후 재봉선 위에도 연속되도록 무늬를 넣는 방법을 가리킨다. 따라서 기하학적 무늬와 달리 기모노 전체에 무늬를 일관된 테마로 나타낼 수 있으므로 한 폭의 그림을 보는 듯한 회화적 요소가 강하다. 입체적인 서양의 옷과 달리 평면적인 기모노의 특성을 살린 무늬로 기모노를 펼치면 한 장의 그림과도 같이 된다. 하지만 요즘은 무늬를 많이 넣지 않고 모던한 감각으로 패셔너블하게 표현한 호몬기도 인기를 얻고 있다.

한여름밤을 더욱 흥겹게 해주는 '유카타'

일년 중에서 가장 무더운 7, 8월이 되면 일본 각지에서 전통 축제인 오마츠리와 불꽃놀이 축제가 연달아 열린다. 그러면 한겨울에 후리소데가 물결을 이루었던 것처럼 이번에는 유카타가 한여름밤을 아름답게 수놓게 된다.

유카타는 헤이안 시대의 귀족들이 목욕을 할 때 입었던 한 장으로 된 마직 기모노로 당시에는 '유카타비라'라 불렸다. 그러던 것이 에도 시대에 들어와 서민 생활에서 공중 목욕탕의 풍습이 보급됨에 따라 목욕 후에 입는 백색의 목면 기모노를 유카타라 부르게 되었다. 그후 일본의 고온 다습한 여름 기후에 적당한 의복으로 일본인의 특수한 정서와 관련을 가지면서 발달하였다. 그리하여 현대에는 저녁에 목욕이 끝난 후 집안에서 착용하는 것에서 외출복으로까지 큰 발전을 보게 되었다. 그러나 어디까지나 캐주얼한 느낌의 기모노이기 때문에 점잖은 장소에는 어울리지 않으므로 주의해야 한다.

캐주얼 느낌이라는 것은 우선 소재가 대부분 면으로 되어 있어 손세탁이 가능하고 무늬도 개성적이며 다양하다는 점을 들 수 있다. 또한 오비를 보아도 유카타에는 보통 오비 폭의 반 정도의 것을 매어 주는데, 그것은 오비아게와 오비시메를 사용하지 않기 때문에 조금만 연습을 한다면 혼자서도 손쉽게 묶을 수가 있다. 그 밖에도 메리야스와 같이 신축성 있는 천을 그대로 감아 뒤에서 나비 모양으로 묶어 주기만 하는 극히 간단한

여름에 주로 입는 캐주얼한 느낌의 유카타.

방법도 가능하다. 거기에 유행하는 캐릭터 인형이나 부채를 꽂고 다니는 젊은층도 꽤 있는데 현대의 젊은이다운 패션 감각이라 할 것이다. 마지막으로 유카타가 갖는 캐주얼한 특성은 그 밖의 다른 기모노와 같이 버선에 조리를 신는 것이 아니라 반드시 나무로 만든 '게타'를 맨발로 신는다는 점이다.

이와 같이 유카타가 갖는 캐주얼한 특성 때문인지 이제는 일본의 오마츠리와 불꽃놀이 축제에 없어서는 안 될 필수 아이템이 되었다. 따라서 한여름 밤의 축제 분위기와 한데 어우러지는 유카타의 모습은 일본의 여름을 상징하는 대표적인 풍물 중 하나이기도 하다. 더구나 한 벌당 가격이 20만 원에서 50만 원 정도로 앞서 말한 후리소데에 비하면 부담 없이 구입할 수 있는 가격이기 때문에 누구나 한두 벌쯤은 갖고 있다. 또한 관광상품으로도 인기가 있어 일본의 공항이나 백화점 등지에서 외국인 관광객을 상대로 판매하고 있는 모습을 흔히 볼 수 있다.

마지막으로 유카타와 관련된 또 하나의 이미지가 있다. 일본에 가서

야마모토 요지의 디자인.

기모노의 세계화를 위해 만들어진 작품들. 가와쿠 보레이의 디자인.

호텔이나 온천장에 묵으면 유카타가 목욕 가운 대용으로 놓여 있는 것을 종종 볼 수 있다. 온천이나 샤워 후에 몸에 걸치기 위한 목적을 지니는 것이나 외국인들에게는 흥미로운 문화 체험이 되기도 한다. 그러나 주의해야 할 점은 온천장에서 유카타를 입고 실내를 걸어다니거나 근처 거리를 산책해도 상관없으나 만약 호텔에서 유카타 차림으로 방 밖을 나와 다닌다면 큰 웃음거리가 된다는 것이다.

복식은 커뮤니케이션 수단이다. 과거에서 현재로 시간 여행을 가능하게 해줄 뿐 아니라 이곳에서 저곳으로 공간 여행도 제공해 준다. 우리는 그것을 통해 직접 체험할 수 없는 미지 세계의 문화와 생활 풍습 등을 느껴 볼 수 있는 것이다. 또 현재 변화 중인 사회의 세태와 사람들의 가치관을 시각적으로 전달해 주기도 한다.

그로부터 생각해 보면 현재 일본에서 착용되는 기모노는 헤이안 시대나 에도 시대부터 이어지는 흐름을 우리에게 시사해 준다. 그러나 현재의 기모노는 청바지와 티셔츠 차림이 익숙한 현대를 사는 일본인들이 현대의 라이프 스타일 속에서 육성·발전시킨 것으로 헤이안이나 에도 시대와는 다른 맥락에서 이해되어야 할 것이다.

따라서 일본 디자이너들이 세계를 향해 내놓는 기모노는 기존 틀에서 벗어나 각양각색이다. 그리고 일본의 젊은이들 역시 기모노를 통해 캐주얼한 감각을 추구하기도 하는데, 그들에게 있어 기모노란 기분전환과도 같은 이색 패션으로서의 의미가 강할 것이다.

현대를 다양화·개성화 사회라고들 말한다. 이는 미래 사회에서도 마찬가지일 것이다. 그 속에서 기모노에 대한 소비자들의 욕구도 더욱 다양화·개성화되어 갈 것임은 말할 나위가 없다. 그러한 소비자들이 있고, 그 욕구를 재빠르게 파악하여 제시해 주는 패션산업이 있는 한 앞으로도 일본의 기모노 문화는 새롭고 다양하게 변화되어 갈 것이다.

미야케 잇세이의 디자인.

Code 3

비현실
세계에서
느끼는
일상의
카타르시스

심경호 · 고려대 교수

—

가부키와 노

서민적 예능 '가부키', 사무라이 가문의 의식 '노가쿠'

일본 문화에 친숙한 사람이든 낯선 사람이든 일본 문화의 한 부분을 접하게 되면 누구나 그 문화의 특징을 몇 마디 말로 개괄하고자 하는 조급한 마음을 갖게 된다. 사실 이러한 것은 비단 일본 문화에 대해서만 그런 게 아닐 것이다. 이질적 문화 현상을 접하면 누구나 그러한 충동을 느끼게 마련일 것이다. 더욱이 일본 문화에 대한 우리의 감정은 복합적이어서, 유독 성급하게 논단하는 일을 종종 본다. 평소 일본 문화 자체를 연구하고 있지 않은 나로서는, 그러한 개념화나 논단보다는 스스로 느낀 직관적이고 인상적인 기억을 존중하고 싶다.

그런 내게 일본 문화를 대표할 만하다고 여기는 구체적 사례를 하나 들라고 한다면, 마쓰리祭를 꼽고 싶다. 그 종교적·집단적 열광의 결정체는 적어도 우리의 문화 전승 가운데 현재에도 생명을 지닌 어떤 형태의 민속제와도 매우 다르다. 그렇기에 마쓰리의 광경을 볼 때마다 기이한 느낌을 받게 되고, 그것이 일본 문화의 한 특징을 반영한다고 생각하게 된다.

일본인들은 평소에는 대체로 일에 분주하고 간소한 생활을 산다. 하지만 그 조용함 속에 숨어 있는 광적 기운은 절일節日·축제일이 되면 온갖 장식과 열정으로 분출된다. 그러한 절일·축제일을 '하레'라고 한다. 이미 에도 시대부터 '하레'의 날에는 '장식'을 극도로 추구하는 관습이 형성되었다.

그런데 특정한 축제일이 아닌데도 사람들이 집단적으로 열광하고 갖가지 '장식'을 추구하여 함께 즐기는 예술이 곧 가부키歌舞伎다. 다시 말해 사람들은 가부키 공연을 통해 일년 내내 '하레'의 날을 만드는 것이다. 1889년 도쿄 쥬오쿠中央區에 처음 개장되어 가부키의 본거지로 된 가부키좌歌舞伎座는, 1951년에 부흥된 이후 연중 공연을 하는데 일본 특유의 지붕 장식이 아주 현란하다. 그리고 도쿄의 번화가로 들어서는 시조오바시四條大橋 동쪽에 있는 미나미좌南座, '나카노시바이中の芝居'라고 불리는 340년 이상의 역사를 지닌 나카좌中座, 1958년에 새로 개장하여 슬라이딩 스테이지를 지닌 오사카 신가부키좌大阪新歌舞伎座도 모두 대형 극장이며 명소이다.

평소에는 조용한 일본인도 축제일엔 열광한다. 가부키는 일년 내내 축제 기분에 젖게 하는 공연이다.

가부키가 서민적인 예능으로 출발한 데 비하여, 가면극인 노能는 사무라이 가문의 의식에 사용된 식악式樂(시키가쿠)으로 성장하였다. 노는 노가쿠能樂라고도 부른다. 가부키와 같은 고전 무대예술이되, 망혼亡魂을 불러내는 것을 주된 구조로 한다. 그런데 이 노는 일본인의 종교적 심성과 정신세계를 대표하는, 훨씬 전통이 오랜 무용 연극 양식이다. 또한 노의 구조와 부채를 이용한 표현 방식 등은 가부키에 많은 영향을 주었다. 근세 이후로 노는 식악의 성격을 벗어나 전문 집단의 공연을 통하여 일반 애호자들과 만나고 있다. 즉 노는 가부키만큼 인기가 있지는 않지만, 전승 집안의 게이코稽古 무대가 극장으로 발전하여 거기서 공연이 이루어지고 있는데 1983년에는 국립 노가쿠도能樂堂가 도쿄 시부야澁谷에 개관되기도 했다.

사실 일본 문화의 원류를 알려면 이 노에 대하여 알아둘 필요가 있다.

가부키도 그러하지만, 특히 노에는 죽음의 극한과 대면함으로써 자기의 삶을 충족시키는 일본인 특유의 생활양식이 담겨 있기 때문이다.

　나는 교토에 있을 때 무로마치室町 거리에 있는 곤고류金剛流 노가쿠도를 자주 찾았다. 관객들은 노인들이 많았지만, 젊은 기호자들과 연구자들도 상당히 눈에 띄었다. 공간이 그리 넓지 않았고, 또 무대가 반이나 차지하였으므로 객석이 많지 않았다. 공연이 시작되기 전이나 공연의 휴지 때 말차抹茶를 마실 수 있게 되어 있는 정갈하고 고요한 분위기였다. 노의 주무대 왼쪽에 붙어 있는 하시가카리(대기실과 무대 사이에 놓인, 난간이 있는 다리 모양의 통로)를 통하여 연기자가 입장하는 순간, 장내는 숨소리 하나 없이 고요해진다. 대본을 보지 않고는 알아들을 수 없는 낮은 목소리로 대사가 이어지고, 노래도 독특한 박자와 음조로 이루진다. 노는 대단히 무겁고 진지한 무극舞劇이어서, 그 긴장감을 해소하기 위해 에도 막부의 지도에 따라 교겐狂言이라는 세련된 소극笑劇과 같이 하루 중에 공연하게 되어 있다. 오늘날의 노 공연에서도 교겐이 함께 공연된다. 교겐의 내용 가운데는 현대적 코미디에 응용되는 것이 많다. 우리나라의 코미디 가운데도 기원이 교겐에 있음직한 것들이 여럿 있는 듯하다고 느꼈다.

음악·무용·기예의 종합예술 '가부키'

　　　　　　　　　　가부키를 공연하는 극장인 가부키좌에는 크고 작은 그림과 문자가 쓰여진 간판이 늘어서 있다. 과거에는 가부키를 공연하던 곳을 시바이고야芝居小屋라 하였다. 인형이 있었고, 각종 짐바리들이 산처럼 높이 쌓여 있었다고 한다. 그곳은 바로 일본적 풍류의 조형물이자, 마츠리의 연중행사 공간이다.

또한 가부키는 카스춤 플레이costume play라 불릴 만큼, 복색의 화려함을 자랑한다. 구미권의 사람들이 가부키에 매료되는 것은 무엇보다도 그 무대의 화려함 때문이다. 특히 의상의 호화찬란함은 감탄하지 않을 수 없다. 연극을 하는 연기자는 일부 고정된 연기복 이외에는 스스로가 의상을 준비하는데, 특히 주인공은 급료의 대부분을 의상을 준비하는 데 쏟는다. 연기만큼이나 의상이 중요하다는 의식이 진작에 있었던 것이다. 심지어 매년 가을에 새로운 홍행극을 처음 피로하는 가오미세顔見世興行 때는 새 의상을 시바이고야나 자택 앞에 꾸며 두고 남들에게 보였는데, 이를 의상 가자리衣裳がざり라고 한다. 이처럼 가부키는 관객을 위하여 일상에서 벗어난 무대 공간을 최대한 성의껏 구축한다.

에도 시대의 극장인 시바이芝居는 비밀스럽게 공연되는 장소가 아니라 불특정다수의 관객에게 열려진 공연의 장소였으며, 감상의 장소였다. 그곳에서 주로 공연된 것이 인형조루리人形淨瑠璃와 이 가부키였다.

1700년대 초에 이미 대중적 공개성을 지닌 극장이 있었다. 그 극장은 왕립극장이 아니라 민중에 의한 민간 극장이란 점에서 세계사적으로 주목할 만하다.

교토의 시조가와라四條河原에 있던 시바이고야 가운데 큰 것은 16간, 작은 것은 8간이나 되었다. 한 칸이 1.8미터 가량이므로 그 크기가 얼마나 큰지 짐작할 수 있다. 오사카에서는 옆으로 10간, 안길이 20간의 시바이고야를 매매한 기록이 있다. 장방형의 모양을 하였으며, 시바이의 홍행 권리는 비싼 가격에 팔렸다. 에도의 경우에는 12간이 표준이었다.

가부키는 노能·교겐狂言·인형조루리 등과 함께 일본의 대표적 고전 연극이다. 남자가 여성 역할을 하기 때문에, 그것이 또한 세계적으로 유

가부키는 배우의 연기를 중심으로 전개되며 무용적 요소가 바탕에 깔린 공연예술이다.

명하다. 원래부터 여성이 무대 연기를 하지 않은 것은 아니지만, 남성이 여성의 역할을 하는 가부키의 전통은 오래되었다. 그것을 온나가타女形라고 한다. 1990년대에 스위스에서 르포르타쥬 형식으로 온나가타의 일상과 연기를 취재하여 그 내면세계를 드러낸 영화가 있었는데 아쉽게도 제목을 잊어버렸다.

가부키歌舞伎의 한자는 차자借字 표기다. 하지만 가歌의 음악성, 무舞의 무용성, 기伎의 기예가 각각 의미를 지녀 그 표기가 관용된다. 에도 시대에는 초기 가부키에서 사용된 '歌舞妓'란 표기가 사용되었으나, 근세 이후로 현재와 같은 표기를 사용한다. 어원으로는 가부쿠傾く・かぶく라는 동사의 연용형連用形이 명사화한 것이라고 한다. 곧 일상의 틀을 벗어났다는 뜻이니, 정신적으로 상궤를 벗어났을 뿐 아니라 이풍이장異風異裝을 하는 것이 특색이다. 유행의 선단을 가는 두발 형태나 복장, 또 난폭하고 방탕한 행동과 환상적 요소를 가리키는 말로도 널리 사용되었다.

가부키는 배우의 연기, 즉 게이藝를 중심으로 전개되며, 무용적 요소를 기저에 두고 양식화되었다. 그것은 가부키오도리歌舞伎踊에서 출발하여 노・교겐・인형조루리의 영향을 두루 받은 결과라고 한다. 즉 가부키는 전란으로 죽은 사람들의 혼령을 제사 지내는 고료에御靈會에서 유행하던 후류오도리風流踊를 모태로 삼아, 가면을 사용하지 않고 후리振り를 맞추어 추는 무대예술로 시작하였다. 처음에는 이즈모出雲 대사大社의 무녀(미꼬) 출신 게이샤가 교토에서 야야코 오도리やゝこ踊를 연기한 것이 시초다.

가부키는 관문寬文 연간(1661~1673)에 풍속 스케치 극 형태를 벗어나 스토리를 지닌 극적 세계로 변화하였다. 이때부터 시간적 비약을 표시하는 기호로서 인막引幕이 채용되어, 복잡한 이야기 전개가 가능하게 되었다. 그 뒤 원록元祿 연간(1688~1704)에 조닌층의 경제력을 바탕으로 에도와 가미가타上方에서 각기 독자적 양식이 생겨났으며, 고토事라고 불리는 연기·연출의 유형이 많이 형성되었다. 황거皇居가 있는 교토 부근을 가미가타라 하고 막부가 있었던 도쿄 부근을 에도라고 하는데, 두 지역은 서로 풍격이 달랐기 때문에 예술의 성향도 달랐다. 에도에서는 이치가와 단주로市川團十郎가 아라고토荒事를 창시하였고, 교토에서는 와고토和事의 양식이 성립하였다.

그래서 가부키는 교토, 오사카와 도쿄의 풍이 다르다. 가미가타에서는 와고토의 양식이 주종을 이루었다. 다이묘大名(제후에 해당) 가문의 분쟁인 오이에소도お家騷動 때문에 집안의 상속자若殿(와카도노)가 희생을 당하고 추방되어 조닌의 모습을 하고서 예로부터 알던 유죠遊女의 집을 찾는 장면이 중심을 이룬다. 연기자는 자기의 소성素性을 숨긴 초라한 모습을 야츠시やつし라는 게이로 펼친다. 또한 유죠와 주인공의 애정 장면인 누레고토濡れ事 혹은 누레바濡れ場의 관능미를 중시한다. 이때 사랑하는 남성의 두발을 여성이 빗질해 주는 기법이 간접적으로 관능을 자극한다.

이에 비해 에도는 사무라이 계급을 중심으로 형성된 신흥 도시였고, 또 막부의 통제도 있었기 때문에 가미가타와는 달리 씩씩하고 거친 기풍의 연목演目을 위주로 하였다. 그것을 아라고토라고 하며, 영웅적인 인물, 괴력을 지닌 인물, 귀신을 중심에 둔다.

풍부한 레퍼토리를 뜻하는 '십팔번'

가부키의 레퍼토리를 연목(엔모크) 혹은 번番(반)이라고 한다. 가부키와 관련하여 우리에게도 친숙한 말이 '십팔번十八番'이란 표현이다. 본래 에도 말기에 7대 이치가와 단주로가 집안에 전승되어 온 게이를 모아 가부키 십팔번을 제정한 일이 있었다. 이후 메이지 시대의 명배우였던 9대 단주로는 신가부키 십팔번을 정하였다. 또 다른 명배우들도 각각 십번이나 십팔번을 제정하였다. 십팔번이란 결국 가부키의 풍부한 레퍼토리를 상징하는 말이다.

우리나라에 비교적 내용이 알려진 가부키 작품으로는 1748년에 오사카에서 초연된 『가나데혼츄신구라假名手本忠臣藏』가 있다. 가부키 전체 희곡 가운데 상연 횟수가 가장 많다. 아코로시赤惠浪士가 주군主君을 위해仇討(아다우치)하였던 사건을 소재로 하되, 에도 막부의 간섭이 있었으므로 아시카가足利 시대의 '타이헤이키太平記' 세계에 가탁하여 묘사한 작품이다. 또한 1840년에 에도에서 초연된 『간진쵸勸進帳』는 이른바 가부키 십팔번에 들어 있다. 미나모토 요리토모源賴朝와 불화하게 된 요시츠네義經를 위하여 벤케이弁慶가 활약하는 내용을 담은 작품으로, 이것은 무용극의 범주에 속한다.

또한 가부키의 봉건적 내용을 비판하기 위해서든, 거꾸로 일본인 특유의 의리의 세계를 대표하는 것으로 예시하기 위해서든, 특정 부분이 자주 방영되는 작품으로는 『테라코야寺子屋』가 있다. 본래 세 사람 이상의 합작으로, 1746년에 초연된 『스가와라덴쥬테나라이카가미菅原傳授手習鑑』

가부키의 레퍼토리를 연목 혹은 번이라 하는데 우리에게도 친숙한 '십팔번'이라는 말도 여기에서 왔다.

의 사단四段이 「테라코야」지만, 오늘날에는
전체 극의 명칭으로 되었다. 후지와라 시
헤이藤原時平와의 권력투쟁에서 패한 스가
와라 미치자네菅原道眞가 유배되어 교토의
기타노北野에 신으로 제사 지내지기까지의
이야기를 골격으로 한다. 충신이 주군 대
신에 희생된다는 내용(미가와리모노 身代わり
物)이며, 일본의 대표적 비극이다. 즉 미치
자네의 옛 신하였던 타케베 겐조武部源藏 부

가부키 무대의 화려함, 특히 의상의 화려함은 서양
사람들조차도 매료시킨다.

부가 아동 학습소인 테라코야를 열고 주군의 외아들 슈사이秀才를 가르
치고 있다가 시헤이측에 들켜서 슈사이의 목을 잘라 바치지 않으면 안
되게 되었다. 겐조는 그날 입문한 코타로小太郎의 목을 슈사이 대신 잘라
상자 안에 넣는다. 머리를 검사하러 온 마쓰오松王는 진짜 슈사이의 머리
라고 판정하고 돌아가는데, 겐조 부부 앞에 코타로의 어머니 치요千代가
나타나 도움이 되었느냐고 울면서 말한다. 다시 마쓰오가 나타나서는
코타로는 바로 자신의 아들이었으며, 미치자네의 평소 은혜를 갚기 위
해 자기 아들을 대신 내놓은 것이라고 밝힌다. 마쓰오가 자기 아들의 머
리인 줄 알면서 아이의 머리를 조사하는 '구비짓켄首實驗'의 장면이 클라
이맥스다.

　가부키의 연기는 양식화되어 있다. 에도 말기에 하층 사회의 일상생
활을 사생적으로 무대화했다고 하는 기제와生世話에서도 사실주의 연극
으로 나아가지는 않았다. 가부키는 정면을 향하여 연기하고, 극적으로
고양된 일순간에는 정지된 포즈를 취하는 미에見得라는 양식을 이용한
다. 미에와 대조적으로, 천지 동서남북의 여섯 방향으로 손발을 크게 흔

들면서 걷는 과장된 양식도 있다(롭보六法 : 관서 지방에서는 '단지리'라고 한다). 희곡의 전개와 관련 없이도, 걸음걸이 그 자체가 박력이나 아름다움을 지닌다. 그리고 복수의 인물이 칼로 싸우는 타치마와리(立回り. 殺陣, 타테라고도 함)나 어둠 속에서 여러 인물들이 서로 찾아다니는 단마리だんまり도 무용성이 짙은 양식으로 고정되어 있다.

가부키 무대는 옆으로 길쭉하다. 무대에는 한 단계 높은 이중二重을 두고, 고정된 배경화를 그려 두며 천장에서 이치몬지一文字라는 막을 드리우며, 전후 출입과 무대 회전을 가능하게 하는 등 대도구가 발달되어 있다. 무대를 크게 원형으로 잘라 회전시키는 마와리부타이回り舞臺를 설치하여 이중의 무대를 재빨리 회전시킬 수 있다. 또 무대에는 세리セリ라는 구멍을 세 개 두어 연기자와 대도구가 올라갔다 내려갔다 할 수 있도록 하였다. 또 연기자의 통로인 하나미치花道에 습폰(すっぽん. 자라 목처럼 자유자재로 크기가 변환하는 구멍)을 두어 망령이나 요괴 역을 출입시킨다. 무대 천장에 목제 틀을 설치해서 망網을 늘어뜨려 연기자를 공중에 떠우는 방식도 있다.

그리고 가부키는 소도구·화장·분장으로 회화적·조각적인 아름다움을 추구한다. 또한 살해 장면(고로시바)도 미에의 연기를 통하여 양식화하고, 온나가타女形의 피학被虐 상황을 양식화함으로써 잔혹을 미화한다.

또한 가부키에서는 배우들의 육체의 아름다움을 나타내기 위하여 혈관 따위의 모양을 그린 육수반(니끄쥬반)을 입는다. 그뿐 아니다. 무대 아래의 음악 연주방인 게자下座의 음악이나 효과, 츠케つけ라는 '딱다기'로 미에를 부각시키거나 달려가는 발소리, 물건이 떨어지는 소리 등을 의성음으로 과장되게 표시하는 방식이 양식화되어 있다. 어떤 장면이나 어떤 연기도 화사한 아름다움을 이룬다.

그렇지만 종래 가부키에서 가장 중요하다고 여긴 것은 대사(세리후·せりふ)였다. 이 대사도 관객의 청각에 아름다움을 제공하기 위하여 여러 가지 기교를 사용한다. 미문美文을 길고 당당하게 말하는 츠라네つらね, 샤미센三味線에 맞추어 음악적으로 말하는 이토니노루絲に乗る, 7.5조의 미문을 낭랑하게 들려주는 야크바라이厄拂い, 복수의 인물들이 일렬로 서서 순서대로 대사를 하는 와타리제리후渡りぜりふ, 둘 이상의 인물이 각자 심경을 교대로 말하다가 마지막에 같은 대사로 끝맺는 와리제리후割りぜりふ 등으로 관객을 사로잡는다.

또한 가부키에는 많은 약속 사항이 있다. 즉 기호화되어 있는 것이 많다. 예를 들어 흑색은 일체 눈에 보이지 않는 것으로 약속되어 있다. 흑색 옷을 입은 고우켄後見은 무대 위에서 여러 가지 잡일이나 준비를 하더라도 관객들은 그것을 전혀 보지 못하는 것으로 되어 있다. 또한 연기자는 역할의 성별·연령·직업·성격 따위를 금방 알아볼 수 있도록 분장을 하고 소도구를 지닌다.

기호화·양식화된 가부키 무대

우선 선인善人의 역을 연기하는 사람은 백분白粉·おしろい을 바르고, 악역이나 비열한 성격의 역할일 때는 붉은 차색을 바른다. 또한 연기자들은 얼굴의 혈관이나 근육을 과장하는 구마도리隈取·ぐまどり를 한다. 홍색의 구마도리는 정의감이 넘치는 힘찬 소년이나 청년을 표시하고, 푸른색은 음험하고 사악한 존재, 차색과 흑색은 귀신이나 악령을 나타낸다. 또한 의상은 신장보다 길기 때문에 끝단을 끌 듯이 걸으며, 그 밸런스를 유지하기 위하여 소매를 길게 한다. 또한 머리에 쓰는 가발인 가츠라나 의상도 연령·신분·직업의 차이를 드러낸다. 의복의 색깔에서 적색은 피·태양·불을 뜻하며 화사함과 정열, 정의의 피를 상징한다. 검은색은 권력의 상징이고, 흰색은 청정의 상징이며, 엷은 하늘색은 청춘과 비창의 상징이다. 연기자는 사건이 새로운 국면으로 급전개할 때는 옷의 오른손 소매나 양 소매를 드러내는 하다누기肌ぬぎ를 한다. 자기 신분을 숨기고 있던 연기자가 본성을 드러낼 때는 일순간 위아래 옷을 벗어던지고 새로운 의상을 드러내는 히키누키引抜き를 한다.

가부키의 근원에는 일본인의 독특한 문화 양식이 놓여 있다. 곧 죽음의 극한과 대면함으로써 자기의 삶을 충족시키는 양식이다. 그 요구에 부응하기 위하여 연기자인 야크샤役者는 육체와 게이를 단련한다. 또 무대에서는 하야가와리早替り, 소라노보리宙乗り, 세리아게せり上げ, 세리사게せり下げ, 간도가에시がんどう返し 따위의 연출, 무대기구, 대도구가 궁리되었다. 하층 사회의 일상생활을 무대화한 기제와ぎぜわ·生世話의 작품에서도, 긴 교겐 사이에 '꿈'과 '도행道行' 등의 무용극적 장면을 설정하고, 최종 막을 클라이맥스 장면으로 삼았다. 또 샤미센 이외에도 징鉦·타이고太鼓·후에笛 따위의 나리모노鳴物를 이용하여 반주, 즉 하야시를 하거나 의성음을 낸다. 그리고 적을 토죄討罪하든가 적의 정체를 밝히는 미아라와시見顯わし라는 현란한 내용을 조직하여 두었다. 그렇기에 일본인에게 가부키는 '아름답다'.

가부키는 '시바이'라는 허구의 시공 속에서 의외의 사실을 마치 실제의 사건인 것처럼 인식시킨다. 의외의 사실이란 원령怨靈과 요괴가 횡행하는 설화의 세계와 연속되어 있으며, 극단적인 애증의 감정이 분출하는 비일상적 사실들이다. 기적·희생·수고·잔혹·부활 소생·인과 따위를

가부키는 기호화·양식화돼 있는 것이 많다. 연기자는 역할의 성별·연령·직업·성격 따위를 금방 알아볼 수 있도록 분장하고 소도구를 지닌다.

실제 사실인 것처럼 눈앞에 전개시키는 것이다. 그렇게 함으로써 가부키는 폐쇄적 사회의 일상을 살아가는 대다수 서민에게 탈바꿈의 바람願望을 충족시키기에 충분하였다. 그런 이유로 서민들은 일년 급료의 3분의 1에 해당하는 입장료(대개 一兩)를 내고 가부키를 보러 다닌 것이다.

가부키는 레제 드라마로서도 애호되었다. 즉 서막에서부터 절막切幕에 이르기까지 대사와 연기 사실을 필사한 대장臺帳이 세책점貸本屋을 통하여 일반 서민들에게 유통되었다. 이 대장은 공연의 실제 대본으로 사용되었거나 대본을 기초로 베껴낸 것인데, 희곡으로서 규정하기에는 상당히 불안정한 요소들이 많았다.

가부키의 각본 작가를 다테사크샤立作者라 한다. 1700년대 초의 치카마츠 몬자에몬近松門左衛門과 1800년대 초의 쯔루야 난보크鶴屋南北가 저명하다. 치카마츠의 각본으로는 1703년에 초연된 『소네자키신쥬曾根崎心中』와 1715년에 초연된 『고쿠센야갓센國性爺合戰』이 유명하다. 신쥬心中란 남녀의 정사情死를 말한다. 『소네자키신쥬』는 정사를 다룬 극을 통칭하는 신쥬모노心中物의 대표작이다. 『고쿠센야갓센』은 무장의 군기軍記, 즉 군종 기록을 소재로 한 극이다. 에도 시대나 에도 이전 무장의 군기를 소재로 한 극을 지다이모노時代物라고 한다. 한편 난보크의 각본으로는 1804년에 초연된 『텐치크도크베에이고크바나시天竺德兵衛韓』와 1825년에 초연된 『도카이도요츠야카이단東海道四谷怪談』이 저명하다. 『도카이도요츠야카이단』은 오이와라는 여인이 원한을 품은 유령이 되어 한 집안을 멸망시킨다는 집념을 묘사한 괴담이다. 유령이 나오는 각종 장치가 볼 만하다. 에도 말기 하층 사회의 선인과 악인의 모습을 사실적으로 그린 세와모노世話物이기에 걸작으로 인정받는다.

가부키는 오늘날에도 흥행 소재로서 가치를 지닌다. 메이지 이후에도 시대의 작품은 고전이 되고, 연기와 연출이 가타型로 고정되었지만 한편 새로운 양식이 생겨나 그 양식에 근거한 작품들이 계속 만들어져 왔다. 오늘날에는 가부키의 장르를, 사무라이 사회를 소재로 한 시대물(지다이모노), 서민을 소재로 한 세화물(세와모노), 무용, 신가부키의 넷으로 나누는 것이 보통이다. 신가부키는 아예 세익스피어의 연극과 같은 외국 연극을 번안하여 공연하기도 한다.

연극·춤·사설·시의 혼합체 '노'

한편 노는 가부키보다도 전통이 오랜 가무극歌舞劇으로, 가면극이다. 원래 노에는 여러 종류가 있었다. 하지만 보통 일본의 남북조 시대에 귀신 가면을 쓰고 연기하던 자루가쿠노猿樂能에 기원을 둔 예능을 '노'라고 줄여서 말한다. 교겐과 함께 공연되므로 합쳐서 노가쿠能樂라고도 하며, 노가쿠라고 하면서 그냥 '노'만을 가리키기도 한다.

노는 그 기원이 상고 시대까지 거슬러 올라가지만, 오늘날의 노는 남
북조 시대부터 무로마치 초기에 걸쳐 발달한 것이 에도 시대 중기에 들
어서 양식으로 갖추어진 것이다. 우리나라를 침략한 도요토미 히데요시
는 노를 아주 좋아하여 그 파트론이 되었을 뿐 아니라, 스스로도 무대
위에 서서 노를 추었다고 한다. 에도 시대에 들어와 막부의 식악式樂이
되면서 제도가 정비되고, 주인공격인 시테シテ를 주로 담당하는 시테가
타シテ方와 보조역이라고 할 와키ワキ를 주로 담당하는 와키가타ワキ方의
전문 역종役種이 정해졌다. 이후 메이지 시대에 들어와 우타이謠의 음
계·박자·강약이 변화해서 오늘날에 이른다.

노는 지붕 있는 전용 무대를 두고 오모테面(가면)를 사용하며 각본·
음악·연기 면에서 독자적인 양식을 갖추고 있다. 오늘날의 공연장인 노
가쿠도를 보면, 연기가 이루어지는 본무대는 사방 6미터 정도이고, 네
구석에 기둥이 있어서 지붕을 떠받친다. 본무대 뒤에는 아토자後座가 붙
어 있고, 횡판橫板 왼쪽에 하시가카리가 붙어 있다. 하시가카리는 연기자
가 들어오는 통로인데 거기서도 연기가 행해진다. 무대는 모두 회(히노
키)나무로 만들었으므로 흰색이다. 정면 안벽을 카가미이타鏡板라고 하
는데, 거기에는 특유의 소나무가 그려져 있다. 우측 벽면에는 대나무만
그려져 있다. 그 밖에는 아무 장식이 없다. 본무대는 아주 매끄러워미끄
러지듯 걷는 연기를 하기에 좋도록 되어 있다. 본무대는 대체로 안 길이
가 옆 길이보다 길어 가부키의 장식적 무대와는 전혀 다르다.

노는 대단히 진지한 내용을 담고 있는 무거운 예능이다. 에도 막부는
하루의 공연 프로그램(番組·반구미) 속에 웃음의 요소를 담은 노교겐
能狂言과 함께 공연하도록 지도하였다.

노의 대본을 우타이본謠本, 노본能本, 우타이교크謠曲라 부른다. 노본은 몽환능夢幻能(무겐노)과 현재능現在能(겐자이노)으로 구분되는데, 몽환능은 여행자나 승려가 비몽사몽간에 신神·귀鬼·정령 따위를 만나 그 지역과 관련된 옛날 이야기를 듣고 그의 춤을 보는 것이 골격을 이룬다. 이에 비해 현재능은 현실 인간계의 이야기를 골격으로 한다. 몽환능은 2장으로 이루어지고, 현재능은 대개 1장으로 이루어진다. 몽환능에서는 현재체現在體의 인물인 와키가 화신체化身體의 인물(마에시테)을 만나, 그 인물로부터 그 지역과 연관이 있는 사설을 듣게 되는데, 그 인물은 자신의 본체를 드러내고는 사라진다. 이것을 '나카이리中入'라고 하며, 여기까지가 마에바前場다. 와키가 기다리고 있는 사이에 영체靈體가 노치지테後ジテ로 다시 나타나 몸짓이나 흉내를 통해 이야기하는 시가토바나시仕方話를 하거나 춤(마이)을 춘다. 이렇게 몽환능은 등장·모노가타리·춤으로 구성된다. 이에 비하여 현재능은 등장인물이 모두 현재체이며, 대체로 신지핀 사람物狂い의 노로써 이루어진다.

노는 가부키와 같은 무대예술이기는 해도, 가부키와 달리 복수의 등장인물이 대등한 역할을 하는 것은 아니다. 주로 가면을 쓴 시테 한 사람이 강창江唱과 노래와 무舞를 독연獨演하는 경우가 많다. 시테는 저승의 존재로서 상징적·유현적幽玄的 연기를 한다. 즉 노의 주인공은 신불神佛·정령·유령 등 영체의 인물들, 혹은 미코巫女나 신지핀 사람 같은 영적 인물이다. 시테는 춤과 사설과 노래를 모두 하지만 시테가 행하는 모든 연기는 '노를 춘다'고 일컫는다.

노의 연목 가운데 『하고로모羽衣』는 특히 춤이 유명하다. 이 연목은 미호三保의 마쓰바라松原로 천인天人(선녀)의 춤을 구경하러 가는 내용으로 되어 있다. 그 마지막 부분에 4분 정도의 춤이 있는데 천인이 지상에 은혜를 내려주고 천상으로 올라가는 장면의 춤은 극히 우아하다.

　그러나 노에서는 가면을 쓰고 연기하는 시테만 중요한 것이 아니다. 역을 맡아 무대에 서는 타치카타와 음악을 담당하는 '지우타이카타', 반주를 맡는 '하야시카타' 모두 중요하다. 카타方란 담당 역할자를 높여 부르는 말이다. 타치카타에는 시테카타와 와키카타 이외에 교겐카타가 있고, 하야시카타에는 후에카타笛方, 츠즈미카타小鼓方, 오츠즈미카타大鼓方, 타이코카타太鼓方가 있어서 모두 일곱 역적役籍이 엄격하게 구분되어 있다. 지우타이는 시테와 관련이 깊으므로 시테카타가 맡는다. 지우타이는 시테의 대사에 이어, 사설조의 부분을 여섯 사람 내지 열두 사람이 함께 앉아서 합창하는 것을 말한다. 시테카타는 시·가무·곡선의 기법을 주로 하는 데 비하여, 와키카타는 산문·직선의 기법을 주로 한다. 앞서 말했듯이 시테는 가면을 사용하지만, 와키는 가면을 사용하지 않고 현재체의 난타이男體 역을 하며, 춤 연기를 하지 않는다. 대체로 노는 시테가 주인공이지만 와키가 주인공인 예도 있다. 와키는 이승의 존재자로서 현실적 시점을 유지하며, 시테보다 먼저 등장해서 시테보다 나중에 퇴장한다. 시테가 중요한 연기를 하는 동안 와키는 그것을 응시한다. 시테가 자기중심적이고 환상적인 연기를 하는 것을 떠받치는 역할을 하는 것이다.

　한편 교겐카타는 시테가 나카이리中入를 한 사이에 그 지역의 주민으로서 등장하여 명물과 절이나 신사의 연기설화緣起說話를 사설하여, 노의 전거典據를 평이하게 전달하는 역할을 한다. 그것을 아이다교겐間狂言, 혹은 아이間·ㄱ라고 줄여 부른다.

　노는 연극과 춤과 사설과 시의 혼합체다. 즉 등장인물과 합창대인 지우타이地謠가 발하는 사설과, 등장인물의 움직임所作, 우타이(성악·노래),

일반적으로 '노'라고 하면 남북조 시대에 귀신 가면을 쓰고 연기하던 자루가쿠노에 기원을 둔 예능을 말한다.

하야시(악기에 의한 장단)로 이루어진다. 노의 각본이라고 할 노본能本은 작은 단위가 모여 이루어진 적층積層 구조다. 그 가운데 제일 중요한 것은 쇼단小段이다. 쇼단에는 등장인물의 대사가 중심이 되는 것 이외에도 우타이가 중심인 우타이고토謠事와 하야시만 연주되는 하야시고토가 있다. 노의 대사는 옛 노래와 명구名句, 모노가타리物語(사설 혹은 진술), 설화, 군기軍記의 문장, 불교어 등 여러 장르에 걸친 언어를 모두 구어체와 산문으로 구사하는데 선율적으로 노래하는 후시節·ふし와 선율이 붙어 있지 않은 고토바言葉(말)로 이루어졌다. 후시는 때로는 상쾌하고 씩씩한 기분을 표현하기도 하지만, 애수를 띤 곡조가 주종을 이룬다.

노의 우타이나 동작은 멈춤이 없다. 우타이는 대본을 보지 않으면 관객이 어디서 끝나는지 알 수가 없을 정도로, 한 단락이 끝날 때쯤 다음 단락의 반주(하야시)가 연결된다. 연기자의 동작도 마찬가지여서 한 동작이 끝날 때면 휴지를 두지 않고 바로 다음 동작으로 옮겨간다.

본래 노는 교토의 야사카 신사八阪神社에서 곤고류金剛流가 공연함으로써 성립하였으니, 노는 완전히 교토에서 태어난 것이다. 이후 시테의 가타型에 여러 유파가 생겨났는데, 교토에는 곤고류만 남았다.

노의 대본인 노본, 즉 우타이본은 현재 본문만 남아 있는 것만도 2000번에 달한다. 그리고 현재 공연되는 연목만 240번이다. 에도 시대에는 하루에 공연하는 연목의 수를 다섯으로 정하여 프로그램을 짰다. 지금은 하루에 다섯 연목을 하지 않으나, 과거에 몇 번째 공연되던 것인가에 따라 각각의 연목이 지닌 특성이 분류된다. 그것을 곡적曲籍(교크세키)이라고 한다.

즉 첫 번째 공연되던 와키노모노脇能物·初番目物는 신령이 나와 천하태평의 축언을 전달한다. 산뜻한 맛이 있다. 두 번째 공연되던 슈라모노修羅物·二番目物는 생전에 전쟁의 죄를 저질러 사후에 수라도修羅道에 빠진 사무라이의 괴로움을 묘사한다. 씩씩한 맛이 있다. 세 번째 공연되던 산반메모노三番目物는 아름다운 여성을 시테로 하여, 가무 중심의 우아하고 아름다운 장면을 전개한다. 아름답고 정숙하다. 앞서 예로 든 『하고로모羽衣』는 바로 이 곡적에 속한다. 네 번째로 공연되던 욘반메모노四番目物는 광란과 잡다한 내용을 모두 포괄한다. 변화가 많고 재미있다. 다섯 번째로 공연되던 키리노切能·五番目物는 심산유곡이나 수중, 달세계 등 이계의 내방자를 주로 다룬다. 경쾌하다. 1945년 이후로는 하루에 다섯 연목을 공연하는 일은 거의 없다고 한다. 다만 곡적은 중시한다.

교토에는 130년의 전통을 지니고 우타이본만 취급하는 전문 책방이 있다. 그곳에서 취급하는 우타이본은 모두 200여 곡이다. 옛날에는 목판을 겸한 인쇄점이어서 지금도 별채에 판목이 보존되어 있다. 판목은 벚꽃나무로 만든다. 에도 말기에서 메이지 초까지는 그 판목으로 인쇄를 했다고 한다.

또한 교토의 북부 후쿠지야마福知山 시에는 노멘能面, 즉 오모테面를 전문적으로 만드는 노멘시能面師가 살고 있다. 무로마치 시대에 사용된 진짜 혼멘本面을 가지고 본을 떠서 3개월 걸려 만드는 우쯔시를 지금도 행하고 있다.

노가쿠도의 부지 안에는 전통 오모테가 보관되어 있는데 각각의 오모테는 연령과 표정에 차이가 있다. 그 가운데 이에모토寒本만이 얼굴에 쓸 수 있는 귀중품으로, 현재 300년 가량 된 오모테도 전한다. 오모테에 의해 연기자의 연기가 달라진다.연기자는 머리에 띠를 두르고 그 위에 오모테를 걸친다. 오모테를 걸치고 거울 앞에 서면, 연기자는 이미 자기 자신이 아닌 듯한 기분이 든다고 한다. 일종의 폐쇄감이 느껴지면서 별 세계로 끌려가는 듯한 기이한 기분에 사로잡힌다는 것이다. 그 폐쇄감 은 곧 자기 자신을 응시하는 힘을 뜻한다.

잔혹함·혼령의 세계 다룬 독특한 무대예술

가부키와 노의 세계는 우 리 문학에서나 고전극에서는 찾아보기 힘든 비현실적인 내용들로 가득 차 있다. 혼령의 세계를 다루는 노는 말할 것도 없고, 화려함과 잔혹함 을 극도로 추구하는 가부키도 우리의 문화 풍토에서는 그대로 소화하기 어렵다. 그런데 노와 가부키의 그러한 본질은 이를테면 일본의 현대극 과 영화 속에도 계승되어 있다.

근세에 들어와 가부키는, 비록 반발이 없지 않았지만, 서민의 구비 전 승 속에 이어져 온 비일상적 요소를 지나치게 음산하고 불합리한 방향 으로 변형시키면서 황당무계한 내용을 담아 왔다. 1945년 이후 미군정 시대에는 점령군이 검열을 행하여 가부키의 잔혹성과 봉건성을 제거하 고자 하였다. 그러나 그러한 요소를 버린다면 가부키는 가부키일 수 없 을 것이다. 가부키는 에도 시대 250년을 통하여 재생과 재발견을 계속해 왔다. 막부의 보호와 통제를 받아 왜곡된 부분도 있지만, 가부키 속에는 근세적인 도시 공간 속에서 흐느껴 울던 서민들의 저주와 한의 목소리가 담겨 있고, 그것이 여전히 현대 일본인에게도 어떤 호소를 하고 있다고 생각된다.

노는 고전어를 이해하는 층이 줄어들면서 관객이 줄었다. 하지만 전문가를 통한 계승이 이루어지고 있고, 그 예술 정신은 여전히 재평가되고 있으며, 삶과 죽음의 문제를 반성하는 일본적 문화 정신을 대표하는 고전극으로서 보호를 받고 있다. 소설가로 우리에게 잘 알려진 미시마 유키오三島由紀夫는 『근대 능악집近代能樂集』을 편찬하며 다섯 개의 연목을 두었다. 그는 노가쿠의 자유로운 공간·시간 처리와 형이상학적 주제 등을 현대에 살리는 작업을 하였다. 그것에 대하여 평가가 엇갈리지만, 노가 현대적으로 재해석되고 있고 또 그 연극적 수법이나 주제 사상이 높이 평가되고 있음을 상상할 수 있게 한다.

가부키와 노에서 다루고 있는 잔학의 미와 유현幽玄의 미는 우리에게는 낯선 것이지만, 그 미학의 특성을 이해하는 일은 거꾸로 우리 문화와 예술의 특성을 부각시키는 데 큰 의미가 있으리라고 본다.

Code 4

생 활 속 으 로 끌어들인 정토사상과 신선사상

배현미·목포대 교수

―

정원

독특한 생활 환경이 낳은 정원 문화

일본인은 나무 속에서 태어나고 나무 속에서 생활하는 민족이다. 그것은 북에서 남으로 뻗은 가늘고 긴 국토가 화산 지대의 장년기 지형으로서 풍부한 산림의 혜택을 주고 있기 때문이기도 하다. 그러한 풍토 속에서 일본인 조상들은 이 세상에 무스비노가미産靈神가 있어 그 신이 사람들이 사는 토지나 바라다보이는 산천초목에 영혼을 부여한다고 믿었다. 그리고 수목은 신이 하늘에서 내려올 때 사용하는 매개체로 간주되었다.

이처럼 수목을 신앙의 대상으로 간주하는 사람들은 나무가 벌채되어 재목(목재)이 된 이후에도 그 효험이 지속된다고 믿었다. 일본인들의 마음속에는 살아 있는 나무와 목재 사이에 구별이 없기 때문에, 그 나무결무늬의 구조물에서 정령을 느낀다. 나무는 잘라졌을 때 제1의 생명을 마치게 되나, 건축재로 사용되면 다시 제2의 생이 시작되고 그후 몇백 년의 긴 세월을 지속할 수 있는 힘을 갖게 된다고 믿는 것이다.

실제로 그 쓰임새에 나타난 사상을 살펴보더라도 유럽과 일본의 주거 양식, 즉 실내와 집 밖의 연결 방식에는 큰 차이가 있다. 일본인들의 주장에 따르면 그들의 주거 생활은 식물이나 동물, 인간이 원래는 같은 뿌리에서 파생된 자연 속의 일시적인 모습으로서 이 세상을 '최후의 은신처'라고 보는 인생관 위에 이루어지고 있다고 한다.

따라서 자연 속으로 융합하고자 가는 나무 기둥을 세우고 미닫이문障子을 끼워 툇마루緣側를 돌리는 형태가 주택의 기본으로 되어 있다. 미닫이

문을 열면 자연이 보여 집 밖의 푸르름(녹지)과 실내가 하나로 연결되어 있다. 이와 같이 일본인들에게 정원이란 그들의 생활공간을 자연과 융화시키는 하나의 매개체로 존재해 왔으며, 따라서 그들의 생활에서 필수적인 요소가 되고 있다.

일본인에게 정원은 생활공간을 자연과 융화시키는 매개체다.

일본의 주거 공간은, 아니 그들이 사용하는 개인적 공간은 대단히 적다. 거리를 걸을 때도 느끼지만 주택가의 골목, 특히 오래된 가로에서는 더더욱 그렇다. 오가는 사람들이 큰 짐이라도 들고 있다면 서로 부딪칠 만큼 폭이 좁은 도로가 조성되고, 가옥이 들어서고, 상가가 늘어서 있는 것이 일본 도시에서 흔히 볼 수 있는 공간 특성이다. 이처럼 개인에게 부여된 공간이 적은 탓에 일본인들은 그들의 생활 공간을 어떻게 하면 효율적으로 사용할 수 있나에 특별한 관심을 기울였던 것 같다.

일본을 방문할 기회가 있어 그들의 주택이나 공공 건물 등에 들어가 본 경험이 있었던 사람이라면, 일본인들의 공간 사용이 대단히 합리적·효율적이라는 것을 한눈에 알 수 있을 것이다. 그들은 확실히 공간을 아껴쓴다.

이와 같은 일본인 선조들이 가지고 있던 자연이나 나무에 대한 사상과 공간 사용에 대한 특징 등이 어우러져 현재의 생활공간 문화가 형성되지 않았나 하는 생각이다.

정원 문화도 마찬가지이리라. 집 안에서 문을 열고 밖으로 나가면 바로 자연과의 연계가 이루어져 융화되고 싶은 욕망은 간절했으나 소유하고 있는 공간에 자연을 담기에는 너무도 부족하지 않았겠는가.

일본 정원의 작정作庭(정원을 꾸밈·만듦) 수법에서 나타나는 자연의 풍경을 모사·축소하여 정원 속에 상징화하는 츠키야마린센築山林泉식 수법이라든지 변형된 소재를 사용해 물과 산을 상징적으로 표현하는 가레산스이枯山水식 수법, 실내에 꾸미는 소규모의 정원, 또 분재盆栽를 이용해 자연을 그릇에 담아 보자는 시도 등은 모두 제한된 공간에 대한 새로운 적응책이었다고 판단된다. 작은 공간에 많은 것을 담고자 하는 시도와 노력은 그들 생활 이곳저곳에서 발견되나, 여기에서는 정원 속에서 행해지고 있는 그들의 사상과 문화를 살펴보기로 한다.

자연 풍광을 옮겨놓은 '츠키야마린센식 정원'

흙을 쌓아서 산의 형태를 만들고 연못이나 물의 흐름을 만들어 자연 산수의 경치를 표현한 정원 양식을 츠키야마린센식이라 한다.

이 형식은 일본 정원 양식의 기본이라 생각하면 된다. 이렇게 말할 수 있는 것은 정원이 처음 만들어진 아스카 시대, 나라 시대부터 일본 정원은 자연 풍경을 모사하는 형태로 시작되었기 때문이다.

스이코推古 천황 20년(612년) 백제에서 귀화한 노자공路子工이 처음으로 정원다운 것을 궁궐 남쪽에 만들었다고 한다. 정원에 수미산須彌山과 오교吳橋를 꾸미며 가산假山(가짜 산)을 만들었다는 문헌 기록은 당시부터 정원 조성시 어느 정도 종교적인 의미가 포함된 사상이 도입되었음을 말해준다. 수미산은 동해 한가운데 신선들이 사는 섬이 있다고 믿는 고대 중국인들의 불로장생을 희구하는 사상에서 생겨난 상상의 산으로 신선설

神仙說의 골격을 이루는, 종교상 깊은 의미를 갖는 산이기 때문이다. 물론 확실하게 정립된 종교 사상의 영향이 정원 형태에 나타나게 된 것은 훨씬 후세에 이르러서이다.

현재 남아 있는 기록을 근거로 추측해 보면, 나라 시대에 귀족들

산과 연못, 물의 흐름을 만들어 자연 경치를 표현한 고이시가와 고라쿠엔.

의 저택에 조성되어 있던 정원은 바다의 풍경을 상징하는 연못을 중심으로 해서 만들어졌음을 알 수 있다. 당시 연못을 만들면서 가장자리에 돌을 쌓아 강변의 풍경을 표현하거나 돌을 쌓은 부분에 풍정을 더해 주기 위해 철쭉을 심었다.

이와 같이 섬세하고 말로 표현하기 어려운 아름다운 자연 풍경을 나라 시대에 이미 정원에서 재현하고 있었던 것이다. 발굴 당시 정원에는 쌓은 돌 사이사이에 식물이 자라고 있었고 이끼가 지표면을 뒤덮고 있어, 연못 위로 물새가 떠다니는 정경을 우리에게 예시해 주기에 충분했다.

그렇다면 나라 시대의 정원은 왜 연못을 만들어 바다의 풍경을 표현한 형태로 만들어졌을까. 그 이유를 명확하게 알 수는 없으나 아마도 자연에 대한 동경이 최대 이유였을 것이다. 그리고 이유를 하나 더 든다면 종교적인 영향도 있었다.

당시 사람들은 정원석에 지대한 관심을 가지고 있었는데, 여기에 종교적 의미를 부여했던 것으로 추측된다. 눈이 많이 내린 날에는 눈으로 큰 바위 더미를 만들어 그것을 초화로 장식했다는 내용의 노래가 있는데 이는 일종의 가산假山으로 볼 수 있고, 썩은 나무를 가지고 암석의 생김새를 상징했다고 해서 가산이라 명명되는 것도 있었다고 한다.

나라 시대에 시작된 자연 풍경의 재현이라는 작정 사상과 기술은 일본 정원의 조형 수법으로 정착하게 되며, 이것이 정원 조성시 규약이 되어 츠키야마린센식 정원 양식을 형성하게 된다.

그후 시간이 흐름에 따라 점차 특정 명승지 또는 풍경이 아름다운 장소 등을 모사하고 재현하고자 하는 양식으로 발전하게 된다. 이러한 변화는 헤이안 시대에 특정 명승지의 풍경이 작정의 형태로 도입되면서 시작되었다. 전해 오는 서적인 『작정기作庭記』에 따르면, 정원의 연못은 바다의 풍경을 옮기려 한 것이라고 서술되어 있다. 이 시대에는 정원의 바다 풍경 모사가 규범적인 작정 수법이었던 것으로 전해 내려온다.

모모야마桃山 시대에서 에도 시대 초기에 걸쳐 축조된 가츠라리큐桂離宮 정원의 차 마시는 장소인 쇼킨데이松琴亭 앞의 연못에는 가운데에 가늘고 긴 돌출된 섬이 만들어지고 형태가 좋은 소나무가 심어져, 하늘의 다리가 걸쳐진 경색을 모사하고 있었다고 전해진다. 연못은 바다, 츠키야마는 산의 형태를 상징한다는 츠키야마린센식 정원 양식은 오랜 전통 수법이자 양식으로 현재까지 전해 내려오고 있다. 이 작정 정신을 근본으로 하여 표현 기법은 시대에 따라 변화가 있기는 하지만 아름답고 강력하게, 또 섬세하게 연구되어 발달해 왔다.

나라 시대의 정원은 바다의 풍경을 상징하는 연못을 중심으로 만들어졌다.

츠키야마린센식 정원의 구성 요소

　　　　　　　　　　츠키야마 : 흙이나 돌을 쌓아 인공
적으로 산을 만드는 방법을 말하는데, 특정 산의 형태를 표현하고자 하
는 경우에도 여러 가지 기법이 있다. 예를 들면 교토의 다이고지醍醐寺 산
포인三寶院의 경우, 정원을 조성할 당시 츠키야마를 후지산과 비슷하게
만들기 위해 하얀 이끼를 산에 붙여 눈이 쌓여 있는 것처럼 표현했다.
또 도쿄의 고이시가와 고락쿠엔小石川 後樂園에 있는 츠키야마는 산 전체
의 끝 부분 능선에 짧은 주름을 넣어 아름다운 산형을 만들어 냈다.

　이와 같이 츠키야마는 예전부터 저명한 산악이나 명승지를 모사한
것으로, 특정 츠키야마나 일반적인 츠키야마나 모두 심산계곡의 풍경
및 분위기를 모사·재현하기 위한 것이다. 이처럼 츠키야마는 자연 풍경
에 대한 동경에서 연유된 것이나, 또 다른 측면으로는 동양 사상의 특징
인 산악 숭배라는 신앙적 요인이 그 저변에 깔려 있을 것으로 생각된다.

　산악 숭배 사상은 원시 시대부터 비롯되었으나, 겐쇼元正 천황 2년
(718년)에는 승려가 산에 들어가 암자를 경영하는 일조차 산하山河의 정
신을 오염시키고 산색山色을 손상한다고 여겨 정부에서 명을 내려 금지
시켰다는 당시의 기록을 보더라도, 예전부터 얼마나 자연의 산악을 신
성시하였는지를 짐작할 수 있다.

　일본에는 이즈伊豆 반도의 산켄야마三原山같이 산의 정상에서 분출되
는 불을 화신이라 칭하고, 산 자체를 신으로 생각해 두려움의 대상으로
삼았던 예가 비일비재하다. 산의 형태가 수려할 뿐 아니라 산의 정상에
서 불을 토해내는 현상은 문명 발달 이전의 사람들에게는 신에 의하여
이루어지는 일이라고밖에는 생각할 수 없었다. 따라서 그와 같은 산악
을 신 자체라고 생각해 두려워한 것은 너무도 당연한 일이다. 이러한 산

악 숭배 사상은 점차 산악을 불교의 장엄함에 결부시킨 신앙으로 발전해 이른바 '산악불교'라고 일컬어지는 종교의 탄생으로 이어지게 된다.

수려한 산봉우리를 예찬하는 사상을 근거로 자연 풍경의 모사를 기본 형태로 발달해 온 것이 일본 정원이다. 또 종교적 의의까지도 포함하여 수려한 영산靈山이 츠키야마로 모사되고, 정원 구성시 차경借景으로 도입된 것은 당연한 일이다.

이러한 관점에서 보면, 일본의 대표적 영산인 후지산은 정원의 차경·모사의 첫 번째 목표라 할 수 있다. 후지산에 대한 동경심은 예전부터 도시에서 생활하는 사람들에게는 각별했으며, 실제로 본 사람 또는 본 적이 없는 사람이라 할지라도 전해들은 사실만으로도 관심과 사랑의 대상으로 추앙받았다.

무소 고쿠시夢想國師는 1339년 사이호지西芳寺를 재건할 때, 그 정원 건물에서 바라다보이는 수려한 산봉우리를 후지라 칭하고 그 건물을 '후지의 방'이라 명명했다. 이처럼 후지산에 대한 동경은 후지를 상징하는 가산을 만드는 결과를 낳았다.

이와 같이 츠키야마린센식 정원에 츠키야마가 만들어진 근원을 이해하고 보면, 정원을 감상하는 것은 대단히 흥미롭고 이해하기가 쉬워진

일본인들의 동경의 대상이며 정원을 만들 때 가장 많이 모사되는 후지산.

다. 츠키야마가 어떤 이유로 만들어져 왔는가를 알게 되면, 다음에는 형태·아름다움·위치 등에 대해서도 쉽게 감상과 비판의 대상이 되기 때문이다. 그런 다음에 심산의 풍경을 표현하는 츠키야마의 모양은 당연히 정원 전체의 구성상 밸런스가 고려되어 있는가, 심산의 분위

기가 갖추어져 있는가, 아울러 나타나는 수목의 식재 패턴, 기술, 수종 선정 등에 이르기까지 감상하는 관점의 폭이 넓어지게 된다.

수많은 옥석을 깔아 웅대한 자갈 해안 풍경을 재현한 센토고쇼 정원.

연못 : 츠키야마린센식 정원의 연못도 츠키야마와 마찬가지로 자연 풍경의 재현이라 생각한다면, 그 형태와 구성은 자연의 바다 및 호수의 형태를 모사한 것이 된다. 거친 파도가 몰아치는 해안 풍경은 기암괴석을 거친 질감으로 쌓아 재현하며, 백사청송의 모래사장 풍경은 하얀 모래를 깔아 아름다운 곡선의 해안선을 만들고, 아름답게 가지가 뻗은 소나무를 식재하는 방식으로 자연 경관을 연출한다. 흰 모래 대신 잔디나 이끼를 아름답게 붙여 해안선을 표현하기도 했다. 또 센토고쇼仙洞御所 정원에는 무수히 많은 옥석을 바닥에 깔아 웅대한 자갈 해안 풍경을 재현했다. 해안의 자갈이나 작은 돌이 파도에 씻겨 마모되어 둥글어지고, 각양색색의 경색이 된 모습을 강조하기 위해 센토고쇼 자갈 해안의 옥석 재료는 멀리 오다하라小田原 해안에서 선별해 운반해 왔다고 한다. 이와 같은 배려와 노력은 탁월한 작정술이 되어 보는 이의 눈을 즐겁게 해준다.

시냇물, 물의 흐름 : 정원의 연못에는 당연히 물이 필요하며, 자연의 바다 및 호수의 느낌을 표현하기 위해서는 항상 풍부한 수량이 확보되어야 한다. 그리고 청정한 연못의 아름다움을 연출하기 위해, 또 오염되기 쉬운 물의 성질을 고려해 연못의 물은 반드시 순환시켜야 한다. 따라서 급배수 용도로 수원지에서 연못까지의 급수로와 오래된 물을 연못 밖으로 빼내기 위한 배수로가 필요하게 된다. 이런 급수로 및 배수로는 자연풍경식 모사라는 작정 정신의 관점에서 작은 하천의 경치를 닮도록 만들어지게 된다.

나라 시대의 정원에서도 유아적 단계의 작은 하천 형태가 나타나지만, 헤이안 이후의 시대에서 보이는 기술은 아름다운 자연 묘사로 탈바꿈해 시냇물 또는 흐름流れ이라는 형식의 기술로 정착·발전한다.

한편 중국에서 시작된 것으로 곡수연曲水宴을 개최하기 위해 곡수라 부르는 굽어 내려오는 물의 흐름을 만드는 기법이 일본으로 전해지게 된다. 일본에서도 겐소우顯宗 천황 시대에 이 기법이 실제로 쓰이게 되고, 나라·헤이안 시대에는 발전된 기술로 정착된다. 즉 곡수연을 위해 물의 흐름을 정원에 만드는 일은 이처럼 일찍부터 사용된 기법이었다는 점을 감안한다면, 시냇물 또는 흐름은 곡수에서 영향을 받아 정착된 기법이었다고 추측할 수 있다.

또 헤이안 시대의 귀족들은 도시 근교의 들판에서 자연을 즐기곤 했는데, 그때 야초나 들꽃 사이를 아름다운 곡선을 그리며 흘러가는 작은 하천의 자태를 들판 주변의 풍경과 함께 정원에 모사하게 된다. 이 기술을 노스지野筋라 하며, 정원 구성의 일부로 즐겼던 것도 츠키야마린센식 정원에 시냇물이 발달하게 된 원인의 하나라고 할 수 있다. 특히 견디기 어려운 여름 더위를 달래기 위해 시냇물 흐르는 소리를 이용하여 시원함을 느끼고 즐기는 공간으로도 활

시냇물의 흐름을 표현한 곡수. 고이시가와 고락쿠엔의 곡수.

용했으리라 추측된다.

이와 같이 해서 만들어져 온 시냇물은 야리미즈遣水라고도 불리는 정원 구성의 하나다. 이러한 시냇물도 후세에 이르면 고이시가와 고락쿠엔에서 나타나는 흐름처럼 오이가와大堰川의 풍경을 재현하기 위해 대규모 하천을 모방하는 것으로 발전하게 된다. 연못이나 시냇물의 상류는 당연히 산악지대이자 계류이며 폭포다. 따라서 산악인 츠키야마에는 당연히 폭포가 걸려 있고 기암괴석과 폭포수가 떨어진다. 산에서 내려오는 폭포수는 계곡의 물로 합쳐지고 하천으로 연결되어 바다로 들어가게 되는데, 이러한 자연 법칙이 시냇물의 흐름 기법이 되어 낙수구의 표현 기법으로 발달된다.

츠키야마린센식 정원의 유형

츠키야마린센식 정원에도 여러 가지 형식이 있다. 즉 같은 정원이라도 규모가 크고 정원 안에 산책로가 종횡으로 나 있어 걸어다니면서 정원을 감상하는 형식의 것과, 건물의 마루나 복도 위에서 정원을 감상하는 형식의 두 종류가 있다.

전자가 '걸어다니며 바라보는' 회유식 정원이고, 후자가 건물 내부에서 '앉아서 바라보는' 순수감상식 또는 감상 본위의 정원이다.

회유식 정원은 수천에서 수만 평의 넓은 면적을 가진 정원으로 부지에 츠키야마, 연못, 시냇물 그리고 그 밖의 정원 시설이 배치되고, 건물도 주체가 되는 본관을 중심으로 별당, 차테이茶庭 등이 산재하는 구성을 이룬다. 이러한 정원은 전체적인 조화를 이루고 있을 뿐 아니라 그 안의 각 건물에서 정원을 바라볼 수 있도록 건물을 중심으로 정원 구성이 이

회유식 정원은 걸어다니며 바라볼 수 있도록 연못을 따라 길이
만들어져 있다.

루어진다.

각 건물과 정원이 만나는 공간, 이 부분을 정원의 구역·국부라고 하며 회유식 정원의 특징은 이와 같은 구역만 보더라도 훌륭한 정원 경관을 형성할 수 있도록 빈틈없이 구성되어 있다는 데 있다.

감상식 정원이란 주건물의 중심이 되는 마루(또는 다다미를 깐 방)나 건물의 복도를 약간씩 이동해 가면서 정원을 감상하도록 만들어진 형태를 말한다. 따라서 이런 종류의 정원은 마루, 즉 중심부에 구성의 중심을 두고 만들어진 형태가 대부분이다.

주택 정원의 경우 건물의 정면, 남쪽 면에 위치하는 경우가 대부분이며, 사원 등의 특수한 건축물의 경우에는 건물의 뒤편, 서원 또는 객전客殿 등에 앉아 바라볼 수 있는 위치에 정원을 조성한다.

그 대표적인 예로 산포인 정원을 들 수 있다. 이 정원의 구성은 사원이 가장 중심이 되는 주건물인 침전寢殿에 대해 만들어진 츠키야마린센식 정원이다. 침전의 전면에 넓은 연못이 전개되고, 연못 안에 세 개의 섬이 배치되고 연못 건너편 해안을 따라 츠키야마를 조성, 건너편에는 풍부한 수량의 폭포수가 연못으로 떨어지고 있다. 그리고 연못 좌우 양단에는 시내가 있어 감상 본위의 츠키야마린센식 정원으로서는 전형적인 형태를 갖추고 있다. 또 반드시 기억해 두어야 할 것이 있는데, 그것은 이 정원이 산포인의 주요 건물인 침전과 함께 침전조정원寢殿造庭園이라는 헤이안 시대에 발달한 정원 양식을 잘 표현하고 있다는 점이다.

감상 본위의 츠키야마린센식 정원은 그 대다수가 이런 침전조정원 형식을 취하고 있으며, 건물과 정원 관계 형태를 도입하고 있는 것이라 생각하면 된다. 따라서 감상 본위 정원의 구성 요소는 그 주기능이 감상을 목적으로 한다. 정원에 있는 다리는 건너가면서 정원을 감상하기 위한 실용적인 것이 아니라 정원 구성의 경

감상을 위해 만들어진 대표적인 산포인 정원의 전경.

관적 요소로 만들어져 있으며, 이 점이 회유식 정원과 다른 점이라 하겠다. 츠키야마의 구성에서도 이러한 경향은 동일하다. 돌의 축조 방법이나 구성도 수호석守護石 또는 등호석藤戶石이라는 것이 있어 주인을 보호해 준다는 사상적 배경에서 배치되었을 뿐 아니라 정원 전체의 균형을 잘 지키는 구성으로 되어 있다.

선종 영향으로 발달한 '가레산스이식 정원'

가레산스이식 정원이 발달한 것은 선종 사상이 일본 문화예술계에 영향을 미치기 시작하면서부터이다. 선종 사상이 중국 대륙에서 일본으로 전파된 것은 가마쿠라 시대다. 그리고 그것이 일본인의 정신생활 속에 침투되어 여러 가지 것들에 영향을 미치기 시작한 것은 무라마치 시대에 들어와서이므로, 가레산스이식 정원이 생겨난 것도 무라마치 시대부터라 하겠다.

가레산스이식이라고 불리는 정원 형태는, 사실 의장 디자인상의 표현에 지나지 않는 것으로 일본 정원의 발생이나 그 양식 및 형식의 확립과는 아무런 관계가 없다. 단, 선종 사상에 의한 유심론적 사고방식이

선종의 영향을 받은 다이센인의 서원 정원.

예술의 창작 심리에 영향을 미쳐 가레산스이식이라고 칭하는 독특한 정원 양식이 발생한 것이다. 선종은 중세 일본 사회에서 선교계만이 아니라 문화예술 세계에서 크게 활약했기 때문에, 그 영향으로 일본 정원 세계에 큰 변화와 특이한 정원 양식이 발달했다는 것은 부정할 수 없다.

중국 북송北宋 시대에 발달했던 파묵산수화破墨山水畵는 묵(먹물)의 농담을 이용해 자연 산수를 추상적으로 그려낸 회화인데, 이 화법은 선禪 사상 덕분에 발달한 것이다. 선승들에 의해 일본에 전해진 북송화北宋畵는 무라마치 시대에 가장 발달했는데, 그림에 강한 영향을 준 선 사상은 당연히 정원 조성에도 영향을 미치지 않을 수 없었다. 다이도쿠지 도다이 다이센인大德寺 塔頭 大仙院 서원 정원書院庭園은 그 대표작으로 손꼽힌다.

다이센인 서원 정원은 서원 동쪽에 면한 좁고 긴 공간에 만들어진 작은 면적의 소정원으로, 1509년 다이센인의 다이세이 고쿠지大聖國師가 만들었다고 전해 내려온다.

무라마치 시대 말기에 조성된 이 정원을 살펴보면 20평(66㎡) 정도로 협소한 면적이지만 그 형태가 심산유곡의 대자연을 표현하고 있다는 점이 경이롭다. 심산유곡의 표현에서 가장 중요한 역할을 담당하는 장소는 폭포 부분이다. 올려다보아야 할 만큼 커다란 돌 두 개를 서로 접하도록 세우고 그 밑에 자연석의 작은 반교反橋가 걸려 있다. 그리고 입석 뒷부분에 매화의 고목을 집어넣어 심산을 표현하고, 폭포 오른쪽 깊숙한 곳에 수목을 배치하고, 파고들 듯이 돌을 심어 계곡물이 흘러 떨어지는 모습을 표현하고 있다. 이 폭포 부분이 감상의 포인트가 되는데, 큰 돌 두 개를 세우고 반교를 놓은 모습은 마치 심산에서 떨어져 내리는 폭포수 밑을 통과하는 다리의 모습을 보는 듯하다. 선종 사상의 관점에서 본다면 이 정원 앞에 서서 폭포를 바라보고 있으면 '어느새 폭포물 떨어지는 소리가 점차 들려오게 될 것이다'라고 할 수 있다.

가레산스이식 정원 형태에서는 돌을 세워 조합하는 방식만으로 물이 떨어지는 폭포를 표현하고, 흰 모래를 깔아 물의 흐름을 표현하고자 한다. 따라서 석교 밑에서 남으로 향하는 돌들 사이에 깔린 흰 모래는 암석을 때리는 계곡 물의 흐름을 의미한다. 실제로 물을 사용하지 않고 돌을 조합하는 것만으로 폭포를 표현하고, 흰 모래를 가지고 물 흐름을 상징하는 가레산스이식 정원은 선 사상의 관점에서 본다면 아무런 모순도 없는 표현이라 할 수 있다.

가레산스이식 정원의 형식과 의장은 시대의 흐름에 따라 변한다. 15세기 후반에는 바다의 경치를 나타내는 히라니와 가레산스이平庭枯山水 수법이 발달하게 되는데, 이는 모래와 바위만을 사용해 정원을 구성하고 식물은 일절 사용하지 않는 방법이다.

다이도쿠지 다이센인 정원이나 료안지龍安寺 정원에서는 평탄지에 돌을 배치해 산수의 자연경관을 표시하는 것과 같은 초감각적인 무無의 경지를 표현했다. 장방형 건물 앞 좁은 평탄지에 흰 모래를 고루 깔고 그 속에 정원석을 15개 배치하고 정원석 주변에 이끼를 약간 곁들였을 뿐 나무나 풀은 전혀 사용하지 않았다. 주변에는 흙담장을 둘러 외부 공간과 구획해 놓았으며 모래 위에는 파도

료안지 정원은 돌을 이용해 무(無)의 경지를 표현했다.

모양의 무늬를 그려놓아 시선을 모으기에 충분하다.

　가레산스이식 정원은 무엇보다도 간결하게 물체의 형태를 표현해 어떤 사물을 설명하고자 하는 조형으로, 정원석의 수도 가능하면 적게 사용하고, 면적도 협소하기 때문에 사용하는 재료에 대단히 깊은 의미를 함유시키고 있다. 그리고 정원석의 형태, 돌 표면의 갈라진 모양이나 색조를 이용해 섬세한 정신과 감상을 구상해 돌의 배치나 구성을 이루어 내고 있다. 그것은 마치 정원석과 소량의 수목, 그 밖의 재료를 사용하여 공간에 그림을 그리고 있는 것과 같은 느낌을 주는 정원의 구성 방법이라 할 수 있어 흥미로움을 더해 준다.

차시츠와 함께 발달한 검소한 정원 '차테이'

　　　　　　　　　　　　유명한 정원 또는 일반 주택의 정원을 관람할 때 정원에 석등石燈이나 손씻는 수반手水鉢을 배치한 양식의 정원이 많은 것을 알 수 있다. 그러나 비교적 오래된 정원, 즉 중세의 무라마치 시대, 헤이안 시대로 거슬러 올라가면 정원 안에 석등이나 수반을 취급하고 있지 않다.

　그렇다면 왜 중세의 정원에는 석등이나 수반이 사용되지 않았던 것일까? 또 왜 모모야마 시대 이후 근세에 이르러서야 사용되기 시작했을까? 그 이유는 역시 문화적·정치적 배경 때문이다.

　무라마치 시대의 전란이 끝나고 국내가 안정됨에 따라 규모가 큰 토목공사가 이루어지게 되어 성곽이나 저택 등이 건설되게 된다. 따라서 자연적으로 호화로운 정원도 생겨나 태평성대를 누리게 되는데, 이 시대를 모모야마 시대라 부른다.

당시 유명한 정원인 산포인과 니조 죠二條城의 정원은 집권자들이 지니고 있던 독특한 기호를 보여준다. 그것은 일본인들이 보유하고 있는 특유한 간소미와는 달리 호화로운 돌의 구성과 엄선된 명목名木 따위를 가지고 사람을 위압하는 수법이다. 이곳에 사용된 정원

정원에 석등이나 손을 씻는 수반이 등장한 것은 근세 이후다. 사진은 니조죠 정원.

석이나 수목 등은 모두 자연에 순응하는 태도에서 벗어나 과장하는 경향을 보여준다.

이런 화려한 경향에 대치하는 표현으로 이 시대에 접어들면 차시츠茶室와 그곳에 이르는 좁은 길을 조경하는 수법이 개발된다. 차시츠는 일종의 수양하는 자리를 꾸미는 간소한 건축으로, 그곳에 이르는 길을 중심으로 좁은 공간에 꾸며지는 차테이茶庭는 일종의 자연식 정원이라 할 수 있다. 징검돌이나 돌 포장 수법을 구사해 폭풍에 씻겨 곳곳에 암석이 드러나 있는 산길을 방불케 하고, 수통水桶이나 돌로 만든 물그릇으로 샘을 상징하고, 마른 소나무 잎을 깔아 지피를 나타내는 등 제한된 공간에 깊은 산골의 정서를 담고자 했다. 때로는 오래된 사찰이나 경내에 있을 법한 석탑이나 석등을 옮겨다 놓아 고찰의 분위기를 재생하는 시도도 이루어졌다.

당시의 정원에는 차세키茶席(차 마시는 장소), 차테이라는 특수한 양식의 건물과 정원이 고안되고, 이 차세키·차테이의 발생과 발달을 계기로 지금까지의 정원 양식에 큰 변화가 나타나게 된다.

차테이는 로지露地라고도 일컬어지는데, 종교의 정신적 기반을 갖는 형식으로 생각할 수 있을 뿐 아니라, 지금까지 만들어져 온 츠키야마린

다회에 앞서 입 안을 헹구고 손을 씻기 위한 수반.

걷기 쉽도록 만들어 놓은 다실 입구의 징검돌.

센식 정원이나 가레산스이식 정원 양식과는 형태에서도 근본적으로 차이가 난다. 아울러 센노 리큐가 제창한 와비·사비의 정신, 화려함과 장식적인 미감각을 철저하게 거부해 만들어진 것이 로지라고 일컫는 정원이었다. '와비'란 인간 생활의 가난함·부족함·불만 속에서도 이러한 것들을 초월해 정원 속에서 미를 찾아내 검소하고 한적하게 산다는 개념이며, '사비'란 이끼가 끼여 있는 정원석에서 고뇌와 한아閑雅를 느낀다는 개념이다. 결국 그 형식은 필요한 것 말고는 제외시키고 자연 그대로 산야의 모습으로 정원을 조성해 그 안에서 단순미를 추구하기 위해서였다.

로지 안은 청정한 장소이기 때문에 심신을 정화하기 위한 방법으로 불단佛壇에 빌기 전에 수반의 깨끗한 물로 입 안을 씻어내고 손을 깨끗이 하기 위해 로지 안에 수반을 놓고 돌을 깔아 길을 만들었다. 그리고 로지 안을 걷기 쉽도록 징검다리나 돌로 포장을 했는데, 이것은 산속의 좁은 길을 통행하기 쉽게, 또 비가 내린 후에도 신발에 흙이 묻지 않게 실생활의 편익을 고려해 고안된 것이라 하겠다. 지금까지 신사神社·불각佛閣의 산도參道(참배를 위한 길)에 사용되던 석등의 상징적 의미가 변전되어, 차테이의 석등은 야간 조명과 장식 목적으로 설치되게 된다.

이러한 로지·차테이가 일반인의 관심을 끌게 되면서 차테이는 일반

주택 정원의 구성 요소로도 사용되게 되었으며, 그와 같은 경향은 대단히 빠른 속도로 유행하게 된다.

에도 시대 이후 만들어진 정원에서는 대정원의 경우도 정원 내부의 길에 징검다리를 놓고 돌 포장을 했으며 정원에 차세키나 마치아이待合(잠시 걸터앉아 얘기하거나 사람을 만나는 장소)를 만들었던 것은 로지테이露地庭의 영향, 즉 차테이의 영향을 받은 결과라고 하겠다.

정토사상과 신선사상의 표출

일본 정원의 양식과 형태는 어떤 사상의 영향으로 지금과 같은 여러 가지 형태로 발달해 온 것인가?

그 사상이란 정토淨土사상과 신선神仙사상 두 가지이며, 이 두 사상에 의해 일본 정원의 양식과 형태가 형성되었다고 할 수 있다. 즉 정원 형태가 츠키야마린센식이건 가레산스이식이건 모두 이 두 사상의 영향을 받은 것이다. 그러므로 이러한 사실을 염두에 두고 일본 정원을 감상하지 않으면 정원 양식에 대한 이해가 불가능할 것이다. 이 두 사상이 어떻게 작용하고 있는가를 간단히 살펴보자.

일본의 정원에서 정토사상은 극락정토를 건물과 정원 공간에 표현하는 방식으로 영향을 미쳤다. 가장 단적인 예가 헤이안 시대에 축조된 뵤도인平等院이다. 여래상이 안치된 봉황당鳳凰堂을 중심으로 전개된 연못은 연지蓮池를 표현하며, 뵤도인은 건물과 정원으로 극락정토를 나타낸다. 이는 아미타 신앙 사상에서 발상된 정원 건축 양식으로 이 사상과 형식은 후세에까지 계속 이어진다. 진엔지塵苑寺, 사이호지西芳寺, 지쇼지慈照寺 정원 모두 정토사상에 의한 작정 양식이다. 또 이 사상은 돌을 이용해서

진엔지의 정원에 나타난 정토사상.

삼존불三尊佛의 형태를 표현하는 시도로까지 이어지게끔 발전하게 된다.

중국에서 전해 온 신선설도 정원 조성에 영향을 미쳤다. 큰 바다에 신선이 살고 불로불사의 영약이 있다는 전설에 따라 정원에 연못을 만들고 그 안에 신선이 거처하는 신선도 神仙島를 표현하고자 시도한다. 산포인, 니조죠, 고라쿠엔의 정원, 리츠린 코엔栗林公園, 가츠라리큐桂離宮, 슈가쿠인리큐修學院離宮 등이 모두 신선사상에 의거한 정원 양식이다. 또 다이센인 서원 정원도 가레산스이식 정원에 신선도를 표현하고자 한 것으로, 불로장생의 영약의 힘을 빌려 영험을 기원하는 사상에서 출발한 것이다. 이러한 사상, 즉 신선도를 만드는 수법이 보다 현실적인 작정 수법으로 변모해 학과 거북을 상징하는 섬으로 표현되게 된다. 학은 천 년, 거북이는 만 년으로 동물 중 가장 긴 수명을 가지고 있다는 것에서 신선도의 전설과 접목시킨 것이다.

이러한 경향이 에도 시대에 이르면 정원 안에 음양석陰陽石을 놓고 남녀 화합을 상징하고 자손 번영을 나타내는 사상으로 변화된다.

지금도 정원에 거북이섬이라 일컫는 섬을 만드는 것은 이 사상에서 온 것이라 할 수 있다. 또 거의 모든 섬에 소나무를 심는데, 이는 소나무는 수명이 길고 아름다운 자태를 가졌기 때문이며 동시에 불로불사의 신선과 연결시켜 섬에 소나무를 심어 신선도임을 강조하고자 하는 의도에서 연유된 것이다. 정원을 바라볼 때 거의 대부분의 섬에 소나무가 있는 것을 발견할 수 있는데, 이는 신선사상과 작정의 관계를 이해한다면 수긍할 수 있는 부분이다.

정원을 감상할 때 정원의 표면적인 아름다움을 감상하는 것도 중요하겠지만, 정원의 양식과 형태가 어떤 과정을 통해 만들어져 왔는가, 또 그 기반이 되고 있는 것은 무엇인가를 올바르게 인식해 두지 않으면 진정한 감상은 이루어질 수 없다.

큰 바다에 신선이 산다는 신선사상에 따라 정원 연못에 신선도를 표현했다.

그러므로 올바른 관점에서 감상을 통해 보는 일본 정원 문화에 대한 이해는 단순히 다른 지역 문화 관광자원에 대한 접촉과 감상의 범위를 넘어서, 그 나라 사람들의 생활과 문화, 나아가 가치관까지도 이해할 수 있는 매개체의 공간으로 작용할 수 있으리라 기대해 본다.

Code 5

천황의 권력을 확인하던 정치적 퍼포먼스

김용의 · 전남대 교수

—

스모

스모는 단순한 힘겨루기 스포츠가 아니다

일본의 국기國技라 일컫는 스모는 NHK 위성방송이나 케이블TV를 통해 한국에서도 쉽게 접할 수 있다. 그 영향인지 우리 한국인들 사이에서도 이 스모에 흥미를 느끼는 사람들이 적지 않은 듯하다.

일반적으로 한자로 상박相撲이라 표기하고 스모すもう라 읽는 이 말은 어원적으로는 '지지 않으려고 버티다', '다투다', '서로 겨루다' 등을 뜻하는 일본어 동사인 스마후すまふ에서 파생하였다고 한다. 흔히 스모를 일본의 국기로 알고 있으나, 일본이 스모를 자국의 국기로 지정한 적은 없다. 다만 1909년에 도쿄의 료고쿠兩國에 스모 전용 경기장을 건립하면서 그 이름을 국기관國技館으로 한 것이 계기가 되어 일본의 국기는 곧 스모라는 인식이 차츰 확산되어 오늘에 이르고 있다.

한국이나 일본을 막론하고 일본의 전통문화를 꼽아 보라는 앙케이트 조사를 하면 항상 상위권에 스모가 들어간다. 이는 일본인들 스스로나 한국인들 사이에서 스모를 일본의 대표적인 전통문화의 하나로 인식하고 있음을 나타낸다.

이처럼 스모를 일본의 전통문화로 인식하게 된 배경에는 구체적으로 어떤 요소가 작용하고 있는 것일까? 기본적으로 스모는 도효土俵라 부르는 씨름판 위에서 '리키시力士' 라 부르는 두 사람의 프로 씨름꾼이 힘과 기술을 다하여 승패를 가르는 스포츠다. 그러나 스포츠는 스포츠이되 일종의 의례에 가깝게 고도로 양식화한 스포츠라고 할 수 있다.

따라서 승부를 겨루기 위해 도효에 올라가면서부터 승부가 끝난 후 도효를 내려갈 때까지 리키시의 동작 하나하나에 양식화한 의례성을 느낄 수 있다. 스모에서 이긴 쪽이나 진 쪽이나 감정을 드러내지 않는 절제된 표정이 미덕으로 여겨지는 것은 그 좋은 예일 것이다.

스모는 스포츠이지만 일종의 의례에 가깝게 고도로 양식화한 스포츠라 할 수 있다.

그리고 오늘날에도 일본 각지의 신사에서는 제례를 행할 때 스모를 봉납하는 경우가 많다. 한 예를 들면, 야마구치현의 호후防府 시에 위치한 다마노야玉祖 신사에서는 지금도 9월 제례 때 스모를 봉납하고 있다. 이와 같은 예는 스모의 종교적 성격을 단적으로 보여주는 것이다. 우리가 일본의 스모에 흥미를 느끼는 주된 이유도 단순히 승패를 가르는 스포츠로서가 아니라, 그 배후에 무언가 근원적인 것이 자리하고 있을 것이라고 생각하기 때문이다. 그 '무언가'를 구체적으로 요약한다면, 앞에서 지적한 의례성과 종교성이라 말할 수 있다.

스모의 기원과 역사

일본 스모의 지리적 기원에 관해서는 북방 전래설과 남방 전래설이 제기되고 있다. 북방 전래설은 몽골 지역을 기원으로 해서 한반도를 거쳐 일본으로 전래되었을 것이라는 설명이며, 남방 전래설은 남아시아 지역에서 바다를 건너 먼저 일본 남부 지역으로 전래되었을 것이란 설명이다. 또 스모의 역사적 기원과 관련해서 주목할 만한 주장으로는 농경 기원설이 있다. 즉 스모는 원래 곡식의 풍년을 기원하는 농경 의례로 출발했을 것이란 주장으로, 일본의 민속학자와 역사학자를 중심으로 정설로서 폭넓은 지지를 받고 있다.

그리고 문헌상에 보이는 일본 스모의 원형에 관해 논할 때에는 흔히 『고지키古事記』712와 『니혼쇼키日本書紀』720에 나타난 기록을 예로 든다. 『고지키』의 신화 속에는 다케미나카타노 미코토建御名方命와 다케미가즈치노 미코토建御雷命라는 두 신이 지금의 시마네島根 지방에서 '힘겨루기'를 했다는 기록이 있다. 그리고 『니혼쇼키』에는 스이닌垂仁 천황 시대에 노미노스쿠네와 다이마노게하야라는 두 장사가 '힘겨루기'를 했다는 기록도 보인다. 그러나 이 시대의 '힘겨루기'는 지금 일본에서 행해지고 있는 스모와는 아주 달랐으며, 오늘날의 격투기에 가까운 형태의 스모였다고 할 수 있다.

스모의 역사를 고찰함에 있어서 빼놓을 수 없는 것이 스모세치에相撲節會다. 세치에란 천황이 절일이나 의식을 행할 때 신하들을 불러들여 궁정에서 벌인 연회를 말하며, 이때 스모는 궁정의례의 하나로 중요한 위치를 차지했다. 『쇼쿠니혼續日本紀』797라는 문헌에는 734년 칠석七夕에 조정에서 스모세치에가 열렸다는 기록이 있어, 이를 스모세치에의 효시로 보고 있다. 스모세치에가 열릴 무렵에는 미리 궁정의 좌우 근위부近衛府에서 고토리노쓰카이部領使라 부르는 사신을 지방으로 내려보내, 힘센 장사를 선발해서 훈련을 하도록 했다는 기록도 있다.

이 스모세치에가 시신덴紫宸殿이라는 궁전 앞에서 황족부터 참의參議 이상의 귀족들이 다 모인 가운데 성대하게 치러진 것에서 알 수 있듯이, 이는 천황의 중앙권력을 강화하고 확인시킬 목적으로 행해진 일종의 정치적 퍼포먼스로서 다분히 정치적 의도가 내포된 의례였다고 할 수 있

다. 따라서 일본의 역사에서 천황의 권력이 쇠퇴함에 따라 스모세치에
도 점점 행해지지 않게 되어, 1174년 다카쿠라高會 천황 때를 마지막으로
역사에서 사라지게 된다.

천황의 중앙권력을 강화하고 확인시킬 의도에서 궁정의례로 행해졌
던 스모세치에가 끊긴 뒤, 스모는 병사들의 신체 단련을 위한 무술로 중
요하게 여겨져서 권력을 쥔 무장들이 널리 장려하기에 이르렀다. 일본
의 중세 가마쿠라 시대(1192~1333)의 초대 쇼군將軍이었던 미나모토 요
리토모源賴朝는 스모를 장려하여, 쓰루오카하치만鶴岡八幡宮 신사에서 스
모대회를 개최하였다.

일본의 역사물 등을 통해서 우리에게도 많이 알려진 전국시대戰國時代
의 오다 노부나가나 도요토미 히데요시도 스모를 애호했다. 예를 들면
오다 노부나가는 1570년에 조라쿠지常樂寺에서 조란스모上覽相撲를 개최
했으며, 1578년에는 아즈치성安土城에서 스모를 개최했다는 기록이 있
다. 쇼군이 친히 관람했던 스모를 조란스모라 했는데, 조란스모를 개최
한 배후에는 천황을 대신해서 군사적 실권을 장악한 장군이 이전의 스
모세치에에서 천황이 누렸던 정치적 상징성의 연장선상에서, 이번에는
자신의 권력을 강화하고 확인시키기 위한 정치적 의도가 작용했다고 할
수 있다. 오늘날에도 일왕이 관전하는 스모를 덴란스모天覽相撲라 부르
며, 스모 전용 경기장인 국기관에는 일왕을 위한 전용 좌석이 설치되어
있다.

전국시대를 거쳐 에도 시대(1603~1867)에는 간진스모勸進相撲가 성행
하였다. 간진이란 원래 불교 용어로, 신사나 절의 건립이나 수리에 필요
한 자금을 염출하기 위해서 여는 행사란 의미로, 이를 목적으로 여는 스
모를 간진스모라 한다.

그러나 시대가 변함에 따라 차츰 간진이라는 본래의 목적과는 상관 없이, 간진을 명분으로 하고 흥행만을 목적으로 한 상업적 성격의 스모 가 성행하였다. 간진스모의 사무를 관장하거나 리키시 양성을 담당하던 사람을 도시요리年寄라 불렀는데, 오늘날 노인을 뜻하는 도시요리라는 일본어는 여기에서 유래했다고 한다.

흥미로운 것은 이 시대에 흥행을 목적으로 한 여자스모女相撲가 자주 행해졌다는 것이다. 스포츠라고 하기보다는 관중들에게 보이기 위한 연 희적 성격을 띤 스모로, 거구의 여자가 체격이 작은 남자를 상대로 스모 를 하거나 여자들끼리 스모를 하는 모습이 풍속화에 그려지기도 했다.

메이지 유신(1868)을 맞이하면서 일본의 스모도 크게 변모했다. 문명 개화를 목표로 한 서구적인 사고가 지배했던 메이지 초기에, 스모는 '야 만스런 스포츠', '벌거벗고 추는 춤'이라는 인식이 확산되어 한때 큰 위 기를 맞기도 했다. 그러나 봉납奉納스모와 같은 형태로 거행한다든가, 사 이고 다카모리西鄕隆盛나 이토 히로부미와 같은 유력한 애호가의 후원에 힘입어 위기를 넘길 수 있었다.

봉납스모란 신사에서 제례를 올릴 때 바치는 스모를 말하는데, 예를 들면 1869년 야스쿠니 신사 앞의 광장에서 스모를 봉납하는 것을 이른 다. 이 야스쿠니 신사는 해마다 8월이면 일본 각료들의 공식 참배 문제로 우리에게도 잘 알려진 신사로, 이후 이 신사에서는 봄과 가을 제례 때 스 모를 봉납하게 되었다. 이처럼 스모는 일본의 내셔널리티와도 깊이 관련 되어 있었으며, 비록 전부는 아니라 할지라도 오늘날 일본에서 스모가 커다란 인기를 누리고 있는 배경에는 주로 이 시기에 형성된 일본의 내 셔널리티가 자리잡고 있음을 부인할 수 없다.

최근 일본에서 스모가 젊은이들(특히 여성) 사이에 인기가 없어 앞날

이 우려된다는 목소리를 자주 듣는다. 그렇지만 스모는 프로야구나 프로축구의 인기와 비교해도 전혀 손색이 없을 만큼 대중적 인기를 누리고 있으며, 스모를 직업으로 하는 리키시는 연예인 못지않게 많은 팬을 확보하고 있다. 스모대회가 열리는 기간에 관중들이 자리를 가득 메웠을 때 내거는 '만원사례'라 쓴 현수막이 오늘날에도 거의 매일 걸려 있는 것을 보면 그것을 잘 알 수 있다.

그러면 일본인들은 스모의 어떤 면을 보며 재미있어하고 즐기는 것일까?

혼바쇼와 도리쿠미

혼바쇼本場所란 일본스모협회가 개최하는 공식적인 스모대회로, 우리가 NHK 위성중계나 케이블TV를 통해서 보는 것이 이 혼바쇼다. 혼바쇼는 모두 15일 동안의 일정으로 진행하며, 1년 중 홀수 달에 한해 모두 여섯 번 개최된다. 그 명칭은 계절이나 개최되는 지역의 이름을 따서 부르는 것이 일반적이다. 1월에 도쿄에서 처음 열리는 하쓰바쇼初場所, 3월에 오사카에서 열리는 하루바쇼春場所, 5월에 도쿄에서 열리는 나쓰바쇼夏場所, 7월에 열리는 나고야바쇼名古屋場所, 9월에 도쿄에서 열리는 아키바쇼秋場所, 11월의 규슈바쇼九州場所 등이 그것이다.

혼바쇼가 열리는 15일 동안에 누가 누구와 겨룰 것인가를 정하는 대진표나 겨루는 일 자체를 가리켜 도리쿠미取組라고 한다. 첫째 날과 둘째 날의 도리쿠미는 혼바쇼가 열리기 이틀 전에 짠다. 그리고 셋째 날 이후의 도리쿠미는 그 전날에 짜서 당일에 발표한다. 이 도리쿠미를 인쇄한 것을 '와리'라 하며, 도리쿠미는 도리쿠미 편성회의에서 정한다. 도리쿠미를 짜는 기준은 기본적으로 비슷한 계급의 리키시끼리 대진할 수 있도록 한다. 그렇지만 마에가시라前頭 이상의 계급이 겨루는 마쿠노치幕內 스모에서는 계급이 낮을지라도 요코즈나橫綱나 오제키大關와 같은 최상급의 리키시와 대진할 수 있다.

우리가 스모를 보면서 도리쿠미와 관련해서 궁금한 점이 한 가지 있다. 즉 형제가 모두 요코즈나로, 현재 일본 스모계에서 인기 절정에 있는 와카노하나若乃花와 다카노하나貴乃花는 왜 대진을 하지 않는가 하는 점이다. 이는 같은 소속팀(이를 스모베야라 함)에 속한 리키시끼리는 대진하지 않는다는 도리쿠미의 기준 때문이다. 이 때문에 실력 있는 리키시를 많이 보유하고 있는 스모베야相撲部屋는 유리할 수밖에 없다. 실제로 명문으로 알려진 후타고야마베야二子山部屋의 경우, 앞의 두 요코즈나 이외에도 다카노나미貴ノ浪라는 오제키가 속해 있어 도리쿠미에서 유리한 위치에 있다. 같은 스모베야에 속한 리키시가 대진하게 되는 경우는, 15일 동안의 성적이 동률로 우승자가 없어서 결승전을 치르는 경우에 한한다.

리키시의 계급과 반즈케

일본스모협회에 소속되어 스모를 직업으로 하는 프로씨름꾼을 리키시라 부르며, 리키시가 되기 위해서는 일본스모협회가 정해 놓은 의무교육을 마친 23세 미만의 남자, 키 173㎝ 이상, 몸무게 75㎏ 이상이라는 세 가지 조건을 갖추어야 한다. 특히 키와 몸무게는 리키시가 갖추어야 될 최소한의 신체조건이다. 현재 활발히 활동하고 있는 리키시 중에서, 작은 체격임에도 뛰어난 기술로 인기가 높은 마이노우미舞海의 경우는, 신체검사를 받을 때에 키가 모자라서 머리카락을 길게 위로 올려서 겨우 통과했다는 소문이 있다.

리키시는 스모베야라 부르는 스모팀에 반드시 속해야 하는데, 본인이 입문하기를 희망하는 스모베야의 오야카타親方의 허락을 받아서 소속이 정해진다. 오야카타는 스모를 지도하는 감독 겸 운영자로, 오야카타가 새로 들어온 리키시를 일본스모협회에 등록함으로써 본격적인 리키시의 길을 걷게 된다.

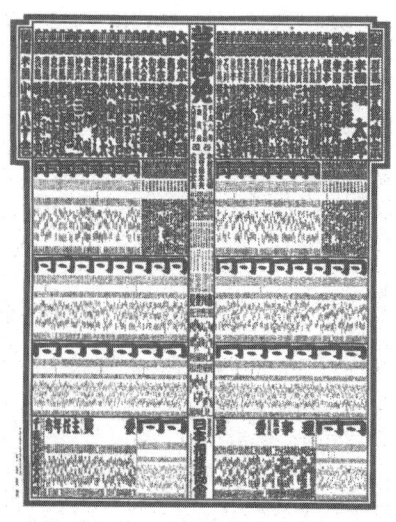

반즈케-리키시의 계급을 순서대로 적어 놓은 것.

이들 리키시는 실력에 따라 계급이 있으며, 이들 리키시의 계급을 순서대로 적어 놓은 것을 반즈케番付라 한다. 반즈케는 일본스모협회 공식 기관인 반즈케 편성회의에서 혼바쇼의 성적에 따라 정한다. 반즈케는 리키시의 이름·계급·출신지 등을 계급 순에 따라서 동서 양쪽으로 위에서 아래로 다섯 단으로 나누어 적는다.

이때 계급이 높은 리키시의 이름을 가장 크게 적고, 아래로 갈수록 글씨가 작아지며, 같은 계급의 리키시가 동서 양쪽에 위치하게 되는 경우, 동쪽에 상위의 리키시 이름을 적는다. 이 반즈케에 올라 있는 리키시의 계급에는 다음과 같은 것이 있으며, 이 중에서 오제키·세키와케·고무스비를 가리켜 특별히 산야쿠 리키시三役力士라 부르며, 마에가시라 이상을 마쿠노치 리키시幕內力士라 부른다.

· 요코즈나橫綱 : 가장 높은 계급의 리키시로, 본래는 계급을 칭하는 말

이 아니라 오제키大關 중에서 가장 뛰어난 사람에게 굵은 밧줄을 허리에 두르는 것을 허용한 데서 유래했으며, 메이지 시대 말기부터 계급으로 정착했다. 보통 신과 같은 존재로 간주하기 때문에 이 요코즈나의 성적이 계속해서 좋지 않으면 은퇴하도록 압력을 넣기도 한다.

- 오제키大關 : 요코즈나 다음 계급으로 반드시 동편과 서편에 한 명 이상씩 있어야 한다.

- 세키와케關脇 : 반즈케에서 오제키 옆脇에 위치하므로 붙여진 이름으로, 동편과 서편에 반드시 한 명 이상씩 있어야 한다.

- 고무스비小結 : 세키와케의 다음 계급으로 동편과 서편에 반드시 한 명 이상씩 있어야 한다.

- 마에가시라前頭 : 하급 씨름前相撲의 우두머리頭라는 의미로 붙여졌으며, 동편과 서편에 각각 16명이 서열대로 위치한다. 그 수는 고무스비 이상의 수에 따라 변동이 있다.

- 쥬료十兩 : 에도 시대에 지금의 쥬료에 해당하는 계급 중에서 상위 열 번째 계급까지 십량十兩 이상의 급료를 지급한 데서 유래하며, 동편과 서편에 각각 13명씩 26명이 있다.

- 마쿠노시타幕下 : 동편과 서편에 60명씩 모두 120명이 있다.

- 산단메三段目 : 반즈케의 세 번째 단에 이름을 쓰므로 이같이 부르며, 동편과 서편에 100명씩 200명이 있다.

- 조니단序二段 : 반즈케의 조니단 부분에 이름을 쓰므로 이같이 부르며, 리키시의 수는 고정되어 있지 않다.

- 조노구치序ノ口 : 말 그대로 스모를 '막 시작했다'는 의미이며, 반즈케의 가장 아래 단에 위치한다.

계급에 따라 머리 모양과 복장 달라

리키시의 세계는 엄격한 신분 사회다. 정해진 계급에 따라 급료, 머리 모양, 복장, 신발, 식사 등 모든 면에서 대우가 달라진다. 우선 머리의 상투가 계급에 따라 다르다. 리키시의 머리 상투는 일찍이 일본의 근대화가 추진되는 과정에서 메이지 4년(1871)에 단발령이 내려졌을 때도 리키시의 상투만큼은 제외되었을 정도로 리키시를 나타내는 대표적인 상징물이다.

지금 우리가 흔히 보는 머리 상투는 오이초大銀杏라 부르는 머리 모양으로, 이는 머리 상투의 앞부분을 마치 은행잎처럼 넓게 펼친 데서 붙여진 이름으로, 이 오이초는 쥬료 이상의 리키시가 혼바쇼에 출전할 때만 틀어맬 수가 있다. 마쿠노시타 이하의 계급에서는 리키시가 일상적으로 매는 존마게라 부르는 평범한 머리 상투를 하고 혼바쇼에 나가도록 되어 있다.

리키시가 스모를 할 때 매는 샅바를 마와시廻し라 하는데, 특히 도효 위에서 매는 마와시를 시메코미라 한다. 마쿠노시타 이하의 리키시는 도효에 오를 때도 연습용 마와시와 같은 것을 매도록 하고 있으나, 쥬료 이상의 리키시는 연습용과 다른 명주로 된 마와시를 맬 수가 있다. 참고로 이 마와시는 더러워져도 절대 빨지 않고, 사용할 수 없게 되었을 때는 불에 태운다고 한다.

또한 쥬료 이상은 도효이리土俵入り라 부르는 의식 등이 있을 때 앞치마처럼 허리에 두르는 게쇼마와시化粧廻し를 가질 수 있으나, 마쿠노시타 이하는 가질 수 없다. 이 게쇼마와시는 한 벌에 백만 엔 이상 간다고 하며, 리키시의 후원회 사람들이 만들어 주는 것이 관례다.

그리고 쥬료 이상의 리키시에게는 일본스모협회에서 월급이 지급되지만, 마쿠노시타 이하는 월급이 나오지 않는다. 또 쥬료 이상에게는 심부름이나 보조 역할을 맡아 하는 리키시가 따르지만, 마쿠노시타 이하에는 따르지 않는다. 그 밖에도 식사할 때 계급이 높은 리키시가 먼저 한다든지, 신칸센新幹線을 이용할 때에도 좌석의 등급을 다르게 배정하는 등 리키시의 계급에 따른 엄격한 신분제도를 적용하고 있다.

리키시 이름의 유래

리키시는 본명 대신 연예인처럼 일종의 예명을 사용하는데, 이를 시코나醜名 혹은 四股名라 한다. 시코醜란 스모에서 리키시가 양다리를 벌리고 약간 주저앉은 자세로, 양쪽 다리를 번갈아 가며 높이 쳐든 후 힘차게 지면을 밟는 동작을 말한다. 이는 리키시들이 스모를 시작하기 전에 취하는 동작으로, 우리가 스모를 관전할 때 흔히 볼 수 있다. 참고로 '시코'라는 말은 고대 일본 문헌에 자주 등장하며, '강하고 무서운 것', '완강한 것'이란 의미다.

리키시의 시코나에는 출신 지역을 나타내는 이름이 많으며, 산이나 바다, 강과 관련한 이름을 붙이는 경우도 많다. 현재 활발하게 활동하고 있는 계급이 높은 리키시의 이름만 보아도, 가이호海鵬, 도키쓰우미時津海, 하마노시마浜ノ嶋, 도사노우미土佐ノ海, 비고노우미肥後海, 다카노나미貴ノ浪, 미나토후지湊富士, 지요텐잔千代天山, 미야비야마雅山, 교쿠슈잔旭鷲山, 아오기야마蒼樹山 하는 식으로 산이나 바다와 관련한 이름이 두드러진다.

이 시코나는 스승이나 선배 혹은 후원자가 지어 주는 경우가 대부분으로, 스승의 이름 중에서 한 글자를 물려받기도 한다. 흥미로운 것은 리키시가 성장해서 계급이 높아짐에 따라 시코나가 바뀐다는 점이다.

예를 들면 앞에서 소개한 와카노하나若乃花와 다카노하나貴乃花의 경우, 이전에는 각각 와카하나다若花田와 다카하나다貴花田라는 시코나를 사용했다.

도효의 구조

스모를 볼 때 리키시 못지않게 우리의 관심을 끄는 것이 우리나라의 씨름판에 해당하는 도효다. 이 도효는 혼바쇼가 열릴 때 새로 만들어 혼바쇼가 끝나면 부수게 되어 있다. 국기관에서 열리는 하쓰바쇼의 경우, 혼바쇼가 시작되기 5~6일 전에 요비다시呼出し라 부르는 사람들이 사흘간에 걸쳐 만든다. 요비다시란 스모에서 동서 양쪽의 리키시 이름을 크게 부르는 역할을 맡은 사람을 말한다.

도효와 관련해서 매우 흥미로운 것은 이 도효에 여자가 올라가서는 안 된다는 금기 사항이다. 금기의 이유는 도효는 신성한 공간이므로 달마다 월경을 하는 여자가 올라가면 부정을 타기 때문이라는 것이다. 실제로 혼바쇼가 열리기 전날에는 반드시 도효마쓰리土俵祭라 부르는 제사를 지내는 등 혼바쇼 기간 중의 도효는 신이 거주하는 신성한 공간으로 간주되고 있다. 그럼 이 도효는 어떤 구조로 이루어져 있으며, 거기에는 어떤 의미가 담겨 있는 것일까?

도효의 위를 보면 일본의 전통 가옥 형태를 한 지붕이 천장에 매달려 있다. 일본어로는 쓰리야네吊り屋根라고 하며, 신메즈

씨름판에 해당하는 도효는 혼바쇼 기간에 신이 거주하는 신성한 공간으로 간주된다.

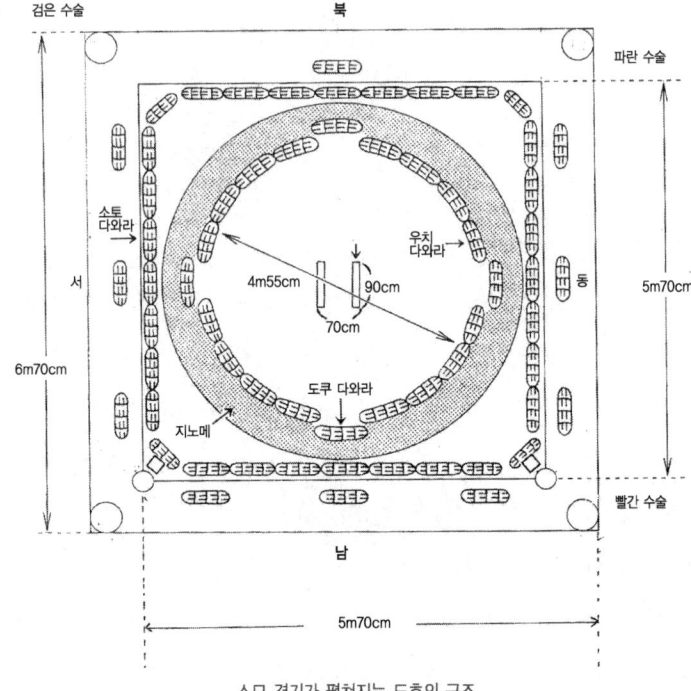

스모 경기가 펼쳐지는 도효의 구조

쿠리神明造り라 부르는 전통 가옥의 지붕 양식이다. 이는 일본 천황가의 조상신을 모셔 놓은 이세신궁伊勢神宮의 지붕과 같은 양식이다. 이 지붕은 국기관에서 스모 이외의 행사가 열릴 경우에는 보이지 않게 위로 올려놓는다. 원래는 이 지붕 밑의 네 귀퉁이에 기둥이 세워져 있었으나, TV 중계에 방해가 된다든가 리키시가 부딪쳐 부상당할 염려가 있다는 등의 이유로 1952년부터 없애 버렸다.

기둥 대신에 지붕의 네 귀퉁이 밑에 늘어뜨려 놓은 것이 네 가지 색깔로 된 커다란 수술이다. 청색·주색·백색·흑색으로 된 이 수술은 각각 사신도四神圖에 등장하는 청룡·주작·백호·현무로 연결되며, 청춘靑春·

주하朱夏 · 백추白秋 · 현동玄冬이라는 사계절을 나타내기도 한다.

그러나 이 같은 사신四神 신앙이나 방위설에 근거한 해석은 도효가 정비되어 가는 과정에서 스모에 역사적 의미를 부여하기 위해서 덧붙여진 해석으로, 원래부터 도효에 이 같은 상징적 의미가 담겨 있었다고 보기는 어렵다. 왜냐하면 에도 시대 초기까지만 해도 구경꾼들이 모여서 둥근 원을 만들고 그 안에서 스모를 했다는 기록이 있으며, 그 이전에는 지금과 같은 도효가 존재하지 않았기 때문이다.

같은 맥락에서 주목을 끄는 것이 음양오행설에 근거한 미즈히키막水引幕의 존재다. 미즈히키막은 불전佛前이나 무대 등에 둘러치는 막을 말하는데, 혼바쇼에서는 천장에 매달린 지붕 바로 밑에 둘러쳐 놓는다. 보라색 바탕에 일본스모협회의 문장인 벚꽃이 새겨져 있으며, 막을 칠 때는 먼저 북쪽에서 시작해서 동쪽 방향으로 둘러치도록 되어 있다. 속설에 따르면 여기에는 물의 기운으로 불의 기운을 누른다는 상징적인 의미가 담겨 있다고 한다. 즉 리키시들의 스모가 과열되어 불의 기운이 지나치게 강성해지면 사고가 일어날 수 있으므로, 이를 방지하기 위해서 물의 기운을 나타내는 미즈히키막을 둘러친다는 것이다. 물론 이 같은 해석도 후대에 스모를 양식화해 가는 과정에서 누군가 의미를 부여하기 시작한 결과라고 볼 수 있다.

스모의 승부를 정하는 데 중요한 역할을 하는 경계선은 가마니를 묻어서 표시하며, 일본어로 이를 다와라俵라 한다. 다와라란 '가마니'란 뜻으로 쌀가마니 3분의 1 크기의 작은 가마니에 흙과 모래와 작은 자갈을 섞어 넣어서 만든다. 우리가 스모를 관전할 때 참고로 알아두어야 할 도효의 경계선과 공간에는 다음과 같은 것들이 있다.

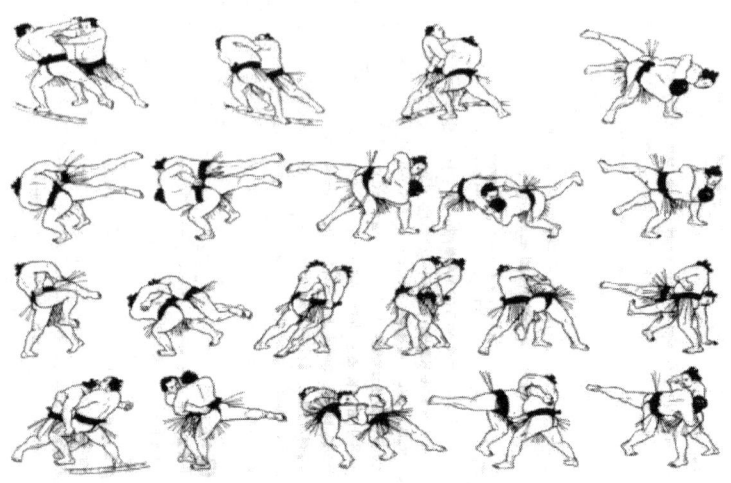

근대화가 시작되던 시기에 스모는 '야만스런 스포츠'라는 인식이 퍼져 큰 위기를 맞기도 했지만 신사를 중심으로 한 특유의 종교적 성격, 일본의 내셔널리티와 깊은 관계를 가지며 성장해 왔다.

· 승부 다와라勝負俵 : 승부를 가리기 위해 둥글게 만든 원을 승부 다와라라고 한다.

· 우치 다와라內俵 : 승부 다와라 중에서 도쿠 다와라를 뺀 부분을 말한다.

· 도쿠 다와라德俵 : 승부 다와라를 자세히 보면 둥근 원을 이루는 경계선보다 약간 뒤쪽으로 네 개의 다와라가 있는 것을 알 수 있다. 이를 도쿠 다와라라고 하며, 원래 스모가 야외에서 행해질 때 빗물이 고이면 밖으로 쓸어낼 목적으로 만들었다고 한다.

· 소토 다와라外俵 : 승부 다와라 바깥쪽에 정방형으로 묻어둔 다와라를 말한다. 이 중에서 네 귀퉁이에 묻은 네 개를 특히 쓰노 다와라角俵라 한다.

· 시키리 선仕切り線 : 도효의 중앙에 그어져 있는 폭이 넓은 두 개의 흰 선을 말한다. 선과 선 사이는 70㎝로, 리키시는 이 선에서 상대방에

게 달려들기 위한 준비 동작을 취한다.

- **자노메**蛇の目 : '뱀의 눈'이란 뜻으로 둥근 원의 바깥쪽에 25㎝ 정도
의 폭으로 모래를 깔아놓은 부분이다. 스모를 할 때 리키시의 발이
밖으로 나갔는지 여부를 확인하기 위해서 설치했다.

혼바쇼에서 벌이는 도효마츠리

혼바쇼가 처음 시작되는 날의 전날,
오전 10시부터 도효마츠리土俵祭라 부르는, 리키시가 도효에서 부상당하
지 않고 스모가 평안하게 진행되기를 신에게 기원하는 제사를 지낸다.
도효 위에서 군바이軍配라는 부채를 들고 스모를 진행하며 직접 판정을
내리는 사람을 교지行司라 하는데, 교지 중에서 가장 지위가 높은 다테교
지立行司 한 사람과 그 밑의 와키교지脇行司 두 사람이 사제가 되며, 스모
협회의 이사장·심판부장·심판위원이 참가한다. 이때 도효 위에 올라
갈 수 있는 것은 다테교지와 와키교지이고, 다른 사람들은 밑에서 지켜
본다.

도효마츠리의 절차를 보면, 먼저 교지가 도효 위에 가는 막대에 흰 천
을 단 일곱 개의 제구祭具를 꽂는다. 다음에 제문을 읽고 네 귀퉁이에 자
리한 사신四神에게 술을 바친다. 이어서 도효 한가운데에 미리 뚫어놓은
구멍에 밤, 비자나무 열매, 다시마, 마른 오징어, 쌀, 소금 등 여섯 가지
제물을 묻는다. 마지막으로 요비다시呼出し가 격렬하게 큰북을 두드리며
도효를 세 바퀴 돈다.

세계화를 겨냥한 스모의 변화

근래에 일본의 스모 관계자들은 '스모의 국제화'를 유난히 강조하고 있다. 말하자면, 국기에 만족하지 않고 '국제기國際技'로 발돋움하려 애쓰고 있는 셈이다. 이 같은 국제화 전략의 일환으로 행하는 것이 해외에서 개최하는 스모 대회다. 해외에서 개최하는 스모 대회는 일본 국내에서 개최하는 혼바쇼와 달리, 홍보를 목적으로 한 퍼포먼스 성격의 흥행이다. 역사도 꽤 길어서 메이지 시대인 1907년에 히타치야마常陸山라는 당시의 유명한 리키시가 미국으로 건너가 루스벨트 대통령과 회견을 했다는 기록이 있다. 1986년에는 프랑스 파리의 시청에서 당시의 요코즈나가 도효 위에서 하는 의식을 선보였으며, 최근에는 거의 해마다 해외에서 흥행을 하고 있다. 현지에서도 좋은 반응을 얻고 있다고 한다.

'스모의 국제화' 문제와 관련해서 항상 화제가 되는 것이 마와시廻し 하나만을 두른 리키시의 모습이다. 거의 벌거벗은 것처럼 보이는 리키시의 이런 모습이 해외에서 외국인들에게 거부감을 일으킨다고 해서, 마와시 대신에 반바지를 착용하게 한 적도 있다. 필자가 보기에도 스모의 국제화를 가로막는 최대 장애물은 이 마와시에 있는 듯하다. 이 때문에 서양의 외국인들 중에는 스모를 야만스럽게 보는 사람들이 많다. 예를 들면 영국의 외교관으로 초대 주일 총영사를 지낸 올콕Rutherford Alcock은 『대군의 서울大君の都』에서 서로 엉켜서 스모하는 리키시의 모습을 가리켜, "두 마리의 백곰이나 털을 깎은 원숭이와 아주 흡사하다"고까지 평했다.

그렇다면 우리 한국인들은 이 같은 모습의 리키시를 어떻게 보고 있을까?

"어쩐지 상스럽고 야만스러워 보인다." 이 말은 강의 시간에 필자가 일본 스모를 어떻게 생각하느냐고 묻는 질문에 대한 어느 여학생의 대답이다. 이 여학생뿐 아니라 우리 주변에서 이와 비슷한 느낌을 갖는 사람들을 보는 일은 어렵지 않다. 왜 야만스럽다고 생각하느냐에 대한 대답은 간단하다. 우리들 눈으로 볼 때, 거구의 젊은 남자들이 마와시 하나만을 걸친 채 거의 벌거벗은 모습으로 스모하는 장면이 결코 '세련되고 점잖게' 보이지 않기 때문이다. 이 점에 관해서는 이미 이 글의 앞에서 언급했다. 즉 일본에서 서구 중심의 근대화가 시작되던 시기에 일본인들 사이에서도 스모는 '야만스런 스포츠', '벌거벗고 추는 춤'이라는 인식이 퍼져서 스모가 한때 큰 위기를 맞기도 했던 것이다.

그렇지만 흔히들 '야만스럽다'고 말하는 리키시의 신체는 끊임없는 단련을 통해 만들어진 문화적 산물이다. 원래 인간의 신체는 자연의 영역에 속해 있다. 자연의 영역에 속하는 인간의 신체를 자연 상태로 놔두지 않고, 단련을 통해서 문화로 완성한 것이 리키시의 신체인 것이다.

우리가 일본의 스모를 보면서 주목해야 할 것은 거구의 리키시를 보고 느끼는 감각적인 인상만이 아니라, 국기라는 위치를 가능하게 만든 스모의 문화적 배경일 것이다. 일본의 스모는 우리가 이제까지 살펴본 바와 같이 의례라고 해도 좋을 정도로 고도로 양식화한 스포츠이며, 그 배후에는 민간 신앙과 관련한 종교적 성격이 자리하고 있다. 뿐만 아니라 일본의 내셔널리티와도 깊은 관계를 가지며 성장해 왔다. 사람들이 스모를 가리켜 일본 전통문화의 하나로 손꼽는 데 주저하지 않는 이유도 바로 여기에 있을 것이다.

세계는 바둑을 '고'라고 부른다

손종수 · 사이버오로
사업본부장

―

바둑

천 년의 틀을 깨고 한·중 양국을 추월한 일본

한국과 중국, 일본은 금세기 세계 바둑을 주도하는 3대 강국이다. 한국은 가장 빠른 속도로 세계의 정점에 올라선 최강국이고, 중국은 바둑 발상지로서 종주국의 권위를 되찾기 위해 총력을 기울이고 있다. 그런가 하면 일본은 현대 바둑의 메카임을 자부한다.

바둑의 기원을 따지자면 중국을 인정하지 않을 수 없고, 일반 대중의 열기를 생각하면 한국이 최고라는 것은 분명하다. 그러나 1천 년의 시간이 흐르도록 바뀌지 않았던 틀을 깨고 오늘날과 같은 자유기법을 발견한 일본이야말로 현대 바둑에 가장 지대한 영향을 끼친 국가라는 사실만은 부인할 수 없다. 세계의 유수한 백과사전에 실린 바둑의 공식 명칭은 중국의 '웨이치圍棋'도 한국의 '바둑'도 아니다. 지정학적인 이유로 가장 늦게 바둑을 받아들일 수밖에 없었던 일본의 '고'碁·GO가 세계인들이 알고 있는 바둑의 공식 명칭이다.

7세기경에야 일본은 극히 제한된 황족·호족들만이 한국에서 전래된 바둑을 즐겼다. 8세기 초 당나라와 교류를 갖기 시작한 이후 14세기까지 중국 바둑의 모방자에 불과했던 일본이, 전래자였던 한국은 물론이고 그 뿌리라고 할 수 있는 중국까지 단숨에 추월할 수 있었던 이유와 그 문화적 배경은 무엇일까.

바둑판을 가만히 들여다보면서 "신이 인간에게 내려준 최상의 정신오락"이라는 이 게임을 관조하면 놀랍게도 일본인의 특성과 절묘하게 맞아떨어지는 구조가 보인다. 바둑이 장기·체스와 크게 다른 점은 기물의 단순함에 있다. 바둑판에 놓이는 돌은 한결같은 돌일 뿐이다. 장기의 차車·포包나 체스의 기사·왕과 같이 역할을 특징짓는 이름도 없고 한번 놓이면 움직이지도 못한다.

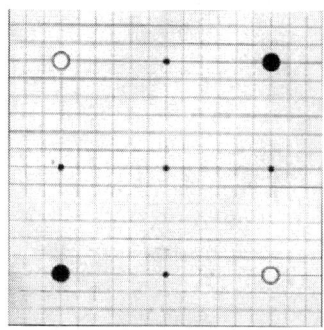

흑백 쌍방이 각각 대칭형으로 두 귀씩을 미리 놓고 대국을 시작하는 중국의 호선치석법.

일본인은 개인적으로 친절하고 겸손하며 예의 바르다. 일본에서 가장 존경받는 사람은 다방면으로 뛰어난 사람이 아니고 한자리를 묵묵히 지켜 가는 사람이다. 그것은 마치 이름도 없고 한번 놓이면 움직이지 못하는 바둑돌과 같지 않은가. 그런 일본인 개인은 성경 구절에 나오는 선한 사마리아인 같지만, 그들이 집단이 되고 무리를 이루면 공격적인 기질을 드러내고 때로는 거친 약

목화자단기국(木畵紫檀棋局). 일본의 바둑은 7세기를 전후해 백제를 통해 전해졌다. 당시의 바둑판과 바둑알이 그 근거다.

탈자가 되기도 한다. 마치 바둑판에 놓이는 돌 하나하나는 정적靜的이지만 돌과 돌이 조합을 이루어 거대한 세력이 되면 동적動的인 공격성을 띠는 것과 유사하다. 어쩌면 일본인의 무의식 속에 흐르는 그러한 구조의 유사성이야말로 전래자였던 한국을 제치고 그 뿌리가 되는 중국마저도 뛰어넘게 한 원동력이 아니었을까.

일본 바둑의 유래

바둑이 일본에 전해진 경로는 중국을 발원지로 하는 대다수 다른 문물의 전파 경로와 유사하다. 일본의 바둑 연구가 중 몇몇 국수주의자는 "717년 겐도시遣唐使의 일원으로 당나라에 유학했던

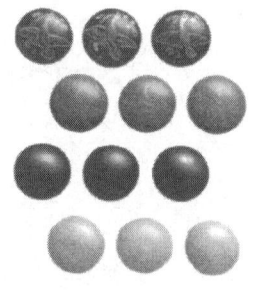

홍아·감아 바둑알.

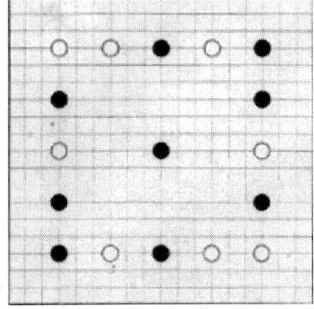

흑백 쌍방이 17개의 장점을 미리 놓고 대국을 시작하는 한국의 순장기법.

기비노마키비吉備眞備가 새로운 학문을 익히고 귀국한 735년에 바둑도 함께 유입된 것"이라는 주장을 펴고 있으나, 이 설은 일본 바둑계에서도 그다지 큰 힘을 얻지 못하고 있다. 바둑의 일본 전래에 대한 정확한 역사적 기록은 없지만 한·중·일 3국의 거의 모든 바둑 연구가들은 "7세기를 전후해서 한국(백제)을 경유, 일본으로 전해졌다"는 것을 정설로 받아들이고 있다. 이들은 그 근거의 하나로 고도古都 나라奈良에 있는 도다이지東大寺의 보물 창고 쇼소잉正倉院에 보존돼 있는 바둑판 '목화자단기국木畵紫檀棋局'과 '홍아紅牙·감아紺牙'라는 한 쌍의 상아 바둑알(각 150개)을 꼽는다.

정창원 헌물장獻物帳의 기록에 따르면 이 바둑판과 바둑알은 나라 시대의 현군 쇼무聖武 천황(701~756)의 애용품이었는데, 그 중 '홍아·감아' 바둑알이 백제 의자왕의 선물이었다는 것이다(백제는 일본에 대한 최고의 문화 시혜자였다. 일본 황실에 바둑알을 선물할 정도였다면 그 이전에 바둑도 전해 주었을 것이라는 추측이다). 또 목화자단기국에 관한 기록은 없으나 이 바둑판에는 한국 고유의 순장巡將 바둑을 상징하는 17개의 장점이 꽃무늬로 새겨져 있다. 또 바둑판을 장식한 칠기와 상감 기법이나, 역시 같은 기법으로 새를 상감한 '홍아·감아'는 잘 어울리는 한 짝으로, 백제로부터 전해진 것이 틀림없다는 것이 바둑 문화 연구가들 대다수의 견해다.

그렇다면 한·중·일 3국 중에서 가장 늦게 바둑을 받아들인 일본이 어떻게 해서 오늘날과 같은 바둑의 메카로 부상하게 되었을까. 현존하는 일본 최고最古의 기보棋譜는 1253년 1월 니치렌종 日蓮宗의 개조開祖 니치렌쇼닝日蓮上人과 바둑 고수 요시조 마루古祥丸의 대국보인데, 흑백 쌍방이 각각 두 귀에 미리 돌을 놓고 시작하는 이른바 '중국식 호선치석제互先置石制'를 따르고 있어 바둑이 일반 대중에게까지 널리 퍼진 이 시기에도 중국 바둑의 형식을 그대로 답습했다는 것을 알 수 있다.

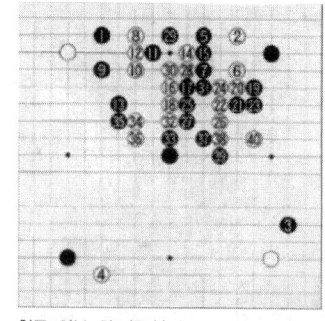

현존 일본 최고(最古)의 기보 니치렌쇼닝과 요시조 마루의 대국보(1253년 1월. 백이 니치렌쇼닝. 중국의 호선치석제를 따르고 있다.

그러나 일본 바둑의 비약적인 발전은 16세기 전국시대를 종식시킨 3대 무장 오다 노부나가(1534~1582), 도요토미 히데요시(1536~1598), 도쿠가와 이에야스(1542~1616)와 기승奇僧 닛카이(1559~1623)의 운명적 만남에서 시작된다.

3대 무장과 승려 닛카이

16세기로 접어들면서 일본 바둑은 한·중 양국과 극적으로 다른 환경을 맞게 된다. 이 시기의 명明과 조선은 유교적 통치이념의 영향으로 과거를 위한 학문이나 기예가 아닌 부류는 모두 잡학·잡기로 밀어내는 이른바 과거 지상주의가 깊이 뿌리내린 터였다. 양반들의 사랑채에서는 여전히 바둑이 성행했으나 그것은 어디까지나 사사로운 자리에서 한가한 시간을 즐기는 여흥에 불과했다. 조금이라도 진지한 공석에서는 바둑을 논하는 것뿐 아니라 언급하는 것조차 터부시되었다.

"종일 배불리 먹고 마음 쓸 곳이 없다는 것은 어려운 노릇이다. 쌍육이나 바둑 같은 것도 있지 않느냐. 아무것도 하지 않느니보다는 그런 것이라도 하는 게 나을 것이다."

바둑 연구가들이 춘추전국 시대에도 바둑이 성행하고 있었음을 입증하기 위한 근거로 곧잘 인용하는 『논어』 양화陽貨편의 한 구절이다. 하물며 유학의 교조敎祖라고 할 수 있는 공자의 말씀이 이러니 유교 사회의 틀이 잡힌 명이나 조선에서 바둑을 어떻게 평가했는지, 또 바둑의 위상이 어느 정도였는지는 불을 보듯 뻔하다.

오다 노부나가, 도요토미 히데요시, 도쿠가와 이에야스 3인의 패자로부터 절대적인 신뢰를 받았던 승려 닛카이. 뒤에 혼인보 산샤로 개명.

반면, 같은 시기 일본에서는 상무적인 기풍을 가진 권력자들이 병법상 포진·전술·전략에 기여한다는 발상에서 바둑을 적극 장려하고 있었다. 일본 바둑이 한·중 양국과 확연히 다른 길로 접어들게 된 데는 자유기법의 발견과 그와 같은 사회적 배경이 있었다. 그 비약적 발전은 닛카이라는 천재의 출현에서 비롯되었다고 해도 과언이 아니다. 이 천재는 일본 바둑의 흐름을 1백 년쯤 앞당겼다.

닛카이는 1559년 교토에서 태어나 일곱 살 때 잣코지寂光寺의 니치엔쇼닝日淵上人을 통해 불가에 입문했다. 불문 수업 틈틈이 사찰 부근에 살고 있던 바둑 고수 센야仙也에게 바둑을 배웠는데, 그 몇 년 뒤에는 인근에 적수가 없을 만큼 뛰어난 재능을 보였다고 한다. 사찰 잣코지에는 작은 암자가 일곱 개 있었는데, 그 중 닛카이가 머물렀던 암자는 '혼인보本因坊'라고 불렸다. 이어 "잣코지 혼인보의 닛카이는 천하의 바둑 고수"라는 소문이 교토의 거리 구석구석까지 퍼졌다. 이 소문은 일본 통일의 야망을 품고 교토에 입성한 오다 노부나가의 귀에까지 흘러들어갔다. 그리고 닛카이는 곧 노부나가의 바둑 스승이 된다.

중세 일본을 대표하는 3대 무장은 전설적인 불멸의 장군 노부나가, 노부나가의 종이라는 신분을 딛고 후계자가 되어 임진왜란을 일으킨 도요토미 히데요시, 그 뒤를 이어 전국을 장악하고 에도 막부 시대를 연 도쿠가와 이에야스를 말한다. 또한 이들 3인의 공통점은 이들 모두 바둑의 고수였다는 것이다.

이 세 사람의 독특한 개성은 오늘날에도 숱한 역사소설이나 드라마의 주요 소재가 되고, 뚜렷이 다른 각각의 캐릭터는 다음과 같은 두견새의 일화를 통해 전해진다.

울지 않는 두견새가 한 마리 있다. 이 새를 어떻게 할 것인가.

첫 번째, 노부나가는 이렇게 말한다. "울지 않는 새는 필요없다. 가차 없이 죽여 버려라!"

노부나가는 자신의 영지가 교토와 가깝다는 지리적 이점을 살려 긴키近畿 지방을 평정하고 교토에 입성, 아시카가 요시아키足利義昭를 무로마치 막부(1338~1573) 15대 쇼군으로 추대하고 실권을 장악했다. 그러나 쇼군에 오른 요시아키가 그의 거친 성격을 두려워하여 경계·배척하자, 1573년 무로마치 막부를 철폐하고 요시아키를 추방한다. 두견새의 일화 역시 그의 거침 없는 성격을 보여준다.

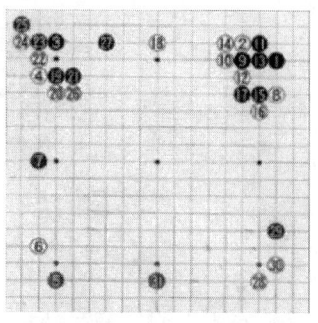

두 번째, 히데요시. "새는 울어야 한다. 어떠한 수단과 방법을 써서라도……."

히데요시는 무사 중에서 잡역을 맡거나 도보로 걸어 전장에 나서는 최하위 계급 아시가루足輕의 아들로 태어났다. 당시 교토 일대를 평정한 노부나가에게 발탁된 후 비상한 전략가의 소질을 발

닛카이와 리겐의 대국보는 현존하는 자유기법 기보 중 가장 오래된 것. 1582년 교토의 혼노지(本能寺)에서 이 대국을 관전한 오다 노부나가는 이날 밤 수하였던 아케치 미쓰히데의 기습으로 사망한다.

휘, 노부나가의 최측근이 되었다. 그는 노부나가의 마음을 사기 위해 한겨울에는 노부나가의 신발을 가슴에 품고 다녔다고 한다. 훗날 전국을 통일하고 대권을 장악한 뒤에도 비천한 출신 성분 때문에 쇼군에 오르지 못하자 후지와라藤原의 고사를 끌어내는 등 조정 안팎으로 여론을 조성해 스스로 섭정 간바쿠關白(천황을 보좌해 정무를 총괄 수행하는 관직이나 실제로는 최고권력자)가 된다. 두견새의 일화는 그런 히데요시의 책략가적 성격을 잘 묘사하고 있다.

세 번째, 이에야스. "기다린다! 언젠가는 새가 울 것이다."

이에야스는 인내의 화신으로 불린다. 어린 시절을 적국의 볼모로 지내는 등 성장할 때까지 수많은 시련을 겪었으나, 서서히 힘을 키워 끝내는 간토關東 8주를 제패한 인물이다. 그는 대세가 노부나가에게 있음을 파악하고는 스스로 허리를 굽혀 동맹을 맺었다. 그후 노부나가의 뒤를 이어 대권을 잡은 히데요시와 교묘한 밀월 관계를 유지하다가, 히데요시 사후에 천하를 장악한다. 두견새의 일화는 그의 끈기와 인내를 그대로 보여준다.

이들 3대 무장은 바둑의 전폭적인 지지자였는데 바로 그 뒤에 닛카이가 있었다. 닛카이는 바둑만 잘 두는 승려가 아니었다. 그의 뛰어난 경륜과 처세는 개성이 뚜렷하게 다른 세 사람을 모두 매료시켰다. 훗날 바둑계 최고의 달인을 뜻하게 된 메이진名人의 호칭도 닛카이의 바둑과 인품에 감탄한 노부나가가 어느 날, "닛카이, 그대야말로 진정한 메이진이요"라고 한 말에서 유래된 것이라고 한다.

아무튼 노부나가에 이어 히데요시와 이에야스까지 닛카이에게 바둑을 배우게 되었다는 것은 대단히 흥미로운 일이다. 전국시대를 종식시킨 3대 패자가 이 한 사람에게 바둑을 배우게 되었다는 말은 이때부터 일본 바둑의 황금기가 시작되었다는 말이나 다를 바 없다.

기원 4가의 생성

1605년 이에야스를 따라 에도로 간 닛카이는 혼인
보를 성姓으로 삼아 산샤算砂로 개명, 최초의 바둑 가문 혼인보가를 일으
킨다. 원래 혼인보는 이치렌종 묘만지妙滿寺의 26대 관주이며 잣코지의
개조였던 니치엔의 방호坊號였다. 후에 닛카이가 그 뒤를 이어 혼인보에
머물게 되면서 자연스럽게 방호를 계승하게 된 것이다.

개명한 닛카이, 혼인보 산샤의 업적은 실로 눈부셨다. 그는 스스로 일
가를 이루었을 뿐 아니라 나카무라 도세키中村道碩, 야스이 산데쓰安井算哲
같은 기재를 키워 냈다. 도세키와 산데쓰는 각각 이노우에가와 야스이
가의 원조가 되니 기원 4가 중 3대 가문이 산샤로부터 비롯된 셈이다.
기원 4가 중 하야시가의 원조는 산샤의 라이벌이었던 리겐利玄의 제자
하야시 몬뉴사이林門入齋다.

산샤는 이에야스의 전폭적인 신뢰에 힘입어 에도 막부가 개설한 고도
코로碁所(바둑계를 총괄하는 직책)와 쇼기도코로將棋所(장기계를 총괄하는 직
책)을 겸임, 50석의 봉록 외에 종신 300석이라는 별도의 두터운 대우를
받았다. 그는 1623년 봄 자신의 후계자로 산에쓰算悅를 지목하고 그 훈육
을 제자 도세키에게 부탁하며 64년간의 위대한 바둑 생애를 마감했다.

산샤 사후 일본 바둑계는 40년간 정체 상태를 보이다가 1662년 에도
막부(이에야스가 지금의 도쿄에 설립한 최고 권부)의 명으로 새로운 전기를
맞게 된다. 바로 로주老中(쇼군에 직속돼 정무를 담당한 최고책임자. 정원은
4~5명으로 월번제로 근무했으며, 2만 5천 석의 봉록을 받는 지방 영주 중에서

뽑았다. 지금의 장관에 해당하는 직책이다)라는 직책이 생겨난 것이다. 이로주 아래서 각 방면의 행정을 담당한 부교奉行 중 지샤부교寺社奉行로 하여금 바둑·장기의 조직을 보다 체계적으로 정비·구성토록 한 것이다.

지샤부교의 지·샤는 절과 신사를 뜻하는데, 지샤부교는 지·샤와 그 부속 영지에 관한 행정, 재판, 승니僧尼, 악인樂人, 검교檢校(일본 고유 악기를 연주하는 맹인 연주자들의 총칭), 연가사連歌師, 바둑·장기계의 감독을 총괄·수행했다. 특히 지샤부교는 재정을 담당하는 간조勘定부교, 주요 도시의 행정과 소송을 담당했던 에도마치江戶町부교와 더불어 3대 부교로 일컬었는데, 그 세 부교 중에서도 가장 격식이 높았다고 한다.

바쿠후의 명으로 체계적인 조직의 면모를 갖추게 된 바둑계는 이때부터 그동안 당사자 1대로 제한해 왔던 봉록을 친아들 또는 제자(양자)에게 세습하는 권리를 하나의 관행으로 확보하게 되었고, 그것이 이에모토家元제로 발전되었다. 이에모토란 예도藝道상 한 유파의 종가宗家로서 정통을 계승·전달하는 지위 또는 그 지위에 있는 사

기력(棋力) 13단으로 불릴 만큼 발군의 기량을 지녔던 도사쿠. 그의 '착수의 효율을 극대화하는 구조주의의 발견'은 바둑의 새 지평을 연 혁명으로 평가된다.

람을 말한다. 이 시기에 이르러 비로소 혼인보本因坊, 야스이安井, 이노우에井上, 하야시林 4대 가문이 바쿠후로부터 봉록 세습권과 면장免狀 발행권을 인정받는 기원 4가로 확립되었다. 이것이 오늘날 프로 기사의 면장을 발행하고 각 기전을 주관하는 기원의 효시가 되었다. 당시의 면장은 기원 4가 이에모토 회의의 승인을 거쳐 각 이에모토가 발행했는데, 고도코로 재위중에는 그 승인이 필요했다.

일본 바둑사는 기원 4가의 처절한 항쟁으로 얼룩져 있는데, 그 싸움은 오로지 고도코로 자리를

차지하기 위한 것이었다고 해도 과언이 아니다. 쇼군의 자문역이기도 했던 고도코로는 모든 기사의 입단 및 승단을 결정하고 면장을 발행하는 권한을 독점했다. 이 고도코로는 오시로고御城碁(매년 쇼군 임석 하에 열리는 기원 4가의 공식 대국)의 대진표를 작성하고 국제 시합 등 바둑계의 모든 행사를 관할하는 특권과 영예를 누렸다. 당시 고도코로의 권위는 전국 각지의 관소關所를 통과할 때 고도코로가 발행한 면장을 제시하면 별도로 왕래 허가증을 보이지 않아도 될 만큼 막강한 것이었다고 한다.

고도코로를 둘러싼 기원 4가의 암투는 1867년 에도 막부가 무너지고 왕정이 복고될 때까지 2백여 년간이나 더 지속되었다. 오늘날까지 기성棋聖으로 추앙받는 도사쿠(道策, 1645~1702), 오시로고 19연승으로 흑번무적黑番無敵의 신화를 만들어낸 슈사쿠(秀策, 1829~1862) 같은 천재 기사들을 탄생시켰고, 바둑판에 피를 토하고 쓰러지는 처절한 드라마들을 연출해 냈다.

마지막 세습 메이진 슈사이

1868년 메이지 유신과 더불어 일본 바둑계는 거대한 시련의 소용돌이 속으로 내던져진다. 막부의 붕괴로 기원 4가에 소속된 기사들의 생계 기반이 한순간에 와해된 것이다. 신정부는 수세기 동안 이어져 내려온 바둑의 사회적 지위를 인정하지 않았다. 그들은 마치 2차 세계대전 후 미국의 점령군이 일본 군대와 재벌을 해체했듯이 에도 막부의 모든 기구를 해체했다.

신정부의 요인 중에는 바둑 애호가도 적지않았으나 신정부의 기관으로서 바쿠후 시대의 고도코로와 같은 바둑 주무 기관을 설립하는 일 따

이에모토 시대의 마지막 세습 메이진 21세 혼인보 슈사이.

위는 전혀 고려하지 않았다. 그 와중에 바둑 결사 호엔샤方圓社가 설립되었고, 기원 4가 중 혼인보가를 제외한 3대 가문은 점차 힘을 잃고 붕괴 직전에 이르렀다. 이에모토 생전에 아토메跡目(후계자)를 지명하고 영광된 가문의 칭호와 봉록을 계승토록 했던 기원 4가의 전통 세습제는 21세 혼인보 슈사이(秀哉, 1874~1940)의 대에서 완전히 단절된다.

『혼인보 명승부 이야기』의 저자 이노구치 아키오井口昭夫는 "슈사이가 3백 년간 전승해 온 혼인보의 이름을 자신의 대에서 단절해 버린 것은 일생을 의지와 힘으로 관철한 인물에 걸맞은 용단이었다"고 찬미했다. 그러나 슈사이가 그처럼 결의를 하게 된 보다 진실한 이유는 기원 4가 중 유일하게 이에모토로서의 권위를 지켜 왔던 혼인보가의 면장 발행권이 1924년에 설립된 '일본기원'으로 넘어갔기 때문일 것이다.

슈사이는 역사의 저편으로 사라지기 전 몇 차례의 기념비적 대국을 남긴다. 1926년에 결행된 가리카네 준이치雁金準一와의 바둑은 '다이쇼 대쟁기大正大爭碁'로 명명되었다. 한 시대를 가름한 명승부로 평가된 이 대국은 바둑계의 크고 작은 분쟁을 종식시키는 계기가 되었다. 그 7년 뒤 슈사이는 중국에서 건너온 불세출의 천재 우칭위안吳淸源과 겨룬다. 외형은 〈요미우리신문〉이 2만호 기념사업의 일환으로 주최한 토너먼트 우승자와 메이진의 대결이었지만 그 내면에는 신구세대의 격돌이 상징적으로 자리하고 있었다. 일본으로 건너오자마자 질풍처럼 바둑계를 휩쓴 우칭위안은 1933년 라이벌 기타니 미노루木谷實와 함께 4, 5선과 속도를 중시하는 '신포석법'을 주창, 3선을 중시해 온 종래의 포석에 의문을 제기했는데, 슈사이는 바로 그 종래의 수법을 지켜 온 권위의 상징이었기 때문이다. 우칭위안과 기타니 미노루의 신포석 혁명은 바둑계에 센세이션을 일으켰지만 슈사이는 그것을 부정하는 입장이었다.

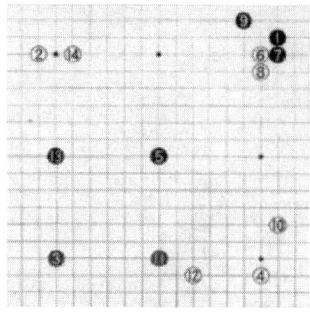

신구세대의 상징적 격돌로 화제를 모았던 슈사이와 우칭위안의 대국보. 신포석 개념에 의한 흑 1·3·5는 당시로서는 금기에 해당하는 수였다.

우칭위안의 선번先番(덤 없이 흑을 쥐는 것)으로 실현된 이 대국에서 우칭위안은 3·3, 화점, 천원天元 등 자신이 주창한 신포석의 취향을 시도하며 중반까지 우세를 견지했으나 종반에 작렬한 슈사이의 묘수로 2집을 패한다. 당시 슈사이의 나이 60세, 우칭위안은 20세. 황혼의 메이진은 여전히 강했다.

'불패의 메이진'으로 불린 슈사이의 마지막 대국은 혼인보 은퇴기였다. 우칭위안과 신구 대결을 치른 이후 건강을 이유로 대국을 멀리해 왔던 슈사이는 1937년 은퇴를 표명한다. 슈사이의 은퇴 결의와 동시에 혼인보의 칭호는 '일본기원'으로 이양돼 〈마이니치신문〉 주최 기전의 타이틀 명이 되었다. 그리고 마이니치의 혼인보전이 개최되기에 앞서 슈사이의 은퇴 기념 대국이 실행되었다. 그 상대를 선발하는 리그전에서 신포석의 쌍두마차 기타니 미노루가 전승, 메이진 은퇴 기념 대국의 도전자가 된다.

1938년 6월 26일부터 12월 4일까지 장장 6개월에 걸쳐 진행된 이 승부는 슈사이의 건강 악화로 14회나 일시 중단되는 기록을 남긴다. 제한 시간 각 40시간 중 슈사이는 19시간 57분을, 기타니는 34시간 19분을 소모했다. 승부 결과는 기타니의 5집 승. 이 대국의 해설은 우칭위안이 맡았으며 『설국』으로 노벨문학상을 수상한 소설가 가와바타 야스나리가 관전기를 썼다. 후일 그는 이 대국을 모델삼아 몇 년 뒤 『메이진名人』이라는 제목의 소설을 발표했다. 가와바타 야스나리는 이 시기를 전후해서 신포석을 주창한 우칭위안과 기타니의 열렬한 팬이 되었는데, 훗날 그가 『기타니 미노루 선국집木谷實選局集』에 붙인 「신포석 청춘」이라는 글을 보면 당시 바둑 팬들이 신포석의 출현에 얼마나 열광했는지 짐작할 수가 있다. 다음은 그 중 일부다.

"기타니 미노루, 우칭위안의 신포석 시대는 두 젊은 천재의 청춘 시대였을 뿐 아니라 그야말로 현대 바둑의 청춘 시대였다. 신포석은 청춘의 창조와 모험에 대한 정열을 불태우며 기계棋界 자체를 선려현란鮮麗絢爛한 청춘으로 이끈 신풍新風이었다. 물론 기타니와 우칭위안 뒤에도 뛰어난 신진이 나타났지만 신포석 시대의 기타니와 우칭위안만큼 뚜렷하게 시대를 북돋우고 바둑사에 한 획을 그은 신인은 아직 나오지 못한 것으로 생각한다. 기타니와 우칭위안의 신포석은 오늘날 바둑 개화의 상징이었다."

현대 바둑의 메카 일본

1939년 〈마이니치신문〉에서 혼인보전이 개최된 이래 유력한 일간지들이 속속 기전을 창설했고, 자연히 기전을 주관하는 '일본기원'의 수입도 확대돼 전문 기사들의 생활도 안정을 찾기 시작했다.

현재 일본 바둑계의 공식 기전은 7대 신문 기전이다. 그 중 대삼관大三冠으로 불리는 〈요미우리〉의 기세이棋聖와 〈아사히〉의 메이진名人, 〈마이니치〉의 혼인보本因坊는 특별히 이틀에 걸쳐 진행하는 전통을 지키고 있으며, 그 격식이 매우 높다. 도전 대국을 위해 극상품의 비자榧子 바둑판이 공수되고 규슈 히우가산日向産 조개 바둑알이 준비된다. 대국 장소는 전국의 명승지. 사전 답사를 통해 대국장의 조명·온도·습도까지 꼼꼼하게 체크하는 일본기원 기전 관계자들의 자세는 마치 하나의 의식을 치르는 듯한 느낌을 준다.

바둑판에 옻줄을 올리기 위해 닛폰도(日本刀)로 홈선을 치는 공인(工人). 바둑판 하나를 만들어도 '천하제일'을 목표로 하는 일본인 특유의 일예일능주의는 현대 일본 바둑 문화의 상징이다.

또 일본 프로 기사들은 입단 이후 선배·원로 기사들로부터 지속적으로 예도藝道에 관한 교육을 받는다. 그것은 바둑에 전념하느라 소홀했던 학업을 보충하는 것이기도 하지만, "전문 기사는 혼이 없는 승부 기계가 아니라 최고의 바둑 엘리트가 되어야 한다"는 전인교육이기도 하다. 일본 프로바둑의 타이틀 홀더 중에 문화훈장이나 모범시민상 수상자가 많고 그들이 모두 사회적 명사로 대접받는 이유도 거기에 있다.

일본은 바둑의 기技와 예藝의 양면을 균형 있게 발전시켜 바둑을 하나의 고급 문화로 정착시킨 지 오래다. 수백 년의 역사가 흐르는 동안 발전된 것은 바둑 수법만이 아니다. 일본인 특유의 일예일능주의一藝一能主義는 바둑에도 어김없이 적용되고 있다. 천하 제일의 바둑 고수가 있는가 하면, 그 대국에 사용되는 바둑판을 만드는 데도 천하 제일인이 있고, 바둑알을 만드는 장인도 천하 제일을 다툰다. 그 하나하나의 작업은 몇 대를 대물림해 명품을 만들어 내는 가업이 된다. 일본에서 흔히 볼 수 있는 70년 된 우동집, 120년 된 장어구이집과 똑같은 전통 승계의 정신이 거기에 있다.

또 일본인은 수많은 명인·고수들이 연구를 거듭하여 기술의 새로운 차원을 열어 가는 한편 자신들이 발견한 자유기법의 바둑을 세계에 보급하는 것도 잊지 않았다. 이미 중세부터 시작된 해외 교류 기록을 보면 그 지속적인 노력에 감탄하지 않을 수 없다. 1994년에 발간된 『일본 바둑 연감』을 보면 바둑사를 간략하게 정리한 연표가 실려 있는데, 그 중 1880년에 오스카 콜셀트라는 독일인이 잡지에 '고碁'를 소개했다는 기록이 보인다. 콜셀트는 호엔샤를 설립한 무라세 슈호村瀬秀甫(18세 혼인보이기도 하다)의 제자였다. 1897년 〈지지신보時事新報〉의 바둑 게재는 매스컴에 바둑이 등장하는 단초였고 이후 유력 일간지들이 앞을 다투어 바둑을 연재했는데, 놀랍게도 그 2년 뒤에는 최초의 영문 바둑 입문서 『The Game of Go』가 발행되었다. 저자는 영국의 아더 스미스였다.

또 1930년에는 독일의 F. 듀발이 부인과 동반하여 일본으로 바둑 유학을 왔다는 기록도 있는데, 1년간 체류하면서 바둑을 익힌 듀발은 그 6년 뒤 문부대신 하토야마 이치로鳩山一郎와 52일간에 걸친 전보電報 대국을 벌여 세계인의 이목을 집중시켰다. 듀발은 같은 해 베를린에 바둑연맹을 설립했다.

한국전쟁이 발발했던 1950년에는 이채로운 기록이 보인다. 이미 1937년부터 세계 바둑 기행을 시작한 후쿠다 마사요시福田正義 5단이 미국의 프린스턴대학을 방문, 아인슈타인 박사와 바둑 담론을 나누고 바둑알을 증정했다는 기록이 그것이다. 박사의 기력은 5급 정도였다고 한다.

이밖에도 서구 유럽에 바둑을 전파한 일본의 흔적은 부지기수로 많은데 그 결과는 자명하다. 이제 바둑을 배우는 대다수의 세계인은 좋든 싫든 일본의 '고'를 먼저 기억한다. 바둑을 익히

일본 프로바둑계의 절대자로 군림한 조치훈 9단. 그의 혼인방 10연패는 전인미답의 대기록이다.

는 과정의 용어 하나하나가 모두 고유의 일본어인 것은 물론이다. 한·중·일 3국 중에서 가장 늦게 바둑을 받아들인 일본이 바로 그 바둑으로 세계 구석구석 자신들의 문화를 전파하고 있는 것이다.

최근 한국 바둑은 기技의 측면에서 일본을 추월한 듯한 모습을 보이고 있다. 조훈현·서봉수·유창혁이 4년마다 열리는 응씨배應氏盃 세계대회에서 우승컵을 차례로 품어 왔고, 조치훈이 일본 바둑계를 평정했으며, 이창호가 세계 무대를 석권하고 있으니 조금도 이상한 일이 아니다. 그러나 그것은 어디까지나 바둑이 가진 한 단면이다. 해마다 서구 유럽에 일본의 바둑클럽이 개설되고 세계인이 앞다투어 일본의 고를 배우고 있는 한, 문화적 위상으로서의 바둑 선진국, 현대 바둑의 메카는 여전히 일본이다.

Code 7

금지된 일상으로부터의 해방

김양주 · 배재대 교수

—

마츠리

신에 대한 기원과 감사가 기본 정신

도대체 마츠리란 무엇인가? 아마도 대개의 사람들은 처음 들어 보는 생소한 말일 것이다. 간혹 일본을 소개하는 신문이나 잡지 혹은 전문서적 등에서 접해 본 사람이 있을지도 모르겠다. 최근 일본 사회·문화와 관련된 텔레비전 프로그램도 많아져 혹 이러한 것을 통해 이 '마츠리하는' 풍경을 한두 번쯤 보았을 수도 있을 테니까. 하지만 여전히 소수의 일본통을 제외한다면 보통 한국 사람들에게 일본의 마츠리란 대단히 낯선 말이고 풍경일 것이다.

마츠리는 우리말로는 흔히 제사 혹은 축제로 번역되거나 사용되고 있다. 그러나 일본에서는 히라가나로 'まつり' 또는 가타카나로 'マツリ'로 표기될 때도 있고, 한자를 사용할 때는 '祭' 혹은 '祭り', 'お祭り' 등으로 표기하기도 한다. 때로는 이미 일본 표기문자의 하나로 정착돼 버린 로마자를 이용한 'matsuri'란 표기도 어렵지 않게 찾아볼 수 있다. 마츠리가 어떤 형태냐에 따라서 마츠리의 표기법도 달라지는데, 표기는 바로 그 내용을 나타내고자 하는 사람의 의도를 암시적으로 드러낸다고 할 수 있겠다. 때문에 마츠리와 관련되어 쓰이는 용어는 제사祭祀, 제례祭禮, 제식祭式, 제의祭儀, 식전式典, 의식儀式, 의례儀禮와 제전祭典, 축전祝典, 축제祝祭, 향연饗宴 등으로 다양하게 변용된다.

마츠리는 그 종류와 형태가 정말 다양하다. 우선 개인 차원에서 인생의 각 마디마다 행해지는 통과의례를 필두로, 각 '이에家'에서 한 해를 주기로 행해지는 연중 행사, 어떤 집단이나 조직 또는 지역사회에서 행하는 각종 의례 및 행사, 그리고 천황이 행했던 국가적 단위의 그것에 이르기까지 마츠리가 가지는 스펙트럼은 대단히 넓다. 종교 시설과 관련해서 보면 신사를 중심으로 행해지는 것과 사원을 중심으로 행해지는 것 혹은 이 양쪽이 혼합된 양상의 것도 모두 마츠리라 불린다. 계절별로도 정월부터 파종과 모심기 철에 걸쳐 행해지는 춘제春祭, 음력 6월 무렵에 행해지는 하제夏祭, 수확 후에 행해지는 추제秋祭, 그리고 12월의 동제冬祭도 마츠리다.

이를 생태적 환경에 따라 분류해 볼 수도 있는데, 이른바 농촌 마츠리는 봄·가을에, 도시 마츠리는 여름에 많이 행해진다. 앞의 것은 풍작을 기원하고 그에 감사하는 성격이 짙으며, 뒤의 것은 병마病魔나 재액災厄의 퇴치를 기원하는 것이 많다. 겨울 마츠리의 경우는 새해를 맞을 때 제액이나 영력靈力을 획득하기 위한 의미를 가진 것이 많아 도시·농촌 마츠리 모두에 공통되는 측면이 있다.

한편 현대에 이르러서는 기념·축하·선전 등을 목적으로 열리는 집단적 행사를 지칭하는 말로 마츠리가 쓰이기도 한다. 가령 상업적 목적으로 행하는 특별판매 선전을 가리키는 경우가 있는데, 'ㅇㅇ 상점가 마츠리'라고 하면 그 지역 상점가가 일정한 시기에 행하는 특별세일을 가리키는 것이다.

이렇게 영역과 범위가 넓은 마츠리지만, 다른 여러 사회에서 보이는 이른바 '축제'와 본질적으로 그 궤를 달리하지는 않는다. 그것은 '신화적 세계의 재현' 혹은 '신성한 역사적 사건의 재현'을 통해 신과 공생함을 확인하고 생명과 질서의 재생을 꾀한다는 점에서 공통되기 때문이다. 즉, 마츠리는 인간이 가진 종교적 심성에 뿌리를 두고 삶의 전체 과정에서 신에 대한 기원과 감사가 그 기본 정신을 이루고 있는 것이다.

이는 마츠리의 동사 원형인 '마츠루奉る, 獻る, 祭る, 祀る'라는 말 자체가 '신에게 봉헌하고 제사하다'는 종교적 행위를 뜻한다는 데서도 충분히 확인할 수 있다.

따라서 다양한 현대적 변용에도 불구하고 일본 사회를 상징적으로 대표하는 마츠리의 이미지는 집단적이며 종교적인 성격을 띠고 있는 것이 사실이다. 즉 일본 지역사회의 상징적 중심이며 대표적 종교 시설인 신사를 중심으로 그 지역 주민들에 의해 오랫동안 행해져 온 마츠리, 이른바 '신사 마츠리'의 이미지가 강력하게 전달되어 온다. 하치마키鉢巻라는 흰 수건 머리띠를 매고, 동네나 조직의 이름이 박힌 핫피法被라는 겉옷을 걸치고, 타비足袋라 불리는 버선발 모습으로 미코시神輿 혹은 다시山車를 메거나 끌면서 마을이나 시가지를 도는 행렬의 이미지로서 다가오는 마츠리가 바로 그것이다.

마츠리의 역사와 변천 과정

마츠리는 그야말로 일본열도에 살기 시작한 사람들의 역사와 그 궤를 같이한다고 해도 과언이 아니다. 마츠리

일찍부터 농경사회를 이루어 온 일본의 경우 천재로부터의 보호와 풍작 그리고 마을의 평안을 기원하는 의례 행위로 마츠리가 시작되었다.

는 신을 향한 인간의 바람에서 출발하며, 초월적 존재에 대한 의존 및 그 발원이 마츠리의 시작이라고 할 수 있기 때문이다. 특히 일찍부터 농경사회를 이루어 온 일본의 경우, 천재로부터의 보호와 풍작 그리고 마을의 평안을 기원하는 의례 행위는 불가결한 것이었던 셈이다. 때문에 마츠리는 인간이 있는 곳으로 신을 부르는 행위, 그리고 신을 대접하고 자신들의 안녕을 바라며 기원을 전하는 제사적 의례 행위를 출발점으로 삼게 된다. 더불어 이 신을 즐겁게 하고 신과 교류하기 위해 함께 먹고 마시고 즐기는 행위는 바로 마츠리가 가진 축제적 행위이며, 이를 다양하게 발달시켜 나가게 되는 것이다.

촌락 사회에서 출발한 마츠리의 대표격인 농촌 마츠리는 농경 사이클에 맞춘 일련의 행사에 따라 행해져 왔다. 봄철에는 경작이나 파종에 앞서 작물이 순조롭게 자라기를 기원하고 태풍과 같은 풍수해나 병충해로부터 보호해 줄 것을 신에게 기원하는 춘제, 즉 '하루 마츠리'가 곳곳에서 벌어진다. 그리고 가을에는 풍작을 기뻐하고 신에게 감사하는 의례를 올리게 되는데, 이것이 추제인 '아키 마츠리'다. 이러한 농촌 마츠리는 오랜 전통 속에서 다양한 변형을 거치면서 일본 사회 전역에 분포하게 된다. 이와 함께 12세기 무렵부터 일본열도 곳곳에 도시가 발달하면서 도시 마츠리가 만들어지게 된다.

도시 마츠리는 그 생태적 환경 때문에 전통적으로 행해져 온 촌락 사회의 마츠리와 다른 성격을 가지게 된다. 즉 전통적으로 여름에 행해져 온 이들 마츠리는 도시에 거주하는 사람들이 가장 무서워하는 질병이 창궐하는 데 대해 강한 신들의 힘으로 접근하지 못하게 하는 것이 그 목적이었다. 또 태풍이나 홍수와 같은 천재를 피하도록 기원하는 것에 유래를 둔 마츠리도 많다. 교토의 '기온 마츠리祇園祭', 오사카의 '텐진사이天神祭', 도쿄의 '산쟈 마츠리三社祭', 센다이仙台의 '센다이 다나바타 마츠리七夕祭' 등과 같은 것이 이에 속하는 대표적인 것들이다.

한편 사회가 변하면서 집단의 규모가 커지고 기능도 분화됨에 따라 마츠리의 역할과 형태도 다양해지게 된다. 신사를 중심으로 한 이른바 '전통적 마츠리'와는 무관한, 즉 신앙적·종교적 색채를 벗어난 성격의 마츠리가 현대에 들어오면서 만들어지게 된다. 홋카이도 삿포로 시의 '유키 마츠리雪祭', 고베 시의 '고베 마츠리神戸祭', 고치 시의 '요사코이 나루코 오도리よさこい鳴子踊' 등이 이런 류에 속한다. 이들 마츠리는 전통적인 것들에 비해 상대적으로 역사가 짧고, 전후 50년대부터 시작하여 70~80년대에 집중적으로 만들어졌다는 점에서 일단 '현대적 마츠리'라고 이름붙여 볼 수 있겠다.

이러한 현대적 마츠리는 특히 1970년대 중반 이후부터 1980년대에 걸쳐 폭발적으로 만들어지게 된다. 50~60년대의 일본 사회는 고도경제성장 시대를 맞이하게 되는데, 이 기간에 노동력이 도시로 빠져나가게 되면서 지역사회는 심각한 과소화 현상을 경험하게 된다. 도시로 빠져나간 젊은이들 때문에 침체된 지역사회를 재생해 보려는 '무라오코시村おこし'라 불린 지역 활성화 정책은 많은 지역사회에 마츠리를 파종시키게 된다. 또 '정주권 구상'이란 이름으로 마츠리나 이벤트 등을 핵으로 해서 지방 도시권에의 정주를 구상한 제3차 '전국총합개발계획'이란 국가 정책도 마츠리의 대량생산에 일조하게 된다. 즉 70~80년대에 보인 현대적 마츠리의 극적 팽창에는 50~60년대 고도경제성장의 부산물로서 지방의 '과소화'와 중앙의 '집중화'라는 현상이 배경에 깔려 있다고 해도 과언이 아닐 것이다.

이와 함께 산업화 과정을 거치면서 급격한 사회 변화를 겪은 일본 사회의 변용도 현대적 마츠리의 융성과 무관하지 않다. 우선 종교와 신앙에 대한 인식이 근대화와 산업화 과정을 통해 이전과는 비교가 되지 않을 정도로 희박해진 현상을 들 수 있다. 한편 산업도시는 사람·물건·정보들이 교류하는 장으로, 많은 사람들이 몰려드는 곳이었다. 도시란 촌락 사회와 같이 영구적인 삶의 터전이라기보다는 일시적인 삶터로 인식되어 왔다. 그러나 거주자가 증가하고 정주화하면서 도시적 삶이 임시적이고 유동적인 것이 아니게 되었다. 즉 도시에서의 삶이 일시적인 것에서 영구적인 것으로 바뀌면서 단순 오락적인 것에서 심적 해방감을 주는 어떤 것이 중요하다는 인식이 대두한 것이다. 이러한 변화가 현대적 마츠리의 폭발적 증가를 가져온 배경이라고 할 수 있다.

마츠리의 구성과 과정

앞에서도 언급한 것이지만 마츠리는 제사적 측면과 축제적 측면을 동시에 내포하고 있다. 즉 엄격한 형식성을 띤 의례와 분방한 일탈성을 가진 난장으로 구성된다. 여러 곳에서 행해지는 마츠리 과정을 보면 대개 바로 이 두 가지 요소 혹은 국면이 때로는 순차적으로, 때로는 동시 진행적으로 나타난다. 즉, 엄숙과 경건을 주조로 하는 성스러운 국면과 소란과 난장으로 이어지는 세속적인 국면이 그것이다. 가령 신사나 절이 중심이 되어 행하는 마츠리의 경우, 신전이나 불전에서 행하는 각종 '사이시키祭式'나 '에시키會式' 등을 전자의 사례로 들 수 있다. 한편 음주와 가무, 가장假裝과 광란 등을 통한 집단적 고양에 의한 엑스터시 등은 후자의 예로 들 수 있다. 때문에 의례가 그 중심이 되는 리추얼한 국면은 제사로, 잔치와 향연이 중심이 되는 페스티

가마나 수레를 끌고 시가지를 도는 행렬은 마츠리의 클라이맥스이자 최대 구경
거리다.

벌적 국면은 축제로 표현되는
것이다.

전통적인 마츠리는 크게 다
음과 같은 몇 가지 과정을 거친
다. 우선 마츠리 주체와 관련된
신 혹은 초월적 존재를 불러들
이고 영접하는 과정이다. 이때
마츠리에 따라 그 절차와 금기

는 다르지만 사람과 공간은 세속의 부정을 씻고 신을 맞이할 채비를 갖
추게 된다. 이 과정에서 사람들은 좋은 음식을 장만하고 신을 맞기 위해
여러 가지로 치장을 한다. 그것은 마츠리 종류에 따라 다르기는 하지만
사람을 치장하는 것에서 시작하여 집안·동네·거리·시가지의 치장에
이르기까지 다양하다.

이런 준비가 끝나면 신을 모셔들이게 되는데 신의 출현은 빙의憑依,
즉 신들림 같은 방식으로 표현되기도 한다. 준비한 여러 가지 음식(神饌·신
센)이나 술(神酒·미키)을 신에게 바치는 것이 바로 신에 대한 대접이다.
이러한 일련의 의례 과정이 끝나면 신에게 바친 음식과 술을 사람들이
나누어 먹는 '나오라이直會'를 행한다. 여기에는 신과 함께 음식을 나누어
먹는 행위를 통해 인간과 신 그리고 참가자들 사이의 동질성 혹은 정체
성을 확인한다는 의미가 있다.

이러한 의례 과정이 끝나면 신 혹은 신의 상징은 그 마츠리 집단과 관
련된 구역이나 지역을 행차하게 된다. 이는 마츠리의 종류와 지역적 특
성에 따라 많은 변형을 가지지만 대표적인 것이 '미코시神輿'로 불리는
가마나 '다시山車' 혹은 '야타이屋台'로 불리는 수레의 행렬이다. 동네나

시가지를 도는 행렬은 신의 행차로 축복을 준다는 의미도 있지만, 그 자체가 마츠리의 클라이맥스이자 최대 구경거리다. 각종 화려한 장식에다 피리·북과 같은 전통 악기에 의한 음악과 춤은 주변에 자리잡은 노점상(데키야的屋 혹은 야시野師)들의 화려한 불빛과 함께 환상적인 축제 공간을 만들어 내고 그곳에 참가한 사람들로 하여금 환상의 시공간으로 빠져들게 하는 것이다. 이러한 마츠리의 시공간은 바로 축제 일반에서 보이는 카오스의 상태 바로 그것인 셈이다.

이러한 전통적 마츠리에 대해 현대적 마츠리는 중소·대도시를 중심으로 등장한 새로운 형태의 마츠다. 우선 그 도시의 이름을 앞에 내건 마츠리를 필두로 박람회·페스티벌·카니발 등의 이름이 붙은 것들이 이에 해당한다. 이들 중에는 1970년대 이후 완전히 새로운 모습으로 등장한 것도 있지만, 그 이전부터 행해지면서 내용과 조직 면에서 전통적 행사와 결부된 것도 있다. 또 전후 비교적 이른 시기부터 관광 진흥적 성격의 행사로 시작한 것도 적지 않다. 이들은 시가지나 광장 또는 공공 시설, 가설무대나 운동장 같은 곳을 중심으로 퍼레이드, 콘테스트, 바자, 쇼, 경기 등을 행한다.

전통적 마츠리를 수행하는 것은 신사나 절의 신관이나 승려, 그리고 총대회總代會와 같은 임원 조직과 함께 '마치구미町組'나 '마치구미연합' 같은 정내회町內會 또는 정자치회 조직이 그 중심이 된다. 그러나 현대적 마츠리의 기획과 운영 조직은 보통 지방자치체, 관광협회, 청년회의소, 상공회의소, 자치회 등이 중심이 된 'ㅇㅇ마츠리 실행위원회'가 결성되어 맡는 경우가 대부분이다.

이 현대적 마츠리의 목적과 내용은 앞에서 언급한 바와 같이 지역사회의 활성화를 필두로 관광 선전과 관광객 유치, 지역 이미지 진작, 스포츠 진흥, 교육·문화 진흥, 과학기술과 산업의 진흥, 건강·환경 문제 계몽, 국제교류 활성화 등에 이르기까지 실로 다양하다.

현재 일본 사회에는 여러 영역과 차원에서 다양한 행사와 이벤트가 기획·개최되고 있다. 이들 각종 행사와 이벤트가 가지는 목적과 내용은 주체 집단과 조직에 따라 각기 조금씩 다르다. 하지만 집단의 생명력을 경신하고 구성원들의 아이덴티티를 확인하기 위해 해마다 또는 정기적으로 반복해서 행해지고 있다는 점에서 마츠리는 단발적 성격이 강한 이벤트와 달리 일관된 특성을 가지고 있다 하겠다.

마츠리의 역할과 기능

마츠리가 개인이나 집단 그리고 지역사회에서 수행하는 역할과 기능은 어떤 것일까? 먼저 생각할 수 있는 것은 사회의 가장 최소 구성 단위인 개인으로 하여금 해방감을 맛보게 한다는 점이다. 고치高知 시에서 매년 여름 열리는 '요사코이 마츠리'에 참가한 경험이 있는 한 여고생으로부터 춤을 추는 마츠리 행렬 속에서 "머리 속이 하얗게 비는 것 같은" 경험을 했다는 말을 들은 적이 있다.

앞에서 본 바와 같이 마츠리의 시공간은 바로 일상을 벗어난 카오스와 엑스터시의 시공간이다. 이는 바로 일상생활에서는 할 수 없는 것 혹은 하지 못하게 금지된 것들로부터의 해방 공간인 셈이다. 이곳에서 개인은 아무것에도 얽매이지 않은 자신만의 소우주를 소유하고 경험하게 되는 것이다.

마츠리가 가지는 또 다른 중요한 기능은 가족 또는 집단 그리고 지역사회 성원으로서의 정체성 확인이다. 즉, 각 개인이 속한 집단의 사회적 통합과 아이덴티티의 확인 기능을 마츠리는 갖고 있다는 것이다. 대개의 경우 마츠리는 그 주체 집단의 가장 중심이 되는 행사를 하게 되는데, 이때 제일 중요시되는 것은 일치단결된 정신과 힘이다. 가령 가마나 수레로 거리를 누비게될 때 그 팀의 리더십에 따른 팀워크가 유감없이 발휘되고 확인된다. 이와 함께 부수 집단이 행하는 각종 예능이나 경기에서도 이들 팀 구성원들의 결속과 의사통일은 집단의 아이덴티티를 확인하는 매체로 작용한다.

한편 마츠리는 평소에 쌓인 불만과 스트레스를 해소하는 역할도 한다. 이

일상의 시공간을 비일상의 시공간으로 전환시킴으로써 얻게 되는 혼돈과 무질서의 해방 공간, 거기서 얻게 되는 희열감·도취감이 마츠리의 최대 매력인 동시에 기능과 역할이다.

는 예전에 권력자들이 마츠리를 이용해 온 측면을 역으로 확인할 수 있는 것이기도 하다. 즉 마츠리에는 그 진행을 맡을 주재자가 필요했는데, 권력자는 이 주재자를 임명한다든지 겸함으로써 자신의 의도를 반영하곤 했다. 때문에 마츠리 영역의 확대는 지배권 확대와 밀접한 관계가 있었다.

그러나 마츠리가 실제 수행되는 과정에서 권력과의 대립이 그대로 나타나는 일은 많지 않았고, 일상의 갈등을 재통합한다는 전제 아래서 마츠리는 행해져 왔다. 마츠리에서 보이는 지배층에 대한 풍자 또는 대항적 요소들은 마츠리가 가진 이러한 갈등 해소와 조직 통합의 기능을 간접적으로 보여주는 증거라 하겠다.

때문에 집단과 사회의 구조가 복잡해지면 해질수록 그만큼 유희적 요소가 들어간 의사疑似적 투쟁, 즉 싸움이 직접 혹은 간접적인 형태로 마츠리에 나타나게 된다. 마츠리의 역할이나 경비 분담 방식, 의례 공간의 위치나 행차 경로 결정 방법, 행사 내용, 경기나 예능의 선택과 진행 상황 등에 마츠리와 그 조직의 내부 구조가 분명하게 반영되는 것은 바로 마츠리가 가진 정치·경제적 측면 때문이다. 그래도 마츠리가 정기적으로 행해지는 것 자체는 어떤 집단이나 조직의 성원들에게 공동체적 질서 유지와 재생산에 순기능적으로 작용하기 때문이다. 만약 이러한 기능들이 엷어지게 되면 일부 사람이나 집단 또는 조직들의 이익 추구를 위해 만들어진 이벤트나 쇼 혹은 단순한 향연이나 퍼레이드로 전락하고 말 것이다.

흔히들 '축제'의 의의와 기능을 일컬어 '일상의 전도顚倒'라고 말한다. 축제는 일상을 비일상의 시공간으로 격리하고 세속의 삶을 일정 기간 전환시킨다는 것이다. 따라서 축제의 시공간은 일상의 부정이고 정지이며, 카오스 상태, 즉 혼돈과 무질서의 상황을 초래한다. 일시적으로 해방된 공간이 형성되는 것이다. 이는 축제가 끝나고 다시 일상의 질서로 전환될 때까지 지속된다.

일본 사회의 마츠리도 바로 이런 일반적인 축제의 속성과 크게 다르지 않다. 일상의 시공간을 비일상의 시공간으로 전환시킴으로써 얻게 되는 혼돈과 무질서의 해방 공간, 거기서 얻게 되는 희열감·도취감이 마츠리의 최대 매력인 동시에 바로 마츠리의 기능과 역할이다. 또 현대에 이르러서도 여전히 번창하는 이유이기도 하다.

일본인에게 마츠리란?

만약 일본을 처음 경험하는 사람이라면 눈 딱 감고 어느 한 마을을 선택해서 보라. 그곳이 어디든 십중팔구 마츠리를 하고 있을 것이다. 일년 열두 달 일본열도 어느곳에선가 어떤 형태로든 마츠리가 행해지고 있다고 해도 과언이 아니기 때문이다. 일본인 스스로도 자신들을 "마츠리를 좋아하는 민족"이라고 표현하길 서슴지 않는다. 미코시를 매고 땀을 뻘뻘 흘리고 있는 사람에게 "이 맛에 일년을 기다린다"는 말을 듣는 것도 어려운 일이 아니다.

이러한 마츠리의 뒤에는 대개 신사가 있다. '마츠리란 무엇인가' 라는 질문에 답하기 위해서는 바로 이 신사라는 존재를 이해할 필요가 있다. 각 지역에 반드시 있는 신사에는 대개 그것이 창설된 유래를 설명하는 이야기가 전해지는데, 대부분은 그 지역사회의 성립이나 개척자의 공적 등과 관련된 것이다. 예를 들면 처음 그 지역에 정착하게 된 어떤 사람이 개척을 해나가는 가운데 난관에 부딪치게 되고, 그때 대개 신의 화신이라고 설명되는 어떤 노인이 홀연히 나타나 어려움을 해결해 준다는 내용이 그것이다. 따라서 노인은 토지를 수호하는 신으로 여겨지게 되고 개척자는 그 노인, 즉 수호신을 받들어 모시게 되는데 이것이 바로 그 지역 신사의 시작인 셈이다.

지역사회 성원들은 그 지역 신사에 모셔진 신 혹은 신사 자체를 같은 뿌리를 둔 집단의 신이란 뜻으로 '우지가미氏神'라 부른다. 이에 대해 자신들은 그 우지가미의 자식이라는 뜻에서 '우지코氏子'라 칭한다. 이것은 일본인이 신사와 자신의 관계를 규정하는 관념의 일부를 엿보게 하는 대목이다. 이런 호칭을 쓰는 것은 둘의 관계를 친자 관계, 즉 부모-자식 관계로 규정짓는다는 것을 의미한다. 실제로 혈연 관계를 더듬어 올라

갈 수 있는 신사는 거의 없다. 따라서 대부분의 '우지가미'는 그 '우지코'와 비혈연적인 관계를 갖는다. 그럼에도 불구하고 이것을 친자관계로 인식하고, 혈연 관계에 있는 자식이 실제 부모에게 하듯이 봉사할 것을 요구한다. 이러한 지역사회에서 보이는 신사와 주민의 의사疑似적 친자 관계의 설정은 혈연 원리에 의거하지 않으면서도 지역사회의 종교적·정신적 중핵으로서 신사를 주민과 밀착시키게 하는 매개체로 작용하고 있다.

지역사회, 그중에서도 전형적으로 1년 주기의 작업을 하는 농촌은 신사와의 관계가 더욱 밀접하다. 농촌의 연중 의례는 신사에서 시작되어 신사에서 마무리된다고 해도 과언이 아니다. 농사가 시작되는 봄에는 주민들이 모여서 마을의 안녕과 풍요를 지역 수호신에게 기원하고, 추수가 끝난 가을에는 첫 수확을 신에게 헌납하고 신의 가호와 풍작에 감사한다. 이것이 다름 아닌 마츠리다. 이는 도시의 경우도 마찬가지다. 출생·'시치고산七五三'·성년식·결혼식 등과 같은 인생의 통과의례에서도 그 감사와 기원을 수호신에게 전하고 축하하는 의례나 향연을 벌인다. 이와 같이 신사와 지역주민의 결합은 사회생활의 여러 측면에서 깊고도 강하다.

신사와 지역주민의 결합이 가장 극적으로 표출되는 시공간이 바로 신사의 마츠리다. 대개 신사에서는 1년에 한 번 또는 그 이상 마츠리가 거행된다. 마츠리의 어원이 '마치待', 즉 '기다림'에서 왔다는 설이 있듯이, 인간 세상에 초대되어 오는 신의 강림을 기다렸다가 방문한 신들에게 산해진미를 바치고 춤과 노래 등으로 신을 위로하고 즐겁게 하는 의례가 바로 마츠리인 것이다. 바꿔 말하면 일본 사회의 주민들에게 마츠리의 의미는 '우지코'인 자식이 '우지가미'인 부모를 초청해서 예를 올림으로써 그해의 안녕에 감사하고 동시에 다가올 새해의 번영을 기원하는 데 있다 할 것이다. '나오라이直會'와 '가구라神樂', '시시마이獅子舞'와 같이 우지가미를 즐겁게 하는 예능, 순행巡幸 또는 도어渡御로 표현되는 우지가미의 행차는 모두 지역사회의 성원이자 신사의 소속 성원인 우지코들의 단결을 도모하고 우지가미의 은총이 그들 모두에게 내리도록 하는 데에 그 의미가 있다.

신사는 그 다른 명칭인 '우지가미상'에서도 알 수 있듯이 바로 지역사회를 지켜주는 신이며, 마츠리는 바로 마을 공동체=지역사회의 상징인 '우지가미상'에 대한 신앙과 존경을 모태로 하고 있다. 마츠리는 바로 이 지역 수호신에 대한 감사의 표현이며, 그것을 통해 마을 공동체는 구성원의 소속감과 정체성을 확인하게 된다. 즉 일본인은 마츠리를 통해 자신과 자신이 속한 집단을 재확인하고 다시 태어난다고 해도 과언이 아니다.

마츠리 그리고 지역 축제

마츠리 풍경, 그 하나 : 마츠리와 관련해서 다음과 같은 글을 일본의 어느 잡지에 쓴 적이 있다. 일본의 마츠리와 천황제의 관련성을 이야기한 것이지만 마츠리의 힘 또는 집단성을 엿볼 수 있으리라는 생각에서 다시 적어 본다.

천황제에 대해서 1000자로 정리해 달라는 주문을 받았다. 정말 천황 혹은 천황제에 대해서는 그 100배 이상—가령 책방의 한 면을 장식하고 있는 그 수많은 천황 관련 서적들과 같이—으로도 말할 수 있으며, 그

100분의 1 이하—가령 "덴짱와 가와이이(이 말은 이즈음 그야말로 일본의 '새파란 중·고생 아이들'이 잘 쓰는 말로 '덴짱은 귀여워' 정도로 직역할 수 있다. 물론 '덴짱'은 천황을 가리키는 애칭이다)"와 같이— 로도 말할 수 있을 것이다. 과연 1000자는 천황제를 논하기에 너무 적을까 혹은 많을까? 이하는 서론도 결론도 없는 나의 '1000자의 천황제'다.

나는 시코쿠四國의 서남부를 흐르는 시만토 강 하구에 위치한 어떤 마을에서 1987년 5월부터 약 2년 동안 인류학적 현지조사를 행했다. 이 기간에 어떤 마츠리와 조우하게 되었는데, 그것은 '후바하치만궁 대제不破八幡宮大祭'라는 이름으로 매년 10월 9일과 10일에 걸쳐 성대하게 행해지는 마츠리였다. 현지에서 '하치만상'이라고 불리는 이 마츠리는 시만토 강 유역 사회의 문화를 생각하는 데 대단히 중요한 것이라는 사실을 눈치채게 되었다.

첫해 이루어진 조사에서는 미비한 점이 많았기 때문에 나는 다음해를 노리고 있었다. 1988년 10월에 들어서자 이번에야말로 철저하게 조사해 보겠다는 각오로 본제가 시작되기 며칠 전 하치만궁의 신관을 찾아갔다. 그런데 이게 웬일인가. 올해는 마츠리를 하지 않기로 했다는 것인데, 그 이유를 물은즉 이른바 '천황 폐하의 병환으로 인한 자숙(당시 쇼와 천황은 병석에 있었으며 그 때문에 마츠리와 같은 이른바 비근신謹慎적인 행사는 '자숙'이란 이름으로 중지되는 경우가 많았다)' 이라고 한다. 이런 황당하고 바보 같은 일이 있을까 싶었다. 이곳에 다시 와서 조사할 수 있으리란 확실한 보장이 나에겐 없었으며, 잘못하면 이것이 마지막 기회일지도 모른다고 생각하니 눈앞이 깜깜해지는 듯했다. 그렇다고 그냥 물러설 수는 없는 일이어서 희미해지는 정신을 가다듬으며 중지하기로 결정하기까지의 과정을 물어 보기로 했다. 며칠 전에 우지코氏子 소다이總代를 비롯한 지역 유지들이 신사에 모여 마츠리 개최 여부에 대한 회의를 열었고, 거기서 이른바 '자숙'이 결정되었다는 것이다. 신관 왈, "강력하게 자숙하자고 주장하는 사람은 딱히 없었지만 결과적으로는 그렇게 돼버렸다. 사실 난 해도 나쁠 것 없다고 생각하고 있었지만……."

이상은 나에게 있어 가장 '가까운 경험Experience-near(본래 정식분석학자 하인츠 코후트의 개념을 인류학자 클리포드 키어츠가 재사용하여 유명하게 된 용어로 '먼 경험' Experience-distant 개념과 상대적으로 쓰이고 있다)' 의 개념으로서 천황제이며, 그 본질은 '책임의 무화無化' 에 다름 아니다. 회의에 출석한 사람들 중에는 결정자도 없을 뿐 아니라 책임자도 없다. 단지 어떻게 해서 그런 식으로 되었나 아무도 알 수 없는 결론만이 있을 뿐이다. 천황제, 즉 '일본인의 집단 형성 원리' 는 그 속에 모든 것을 강력한 중력으로 빨아들여 버리는, 그러나 그 속은 깜깜해서 아무것도 보이지 않는 블랙홀과 같이 나에게는 보인다.

마츠리 풍경, 그 둘 : 고치현에서는 매년 8월 9일부터 4일간에 걸쳐 '요사코이 나루코 오도리よさこい鳴子踊り'라는 마츠리가 열린다. 약칭 '요사코이'는 그 내용이 매우 단순하다. 한 팀이 약 100명에서 150명 정도로 이루어진 댄싱그룹이 마츠리 기간 내내 매일 거리에서 춤을 추는 것이다. 인구 약 30만의 고치현은 이 마츠리 기간에 시내 10곳의 공식 경연장을

중심으로 디스코텍으로 변한다고 해도 과언이 아니다. 댄싱팀 앞에는 '지카타샤地方車'라 불리는 차가 선도하는데, 밴드와 조명 그리고 일본 전자기술의 역량을 보여주는 성능 좋은 앰프와 스피커로 채워져 있다. 각 팀은 '요사코이 부시節'라는 이 지역에 전해져 내려온 민요조 오리지널 노래의 멜로디를 첨부할 것과, '나루코鳴子'라 불리는 손에 쥐는 캐스터넷 같은 도구를 가져야 한다는 조건만 만족시키면 어떤 노래나 춤에 어떤 복장이나 모습을 해도 좋다.

이 '요사코이'를 고치현 사람들은 전해의 그것이 끝나자마자 다음 해를 준비할 정도로 즐기며 기다린다. 개인 참가비가 3만 엔에서 5만 엔, 그러니까 30만 원에서 50만 원 정도 하는 팀일지라도 그 팀의 춤이나 노래, 복장이 마음에 들면 망설임 없이 참가한다. 5년 연속 그랑프리를 차지한 경력을 자랑하는 빠찡꼬 회사팀 '센토라루'는 비밀 기지에서 연습을 해 마츠리 당일 나타나기 전까지는 어떤 춤과 노래로, 그리고 복장과 패션으로 나타날지 아무도 모른다. 이른바 '중딩'과 '고딩'은 물론이고 유치원 애들부터 노인까지 팀을 이루어 매년 150개 정도의 팀이 춤추기에 나선다. 춤추는 패거리들만이 아니라 뒷일 보는 사람까지 포함하여 직·간접으로 참여하게 되는 사람을 다 합하면 주민의 10분의 1 이상이 이 마츠리에 참가하는 셈이다.

요사코이는 고치현뿐 아니라 북쪽 홋카이도까지 전파된 지 오래다. 요사코이를 본 대학생이 삿포로로 가져가 '요사코이 소란 마츠리'란 이름으로 새로 만든 것이다. '소란 마츠리'는 원조 '요사코이'보다 참가자와 그 열의 면에서 훨씬 앞선다. 팀 수도 많고 홋카이도 전역의 지자체들도 참여할 정도다. '요사코이'의 전파는 이에 멈추지 않았다. 일본 전국의 10여 개 도시와 자카르타, 캘리포니아에까지도 진출했다고 한다. 도

대체 '요사코이'의 무엇이 일본 사람들을 이토록 '미치게' 만든 것일까?

지역 축제 풍경, 현재 : 구제금융의 위기를 겪으면서 조금 뜸해졌지만 한때 한국 사회에 지역 축제 바람이 분 적이 있다. 나도 '마츠리 전문가' 라는 명목으로 지역 축제 모델화 프로젝트에도 참여해 보았고, 또 이곳 저곳 지역축제 활성화와 관련된 세미나나 심포지엄 등에 '참고인'으로 불려 다니기도 했다. 그곳에는 한국 사회가 가진 축제의 문제점과 과제 가 고스란히 잠재해 있었다.

나는 "축제란 평소에 안 하는 것, 해서는 안 되는 것, 할 수 없는 것 등을 하는 것이다"라고 정의 내린다. 그래서 사람들은 축제의 그날을 손 꼽으며 기다리는 것이다. 그런데 한국의 지역 축제는 기다리는 사람이 없는 것 같다. 혹시나 전해에 단맛을 본 이익단체나 장사꾼, 또는 뒷돈 이 조금 떨어지고 큰소리칠 수 있는 관련 단체 임직원이라면 몰라도. 평 소에 보는 TV 버라이어티쇼가 더 재미있고 HOT나 핑클 라이브 공연이 더 짜릿한데 뭣하러 촌스러운 지역 축제에 갈 것인가. '고추 아가씨', '딸기 아가씨'보다 더 예쁜 미스코리아 대회가 생중계되는데 말이다. 게 다가 평소에도 지겹게 들어 온 '교육적'이고 '도덕적'인 '미풍양속'의 '전통적'인 축제를 지향하고 있는데 누가 이런 축제를 기다리고 즐길 것 인가.

그래서 나는 조언한다. 정말 지역주민들이 기다리는 축제를 만들고 싶냐고. 진정 그럴 생각이 있느냐고. 정녕 그러시다면 바로 사람들을 열 광시키는 축제들이 가지는 기본 속성이 무엇인지 다시 한 번 진지하게 생각해 보시라고. 그래서 나는 또 조언한다. 평소에 안 하던 것, 해서는 안 되는 것, 할 수 없었던 것을 찾아보시라고.

사람들은 금지시킨 것을 하고 싶어한다. 축제는 내게 금지된 것 바로 그것이기 때문이다.

가 족 공동체를 확인하는 인 생 의 통과제의

황달기 · 계명대 교수

—

혼례와 장례

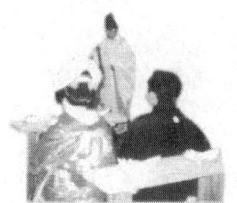

인간은 태어나서 대부분 한 사람 이상의 배우자와 혼인해 자식을 낳고 살다가 누구나 피할 수 없는 죽음을 맞이하게 된다. 이때 사회마다 아주 다양한 절차와 형식 그리고 의미가 부여된 의례를 치르는데, 이것을 흔히 통과의례라고 한다. 통과의례 중에서도 혼인과 장례는 전통적인 인간의 성장에 관한 문화적 가치 체계가 응집되어 있는 것은 물론이고, 개인을 둘러싼 사회구조도 반영되어 있다. 이 두 의례는 인류 문화의 보편적인 현상임과 동시에 민족과 문화에 따라 아주 다양한 형태를 보이고 있어, 일찍부터 많은 인류학자들의 중요한 관심의 대상이 되어 왔다.

따라서 일본 사회의 혼례와 장례 문화에 내재된 역사적 배경과 문화적 의미는 무엇이며, 또한 일본인의 현대적 삶의 양식을 총체적으로 이해하는 데 이들이 지니는 특별한 의미와 기능은 무엇인지 개괄적으로 살펴보기로 한다.

"딸이 셋이면 대들보가 내려앉는다"

혼인은 우선 한 남자와 한 여자의 결합인데, 이 결합에서 태어난 자녀에게는 합법성이 부여되고 부부는 육체적으로만이 아니라 경제적으로도 결합되며, 이런 결합은 사회적으로 인정된 것이라야 한다. 또한 혼인은 당사자들의 개인적 결합뿐 아니라 그들을 둘러싸고 있는 가족간·친족간 결합에도 중요한 계기를 제공

한다. 이러한 혼인의 일반적 정의
에서 보면 일본인의 혼인도 결코
예외일 수 없다.

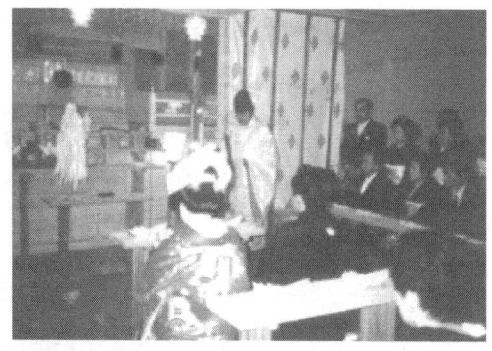

가정이 아닌 예식장으로 혼례 장소가 바뀌면서 연애결혼이 증가하기 시작했다.

일본인의 혼인 형태는 크게 '무코
이리혼婿入婚'과 '요메이리혼嫁入婚'으
로 나눌 수 있다. 전자는 신부집에
서 혼인 의례를 치르고 신방을 일
정기간 신부집에 두는 방식이고,
후자는 혼인 의례뿐 아니라 신방도 신랑집에 차리는 방식이다. 그리고
역사적으로는 전자에서 후자로 변화했다고 한다.

여기서 우리에게 조금 낯선 무코이리혼에 대해 살펴보면, 이 형태는
남녀간 교제가 자유롭고 통혼 범위가 촌내로 제한된 상황에서 나타나
며, 신랑이 밤에만 신부를 방문하는 형태로 부부 생활이 이루어진다. 이
러한 방문이 일시적인(수개월에서 수년) 것에서 평생 동안 계속되는 경우
도 있다. 특히 특이한 모양의 초가지붕으로 유네스코의 세계문화유산으
로 지정된 기후현岐阜縣 시라카와무라白川村는 2차대전까지만 해도 가장
이나 후계자 이외의 다른 가족원(남자)은 '평생처방혼平生妻訪婚'을 했던
곳으로 유명하다.

이러한 일시적 방문혼에서는 신방을 언제쯤 신부집에서 신랑집으로
옮기게 되는 것일까. 우선 신부가 시집에 들어가서 일가의 주부권을 획
득할 수 있어야 하며, 다음에 시부모와 한집에서 동거하지 않는다는 조
건이 충족되어야 했다. 이 시기는 대개 결혼 후 2~3명의 아이들이 태어
난 시기였다.

배우자의 선택 과정 및 혼인 의례는 1940년대를 경계로 해서 크게 변

했는데, 이 변화는 결혼식이 자택에서 예식장으로 옮겨감에 따라 일어났다. 1940년대 이전에는 양친 특히 아버지의 뜻을 따라 배우자가 결정되었지만, 그 이후부터는 결혼 당사자의 의사가 존중되어 연애결혼이 증가하게 되었다. 한 조사 결과에 따르면 1980년 이후 약 7대 3의 비율로 연애결혼이 중매결혼을 크게 앞선다.

그러나 '이에(집이나 가문)'의 대를 잇는 후계자의 경우는 고향을 떠나 자유로운 남녀 교제의 기회를 가질 수 있는 차·삼남과는 달리, 여전히 이에 간의 결합이 중시되기 때문에 부모의 의사에 따라 결정되는 경우가 많다. 이처럼 결혼을 본인의 의사와 관계없이 부모가 정해 버리는 것은 결혼하는 남녀의 관계보다 결혼으로 파생되는 이에 간의 관계를 중요시하는 사회적 인식이 지배적이었던 시대상을 반영하는 것이라고 볼 수 있다.

1940년대까지만 해도 배우자 선택의 전제조건으로 무엇보다 중시된 것은 양가의 생활 수준이었다. 즉 재산이나 사회적 지위가 비슷한 집끼리의 혼사가 가장 바람직한 것으로 간주되었다. 그렇지 않으면 사위는 자기보다 가문이 좋은 집에서, 며느리는 자기보다 가문이 낮은 집에서 데려오는 것이 바람직한 혼인이었다. 이는 여자 쪽의 신분상승 욕구와 남자 쪽의 여성 지배 욕구가 맞아떨어진 결과라고 할 수 있다.

혼인을 약속한다는 의미에서 신랑측이 준비하는 혼수인 '유이노'.

일본도 한국과 마찬가지로 신랑측과 신부측 사이에 혼례의 전 과정을 통해서 혼수 교환이 이루어지는데, 양가에서 가장 중심적인 혼수는 신랑측의 '유이노結納'와 신부

측의 '신혼 살림도구' 장만이다.

유이노는 요메이리혼에서 혼인의 약속을 확정한다는 의미에서 주고 받는다. 전통적 혼례에서 유이노는 대개 결혼 전에 중매쟁이가 신랑집에서 받은 술과 결혼 예복 한 벌을 신부집에 가져가는 것으로 대신한다. 1965년경부터는 이러한 물건보다 '유이노킨結納金(신랑 쪽에서 신부 쪽으로 보내는 결혼 예물 준비금)'을 보내는 것이 주가 되었으며, 거기에 부채·낙지·다시마 등 행운을 기원하는 '유이노힌結納品'을 덧붙이게 되었다. 유이노킨은 대개 신랑이 받는 월급의 3배 정도가 되는 50만 엔이 가장 일반적이며, 신부집에서는 남자의 전통 예복과 신랑측의 유이노에 대한 영수증, 자기측의 친척 명부를 유이노의 답례로 보낸다.

"딸이 셋이면 대들보가 내려앉는다"는 말이 있다. 이는 딸의 결혼이나 결혼 후에 가산이 기울 정도로 비용이 많이 든다는 의미다. 가장 많은 비용이 든다는 신혼 살림도구는 전통 혼례에서는 신부의 초행 행렬 때 함께 운반되었지만, 지금은 혼례 전에 대부분 시가에 보내진다. 현재 일본에서 신혼 살림도구의 중요 품목이라고 생각되는 것은 가구나 침구, 의류, 가전제품 등이다.

여기서 재미있는 사실 하나는 신부가 마련하는 다양한 혼수 중에는 결혼 후 부부가 공동으로 사용할 수 있는 것이 대부분이며, 한국에서처럼 신랑 개인이나 부모 형제 등에게 보내는 예물은 없다는 것이다. 반면 신랑측에서 보내는 기모노나 손가방, 상복 등의 예물은 신부 개인을 위한 것들이다. 즉 신혼 살림도구는 결혼 후 시가에서 신부 자신의 생활에 필요한 물건들이 중심이 되어 있다는 말이다.

신랑측의 유이노에 대한 신부측의 신혼 살림도구는 당연히 신부집의 경제력에 따라 차이가 나겠지만, 유이노의 금액 이하로 하는 것은 신랑

혼수 장만을 신랑이 보낸 유이노의 금액 이하로 하면 체면이 깎인다고 여기며, 구박을 받는 경우도 있다.

과 신부 양쪽의 체면을 깎아내리며 신혼 살림도구가 적은 며느리는 시가에서 구박을 받는 경우도 있다. 이 때문에 신부 쪽에서는 가능한 한 유이노 이상의 신혼 살림도구를 마련하려고 한다. 신혼 살림도구의 유무와 다과는 특히 요메이리혼 제도 하에서는 시가에서 며느리의 지위에 미묘하게 영향을 미치며, 더구나 시집에서 동네 사람들에게 공개함으로써 신부의 친가와 시가 양쪽의 사회적 위신을 높이는 효과도 있기 때문이다.

요메이리혼에서는 '요메이리식(초행례)'이 혼례의 중심이 되는데, 신부는 마을의 새로운 성원이 되므로 특히 마을 밖에서 시집오는 자는 마을 사람들의 깊은 관심과 흥미를 끌게 된다. 이때 신혼 살림도구는 연회석 뒤쪽에 전시된다. 이것을 신부 쪽에서 보면 요메이리식이 신랑 쪽 친척이나 이웃으로부터 승인을 받는 의식이므로 신랑 쪽의 호의나 시인을 얻는 절호의 기회이기도 하다.

신랑 쪽에서 보낸 유이노 금품은 신부 쪽에서 딸을 잃어버리는 것에 대한 보상이 되지 않고, 원칙적으로는 신랑 곁으로 신부의 개인적 재화가 되어서 되돌아온다. 즉 신랑 아버지가 신부 아버지에게 보낸 유이노 금품은 신혼 살림도구로 형태를 바꾸어 신부 아버지로부터 딸인 신부에게 건네지기 때문에, 아들이 사용 가능한 며느리의 재화로 되는 것이다. 따라서 혼인 때에는 딸과 많은 양의 재화가 신랑 쪽으로 흘러가게 되어, 신부 쪽으로 봐서는 딸의 결혼은 큰 부담이며 결혼으로 얻는 재화는 아무엇도 없다고 할 수 있다.

일본의 피로연회장은 대개 결혼
식장에 딸려 있다. 신부가 몇 차례
의상을 바꿔 입고 하객 앞에 나타
나거나 친구들의 코믹한 연기가 펼
쳐지기도 하고 하객들이 축하 노래
를 부르기도 하는 등 다양한 형태
의 의례가 진행되는 것을 보면서

일반 하객들은 예식에 참가하지 않고 피로연장에서 다양한 형태의
의례에 참가하고 식사를 함께 한다.

함께 식사를 하는데, 사전에 초대받지 못한 사람은 참가할 수 없다. 피
로연 음식은 답례품과 함께 개인별로 차려지는데, 이는 각 하객의 자리
가 따로 지정되어 있기 때문이다. 일반 하객들은 이 피로연에만 참가하
며, 부모 형제나 친척 대표 등 아주 가까운 집안 사람들만 참가하는 예
식은 이 피로연이 열리기 전에 신사나 예식장에 특별히 마련된 신사(예
식용 신사)에서 열린다. 신도식神前結婚 결혼을 올리는 것이다.

일본의 결혼 풍습 중에서 특이한 것은 우리 쪽에서 보면 '근친결혼'
이라 할 수 있는 사촌간의 결혼이 아주 흔하게 발견된다는 점이다.

일본의 농가나 도시의 상가와 같은 가업의 계승이 중시되는 이에 후
계자의 혼인은 이에의 며느리(딸만 있는 경우에는 데릴사위)를 맞이하는
형태를 취하기 때문에, 며느리(데릴사위)의 선택에는 이에의 안정된 유
지와 계승을 위해 부모나 가장의 의지가 작용하는 것이 보통이다. 일본
의 촌락 사회에서는 촌내혼(동네혼)과 족내혼이 일반적이고, 더구나 친
척의 인지와 친척간 교제에서 부계와 모계가 동등하게 취급되기 때문에
무수히 많은 친척이 같은 마을이나 이웃에 있게 마련이다. 이렇게 되면
친척간 교제가 번거롭게 되고, 이것을 수적으로 적당히 조절하는 장치

가 필요하게 된다. 이것이 바로 사촌혼을 선택한 사회문화적 배경이라고 할 수 있다. 세대주 부부와 같은 부락에 거주하는 형제 자매가 항상 소중한 친척의 위치에 있고, 다음 대 후사의 배우자를 어느 집에서 데려오느냐는 문제는 곧 다음 대의 가까운 친척을 결정하는 중요한 계기가 된다.

사촌혼은 보통 '교차사촌혼' (남자의 입장에서 본 외사촌 또는 고종사촌과의 결혼)과 '평행사촌혼' (친사촌 또는 이종사촌과의 결혼)으로 나누어지는데, 내가 조사한 지역에서는 전자, 특히 외사촌과의 결혼이 가장 많았다. 일반적으로 마을 내에 적당한 연령의 사촌이 있는 경우, 이들 중에 특히 어머니의 친정에서 배우자를 선택하는 경향이 있다는 것이다. 이러한 사촌혼에 의해 전대의 친가와 시가의 관계 또는 인척 관계가 세대 교체로 인해 멀어지지 않고 오히려 강화되는 결과를 낳는다.

결혼 힘든 농촌 총각, 국제결혼이 돌파구

현재 일본 농촌이 안고 있는 가장 큰 문제는 이에 후계자(대부분이 장남)의 결혼난과 농산물 수입 자유화에 따라 경작 면적을 줄이는 '겐탄減反 정책' 이다. 특히 결혼난으로 인해 최근 10여 년간 일본 농촌에는 필리핀이나 스리랑카, 한국 등 아시아 여러 나라에서 '농촌 신부'로 일본에 시집오는 여성이 급증하고 있다. 즉 일본에서는 농촌 후계자의 결혼난을 외국 여성과의 국제결혼으로 해결하고 있는 것이다. 그럼 왜 이런 현상이 나타나고 있을까.

과소화가 심각하게 진행된 전국의 47개 초손町村(우리의 면에 해당하는 기초자치단체)의 자료에 따르면, 대개 전체 인구의 10% 정도가 미혼자이며 20~40세의 남녀 인구 구성에 심한 불균형이 존재한다는 것이다. 특히 30~39세 남성의 평균 미혼율은 37%로, 10명 중 4명이 30을 넘기고도 미혼으로 있는 셈이다.

같은 초손 내의 남녀 인구 비율이 중요한 의미를 갖는 것은 일본인의 결혼은 한국과 달리 주로 촌내혼을 하기 때문이다. 촌외라 하더라도 바로 인접한 이웃 초손과의 통혼이 압도적으로 많다. 따라서 마을 내 남녀 인구의 극단적인 불균형은 그 자체가 곧 농촌의 결혼난을 의미한다고 볼 수 있다. 이러한 남녀 인구의 현저한 불균형은 고등학교를 졸업한 여성들의 도시 진출로 인한 것이다. 이른바 남촌여도男村女都의 인구 불균형이 일반화되어 있다는 말이다.

후계자의 결혼난은 농촌 사회의 여러 가지 내부모순의 결과라고 할 수 있다. 내부모순에는 여러 가지가 있겠지만, '지역사회와 혼인'이라는 맥락에서 보면 다음 두 가지 요인이 농촌 사회의 불안정 구조에 보다 지배적인 영향을 미친 것으로 볼 수 있다.

첫째, 농가 어머니들이 며느리는 농가 출신자를 맞이하고, 딸은 도시 가정에 시집보내고자 하는 자기 모순적 의식 구조가 촌내혼이 일반적인 일본 농촌의 전통적 사회질서를 위협하는 요인으로 작용했다.

둘째, 일본 여성들은 도시화된 기준에서 농촌과 농민을 보고 있으며, 그 기준에서 특히 농민의 신체는 미적·문화적 맥락에서 도시 청년에 뒤진다는 것이다. 농민은 일반적으로 언제 어디서나 신체와 동작이 다른 사람과 구별되는 것이 보통이며, 농민 자신도 언제나 스스로 농민으로 보인다고 믿고 있다. 또한 농민은 신체뿐 아니라 언어 구사 등 감정표현의 관리나 능력 면에서도 도시 남성보다 세련되지 못하다. 따라서 결혼이 과거처럼 가족이나 가문 간의 결합이 아니라 개인에 관련되는 문제로 변화된 오늘날, 농촌 남성에게는 불리하게 작용할 수밖에 없다.

이러한 두 가지 내부모순을 배경으로 한 후계자의 결혼난은 지금까지 농촌의 사회·문화적 시스템을 위협하는 아노미이며, 한편으로는 도시와 농촌의 대립적 가치에 기초한 새로운 사회·문화 시스템으로서 농촌 사회의 재구조화를 촉진시키는 요인이기도 하다.

아직까지도 일본 농촌에서는, 특히 후사의 경우 혼인의 제1기능은 세습 재산의 통합을 깨지 않고 가계의 존속을 보증하는 것이고, 여자는 그 수단이나 도구적 가치를 가진 존재로 인식되고 있다. 얼마 전까지만 해도 일정한 공동체 내에서 신부가 자급자족되었으나, 현재는 10~30% 정도를 다른 공동체(외국)로부터 제공받지 않으면 가계의 존속이 보증되지 않는다. 다시 말해서 전통적으로 촌내혼과 족내혼을 해온 일본 농가 후계자의 결혼은 최근 공동체 내 여성의 절대 부족으로 이에의 유지와 존속에 큰 위기를 맞고 있다. 이러한 농촌 사회의 여러 가지 내부모순을 발전적으로 극복하기 위해 마련된 문화적 적응 체계가 바로 농가 후계자의 국제결혼이다.

1985년 10월 야마가타현山形縣 아사히마치朝日町에서 남성 두 명이 필리핀 여성과 결혼한 사실이 전국에 소개되어 크게 화제가 되었는데, 이 것이 바로 농가 후계자의 결혼난으로 촌락공동체가 해체될 위기에 직면하게 되자 지방자치단체가 적극적으로 개입하여 이루어낸 '국제결혼' 제1호다. 그후 같은 문제로 골머리를 앓고 있던 전국의 지방자치단체에서도 행정 주도형인 '아사히 방식'을 적극적으로 받아들이게 된다.

아사히마치 관계자는 "국제결혼은 우리와 필리핀 자치단체가 제휴관계를 맺어 실현한 것"이라고 주장하고 있다. 그러나 결혼이라는 개인적인 일에 행정이 처음부터 끝까지 개입할 수는 없다. 결혼 중개업자나 행정측의 조작과 전략이 숨어 있다는 것이다. '국제교류'라는 명분 아래 실제로는 일본과 필리핀의 역사적·경제적 이유가 내재되어 있다고 보는 것이 옳을 것이다. 즉, 일본측에서는 2차대전 중에 필리핀 여성을 성의 도구로 삼은 일본군의 만행에 대한 필리핀 사람들의 불신을 불식시키기 위한 행정상의 조작이, 필리핀측에서는 자국 여성들의 결혼을 계기로 자매도시 관계를 맺어 원조를 받으려는 의도가 숨어 있다고 볼 수 있다.

둘째, 행정이 개입함으로써 신랑과 신부 후보자의 자격이 일정한 조건과 기준에서 차별적으로 적용되고 있다는 점이다. 여성에 대해서는 전문대학 이상을 나오고, 송금을 조건으로 하지 않을 것, 일본어를 할 수 없고 과거에 출국 사실이 없을 것(일본에서 접대부로 일한 경험이 있는 것으로 인식되기 때문에), 남성측에는 주벽이나 폭력적인 사람은 불가하며, 안정된 직업이 있고 부모와 동거하고 있는 자 등으로 제한하고 있다.

셋째, 1987년 12월 아키타현秋田縣 의회에서 마루야마 부지사의 "필리핀에서 여성을 도입하는 것은 품종개량의 의미에서도 바람직하다"고 한 발언이 인권옹호단체나 페미니스트들로부터 강한 반발을 사자 하루만에 이 발언을 철회한 사건에서 볼 수 있는 것처럼, 지방자치단체의 존속에만 집착한 나머지 소중히 다루어야 할 인권에는 거의 주의를 기울이지 않고 있다는 사실이다.

넷째, 행정의 적극적 개입 이면에는 결혼 중개업자들의 결혼시장이 형성되어 있다는 것이다. 이들에게는 자신의 인격과 이력을 판매 전략적인 용어로 기호화하여 수요와 공급이라는 냉엄한 국제사회의 게임에 참가하려는 사람들이 수백 명씩 몰려온다. 결혼시장에서 결혼 당사자의 실질적 존재는 측정 가능한 요소(직업·학력·수입·신장·연령·자산 등)

의 배후에 가려진다. 말하자면 인간의 능력을 상품 형태로 암호화한 것이라고 할 수 있다.

다섯째, 일본과 아시아 각국의 가족제도 차이에서 오는 문화적 적응의 문제와 경제 수준의 격차도 무시할 수 없는 문제다. 일본 농촌에서 남성의 조건으로 '집과 자동차는 있고 시어머니는 없을 것'이라는 말에서 예상되는 미묘한 고부 관계는 아시아 출신 여성들이 극복해야 할 문화적 장벽이다.

앞에서 살펴본 바와 같이 일본인의 국제결혼은 많은 문제점을 안고 있지만, 그에 대한 대응 전략으로 선택된 국제결혼은 새롭게 창조된 일본인의 '생활 문화의 형태'라고 할 수 있다. 이는 곧 일본 농촌의 새로운 문화 양식의 변화를 의미한다. 일본 농촌은 과소화나 결혼난 등 지금까지 경험하지 못한 심각한 위기에 직면해 있다. 여기서 지금까지와는 다른 새로운 의미의 삶의 터전으로 되살려 보려는 지역 주민들의 노력은 아시아의 빈곤계층 여성들의 일본행 요구와 맞물려 '국제결혼'이라는 새로운 의미 세계를 창출하고 있는 것으로 보인다. 그 이면에는 우리와는 현격히 다른 수준의 부의 축적과 분배 메커니즘이 있다는 사실에 주목할 필요가 있을 것이다.

사람은 죽으면 누구나 신이 된다

장례는 여러 형태의 통과의례 중 전통적 삶의 방식과 가치관을 가장 잘 반영한다고 할 수 있다. 이제부터 장례식의 구체적인 절차와 방법, 사회적 관심도가 높은 장의산업과 묘지난, 죽음에 관련된 의식 등을 살펴보도록 하자. 특히 일본 사회에는 사람이 죽은 뒤 일정 기간이 지나면 부처나 신이 된다는 믿음이 있는데, 이러한 믿음의 문화적 맥락을 이해하게 되면 가끔 아시아 각국과 외교 문제로 비화되는 일본 정치 지도자들의 야스쿠니 신사 참배에 내포된 여러 가지 의미를 읽는데 큰 도움이 될 것이다.

일본인들은 사람이 죽은 뒤 일정 기간이 지나면 부처나 신이 된다는 믿음을 갖고 있다.

"사람이 임종을 맞이하면, 까마귀 울음소리가 이상하게 들린다"는 얘기가 일본 각 지역에 전해 온다. 까마귀는 영혼의 세계(저승)와 이승 사이를 왕래하는 영조靈鳥라는 의식이 일찍부터 존재했다. 또 "사람이 죽으면 아무도 없는 경내에서 징소리가 희미하게 들린다"는 얘기도 있다. "암탉이 울면 사람이 죽는다"거나 "이가 빠지는 꿈을 꾸면 가까운 친척에게 불행이 닥친다"는 말도 널리 존재하는데, 이러한 얘기의 공통점은 사자死者가 죽은 시각에 절을 찾거나 가까운 친척집을 찾는다는 믿음이 내재되어 있다는 것이다.

과학적 사고나 합리적 판단에서 보면 이치에 맞지 않는 이야기 같지만, 죽음을 예고하거나 예지하는 여러 가지 형태의 구전은 어느 사회나 민족에게도 있게 마련이다. 아직도 많은 사람들에게 "사자가 이별을 고하러 온다"거나 "사자의 영혼이 가까운 사람에게 알린다"는 죽음에 대한 예고(예지)는 변함없이 존재한다.

사자의 염습은 자식이나 형제 등 가장 가까운 사람들이 하고, 흰 수의는 가까운 친족 여성들이 입힌다. 사후의 세계로 길을 떠난다고 하여 '순례복'을 준비하는 곳도 있고, 쌀이나 노잣돈을 넣은 주머니에 염주나

지팡이, 생전의 애용품 등을 함께 넣기도 한다.

장례식 제단은 의례용 방에 마련되며, 승려의 독경이 끝나면 문상객들의 분향에 이어 시신을 상여나 특별한 형태로 제작된 운구차로 묘지까지 운반한다. 관을 메는 사람은 아들이나 손자 등 가까운 집안사람이나 이웃이다. 대체로 간사이 지방에서는 전자가, 간토 지방에서는 후자의 경우가 많다. 여러 가지 의례적 역할에 따라 긴 행렬을 지어 장지로 향한다.

장지에 도착하면 미리 파놓은 무덤에 관을 넣고, 우선 근친자가 흙을 조금씩 넣은 후 마지막 마무리는 무덤파기 역을 맡은 사람들의 몫이다. 표식으로 봉분을 하거나 돌을 여러 개 얹어 놓기도 하고 삼나무나 대나무 등을 꽂아 놓기도 한다.

화장의 경우는 구미組(최말단 행정조직) 사람들이 모든 일을 처리하고, 마지막에 근친자가 유골을 주워 모은다. 모은 유골은 골호에 담아 가족묘에 안장한다. 묘지에서 돌아오면 집 입구에 놓인 물로 손을 씻거나 소금을 뿌리는 등 부정을 물리고 집 안으로 들어간다. 마지막으로 가족과 친척, 이웃들이 함께 식사하는 것으로 장례식은 끝이 난다.

그러나 도시에서는 우리의 결혼식장과 같은 장례식장이 마련되어 있어 가족과 친족, 일반 조문객이 참석한 가운데 영결식이 치러진다. 화장이든 매장이든 장지에는 가족이나 가까운 친척들만 동행한다. 우리와 크게 다른 점이 있다면 병원의 영안실이 아닌 '장례식장'에서 거의 정해진 절차와 형식에 따라 영결식이 치러지며, 가족이나 친척들이 곡을 하지 않는다는 점이다. 유가족들의 소리 없는 눈물과 검은 양복에 검은 넥타이 차림의 조문객들의 모습이 장례식의 일반적 표정이라고 할 수 있다. 죽음을 피할 수 없는 자연의 섭리로 받아들이는 태도와 '이 세상'과

'저 세상'이 여러 경로를 통해 연결되어 있고 그 경계가 분명하지 않은 사생관, 그리고 희로애락의 감정표현을 철저하게 내면화하는 데 익숙한 그들만의 문화라고 할 수 있다.

매장 후 7일간은 매일 성묘를 가며 49일째 되는 날에는 승려와 가까운 친척, 이웃사람들을 불러 독경 공양과 회식으로 탈상을 한다. 그후 100일과 1년, 3년, 7년, 13년, 33년(50년)이 되는 해에 제사를 지내는데, 7년 이후는 생략하는 것이 보통이다. 다만 33년(간토 지방)과 50년(간사이 지방)이 되는 해에는 반드시 제사를 지내며, 그 밖의 기일법회忌日法會 때와 마찬가지로 삼나무 판으로 만든 '소토바卒塔婆'를 묘지에 세우는 예가 많다. 가족묘에 이러한 소토바가 여러 개 세워져 있는 것을 흔히 볼 수 있는데, 이것은 여러 사람이 추선追善 공양을 한 흔적인 셈이다. 사자는 33년이나 50년기年忌가 끝나면, '호토케佛'나 '가미神'가 되는 것으로 믿는데, 그 이후는 여러 명의 조상신의 하나로서 막연하게 후손들의 마음속에 자리잡게 된다.

일본도 우리와 마찬가지로 조문객은 조의금을 가지고 가며 상가로부터 간단한 음식을 대접받는다. 우리와 다른 것은 상가에서 조의금에 대한 답례품을 준비한다는 점이다. 도시에서는 장례식장에서 일괄처리하지만 시골에서는 아직도 옛 방식대로 치러진다. 장례식은 다른 어떤 의례보다 많은 노동력을 필요로 하는데, 이 노동력을 제공하는 협력 조직이 바로 구미나 마을이라는 지연 공동체다. 물론 지역에 따라서는 친족 조직이 동원되기도 한다.

사람의 죽음으로 인한 장례는 인간 생명에 대한 자연의 섭리나 갑작스런 사고에 좌우되기 때문에 사전에 계획할 수가 없다. 따라서 여러 형태로 행해지는 구미의 원조는 어디까지나 일시적이고 우연한 일이다.

그러나 이전처럼 농사일 등의 공동작업이 구미나 마을에서 점차 사라져 가는 현실을 감안하면, 장례 때 기능하는 지연이나 혈연의 협력 조직은 공동체적 삶을 유지하는 데 더욱더 중요한 의미를 갖는다 할 것이다.

장의업은 유망한 신종 비즈니스

대부분 도시에서 삶을 사는 현대의 일본인들은 다양한 직업과 기준에 따라 개인 위주로 생활하기 때문에 전통적 관습이 뿌리 깊게 남아 있는 장례식 절차와 방법에 대해 잘 알지 못하며, 그에 따른 어려움을 상당히 많이 호소하고 있다. 이를 반영하듯 장례 절차와 방법을 자세히 다룬 책이나 영화, TV 프로 등이 크게 인기를 끌고 있다. 또한 장례비용이 너무 많이 든다는 불만의 소리가 신문의 독자 투고란을 메우기도 한다. 이는 급격한 도시화와 산업화에 따라 본래 촌락이라는 생활 공동체가 주도면밀하게 처리해 오던 장례식을 장의사나 장례식장이 대신하며 상업화된 데 따른 부작용이라고 할 수 있다.

과거에는 시골이나 도시 할 것 없이 지역별 연대나 상호부조를 위한 사회 조직이 장례의 모든 과정에 적극적으로 관여했다. 또한 에도 시대(1603~1867) 이후 '단카제도檀家制度'가 성립되어 각 이에마다 '단나데라檀那寺'가 지정되어 있었고, 대대로 단나데라의 주지가 각 이에의 장례식을 주도했다. 그 대신 각 이에는 설이나 추석 등의 연중행사에 시주를 하거나 장례식 때는 독경이나 사자의 '계명'에 대한 사례금을 주었고 평상시에는 수시로 쌀이나 야채 등 재정적 지원을 담당했다.

그러나 도시에서는 갑작스러운 가족의 죽음을 앞에 두고 이웃의 도움을 받을 수도 없고 절의 주지도 어디서 불러야 할지 모르는 상황에 놓이게 되었다. 1980년대 후반에 〈장례식〉이라는 영화가 개봉돼 대히트를 친 것도, 따지고 보면 이와 같은 시대 상황과 무관하지 않을 것이다. 최근에는 출판이나 방송 등 대중매체에서 너도나도 장례에 관한 정보를 생산·유포하는 일종의 '장의 붐'이 일어나고 있고, 수많은 관련 서적과 TV 프로에서 장의사의 활약상을 크게 보도하고 있다. 나아가서는 장의업이 유망한 신종 비즈니스로 부각되고 있으며, '소시키산교葬式産業'라는 신조어가 등장하기도 했다. 또한 장례를 전문적으로 다루는 『SOGI(장의)』라는 잡지가 정기적으로 발간되고 있다.

그러나 농촌이나 산촌, 어촌과 같은 촌락 공동체적 삶의 양식이 아직까지 온전하게 보존되고 있는 곳은 도시와 사정이 크게 다르다. 여전히 전래의 풍습이 대부분 그대로 유지·계승되고 있다. 그러나 지역사회 통합의 구심점이 되었던 절이 후계자 확보가 어렵게 되자, 주지 없는 사찰이 크게 늘어나고 있고 절의 경제적 운영과 주지가 돌봐야 할 단카檀家도 한층 광역화되고 있다. 그에 따라 주지의 역할은 단순한 독경과 계명의 부여 등 기능적 역할에 머물고 있다. 그야말로 장례에 관한 한 현대 일본 사회는 과도기적 혼돈 상태에 있다고 해야 할 것이다.

장례 문화 중에서 우리와 크게 다른 점이 있다면, 바로 묘지 문화다. 거의 대부분 화장을 하고 가족 공동의 납골묘에 안장하는데, 이런 가족 납골묘가 개인 묘지가 아닌 2백~3백 평 규모의 공동묘지에 빼곡하게 들어서 있다. 공동묘지는 시골의 경우 마을 주위의 산기슭이나 절 가까이에, 도시에서는 주

봉분 위에 대나무나 삼나무를 어지럽게 꽂아 놓은 일본의 공동묘지.

택가 한구석에 자리잡고 있다. 사람이 사는 공간과 시신이나 유골을 안치하는 공간이 특별한 문화적 의미 체계에 의해 분리되어 있지 않다는 것이다.

한국 사람이 어쩌다가 일본 시골에서 매장한 묘지를 보게 되면 엄청난 문화적 충격을 받을 것이다. 2백~3백 평 남짓한 평지에 큰 바가지 하나를 엎어놓은 듯한 봉분을 하고, 그 위에 대나무나 삼나무를 어지럽게 꽂아 놓은 묘가 다닥다닥 붙어 있는 모습을 볼 수 있다. 오래된 것은 나무가 썩어 없어지고 봉분 형태도 분명하지 않다. 이러한 곳에 다시 구덩이를 파고 새 묘지를 만든다. 파내려가다 보면 사람의 유골이 여기저기서 나오는데, 그러면 모두 한곳에 모아 두었다가 함께 묻는다. 그것도 아무런 의식 없이 태연하게 말이다.

이처럼 묘지 자체가 큰 공간을 필요로 하지 않음에도 불구하고, 일본의 도시 사회에서 묘지가 심각한 사회문제로 부각되고 있는 까닭은 무엇일까?

도시 인구의 급격한 증가와 지가地價 급등으로 도쿄나 오사카 등의 대도시권에서는 묘지난이 심각한 상태이며, 도도부현都道府縣 등의 자치단체가 확보한 묘지도 이미 그 한계에 도달한 지 오래다. 도쿄 도영령원都營靈圓(1992년 말 현재 8개소, 사용자 약 24만 명)의 경우, 1㎡당 5만 엔 정도로 비교적 싼 편이지만 이미 포화 상태이며, 연 1회 빈 묘지 추천에서도 경쟁률이 20배나 될 정도로 치열하다. 한편 절이 소유한 묘지는 일반인들에게 잘 공개되지 않고, 최근 조성되고 있는 민영 묘지도 1㎡에 수십만 엔이나 할 정도로 대단히 비싼 편이다. 이것도 도심에서 멀리 떨어진 시 외곽 구릉지대에 있어 산림 훼손 등 자연파괴에 대한 비판의 목소리가 높다.

이러한 상황에서 몇 가지 사회운동이 일어나고 있는데, 그것은 현대 사회의 '새로운 묘지 형태'를 모색하는 운동이다. 이 운동은 '죽어서 남편의 조상 묘에 함께 묻히고 싶지 않다'는 여성이 약 36%나 달하는 놀라운 의식조사 결과에서 비롯된 것이다. 즉 '이에'를 중심으로 한 묘지에서 개인을 중심으로 한 묘지로 변하고 있는 것이다. 예를 들면 개인적 연줄망을 통해 모임을 결성하고, 회원이 사망하면 공동의 비석을 세우고, 나머지 회원이 공양을 하는 모임이 결성되기도 했다. 또한 묘 자체를 부정하고 유골이나 유해를 바다나 산에 뿌리자는, 이른바 산골장散骨葬을 일반화하자는 모임도 결성되었다.

그러나 아직 묘지를 가져야 한다는 의식이 뿌리 깊게 남아 있고, 현재의 가족묘 형태를 개선하는 쪽으로 묘지 문제를 해결하자는 움직임도 있다. 즉 한곳에 수많은 골호骨壺를 집어넣을 수 있는 '신집합 평면 묘지'의 제안 등이 그것이다.

천황이 본보기 보인 화장 문화

일본 최고의 역사서인 『고지키』나 『니혼쇼키』에 나오는 '요미노쿠니黃泉國'에 관한 신화를 보면, 일본 고대인들은 죽음에 대해 극단적인 공포심을 가졌던 것으로 추측된다. 이 두 역사책에 의하면, 사람이 죽으면 곧장 매장하는 것이 아니라 '모야喪屋'라는 가설 제단에 모셔 놓고 88일 밤을 곡이나 가무로 공양한 후 매장했던 것으로 보인다. 죽은 지 얼마 되지 않은 영혼은 산 사람들에게 해를 입히는 것으로 생각했기 때문이다.

일본의 8~9세기는 천황이나 귀족들의 장례 문화가 크게 변화한 시기로, 특히 모야의 풍습이 사라지고 화장이 처음으로 도입된 시기였다. 화장은 700년경에 승려를 시작으로 당시의 최고 지배계급이었던 천황과 귀족 계층에게까지 확대되었다. 특히 한 천황이 "나를 위해 소복素服이나 애도의 의식을 하지 말 것이며, 장례는 검소하게 치르라"는 유언을 남긴 데서 천황의 화장이 비롯되었다.

이와 같은 매장에서 화장으로의 변화는 그 배경에 박장관薄葬觀의 보급과 불교의 영향이 있었던 것으로 보인다. 박장관이란 중국의 유교적 덕치주의 사상에 바탕을 둔 것으로, 지도층의 장례를 간편하고 검소하게 치러 백성들에게 피해를 덜 준다는 가치관을 말한다.

그후 840년에 한 천황은 "내가 죽으면 산에 간단한 시설을 하고 거기서 화장을 한 다음, 나무를 심고 작은 비석 하나만 세우라"는 유언을 남겼다. 물론 유언대로 처리되었음은 말할 것도 없다. 당시의 정치 지도자들이 보여준 유교적 덕치의 참모습을 보여준 것으로, 이 문제에 관한 한 무엇보다 지도층의 솔선이 절실한 우리들에게 시사하는 바가 많다.

얼마 전에 한국의 한 풍수지리학자가 '대통령부터 화장의 유언을 남기라'는 내용의 칼럼을 써서 세인의 관심을 끈 일이 있다. 같은 시기에 산더미만한 묘를 만드는 데 열심이었고, 지금도 수많은 문제점을 안고 있으면서도 제대로 된 해결책 하나 제시하지 못하는 우리들로서는 눈여겨봐야 할 대목이라고 할 수 있다. 일본의 천황이 9세기에 이런 유언을 하고 검소한 장례 문화를 선도했을 정도니까, 화장이 일반화된 일본 사회의 장례문화가 결코 우연이 아니라는 사실을 알 수 있다.

나라 시대(710~784) 말기에 치열한 권력다툼으로 수많은 전사자가 생겼는데, 이들에 대한 장례와 추선追善 공양이 제대로 이루어지지 않자, 구천을 떠도는 원혼이 되어 이 세상 사람들을 해칠 것이라는 믿음이 널리 퍼지게 되었다. 이러한 원령관의 등장으로 불안해진 민중들의 마음을 달래기 위해 사자의 위령과 진혼을 위한 주술적 의례가 기대되었으며, 이에 적극적으로 나선 것이 불교계의 승려였다. 같은 시기에 나라 귀족들 사이에서는 이러한 승려들의 염불에 의한 극락왕생을 비는 정토교淨土教도 나타나게 되었다.

박장관에 의해 구습이 폐지되고 원령관이 등장했으며, 이에 대응하여 나타난 정토교는 일본 사회의 장례 문화에 큰 영향을 미쳤다. 나라 시대에 이르러 지금까지의 주술적인 위령慰靈이나 진혼鎭魂을 중심으로 한 장례에서 염불에 의한 추선 공양으로의 변화에 결정적 계기가 마련된 것이다. 따라서 기록으로 확인할 수 있는 장례의 구체적 절차와 방법은 에도 시대 이후에 성립된 것으로 보고 있으나, 현대 일본 사회의 장례를 떠받치는 근본 가치 체계는 이미 나라와 헤이안 시대(794~1192)를 거치면서 대부분 형성되었다고 볼 수 있다.

일본의 특징적인 제례 풍습으로 봉盆이 있는데, 봉은 일반적으로 불교에서 우라봉盂蘭盆이라고 하며, 우라봉은 범어의 '울람바나ullambana'를 음역한 말이다. 불교식 우라봉 공양은 본디 음력 7월 15일에 있었는데, 그 유래는 "아귀도餓鬼道에 빠져 고통을 겪고 있는 돌아가신 부모님을 위해 음식을 차려놓고 공양한다"는 불교의 가르침에서 비롯된 것이다. 지금은 양력으로 한 달 늦은 8월 15일과 그대로 7월 15일에 맞이하는 두 유형으로 자리잡았다.

13일 저녁에 '무카에비'(정령맞이 불)를 만들어 조상신(정령)을 맞이한 다음, 정성껏 모시다가 15~16일에 다시 돌려보내는 의식이 행해진다. 묘지에서 집으로 오는 길을 깨끗이 청소한다든가, 앞마당에 고등롱高燈籠을 달아 놓고 정령을 맞이하기 위한 표식으로 삼기도 한다. 특히 죽은 후 처음으로 맞이하는 오봉에는 고등롱을 높이 달아 처음 찾아오는 정령의 길을 안내하기도 한다. 그리고 특별한 제사상을 차려놓고 정성 들여 공양한 후 15일 저녁이나 16일 아침에 다시 그들의 세계로 돌려보 내는 '정령보내기'를 한다. 교토의 '대문자大文字 태우기'는 시민들이 공 동으로 정령을 맞이하고 보내는 의식을 여름의 전통 축제로 발전시킨 대표적인 행사다.

앞에서 약간 언급한 것처럼, 일본에는 예로부터 사람을 신으로 모시 는 풍습이 있었다. 도요토미와 도쿠가와가 특별한 신으로 모셔지고 있 는 것은 잘 알려진 사실이다. 메이지 천황의 시신은 교토에 묻히고 영혼 은 신이 되어 도쿄의 메이지 신궁에 모셔져 있다. 이처럼 영혼과 시신이 각각 다른 곳에 모셔지는 이른바 '양묘제兩墓制'는 어디서든지 쉽게 찾아 볼 수 있다. 그렇다면 사람을 신으로 모시는 일에는 어떤 조건이 필요하 며, 또 어떤 의미가 있을까?

일반적으로 사후 2~3일간의 시신 안치 기간을 거쳐 매장이나 화장이 행해진다. 그러나 그후에도 매장의 경우에는 매일 성묘를 하며, 화장의 경우에는 집 안의 제단에 유골을 안치하고 아침 저녁으로 간단한 의례 를 행한다. 이 기간에 시신 처리와 영혼 처리라는 두 가지 작업이 동시 에 이루어지는데, 지역에 따라 아주 복잡하게 전개된다. 49일의 탈상을 계기로 일련의 장례 의례는 일단락되고 이후 수 차례의 기제사가 이어 진 후 33년이나 50년의 최종 기제사를 끝으로 사자는 조상의 일원이 되 고 조상령이나 신이 되는 것이다.

일본 민속학의 성과에 의하면 사람의 죽음에는 보통의 죽음普通死과 특별한 죽음異常死이 있는데, 특히 후자는 보통의 공양이나 제사만으로 는 불충분하며 특별히 위령 진혼이 필요하다는 것이다. 이때 신으로서 모셔지기 위해서는 어떤 사람의 죽음과 그후의 사건이나 사고가 서로 인과관계에 있고, 사람들에 의해 그것이 죽은 자의 원한이나 뒤탈 때문이라고 해석되는 조건이 갖춰져야 한다.

한편 그러한 원한과는 관계없이 신으로 모셔지는 경우도 있는데, 근대 일본의 성립과 함께 만들어진 신들이 여기에 해당한다. 예를 들면 우리들에게 귀익은 야스쿠니 신사에 모셔진 신들이 그러하다. 1868년 메이지 원년에 세워진 야스쿠니 신사는 메이지유신을 위해 싸우다 죽은 사람들의 진혼 위령이 주된 목적이었다. 그후 3년 뒤인 1871년이 되자, 전몰자의 공적에 감사하고 나라와 조정(천황)의 안녕을 기원하는 행사로 그 성격이 크게 변한다. 그리고 여러 가지 국가적 위기에 직면했을 때에는 이러한 믿음을 정략적으로 부추기게 된다. 군국주의가 활개를 칠 때는 전의를 북돋우기 위해 "죽어서 호국의 신이 돼라"는 슬로건까지 등장했다. 일본의 신은 정말로 여러 가지 의미로 둔갑할 수 있는 위험한 존재인 것이다.

패전에 의해 국가 신도가 해체되고 야스쿠니 신사는 국가나 민족주의와는 관계없는 하나의 종교법인으로 존속하게 되었다. 그리고 이제 더 이상 전승을 위한 기원의 대상이 아니고, 천황 대대의 안녕을 기원하는 대상은 더욱 아니다. 적어도 표면적으로는 나라를 위해 싸운 전사자들의 영혼을 모시는 신사로 제자리를 잡은 것이다. 그러나 야스쿠니 신사에 모셔진 수많은 전사자의 영혼을 신으로 믿는 문화적 가치 체계가 엄연히 존재하는 한, 야스쿠니 신사는 항상 어떤 이해관계에 따라 다시 그에 적합한 의미가 부여되어 확대재생산될 가능성이 있다. 한국을 포함한 아시아의 여러 국가들이 일본 정치 지도자들의 야스쿠니 신사 참배에 곱지 않은 시선을 보내고 있는 것도 바로 이러한 이유 때문이다.

지금까지 일본 사회의 장례 문화에 대해 몇 가지 사항을 중심으로 살펴보았는데, 특히 8세기경 사회 지도층에 의해 시작된 화장이 민간으로 확대되어 지금은 가족 공동의 납골묘로 구성된 공동묘지가 일반화되어 있다는 사실은 우리들에게 시사하는 바가 많다고 하겠다.

Code 9

절제의
미 학,
풍요로운
예술세계

이원곤 · 단국대 교수

―

미의식

사쿠라와 하나비로 대표되는 일본인의 미의식

해마다 일본 간토 지
방의 4월 초, 그러니까 대학 캠퍼스가 신입생들로 북적이는 시기가 오면
이 지역은 만개한 사쿠라로 인해 분위기가 일변한다. 우리나라에도 벚
꽃 명소가 많지만, 일본에서는 사쿠라가 만개한 모습을 전국 어느 곳에
가든지 만날 수 있기 때문에, 특별히 우에노 공원과 같은 벚꽃놀이의 명
소가 아니라면 그리 어렵지 않게 인적도 드문 곳에서 푸른 하늘을 배경
으로 시야를 가득 메운 사쿠라 꽃을 감상하는 낭만적인 풍경을 즐길 수
있다. 캠퍼스의 한 모퉁이에서 바람결에 꽃잎이 난무하는 광경을 보고
있노라면, 그 몽환적인 아름다움에 취해 저절로 시를 읊거나 술잔을 기
울이고 싶어지는 것이 인지상정일 것이다.

헤이안 시대부터 일본에서는 여러 종류의 사쿠라가 기록에 등장하지
만, 메이지 이후에는 지금의 소메이요시노染井吉野라는 종류가 주류를 이
룬다. 소메이요시노는 혼슈本州 이남과 중국 대륙 일부에서 자생하는 에
도히간江戸彼岸과 이즈伊豆의 7개 섬 일대에 자생하는 오시마자쿠라大島櫻
의 잡종이라고 하는데, 동경 소메이染井의 한 식목원에서 팔려 나가면서
부터 일본 전국에 확산되었다는 설이 유력하다.

소메이요시노는 나무의 성장이 빠른 반면 수명도 짧지만, 특히 빨리
만개하고 꽃잎을 바람에 날리고는 저버리는 특징이 있다. 어느날 갑자
기 만개해서는 온 세상을 분홍빛으로 물들여 놓고 너무나 빨리 저버리
므로 이를 두고 어느 시인은 "세상은 3일 만에 보는 사쿠라와 같다"고

읊기도 했다. 나는 사쿠라의 이러한 생태가 일본인의 습성과 닮았다는 이야기를 들은 적이 있고, 또 2차 세계대전 때는 가미카제 특공대에게 "너희는 사쿠라처럼 (아름답게) 져라(죽어라)"고 세뇌했다는 등의 이야기를 들은 적도 있다. 그만큼 군국주의 시대에는 할복과 군인다운 죽음을 미화하는 상징물로 사용되었다. 또 TV에서 보았던 〈추신쿠라忠臣藏〉의 극중 인물이 "사람은 사무라이, 꽃은 사쿠라"라고 되뇌던 광경이 아직도 눈에 선하다. 그만큼 사쿠라는 일본인이 그 가치를 가장 높이 사고 또 사랑한 꽃이기에 일본인의 미의식에는 사쿠라의 향기가 깊이 배어 있다.

사쿠라는 물론 자연물이지만, 인공적인 것 중에서 일본인의 이러한 미학이 가장 잘 배어 나오는 것이 바로 일본의 '하나비花火(불꽃놀이)'가 아닐까 생각한다. 해마다 여름철이 다가오면 일본의 편의점들은 손님들 눈에 가장 잘 띄는 곳에 각종 하나비 놀이 세트를 진열해 두는데, 그 대부분은 센코하나비線香花火다. 폭음탄이나 이와 유사한 놀이 용구는 우리나라에서도 팔리고 있으나, 센코하나비만큼은 일본에서만 유행하는 일본적 정서의 독특한 산물이 아닌가 싶다.

센코하나비는 종이를 말아서 그 속에 화약을 넣은 것으로, 불을 붙이면 꽃무늬와 같은 섬광을 발산한다. 이것은 주로 여름밤에 어두운 툇마루나 조명이 없는 공원 벤치에 앉아서 즐기는 경우가 많은데, 마치 동화 속의 성냥팔이 소녀가 성냥을 하나하나 켜가면서 그 불꽃을 통해 환상을 보듯이, 눈앞에 펼쳐지는

어린이들이 센코하나비를 즐기는 모습. 에도 시대에는 이를 '손모란'이라고 불렀다.

밤하늘을 배경으로 펼쳐지는 빛의 예술, 하나비.

화려한 빛의 잔치는 잠시 동안의 현란함을 즐기기에 충분하다. 원래는 에도 시대부터 만들어지기 시작해서 당시에는 '손모란手牡丹'이라 불렀다고 하니, 그야말로 손에서 피어나는 한순간의 꽃이었던 셈이다. 이것은 현대 일본의 청소년층에게도 널리 사랑받고 있는 여름밤의 멋스런 놀이인데, 우리나라에서는 폭음탄이나 서양식 조명탄(?) 류가 있을 뿐 그 양상이 매우 다르다.

그러나 하나비의 본격적인 장르는 역시 밤하늘에 펼쳐지는 장대한 연출이다. 오늘날 어떤 경사스런 일이 있을 때 폭죽을 쏘아올리는 경우는 세계 어디를 가나 당연한 일이 되었으나, 밤하늘을 배경으로 펼쳐지는 빛의 예술은 이른바 미디어 아트에 비해도 결코 손색이 없다. 내가 유학 시절을 보냈던 이바라키현茨城縣 쯔쿠바시의 인근 도시 츠찌우라土浦와 가스미카우라霞ヶ浦라는 호수 인근에서는 매년 10월 첫 번째 토요일 밤에 전국에서 하나비 전문가들이 모여 경연대회를 벌인다.

이것은 일본의 3대 하나비 대회 중에서도 가장 규모가 큰 대회이며 외지에서 구경오는 사람들도 많다고 한다. 그러므로 당연히 그 일대는 전국에서 모여든 구경꾼들로 뒤덮이고 주변의 모든 도로는 주차장이 된다. 이 대회는 너무나 스케일이 장대한 나머지 피날레에서는 시야에 넘칠 정도로 화려하고 장엄한 광경들이 연속적으로 전개되어, 마치 대우주에서 펼쳐지는 신들의 축제와 같은 광경을 연출한다. 하나비 장인들이 자신의 예술성을 선보이기 위해 만들어낸 불꽃들은 하나하나가 독특한 패턴을 연출하도록 고안되어 있는데, 그 중에는 거대한 폭포를 연상시키는 화려한 것에서부터 토끼·당근 등의 깜찍한 모양에 이르기까지 한없이 열정어린 작품에 단지 감탄만 쏟아질 뿐이다.

만화경

일본에 하나비가 처음 전래된 것은 임진왜란 직전 남만南蠻으로부터라고 하는데, 이때는 중국식 명칭 그대로 '연화烟火 혹은 煙火'라고 기록하고 있다. 이것이 서민들의 인기를 끌기 시작한 것은 에도 시대다. 이전 전국시대를 통해 총이나 대포 등 화약을 다루는 일은 매우 중요한 첨단기술로 사용되었으나, 평화 시대가 도래하자 이 기술자들에게 취직의 문은 좁기만 했고, 특히 도쿠가와 가문 반대편에 섰던 영주 휘하의 하급 무사들은 더욱 그러했다. 이들이 서민 계급으로 스며들어가 만들어 내기 시작한 것이 하나비였는데, 처음에는 센코하나비나 쥐하나비ねずみ花火 등이 서민들의 인기를 끌었다.

나비의 변형

다음으로 야베彌兵衛라는 인물이 에도에 등장해 '가키야鍵屋'라는 상호를 걸고 장난감 하나비를 만들어 팔았고, 이 가게가 대대로 세습되고 기술이 발전을 거듭하면서 하나비는 대형화되어 갔다. 하지만 잘못하면 화재를 일으킬 수도 있는 일이어서 막부의 단속이 엄중했으므로 주로 교외의 강변에서 하나비를 쏘아올렸다. 그것은 거의 암흑에 가까웠던 밤하늘을 아름답게 수놓았고, 금세 사람들의 관심을 끌기에 충분했다. 이처럼 서민 출신의 하나비 장인들에 의한 하나비를 '와비和火'라고 부른다.

첨단기술을 이용한 빛의 축제가 백성들의 인기를 끌고 보니 당대의 권문세가들이 자존심을 걸고 이에 가담하지 않을 수 없었다. 이를 담당한 것이 무가武家의 포술사砲術士들이었다. 특히 오하리尾張·기슈紀州·미토水戸등 도쿠가와 3가문의 에도 저택들은 주로 강을 끼고 있었는데, 여기서 하나비를 쏘아올리는 날에는 수많은 사람들이 구경을 나왔다. 이것을 '다이묘大名 하나비' 혹은 '노로시狼烟 하나비'라고 하는데, 지방에서도 마찬가지로 행해져서 센다이의 만년교万年橋라는 곳에서는 하나비를 보기 위해 몰려든 인파로 인해 난간이 부러지는 사고도 일어났을 정도였다.

무사 계급의 하나비는 원래 봉화에 여러 가지 세공을 더해서 관상용으로 개조한 것이고, 대포를 사용하므로 하늘 높이 올라가는 것이 특징이었으나, 서민들의 그것은 원래 관상용으로 개발된 것이었고, 높이보다는 옆으로 퍼지는 것이었다. 이처럼 서로 다른 성격의 것들이 존재했다는 사실이 후일 하나비의 발전에 크게 기여하게 된다.

하나비를 만드는 기술은 전통과 역사 속에서 장인 가문의 후계자 한 명에게만 전수하는 등 철저한 비밀주의 속에서 이어져 왔고, 근대 이래 서양에서 새로운 화공약품을 수입하면서 화려한 색채가 가미되는 등 획기적인 발전을 거듭했다.

폭죽놀이에 대한 최초의 기록은 중국에서는 12세기 남송의 효종孝宗기에, 서양에서는 14세기 후반 이탈리아 피렌체에서라고 한다. 나는 서양의 폭죽놀이는 어떠한 것인지 궁금하던 차에 스페인의 알리칸테라는 곳에서 열린 '불의 축제' 마지막날에 행해진 폭죽놀이를 볼 기회가 있었다. 그러나 그것은 기대에 미치지 못했다. 나중에야 알게 된 것이지만, 서구의 폭죽놀이와 일본의 하나비는 근본적인 차이점을 가지고 있기 때문이었다.

유럽에서는 중세 말기 이후에 시작
해서 오늘날에는 주로 이탈리아·영
국·러시아 등 세 계통으로 나눌 수 있
으나, 실제로 이들은 제작 방법이나 형
태에 이르기까지 모두 동일한 형식을
가지고 있으므로 하나의 형식으로 묶어
서 일본과 비교할 수 있다. 열거하자면
수많은 차이가 있지만 여기서 그것을
모두 나열하는 것은 지면의 낭비일 것
이므로 가장 뚜렷한 점만 들어 보겠다.

은관(銀冠).

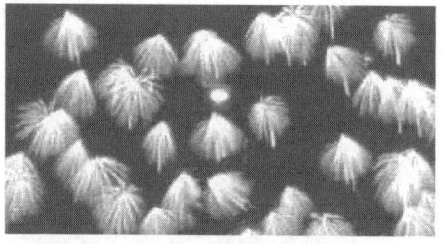

자천륜(紫千輪-). 서구의 불꽃놀이는 기술과 아름다움이 일본
의 하나비에 미치지 못한다.

먼저 형태를 비교하자면 서구의 것
은 원통형이고, 일본은 구형이다. 그리고 그 속에 들어가는 '별'도 일본
의 경우에는 하나하나 둥글게 말아낸 것이지만, 서구의 것은 화약을 평
평한 판으로 만들고 그것을 거의 정방형으로 잘라서 건조한 것이다. 일
본은 별을 하나비의 외피 안쪽에 하나하나 정성을 들여 나열해 가는 데
비해, 서구의 장인들은 폭죽 속에 할약割藥과 일정한 비율로 섞어서 그냥
메워 버린다.

이러한 제작 방법의 차이는 결과적으로 상공에서 폭발할 때 나타난
다. 서구의 것은 상공에서 폭발해도 속에 채운 화약의 압력이 사방으로
균등하지 않다. 원래 원통형이므로 압력이 강한 곳과 약한 곳이 나오는
것은 피할 수 없다. 그러므로 별이 한 방향으로 날아가 버리고, 광채를
발하는 시간은 길기 때문에 결과적으로 밑으로 늘어진 버드나무 가지와
같은 모양을 만들어 낸다. 그러나 일본의 하나비는 완전 구형이고 압력

이 일정하기 때문에 어느 곳에서 보더라도 둥근 모양으로 보이는 꽃을 피운다. 그리고 둥근 별에는 갖가지 화약이 몇 개의 층을 이루고 있어서 꽃이 개화하는 동안 몇 번이나 색깔의 변화를 만들어낸다.

여기서 서구와 일본 사이의 우열을 가리려는 뜻은 결코 없다. 그러나 서구의 것은 스케일에 중점을 두고 단지 사람을 모으기 위한 도구로 사용하고 있는 데 비해, 앞서 말한 하나비 대회의 예에서도 알 수 있듯이, 일본에서는 단지 하나비를 보기 위해 사람들이 운집한다. 말하자면 일본에서 하나비는 독립된 하나의 예술 장르인 것이다.

쌀 농사 하나에도 목숨을 건다는 일본인들이므로, 하나비 장인들이 화약을 다루는 위험한 일에 목숨을 걸고 기술을 발휘하는 것이 이상한 일이 아닐 수도 있으나, 일본인들이 이처럼 하나비에 대한 애정이 강한 것은 봄에 피는 사쿠라와 마찬가지로 밤하늘에 화려하게 피고 지는 '대형 사쿠라'가 필요했기 때문은 아닐까?

그러나 하나비는 그 현란한 아름다움이 어둠 속으로 사라져 버린 후 왠지 모를 슬픔과 덧없는 느낌을 남겨준다. 그것은 사쿠라가 갑자기 짐으로써 느끼게 되는 허무함과 마찬가지 감정이라고 할 것이다. 말하자면 일종의 생성 혹은 무상의 리듬이라고 요약할 수 있다. 물리학자이면서 수필가로도 명성이 높았던 데라다 도라히코(寺田寅彦, 1878~1935)는 하나비에는 서徐·파破·급急 3단계의 리듬이 있다고 했다. 즉 폭죽은 지상에서 밤하늘을 향해 서서히 상승徐해서, 한순간에 꽃이 개화하는 것처럼 폭발破해 어둠 속에 찬란한 꽃무늬를 수놓은 다음, 그것이 마치 한순간의 꿈이기라도 하듯이 암흑 속으로 빠르게 사라져 버린다急는 것이다. 이러한 3단계 생성 리듬의 미학은 하나의 완결적인 형식으로, 하이쿠는 물론 춤이나 노래에도 반영되어 있는 등 예전부터 일본의 여러 예술에서 하나의 미학으로 자리잡아 왔다.

역사를 거슬러 올라가자면 무로마치 초기 노能 배우임과 동시에 작가이며 유메마보로시노夢幻能 형식의 대성자 제아미世阿彌는 물의 흐름이나 새의 울음소리에서도 이 같은 리듬을 찾을 수 있다고 설파했다고 한다. 그러나 어떤 사람은 심지어 단 한 번의 발짝 소리에서도 들을 수 있다고 말하므로, 그것은 일종의 우주적이고 근원적인 레벨의 시간 감각이라고나 해야 할 것이다. 말하자면 찰나와 영원의 동격, 이처럼 지극히 불교적이면서도 민감한 시간적 질서 감각이 하이쿠와 같이 짤막한 형식 속에 그 리듬을 축약시키는 미학을 생산하도록 했는지도 모른다.

여기서 우리는 '축소지향적 일본인'이라는 이어령 전 문화부장관의 지론을 연상하게 되나, 한 나라의 문화 전반을 하나의 유형으로 설명하는 논법은 때때로 무리하고 성급한 결론을 이끌어내는 수가 많다는 것이 필자의 느낌이다. 그러나 일본 문화에서 축소지향성의 지적은 수긍이 가는 일이며, 이상에서 보아 온 바와 같이 일본의 미의식이 관념적이기보다는 매우 구체적이고 감각적인 면모를 보이고 있다는 사실만은 지적해 두고 싶다.

그리고 관념적이기보다는 감각적인 일본적 취향은 구세대의 일본인이라면 누구나 알고 있는 이로하우타いろは歌(伊呂波歌 혹은 色葉歌)의 예에도 잘 드러난다. 이로하우타는 히라가나 47자를 각각 한 번씩만 사용해서 지은 시가로서, 우리로 치면 '가갸거겨'를 익히기 위해 초등학교에 들어가면 맨 처음 배우는 노래다. 원래 열반경의

하나비의 왕이라고 불리는 척옥.

한 구절 "諸行無常 是生滅法 生滅滅己 寂滅爲樂"의 의미를 풀어쓴 것이라고 전해지는데, 이 노래에서는 술에 취하고 꿈을 꾸고 산길을 걷는 등 구체적이고 감각적인 표현이 나타난다.

위에서 든 사쿠라와 하나비에서 볼 수 있듯이 지극히 감각적이면서도 불교적인 철학이 배어 있는 일본의 미학적 감수성은 헤이안 시대 이래 귀족 생활의 중심이 되었던 이념이라고 할 수 있는 모노노아와레物の哀れ의 세계와 직접 이어져 있는 것으로 보인다. 즉 사쿠라·하나비와 같은 대상 객관과 불교, 특히 선종의 시간 감각과 인생에 대한 감정 주관이 일치하는 조화적 정취의 세계라 할 수 있다.

귀족 미술에서 서민 미술로의 변화 과정

일본의 대표적인 서민 미술 장르의 하나인 우키요에浮世繪를 살펴보기에 앞서 역사적 배경에 대해 잠깐 언급하기로 하자. 일본 근대의 시작은 대체로 16세기 후반부터로 잡아야 할 것으로 보인다. 중세 사회를 기초부터 흔들어 놓았던 오닌應仁·분메이文明의 난 이래, 일본은 정치적 통일이 붕괴되고 크고 작은 봉건영주의 지역 분산 할거 시대에 들어갔다.

1542년 처음으로 포르투갈 배가 일본에 도착해 문물 교류가 시작되고, 1568년 오다 노부나가가 전임 쇼군의 동생인 아시카가 요시아키足利義昭를 앞세우고 교토에 입성하여, 당시의 쇼군 요시히데足利義榮를 폐하고 요시아키를 옹립하여 실권을 잡고 여러 가지 정책을 시행함으로써 상업의 진흥을 꾀했을 때부터 일본의 근대화는 서서히 시작되고 있었다.

특히 노부나가의 후계자 도요토미 히데요시가 실권을 장악하고 있었던 약 20년간을 모모야마桃山 시대라고 부르는데, 미술사에서 이 시대는 중세에서 근대로 넘어가는 과도기로서 중요한 의미를 지닌다. 특히 이 시기에는 호화로운 성곽·저택·사원의 조성이나 그 내부를 장식하는 쇼헤키가障壁畵가 발달하고, 민중의 생활을 드러내는 풍속화의 전개, 도예·칠기·염직 등 공예기술이 크게 진보했다. 무사들의 저택에는 약동하는 서민들의 생활상이 짙은 채색과 호방한 필선으로 그려진 금색 벽의 대화면이 장식되었다.

이러한 풍속화의 출현은 중세까지의 귀족 문화가 통속화하는 현상이라고 할 수 있겠지만, 무엇보다 이것이 무사들의 취미와 합치되었기 때문이다. 여기에는 도요토미 히데요시가 일본 역사상 유일무이하게 평민 출신으로 최고의 권력자가 된 사람이라는 사실도 어느 정도 영향을 주었을 것이다. 그는 온통 금박으로 장식한 다실을 만드는 등 전통 귀족들로서는 상식 밖의 기행을 일삼았다.

비단 도요토미 히데요시가 아니라도 15~16세기 일본 사회는 전반적으로 귀족이 몰락하는 대신 서민이 경제와 사회의 주체로 상승했고, 이들이 문화 창조와 보급의 중심이 되었다. 상인이나 수공업자들은 예전에는 조정이나 사원의 노예 천민이었으나, 이들이 모여 사는 마을이 최고의 부를 누리게 되고 황실과 귀족들이 순식간에 몰락하는 사회적 대격동기에 접어든 것이다.

중세까지 일본의 문화예술은 주로 무사 계급에 속하는 궁정화가, 혹은 승려들에 의해 정립되었다고 해도 과언이 아니다. 특히 헤이안 시대에 당나라의 화풍을 받아들여 일본적 정취가 넘치는 세속화로 발전시킨 소위 야마토에大和繪 혹은 倭繪는 수묵화를 당회唐繪 또는 한화漢畵로 부르는데 대해 이와 구별하여 부르는 이름으로 쓰여진 것으로, 4세기 후반에 궁정화가 가계로 성립한 도사士佐파가 표방한 이래 그 유파를 포함하는 명칭으로 성립했다. 도사파와 무로마치 시대의 가노 마사노부狩野正信를 시조로 하는 가노狩野파는 일본의 대표적인 화파로서, 주로 귀족 계급의 보호 아래 그들의 취향을 대표하는 화풍을 이끌어 온 주역이었다.

그러나 에도 시대에 접어들면서 문화의 창조력은 승려·무사 계급에서 서민으로 옮겨갔으며, 이러한 이행은 17세기 후반에 이르면 거의 완료된다. 전통적인 화가 집안이었던 가노파와 도사파는 막부 영주들과 천황가의 어용 화가가 됨으로써 예술적인 활력을 잃게 되고, 이에 반해 권력자와의 교류를 꺼렸던 교토 상인 출신의 다와라야 소타츠(俵屋宗達, ?~1634)와 그 다음 세대인 오카타 고린(尾形光琳, 1658~1716)은 화려한 색채의 장식화를 대성하여 상층 조닌町人의 애호를 받았다.

에도 시대 예술 문화의 또 하나의 특징은 어느 것이나 비종교적이며 현세적이라는 점이다. 이러한 양상 중에서도 특히 우키요에는 그 명칭이 시사하는 바나 대중성, 그리고 국제적 관심으로 보아 가히 근대 일본 미술의 가장 대표적인 장르라 할 것이다.

'우키요浮世'는 불교적인 생활감정으로부터 나온 '우키요憂き世'와 한어漢語 '후이세浮世'를 혼용한 단어다. 우키요는 내세와 대비되는 개념으로 무상하고 살아가기 힘든 세상인 현세를 의미하며, 여기에는 불교적 염세관이 반영되어 있고 이 세상, 세간, 인생 또는 애락哀樂의 세계를 의미했다. 그러나 이처럼 부정적인 의미가 아시카가 막부足利幕府의 무로마치 시대(1340~1574) 말기부터는 긍정적인 의미로 변화되기 시작한다. 특히 다른 단어의 앞머리에 붙어 '현대적'이거나 '그 시대에 맞는' 혹은 '호색적'이라는 의미를 지닌다. 예를 들어 '우키요토코浮世男'라 하면 유행을 좇으며 여색을 밝히는 남자라는 뜻이고, '우키요조메浮世染'는 당대에 유행하는 염색 문양을 의미한다. 어찌 보면 '우키요'라는 단어는 중세적 산물이라고 할 수 있는 '하나의 꿈에 불과한 무상한 세상'으로 보는 세계관과, 그 속에서나마 찰나적인 향락을 즐기고자 하는 근대적이고 긍정적인 세계관이 동시에 반영되면서 만들어졌다고 볼 수도 있을 것이다.

일본 근대 미술의 대표적인 장르라 할 수 있는 우키요에.

이 무렵 에도에서는 히시카와 모로노부(菱川師宣, ?~1694)가 민중의 일상생활 속에서 이전에는 누구도 알지 못했던 회화적 아름다움을 발견해 내 새로운 화풍을 창조하고, 이것을 목판에 인쇄해서 우키요에 판화를 창조한다. 그는 금실자수 직공의 아들로 태어나 일생 동안 민중들과 함께 민중 회화로서의 자각과 자부심을 가지고 살았다. 그야말로 뛰어난 미술을 대중의 것으로 만든 일본 최초의 화가였다. 우키요에가 독립된 회화 장르로 자리잡은 것은 18세기 초로 보지만, 전통문화의 메카라고 할 수 있는 교토에 비해 신흥 도시인 에도야말로 새로운 양식인 우키요에가 뿌리를 내릴 수 있는 가장 적합한 환경이었다 할 것이다.

우키요에는 궁정·귀족 문화의 아雅에 대비되는 현실적인 속된 내용을 대상으로 하며, 그 소재는 창녀촌(遊里 혹은 吉原)이나 대중 연극의 정경, 미녀, 배우, 스모 선수들의 초상을 중심으로 역사, 풍경, 화조까지 포함한다. 우키요에 화가들에게 공통되는 것은 야마토大和 혹은 倭 화법과 중국적인 강한 필선의 구사다. 그리고 에도의 확고한 봉건사회에 대한 시민 의식이 뚜렷하게 표출되어 사생·실증적인 경향이 우키요에에 배어

나는 것도 당시 시민사회의 이념으로 보아 당연한 귀결이었다.

그러나 무엇보다 우키요에가 주로 판화로 제작되었다는 사실이야말로 그것이 귀족층의 전유물이 아니라 일반 서민층도 널리 향유할 수 있는 양식이라는 것을 말해 준다. 오늘날과 마찬가지로 판화는 미술의 대중화를 위한 가장 현실적인 기법이다. 도쿠카와 막부의 5대 장군 쓰나요시綱吉의 치세로 대변되는 겐로쿠元祿 시대의 풍요로운 시민문화 속에 유흥가와 극장이 오락의 중심지였으므로 화가들도 당연히 이곳을 중심으로 활동했다. 거품경제와 그로 인한 풍요로운 대중문화를 누리고 있는 현대 일본을 일러 '제2의 겐로쿠 시대'라고 하듯이, 풍요로운 대중문화를 꽃피웠던 겐로쿠 시대에 우키요에는 가장 대표적인 회화 장르였다.

유럽 인상파를 탄생시킨 우키요에와 샤라쿠

18세기에 이르게 되면 우키요에는 하루노부鈴木春信에 의해 큰 발전을 보게 된다. 풍속화의 경우에는 초기의 고립적이고 과장적인 스타일에서 배경이 가해지고, 그 속에 등장하는 인물들에 사실성이 강해지면서 필선도 유려해지고 섬세한 표현이 나타난다.

하루노부는 1765년(쇼와 2년)에 다색판多色版을 이용한 니시키에錦繪를 창시했는데, 이것은 이후 우키요에의 대표적인 명칭이 되었고 전례없이 높은 경지의 예술성을 획득했다. 하루노부가 몽환적으로 그려낸 여성의 모습에 사실성을 더하고 배경도 사실적으로 그려낸 것이 기요나가鳥居清長였고, 또 이를 더욱 관능적으로 묘사한 것이 우타마로磨多川歌였다.

하지만 주로 유곽의 정경을 많이 그리고 말초적인 묘사로 타락한 나머지 우키요에라고 하면 바로 춘화春畵를 연상하는 사람도 있었다. 18세기에 조선통신사로 일본에 다녀온 신유한申維翰은 당시의 일본인이 "금수와 같다고 할 정도로 남녀간의 풍기가 문

여성의 모습을 한층 관능적으로 묘사한 우타마로의 3부작 〈폭풍우〉.

란하고, 사람마다 춘화를 몸에 지니고 있다"고 기록했다. 성리학적 교양이 몸에 밴 조선 선비의 눈에 우키요에의 존재를 통한 에도의 문화가 어떻게 비쳤을지 짐작이 가는 일이다.

그런데 최근 우리나라의 이영희 교수가 도슈사이 샤라쿠東州齊寫樂라는 신비의 인물에 대한 새로운 해석을 내놓아 시선을 모았으므로, 그에 관해 언급해 보기로 하자. 샤라쿠는 1794년에 배우들을 소재로 한 28장의 그림을 가지고 홀연히 에도에 등장해서는 이듬해(1795)에 돌연히 단필을 하고 사라졌고, 그후의 행방에 대해선 전혀 알려진 바가 없는 그야말로 신비에 싸인 인물이다. 그가 그린 작품의 수는 약 140점이고, 작품 활동을 지속한 기간은 불과 10개월, 현재 전 세계에 남아 있는 판화는 약 700점에 불과하다고 한다.

1910년에 출판된 『SHARAKU』라는 책에서 쿠르드Julius Kurth는 샤라쿠가 노가쿠 배우일 것이라고 추측했지만, 그의 정체에 관해서는 수많은 설이 있다. 그런데 이영희 교수가 그가 바로 조선의 풍속화가인 김홍도라는 학설을 주장해서 관심을 끌고 있다. 하지만 워낙 신비에 가려진 인물이어서 일본에서는 "샤라쿠를 연구하는 학자의 수만큼 샤라쿠가 있다"는 이야기가 있을 정도이고 작품 이외의 자료가 드문 형편이어서, 어떤 학설이든지 그것을 입증하기는 그리 용이한 일이 아닌 듯싶다.

그런데 우리가 샤라쿠를 포함해서 우키요에에 관해 이야기할 때 지적해 둘 일은 그것이 유럽 인상파의 탄생에 큰 영향을 미쳤다는 사실이다. 우키요에와 인상파의 첫 만남에 대해 전해지는 이야기는 다음과 같다.

1867년 파리 만국박람회장에서 일본 도자기 등 특산품을 팔고 있던 매점의 어두운 조명 아래서 뚱뚱한 몸집의 가게 주인이 물건을 포장하는 데 사용된 우키요에 판화들을 구겨서 쓰레기통에 넣으려고 하던 참이었다. 때마침 이곳을 방문한 화가 모네가 이를 발견하고 황급한 목소리로 그것들을 모두 사겠다고 했다. 이것이 모네가 처음으로 우키요에를 만난 사건이라고 전해진다.

초기의 인상파 화가들은 먼저 호쿠사이, 히로시게 등 풍경화로부터 많은 영향을 받았고, 대상이 우타마로·샤라쿠 등으로 확대되어 갔다. 무엇보다 우키요에에서처럼 그림자를 그림으로써 대상의 단편을 그려 전체를 뚜렷이 부각시키는 기법과 거의 평면적인 묘법, 그리고 색채의 신선함은 인상파 화가들에게 크나큰 충격을 안겨 주었다. 이로 인해 우키요에에 대한 관심은 확대되어 갔고 대량의 우키요에가 프랑스에 모이게 되었다. 그 중에서도 샤라쿠의 그림을 수집하는 데 특별한 관심을 기울인 사람은 G. 보르티에라는 화상畵商이었다.

샤라쿠의 그림은 거의 배우들의 얼굴이다. 만약 어떤 사람이 어떤 배우를 좋아해서 브로마이드 사진을 모은다면, 그 사람은 거기서 배우의 아름다움을 추구하고자 하는 목적에서다. 팬에게 있어 배우는 아름다움의 우상이기 때문이다. 그러나 샤라쿠의 그림에서 보이는 것은 결코 아름답다고 할 수 없는 인간의 얼굴이고, 거기에 드러나 있는 것은 얼굴을 통해 엿볼 수 있는 인간의 감정이다. 말하자면 그는 배우라는 인간의 얼굴을 통해 이면에 숨어 있는 진실을 표현하기 위해 애썼던 것이다. 그러므로 그의 그림이 당대에 대중의 사랑을 널리 받았다고 보기는 힘들 것이다.

1890년 파리의 에콜 드 보자르에서 일본 판화전이 열려서 소장자들이 가지고 있던 샤라쿠의 판화가 공개되었을 때, 화가 로트렉이 이것을 보고 감명을 받은 나머지 소장가들을 찾아다녔고, 기메 미술관에서 어느 유태인 소장가가 가지고 있던 그림을 통해 샤라쿠와 더욱 깊은 만남을 가지게 되었다. 로트렉이 '나의 스승은 벨라스케스와 고야, 그리고 일본의 위대한 예술가'라고 말했을 때, 여기서 일본의

샤라쿠의 그림은 거의 배우들의 얼굴이다.

위대한 예술가는 아마도 샤라쿠였을 것이다. 로트렉은 대체로 배경조차 생략한 채로 사람들의 순간적인 표정을 묘사해 내는 데 열중했고, 그 중에서도 극장의 포스터를 많이 그렸지만, 특히 가수 길베르를 비롯한 당대 연예인들의 얼굴을 기이한 표정으로 그려냈다. 그것은 결코 추악한 것을 그리고자 하는 것은 아니지만, 배우의 애써 꾸민 얼굴의 이면에 숨어 있는 표정이 드러나는 찰나적인 순간만을 그려낸 것이다. 어떤 점에서 로트렉은 샤라쿠의 또 다른 스타일이라고 할 것이다.

또 한 사람, 영화 몽타주 이론의 대가인 에이젠슈테인S. M. Eisenstein 감독도 샤라쿠의 팬이었다. 가부키 · 하이쿠 등 일본 전통 예술에 각별한 관심을 지녔던 에이젠슈테인은 1929년에 발표한 논문 「틀을 넘어서 — 몽타주와 일본 문화」에서 "샤라쿠가 시간의 동시성에서 표현하고자 했던 것을 영화에서는 단지 시간의 경과 속에서 표현하고 있는 것에 지나지 않는다"고 주장했다. 우리는 그가 제작한 영화들에서 에이젠슈테인

호쿠사이의 〈파도 뒤로 보이는 후지산〉. 뛰어난 묘사력과 대담한 구성이 특징이다.

이 샤라쿠를 통해서 표정의 강렬한 긴장과 분노를 어떻게 표현할 것인가를 배웠다는 사실을 확인할 수 있다.

하지만 샤라쿠와 같은 사람은 18세기의 우키요에에 있어 매우 특이한 존재였을 뿐이다. 우키요에가 결국 배우나 기녀와 같은 전형적인 인물 묘사에 머물고 만 것은 당시의 봉건체제가 견고했고, 참근교대参勤交代제와 같은 정치제도에 기생하는 도시민들의 생활방식 때문이라고 할 수도 있겠다. 19세기에 이르면 우키요에는 서양화를 비롯한 갖가지 화법과 뛰어난 묘사력, 대담한 구성을 특징으로 하는 호쿠사이(葛飾北齊, 1760~1849), 풍부한 시정詩情이 밴 풍경 판화의 연작으로 유명하며 화조화의 신경지를 개척하기도 했던 히로시게(歌川廣重, 1797~1858)에 이르러 마지막 절정기를 맞이하게 된다.

일본 미술 성립 과정

일본은 서세동점西勢東漸의 근대사 속에서 서양의 문물을 받아들여 소화해 내고, 근대 문명을 가르쳐 주었던 서양 열강들과 어깨를 나란히 해서 식민지 경영에 나섰을 만큼 서구 문명을 받아들이는 속도가 무척 빨랐다. 그리고 서양 미술을 받아들여 그것이 마치 자기 것인 양 소화해 내는 데도 엄청난 흡수력을 발휘한 나라다. 혹자가 보기에 일본인들은 주체성도 없이 남을 모방하는 데 주저함이 없다고 비평할지도 모른다. 그렇다고 해서 근대화의 물결 속에서 전통만을 고수하고 바깥 세상과 담을 쌓고 살 수 없음은 두말할 나위가 없다. 우리식으로 말하자면 주체성을 지키면서 남의 좋은 점을 배우는 것이 정답이겠으나, 그것이 말처럼 그리 쉬운 일은 아니다. 서구 문명의 도입을 통한 근대화와 민족적 주체성의 확립이라는 두 가지 명제 사이에서 숱한 방황과 고통을 겪어 왔던 우리의 역사가 그것을 증명하고 있다.

그러나 일본인들에게는 참으로 편리한 문화적 장치가 있다고 생각된다. 예를 들면 현대 일본어에서 가타카나와 히라가나를 동시에 사용하고 있는 것과 같은 장치다. 히라가나는 일본어를 표기하는 데 사용하지만 가타카나는 외래어를 표기하는 데 쓰인다. 그러므로 외래어를 그대로 사용하더라도 그것이 히라가나로 표기되지 않으므로 순(?)일본어와 섞여서 갈등을 빚는 일이 없다. 그러나 가타카나도 일본어다. '맥도날드'는 서양 말이지만 '막구도나루도'는 일본어인 것이다. 이 같은 문화적 완충 장치가 있는 한, 일본은 얼마든지 외국 문화를 있는 그대로 받아들일 수 있다. 이미 세계 공용어가 되어 버린 '가라오케'를 우리는 '노래방'으로 번역했지만, 일본인들은 우리의 '김치'를 '기무치'라고 부르고도 그것이 외국어라고 생각하지 않을 수 있는 것이다.

메이지 이후 일본이 서양 미술을 받아들일 때, 그들은 서구의 전문가들을 초청하여 교사로 삼거나 유학을 통해 본고장의 그것을 그대로 모방하는 작업을 먼저 시작했던 것 같다. 그리고 한편으로는 서구의 미술 용어들을 한자어로 번역하는 작업을 통해 일본 미술의 흐름 속에서 그 개념을 정립해 갔다. 하지만 전통적 예술 제도와 서구의 새로운 제도, 그리고 근대화 과정에 필연적으로 발생할 수밖에 없는 개념상의 혼란이 거듭되었고, 이러한 과정을 거쳐 현대 용어들이 정착되게 되었다. 이러한 용어의 변천사를 면밀히 짚어 보는 일도 일본의 근대 미술을 이해하는 데 유익한 일이겠지만, 지면의 제약도 있으므로 여기서는 중요한 몇 가지만 살펴보기로 한다.

현재 우리들이 사용하고 있는 '미술'이란 말과 '회화', '조각'·'공예' 등 그 밖의 숱한 용어들도 알고 보면 이 시기에 만들어진 일본식 한자어이므로, 이에 대한 이해는 일본과 마찬가지로 우리의 근대 미술사에 녹아 있는 서구와 일본의 영향을 이해하는 데도 유용할 것이다.

먼저 '미술'이라는 말은, 일본이 국가 산업정책의 일환으로 1873년 비엔나에서 열렸던 만국박람회에 참가했을 때, 독일어인 Kunstgewerbe(미술공업), 즉 매우 산업적 의미가 강한 단어를 번역한 조어造語다. 그러나 이에 대한 일본어 설명문에는 '미술'에다 음악이나 시의 의미도 포함하고 있어 개념적인 혼란이 있었지만, 이 말이 시각예술에 한정되어 쓰이게 되는 것은 1880년대 말(1887년 동경미술학교 설립) 이후의 일이다.

그러나 근대 '미술'의 중핵을 이루는 회화·조각은 원래 공예에 속해 있었다. 예를 들면 같은 회화라도 가노파狩野派나 스미요시파住吉派 같은 어용 화가는 무사 신분이었음에 비해 서민 미술인 우키요에 화가 대부분은 도시 서민(町人. 工 계급)이었다. 말하자면 미술은 장르가 아니라 오히려 계층 미술로서 사회적으로 기능하고 있었던 것이다. 실제로 근대에 '미술가'가 된 사람들, 즉 미술학교의 교수나 미술 단체의 유력자가 된 사람들의 출신 계급을 조사해 보면 그 경향을 확실히 알 수 있다. 그러므로 이러한 지배계급과 부유층의 미술이 '미술'(회화·조각·미술공예)이 되고, 그후에 '공예'로 남은 것은 대부분이 서민 미술이다.

이렇게 보면 근대 '미술'은 서양으로부터 이식된 개념과 장르가 표면을 이루고, 이전의 신분제나 계층성을 이면으로 해서 성립되었다는 것을 알 수 있다. 이 점에서 공工 계급에 기반을 두었던 '공예'는 그 전제부터 핸디캡을 가지고 있었다. 나아가 근대 이후에도 회화·조각이 미술 교육 행정의 중심이 되었음에 대해, 공예는 산업 진흥의 중심이 되었던 점이 공예의 위상을 더욱 낮게 만들었다.

이러한 구별은 해방 후의 한국 미술에서도 그대로 계승되었고, 미술은 현실 세계와 어느 정도 격리되어 고상한 품위를 지닌 정신 활동으로 자리매김되는 결과를 초래했다. 여기에는 물론 중국 명대의 동기창董其昌이 개진했던 상남폄북론尙南貶北論을 시작으로, 조선 시대의 미술이 품격을 위주로 하는 문인화적 세계를 높이 사고 장식적이고 사실적인 화공들의 화풍을 폄하했던 전통과 무관하지 않을 것이다.

일본화와 서양화

근대 이후 일본 미술의 의식 변화를 상징하는 것은 이전의 '야마토에大和繪. 和繪'와 '가라에唐畵. 漢畵'라는 구분법에서 '일본화', '서양화'로 분류법이 변화한 사실이다. 이것은 미술만의 문제라기보다는 '와和', '한漢'으로부터 '일본', '서양'으로 대외적인 세계관 자체가 변화한 실상을 배경으로 하고 있다.

'일본화'라는 말이 쓰인 것은 1890년경부터였다. 이 시기에 메이지 궁전의 준공(1888), 대일본제국 헌법 발포(1889), 제국회의 개설(1890) 등 근대국가 체제가 확립된 상황이 배경이 되었다. 체제 확립과 함께 국가주의적 의식이 고양되었고, 이로 인해 '일본', '일본인', '일본어', '일본미술', '일본 미술사' 그리고 '일본화'라는 개념도 성립했기 때문이다.

그러나 여기서 '일본화'는 실제로는 '서양화'의 상대 개념으로서 양

스다 요시히로가 1998년에 선보인 작품 〈자목련〉.

자가 동시에 성립되었다. 일본의 근대화는 서구를 상대적인 축으로 해서 서구화와 국수화가 동시에 수행된 것이었는데, 내셔널리즘에 의해 지지된 '일본화'도 '서양화'를 상대적인 개념으로 해서 성립된 것이다.

2차 세계대전 이전의 국가주의가 배척되고 민주주의 국가로서 재출발한 전후 일본에는 가치 기준 자체가 '일본'에서 세계성으로, 역사성(황국사관)에서 동시대성으로 전환되었다. 이러한 전환은 근대 개념으로 시대를 대표해 온 '일본화', '서양화'라는 기본 체제에도 근본적인 영향을 끼쳤다. 특히 일본이라는 국가 개념의 기반을 잃어버린 전후의 일본화에 이러한 가치 기준의 전환은 존재 의의 그 자체와 관련되는 중대한 사태였다. 이 시점에서 전후의 일본화가 찾아낸 활로에는 두 가지 길이 있었다.

하나는 '국가 회화'적 존재 방식을 부정하고 '국민 회화'적 존재 방식을 지향하는 길이었다. '국가주의에서 민주주의로'라는 전후 일본의 전환을 상징한 이러한 방향성의 일본화는 그후 압도적인 대중의 지지를 얻고, 가장 권위적인 '일본화' 이미지의 실현자로서 현재에 이르고 있다. 또 하나는 전후의 현대 미술을 지향(접근·접촉)하는 길이었다. '일본화'의 이미지를 흔들리게 하며, 근래에 '일본화란 무엇인가'라는 논의에 불씨를 제공한 것은 이 계통의 일본화다.

그러나 그 이상으로 세계성과 동시대성을 지향하는 전후의 가치 체계를 그대로 체현하는 형태로 나타난 것이 다름 아닌 '현대 미술'이었다. 전후에 열린 전람회에서도 '현대 미술전'과 '전후 미술전'은 거의 동의어로 쓰였으며, 외국 작품과 일본 작품이 같이 전시되는 등 국적보다 세계성과 현대성이 우선시되었다.

일본의 현대 미술

　　　　1980년대 후반에 간사이 지방의 어느 현립 미술관에 갔을 때, 나는 그곳에 로댕의 작품이 그야말로 '널려 있는' 광경을 보고 충격을 받았던 적이 있다. 그래도 미술을 전공했다는 내가 대학을 졸업한 지 몇 년이 되도록 로댕의 원작을 접할 기회가 별로 없었는데, 일본의 지방 도시에서는 주택가의 주부가 어린아이를 데리고 시장 가는 길에 잠시 들러 그것을 둘러보고 있었던 것이다. 그때의 충격은 아직도 생생하게 남아 있다. 어쨌든 이들이 서양의 문물과 함께 미술품을 수입하고 그것을 바탕으로 일본 현대 미술을 발전시켜 왔던 노력과 규모는 가히 짐작이 가는 일이다.

　1998년 10월 일본 도쿄의 메쿠로구 미술관目黑區美術館에서 '한·일 현대 미술전'이 열렸다. 이곳은 서울로 치자면 서초구나 동대문구와 같이 일개 구청에서 운영하는 미술관이다. 하지만 이처럼 국제적인 전시회의 기획을 통해서 보듯 그 위상도 높고 전문 인력의 기획이나 연구 능력은 우리나라의 국립미술관들과 비교해도 뒤지지 않는다.

　'한·일 현대 미술전'은 오사카의 국립 국제미술관을 거쳐 서울에 와서 대학로의 문예진흥원 미술회관에까지 순회를 했다(1999년 6월). 이 전시는 한국과 일본에서 각각 구세대 작가 두 명과 신세대 작가 네 명씩을 선보이며 '우리와 타자 사이Between the Unknown Starits'라는 부제를 걸고 개

우리나라에도 작품이 소개된 바 있는 야나기 미와의 작품 〈엘리베이터걸의 방 3F〉.

최되었다. 한국의 구세대로는 서세옥과 박서보, 신세대로는 임영선, 최정화, 조용신과 윤애영 부부, 그리고 한국계 미국인 바이런 김이 출품했고, 일본의 구세대로는 사이토 요시시게, 구사마 야요이, 신세대로는 오자와 쯔요시, 히라타 고로, 야나기 미와, 수다 요시히로 등이 나왔다.

이들의 작품을 두고 한국과 일본이 어떤 점이 유사하고 어디가 다른가 하는 논의를 위한 세미나가 있었고 나 또한 토론자로서 참석한 바 있었는데, 결과적으로 재미있었던 것은 한국의 구세대와 일본의 신세대, 그리고 일본의 구세대와 한국의 신세대의 표현 태도가 유사하다는 지적이 설득력을 가지게 된 점이었다.

한국의 신세대 작가들은 형식에 구애받지 않고 표현 내용에 중점을 두고 있으며, 전통성과의 접점을 거의 찾아볼 수 없는 데 비해, 일본의 신세대들은 내성적이고 형식적인 완결성에 대한 추구가 돋보였고, 대체로 그들의 전통과의 연결 고리를 가지고 있다는 점을 발견할 수 있었다. 그러나 구세대의 경우를 보면 박서보나 서세옥이 내성적 내지 관조적인 성향의 작품을 보이고 있는 데 비해, 사이토나 구사마에게서는 전후 일본의 치열한 자아찾기의 과정이 드러나고 있다.

일본측 커미셔너 치바 시게오千葉成夫 씨에 따르면, 1960년대 후반에서 1970년대를 거치는 동안에 일본이 품고 키워 왔던 갖가지 '이념'이나 '주의'가 그 허구성을 드러내 파산지경에 이르렀고, 그후에 나타난 신세대들의 작품의 특질은 소위 '황무지에서 자란 고아' 들의 그것이라고 말하고 있다. 물론 일본인의 눈으로 보았을 때 그렇게 보일지도 모를 것이다.

그러나 한국인인 내가 보기에 치바 씨가 말하는 '황무지의 고아들'은 오히려 한국의 신세대들인 것 같다. 20세기 한국의 역사는 끊임없는 단절과 청산의 반복이었다. 남은 것이라곤 몰개성·무국적의 생활 문화와 넘치는 서구 문물뿐이다. 한국의 청년 작가들은 이처럼 아무것도 남지 않은 폐허의 한가운데 서 있다. 그러나 일본 미술에서는 아직도 전통과 역사성이 물씬 배어 있다. 그들의 작품에서 하나비는 볼 수 없어도 그것을 만들어 냈던 장인들의 근성과 면면히 이어져 온 제도, 그리고 일본적인 소재는 얼마든지 발견해 낼 수 있기 때문이다.

Code 10

『고지키古事記』에서 바나나의 『키친』까지

이애숙 · 한국방송통신대 교수

一

문학

일본 문학을 이해하는 열쇠 『고지키』와 『만요슈』

일본에 대해 무엇인가를 논할 경우 단골 메뉴 중 하나는 전통문화다. 스모가 그렇고, 다도·꽃꽂이 등이 그렇다. 그에 못지않은 또 하나의 분야가 다름 아닌 고전문학이다. 일본 문학을 다루면서도 근현대 문학은 제쳐두고 이 장에서 굳이 고전문학에 치중하는 것은 바로 이 때문이다. 천 년 전부터 고전문학의 담지자였던 귀족의 후예들은 지금도 귀족으로 살아가고 있다. 달에 인간이 발자국을 남긴 지 수십 년이 지난 지금에도 말이다.

따라서 일본적인 것의 진수를 파악하는 수단으로 고전문학은 매우 효과적이며, 일본적 기준으로 품위 있고 격조 있는 고급 문화를 찾는 데도 굉장히 유용하다.

일반적으로 문학의 발생은 구승문학에서 비롯되며, 문자의 발명과 더불어 기록문학으로 나아간다. 먼저 일본열도의 문자의 역사를 간단히 훑어보기로 하자.

고대에는 한반도도 그랬듯이 일본도 표기를 한자로 했으나, 이후 한반도를 비롯한 대륙과의 교류가 단절되기 시작하면서 독자적인 '만요가나'가 창안되어 쓰이기 시작했다. 그러다가 지금의 히라가나와 가타카나가 만들어져, 시기적으로 헤이안 시대에는 거의 완성된 것으로 보인다. 바로 이 가나 문자의 형성사는 동시에 일본 고전문학의 탄생사와도 불가분의 관계가 있으며, 이때 쓰여진 방대한 양의 고전문학 작품, 그리고 고문서가 현재까지 전해지고 있다.

고전 작품이나 문서가 많이 남아 있는 것을 단순히 기록을 좋아하는 일본인의 민족성 운운하는 식의 문화론은 이제 그만하자. 그보다는 차라리 섬나라라는 지정학적 위치 때문에 일본이 외적의 침략을 별로 받지 않은 행운아(?)였기 때문이라는 견해가 훨씬 설득력 있지 않을까.

본론으로 들어가자. 현재 한국에서 일본 문학은 어떻게 이해·수용되고 있는가? 한·일 고대사나 고대 문학의 비교 관점에서는 주로 『고지키古事記』, 『만요슈万葉集』가 거론되고 있다. 이

신들의 계보와 천황의 역사를 기록한 고대 문헌 『고지키』.

에 비해 독서 분야에서는 압도적으로 현대 문학, 예를 들면 무라카미 하루키, 요시모토 바나나 등의 현역 작가들 작품이 중심적으로 읽히고 있다. 이러한 현상은 학문적 필요성이나 상업적 요소와 연관되어 극히 부분적으로 취사선택된 일본 문학만이 소개되고 있음을 말해 준다.

그러나 고전이 끊임없이 재생산되고 있는 일본의 문학 풍토와 고전에 대한 지식이 교양인의 척도가 되는 일반적 생활 환경을 고려하면, 우리의 일본 문학 이해는 너무 단편적이다. 그러기에 이러한 한계를 넘어서려면 무엇보다도 일본 문학을 통사적으로 살펴보는 작업이 절실히 요구된다. 통사적인 연구 작업을 기반으로 하여, 선별적인 문학 연구 내지 독서가 이루어져야 하는 것이다.

문학의 역사를 고찰하는 데는 먼저 시대 구분에 대한 사전 지식이 필요하다. 일본 문학은 아래와 같이 시대를 구분하고 있다.

상대上代는 문학의 발생부터 794년 헤이안 천도까지, 나라 지방에 정치·문화의 중심이 있던 시기이고, 중고中古는 1192년에 미나모토 요리

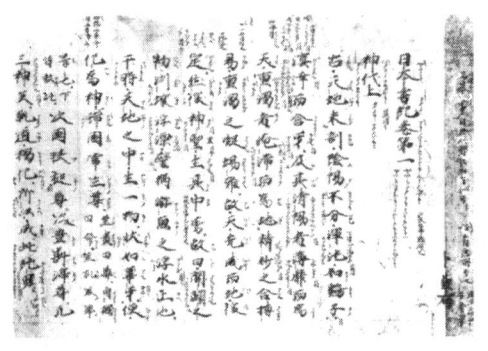

일본 최초의 정사 기록인 『니혼쇼키』.

토모가 가마쿠라 막부를 개설하기 까지의 400년간으로, 주로 헤이안 귀족이 문학의 중심이던 시기이며, 중세는 1603년에 도쿠가와 이에야 스가 에도 막부를 개설하기까지의 400년간으로, 격동의 시대인 만큼 문학에서도 복잡한 양상을 띠며 문화적 욕구가 귀족에서 서민으로 확대되는 과도기다. 근세는 1868년 메이지유신까지의 260년간으로, 중세의 긴 전란기를 끝내고 제도적으로 막번 체제로 안정되는 시대를 배경으로, 전기는 교토와 오사카를 중심으로, 후기는 에도를 중심으로 도시 문화가 번성한 시기다. 마지막으로 근현대는 서양을 모델로 삼고 근대화를 추진한 메이지유신 이후 현대까지의 문학을 말한다.

이와 같은 시대 구분은 역사학의 시대 구분과도 거의 일치한다. 그래서 고전의 배경으로서 시대에 대한 이미지를 염두에 두면서 구체적인 작품이나 작가를 길라잡이로 일본 문학 작품의 세계로 들어가 보자.

첫 번째 공략 대상은 『고지키』와 『만요슈』이다. 흔히 고대의 한·일 관계에 관한 이야기가 나올 때마다 듣게 되는 이름이다. 과연 어떤 내용의 책인가?

『고지키』는 712년에 편찬된 역사서로 총 3권으로 이루어져 있다. 일본 최초의 정사인 『니혼쇼키日本書紀』(720)와는 다르게 연도를 명기하지 않고 천황을 중심으로 기록하고 있다. 상권에서는 이른바 신들의 계보, 중권에서는 최초의 천황인 진무 천황을 시작으로 영웅의 이야기가, 하권에서는 닌토쿠에서 스이코 천황까지의 역사를 서술하고 있다.

『고지키』는 역사적 내용보다는 신화와 역사가 접촉하는 시대, 특히 신들의 계보화를 통한 황실=야마토 정권의 기원 신화를 정비하는 데 그 목적이 있었다. 각 씨족의 전승을 윤색하여 야마토 정권의 신화에 포함시키고, 야마토 정권의 기원 신화를 근간으로 각 씨족의 전승 이전의 시간까지 거슬러 올라가 설명한다.

바로 그 점에서 『고지키』는 당시 율령제를 통해 고대 국가의 토대를 다져 가던 8세기 초반의 국가 통합 이데올로기의 가장 핵심적인 부분이 담겨 있다. 즉 천황을 중심으로 한 야마토 정권의 역사가 신화 시대부터 연속된 것임을 증명하여 그 지배의 정통성을 근거짓고 있는 것이다. 천황과 국가를 매개로 한 인간과 신의 시간적·계보적 연속의 표현이 『고지키』다.

예를 들면 일본의 시조신 아마테라스 오미카미天照大御神의 자손인 천황이 왜 인간처럼 죽는가 하는 모순(?)을 다음과 같이 설명하고 있다.

옛날에 이와나가히메石長比賣와 고노하나사쿠야히메木花之佐久夜比賣라는 자매가 있었다. 그 아버지는 하늘에서 내려온 천손 니니기노미코토에게 두 딸을 보냈지만, 니니기노미코토는 추녀인 언니를 돌려보내고 미인인 동생만을 취했다. 즉 천손은 자매 아버지의 깊은 뜻―이와나가히메(바위와 같은 영원한 생명), 고노하나노사쿠야히메(꽃은 아름다우나 유한한 생명)의 의미―을 헤아리지 못하여 결국은 유한한 생명을 취하게 되었다는 것이다.

이 전승은 고대로부터 전해져 온 죽음의 기원에 관한 신화로서보다는 앞서 설명한 『고지키』 전체를 관통하고 있는 논리 위에서 이해되어야 한다. 신의 아들인 천황의 너무나 인간적인 죽음, 여러분도 이제 이해가 되었을 것이다.

『고지키』와 『니혼쇼키』에는 가요가 나오는데, 이를 '기기가요記紀歌謠'라 한다. 샤머니즘에서 가요가 전승이나 신화의 내용에 드라마성과 상징성을 부여하고 있는 것과 비슷한 맥락이다. 가요는 본디 소리(발성)가 중요한 요소였지만, 차츰 가창성을 잃어버리고 음률을 내재화한 와카和歌로 변해 간다. 그 이유는 문자 사용의 해악 때문이었다. 원래 소리로만 알던 가요를 문자로 기록할 수 있게 되자, 사람들은 문자를 매개로 하여 가요의 내용을 알고 동시에 표현할 수도 있게 되었기 때문이다.

이로써 집단적인 가창歌唱의 장만이 아니라 개별적인 시창詩唱의 장이 확보되게 되었고, 상대가요(기기가요)에서 『만요슈』로의 결정적인 변화도 가능해졌다.

『만요슈』는 전체 20권으로 구성되어 있으며, 총 4536수의 와카가 수록된 가장 오래된 가집歌集이다. 와카는 형식에 따라 장가(음수가 5·7·5·7···5·7·7로 이루어진 형식)와 단가(5·7·5·7·7의 31자로 이루어진 형식) 등 여러 가지로 나눌 수 있고, 『만요슈』에만 있는 형식의 노래도 있다. 그중에서 단가는 이미 『만요슈』 시대부터 서경·서정시로서는 가장 일반적인 와카 형식이었다. 내용적으로는 잡가·사랑가·만가挽歌로 분류되지만, 가집 전체가 통일되어 있지는 않다.

20권으로 완성된 것은 782년경으로 추정되며, 수록된 와카가 지어진 것은 7세기에서 8세기에 걸친 약 130년간이다. 작자 미상의 노래가 반 이상을 차지하나, 위로는 천황을 비롯한 황족과 귀족, 승려, 일반 시민, 유녀, 거리의 예능인까지 다양한 작자층을 망라하고 있다. 궁정의 의례가에서 개인 창작가, 집단적·민요적인 노래까지 수록하고 있는 것도 특징적이다. 가집의 명칭 『만요슈』가 만세 뒤까지 전해지라는 염원을 담은 것이라는 설도 있을 만큼, 작자와 내용의 풍부함은 가히 압도적이다.

사랑과 정치권력의 대서사시 『겐지모노가타리』

이제 중고 시대로 넘어가자. 중고 시대의 시작인 헤이안 천도 이후 약 100년간은 일본에서 흔히 '국풍암흑國風暗黑'의 시기로 얘기되듯이 대륙 문화가 존중되고 한시문이 성행하였다. 그러다가 견당사의 폐지로 대표되는 대륙과의 단절이 고착화되면서, 차츰 일본 고유의 헤이안 문화가 꽃을 피우게 된다. 일본 최초의 칙찬집(천황의 명령으로 편찬되는 가집)인 『고킨슈古今集』가 만들어진 것은 『만요슈』가 성립된 지 100년이 지난 905년의 일이었다. 『만요슈』 이후 사적인 연애의 장에서만 명맥을 유지하던 와카가 한시를 대신하여 공적인 궁정시로서의 위치를 차지하게 되었다는 것을 의미한다.

와카의 격상은 노래의 표현에서도 확인할 수 있다. 사랑하는 남녀 사이의 호칭인 '기미君'는 '군주=천황'을 의미하게 된다. 즉 개인적 영역의 사랑이 정치적·공적 영역에서의 군주에 대한 사랑과 동일시되어간 것이다. 최근에 겨우 국가로 대접받게 된 '기미가요'의 불우했던(?) 처지도 이로써 이해할 수 있다. 그리고 한국에서도 소수이지만 일본어를 전혀 모르는 사람들이 '기미가요'를 '~가요' 쯤으로 곡해하는 경우를 보지만, '기미가요'의 뜻은 '천황의 세상'이다. 그래서 일본의 진보적 지식층들은 '기미가요'를 국가로 인정하려 하지 않는다.

『만요슈』와 비교해서 『고킨슈』는 다양한 표현 방법을 사용한 이지적인 노래가 많으며, 가풍은 『만요슈』가 '대장부스러움'이라면 『고킨슈』는 '우아하고 아름다운 여인스러움'으로 보다 세련된 모습을 보이고 있다.

특히 남녀가 노래를 서로 주고받는 중답가贈答歌에는 '도발과 반발'이라는 와카의 특징이 잘 나타나 있다. 이것은 남자가 '도발'하면 여자는 거기에 '반발'한다는 기본 형식을 가리키는데, 남자가 당신을 좋아한다

'도발과 반발'은 와카나 산문에서 일본 문학을 이끌어 온 기본 형식이다.

는 듯이 와카를 읊으면 여자는 일부러 싫다는 듯이 반발해야만 한다. 이런 기본 형식에서 벗어나는 경우는 시대 상황을 고려하더라도 극히 드물며, 와카는 이처럼 형식이나 음수가 정해져 있기에 오히려 자신의 감정을 표현하기 쉬운 측면이 있었다.

'도발과 반발'이라는 연애 형식이 과연 천 년 이상의 시간이 흐른 현대와는 어떻게 다른 것일까? 또 천 년의 시간과 공간을 달리하는 한국에서는 어떠할까? 아마 그리 다르지 않을 것이다.

이러한 '도발과 반발'의 형식을 산문의 영역에 끌어들여 작품세계를 심화·발전시킨 것이 바로 후대에 『고킨슈』와 더불어 왕조문학의 규범으로 추앙을 받는 『겐지모노가타리源氏物語』다. 와카와 한시문 등 폭넓은 교양을 갖춘 무라사키 시키부紫式部였기에 일본 문학의 백미라는 『겐지모노가타리』는 세상에 나올 수 있었다. 당대는 물론 중세 최고의 문화인이자 가인인 순제가 우타아와세(좌우로 나누어 와카 실력을 겨루는 자리)에서 내렸던 "『겐지모노가타리』를 읽지 않고 와카를 읊는다는 것은 유감이다"라는 유명한 판정에서도 알 수 있듯이, 『겐지모노가타리』는 왕조 시대의 사상과 미의식의 결정판으로 존중되어 21세기를 앞둔 현재까지 끊임없이 재해석되고 있다.

과연 『겐지모노가타리』의 매력은 무엇인가? 천황을 둘러싼 권력 암투를 배경으로 후궁 사회의 면면을 날카롭게 재단하고 있어서일까. 개인적인 사랑이 권력을 창출해 나가는 사랑과 정치의 대서사시를 그려내고 있어서일까.

아니다. 거기에 그치지 않는다. 철저한 신분제도 위에 군림하던 왕조 사회를 배경으로 신분을 뛰어넘은 사랑의 모습을 정치권력과 연계시키면서 이를 허구적인 장편으로 엮어 나가는 구도, 그리고 각 등장인물에 대한 뛰어난 내면 심리 묘사를 빼놓을 수 없다. 바로 이 점에서 『겐지모노가타리』는 서구 근대문학의 기준에서 보더라도 빼어난 작품이라는 평가를 받고 있다. 일본측의 다소 과장된 표현을 빌리면 "세계 최고最古의 장편소설"이다.

구체적으로는 그때까지의 모든 산문과 운문의 정수를 흡수·발전시켰다. 내면을 철처히 파헤쳐 가는 일기문학적인 묘사 방법, 산문으로는 도저히 표현할 수 없는 절박한 감정과 상황을 와카의 정형성을 빌려 응축해서 표현하는 방법, 계절감을 인간의 감성과 연계시킨 뛰어난 자연 묘사 방법 등은 가히 일본 문학의 최고봉으로 평가되기에 손색이 없다.

무릇 모든 대작의 탄생에는 극적인 시대 상황이 존재하는 법이다. 문학상의 중고 시대는 천황을 대신하여 후지와라 씨가 '섭관'으로서 권세를 누리던 '섭관정치'의 시대였다. 먼저 세도가(후지와라 씨)는 자신의 딸을 천황의 후궁으로 보내어 손자를 낳게 한다. 그 손자가 다음 천황으로 즉위하게 되면, 자신은 천황의 외할아버지이자 섭관의 자격으로 실질적인 권력을 휘두르는 시스템이다.

따라서 여러 후궁 사이에서 자신의 딸이 특히 천황의 총애를 받기 위해서는 세련된 문화 살롱을 꾸밀 수 있어야 했다. 그를 위해 권력가들이 취한 방법은 문재가 뛰어난 '뇨보女房(궁녀)'의 발탁이었다. 이 시대에 재녀로 쌍벽을 이룬 사람이 『겐지모노가타리』의 작가 무라사키 시키부와 『마쿠라노소시枕草子』의 작자 세이 쇼나곤淸少納言이었다. 그들과 같은 문화적으로 뛰어난 뇨보들에 의해서 일본의 왕조문학은 찬란한 꽃을 피우게 되었다.

중세 문학의 쌍두마차 세이 쇼나곤과 무라사키 시키부

당연히 그들의 작품은 천황과 그의 후궁들을 무대로 하고 있다. 그러면 이제 왕조문학의 주체로서 '여성'과 문학의 장으로서 '후궁'에 주목하면서 구체적으로 들여다보기로 하자.

세이 쇼나곤과 무라사키 시키부는 이치조一條 천황의 후궁에서 생활한 동시대 인물이다. 그들이 활약한 시기는 섭관체제의 전성기를 형성한 미치나가의 입김 아래 이치조 천황의 중궁이 두명이나 있던 특이한 시기였다. 이미 입궁한 조카 데이시가 있었음에도 불구하고 미치나가는 자신의 권력 강화를 위해 딸인 쇼시를 후궁으로 입궁시켰다. 이치조 천황은 중궁인 데이시를 사랑했으며, 데이시의 후궁에서는 바로 세이 쇼나곤이라는 재치있는 뇨보가 인기를 독차지하고 있었다. 그 때문에 미치나가는 쇼시의 뇨보로 세인의 평판이 높던 무라사키 시키부를 스카우트해서 반격을 시도했다.

이미 궁중에서 재녀로 높이 평가받던 세이 쇼나곤과는 달리, 무라사키 시키부는 『겐지모노가타리』에 나타나 있듯이 시간의 흐름 속에서 인간의 감정을 다면적으로 서술하는 뛰어난 능력의 소유자였으며, 동시에 소극적이고도 섬세한 성격의 소유자였다.

세이 쇼나곤의 수필집 『마쿠라노소시』 표지.

그러한 두 사람의 성격차 때문일까, 무라사키 시키부는 자신의 일기에서 "세이 쇼나곤은 학문적 교양이 높다고 잘난 척하지만, 아직도 학문이 많이 모자라는 경박한 사람"이라고 혹평을 한다. 하지만 그 혹평의 저변에는 먼저 형성된 데이시의 살롱에 대한 쇼시의 뇨보로서의 라이벌 의식이 깔려 있는 것이다.

　　이처럼 천황을 둘러싼 권력 암투를 배경으로 권력의 중심에서 밀려난 데이시의 뇨보, 세이 쇼나곤은 일본 수필문학의 대표작으로 일컬어지는 『마쿠라노소시』를 썼다. 기존의 문학 형태에 구애받지 않고 "그저 마음 한편으로 생각하고 있는 것을 재미삼아 썼다"고 밝히고 있듯이 자유롭게 그때그때의 감회를 기록했는데, 이런 자유로운 형식은 중세의 대표적인 수필 『쓰레즈레구사徒然草』 창작의 발판이 되었다.

　　재치있는 작자인 세이 쇼나곤은 데이시 일족의 몰락이라는 현실 속에서 집필했음에도 불구하고 가볍고도 변화무상한 필체로 『마쿠라노소시』를 써내려간다. 이는 세밀한 관찰력과 예리한 감각으로 데이시의 살롱을 고도로 세련된 이상적 문화 공간으로 묘사하려는 작자의 의도가 은연중에 반영된 것이라 하겠다.

　　이처럼 후궁이라는 살롱을 바탕으로 왕조문학은 성립되었고, 그 후궁 살롱의 주역은 바로 뇨보였다. 그들은 중류 출신으로 경제적으로 그리 넉넉지는 않았으나, 문화적으로는 좋은 환경에서 자라난 여성들이었다.

　　그러나 그것만으로 여성들이 왕조문학 생성의 주체가 될 수 있었던 것은 아니다. 그 배경의 하나로 가나 문자의 발명을 빼놓을 수 없다. 한자가 남성 귀족들의 전용물이었기에, 가나의 발명을 계기로 여성들은 드디어 자신의 생각을 표현할 수 있는 무기를 획득하게 되었다. 그러한 여성들의 감성과 손길을 거친 일기문학이라는 장르를 통해 왕조 시대의 산문은 뛰어난 내면 묘사 방법을 획득한 것이다.

자, 그러면 왜 당시의 일기문학을 비롯한 많은 여류 작가들의 작품은 하나같이 남녀의 사랑을 테마로 삼았을까? 사랑이라는 테마의 비중은 현대의 작품에서도 여전히 약방의 감초이긴 하지만, 해답은 이렇다. 고대인의 삶 속에서 사랑은 요즘처럼 남녀 개인의 문제로 국한되는 것이 아니고 명실상부한 정치적 행위였기 때문이다.

일본어에서 세상 혹은 세계를 뜻하는 요노나카世の中의 어원을 살펴보면 잘 알 수 있다. 고대문학에서 요노나카는 여성들에게 남녀관계를 가리키는 단조노나카男女の仲라는 의미로 파악되었다. 이것은 그 시대의 여인에게 남녀관계란 곧 자기 삶의 전부, 즉 세계를 의미하게 되므로 자연히 사랑은 개인적 영역의 문제가 아니라 정치·경제·사회적 제문제의 총칭으로 인식되었다는 것을 말해 준다.

그런 점에서 여성들은 남자가 자신을 둘러싼 전 세계이며, 사회 활동이 제약된 그들에게는 세계에 대한 사고가 자신을 중심으로 내면화될 수밖에 없었던 것이다. 그러한 내성적 성찰을 가진 지적인 중류 여성들에 의해서 일본의 왕조문학은 근대적 소설의 기준인 뛰어난 인간 내면의 심리 묘사 방법을 구축했으며, 이는 『겐지모노가타리』에서 완성되었다.

『겐지모노가타리』 에마키.

여성이 문학의 주체가 되어 도달한 내면 묘사의 방법과 더불어, 왕조 모노가타리 문학의 획기적인 요소로 가타리의 방법을 언급해 두고 싶다. 일본 문학의 한 장르인 모노가타리란 '가타리테語り手'라는 일종의 화자를 등장시킨 독특한 형식

의 문학작품을 지칭한다. 이는 에마키繪卷라고 해서 이야기를 시녀가 읽으면, 그에 대응하는 그림을 귀족 아가씨들이 보는 독서 형태에서 비롯된 장르로서 음률을 가지고 있었다. 그러다가 『겐지모노가타리』의 탄생을 계기로 읽고 있는 사람이 이야기 속에 자유롭게 참가하여 '가타리테'가 될 수도 있는 독특한 형태의 산문 형식으로 정착하게 되는 것이다.

여기서 잠깐 천여 년의 시간을 건너뛰어 현대문학으로 눈을 돌려 보자. 우리에게 『키친』으로 널리 알려져 있는 요시모토 바나나가 왕조 모노가타리 문학의 방법을 사용하고 있다는 사실을 아는 한국 독자가 과연 얼마나 있을까?

바나나는 자신의 작품에서 문법을 무시했다는 비난을 받을 정도로 기존 문학작품의 상식을 깨는 파격적인 말투나 비유 표현을 사용하고 있다. 하지만 일각에서는 바나나가 현대 일본의 언어 실태를 정확하게 반영하고 있다고 옹호하면서 '순정만화 문체'라고 부르기도 한다. 평가야 엇갈리지만 바나나의 작품은 분명 21세기를 향해 나아가는 일본 문학의 현재태를 보여주고 있다 하겠다.

바나나 작품의 특징은 가타리테의 존재에 있다. 즉 가타리테가 과거를 회상하듯이 이야기하는 형식을 취하고 있는데, 그러한 가타리의 방법은 왕조 모노가타리의 체취를 진하게 담고 있다. 단지 모노가타리의 가타리테가 전지적이고 절대적인 위치를 차지하는 것과 달리, 바나나의 가타리테는 자신이 본 것과 들은 것을 엄격히 구분해서 이야기한다. 만약 들은 이야기의 경우는 가능한 그대로 혹은 말한 사람을 등장시켜 그의 입을 통해 이야기하는 방식을 취하고 있는 것이다. 이것이 바로 자신이외의 다른 사람의 기분이나 감정에 개입할 수 없다는 현대 작가인 바나나와 왕조 여성 사이에 엄존하는 천여 년의 세월 속에서 달라진 인식의 차이라고 할 수 있겠다.

이러한 가타리의 방법을 기반으로 중세를 대표하는 『헤이케모노가타리平家物語』는 첫머리에서 불교 논리에 바탕을 둔 '제행무상諸行無常·성자필쇠盛者必衰'에서 시작하여 헤이케에서 겐지로의 권력이양 과정을 전하고 있다. 중세가 끊임없는 전란의 시대로 일컬어지느니만큼, 헤이케의 멸망을 주제로 비파법사琵琶法師라 불리는 맹인 스님들이 비파를 반주 악기로 삼아 전국을 유랑하며 이야기하던 것을 중류 귀족과 협력하여 만

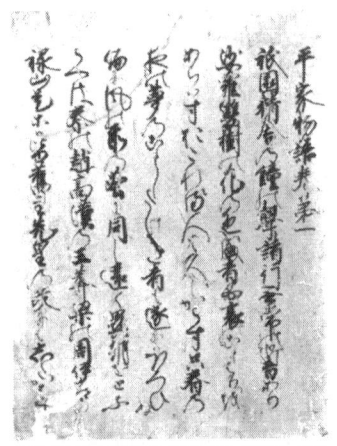

헤이케에서 겐지로의 권력이양 과정을 그린
『헤이케모노가타리』.

든 작품이 『헤이케모노가타리』다.

이러한 작품을 흔히 '군키모노가타리軍記物語'라고 하는데, 일종의 역사 모노가타리다. 단지 왕조 시대의 역사 모노가타리가 한 명의 영웅을 중심으로 이야기하는 것과 달리, 집단과 집단의 전쟁이 빈발하게 되는 중세에는 전쟁 결과에 따라 한 집단 내지 일족이 흥하고 망하는 과정을 그리고 있다. 그 중에서도 특히 『헤이케모노가타리』는 무주구천을 떠다니는 패자들의 영혼을 위무하는 종교적 심성으로 가득 차 있다고 할 수 있는데, 이는 비파가 죽은 영혼을 부르는 현악기라는 사실로도 미루어 짐작할 수 있다. 이러한 '진혼'의 의미와 함께 중세라는 시대적 분위기에서 비롯된 '무상'을 주제로 삼고 있기도 하다.

또 하나 지적하고 싶은 점은 맹인 비파법사가 음률 시인처럼 전국을 다니면서 일반 민중에게 헤이케의 멸망을 이야기하고 다녔다는 사실이다. 즉 문학의 향유자가 왕조 시대에는 귀족에 한정되어 있었다면, 중세에는 그것이 서민에게까지 확대되어 갔음을 보여준다.

중세는 전란의 시대이니만큼 역시 그 주인공은 무사다. 그리고 중세는 '노能'를 중심으로 한 극문학이 태동한 시기였다. 이 양자는 밀접한 관련이 있다.

중세 극예술의 형태인 노의 한 장면.

일본열도가 몽골 습격의 공포에 떨고 있던 13세기 말은 예능사에서는 중요한 전기였다. 즉 종교와 예능의 경계가 무너지고, 중세 예능이 일제히 꽃을 피우기 시작한 것이다. 예를 들면 잇펜一遍의 오도리 넨부쓰踊り念佛처럼 노래부르고 춤추면서 불법을 설교하는 형태가 일본 전국을 휩쓸고 다녔으며, 『헤이케모노가타리』를 이야기하는 맹인 비파법사도 그러하였다.

양식성 강한 가무 중심의 노를 완성한 제아미의 상.

그러한 일본 전체의 분위기를 배경으로 우스꽝스러운 흉내를 중심으로 하던 사루가쿠猿樂에서 노의 형식이 태동하기 시작했고, 14세기에 들어와 간아미觀阿彌·제아미世阿彌 부자에 의해 완성을 맞게 된다. 특히 극 형태의 사루가쿠가 오늘날과 같은 양식성이 강한 가무 중심의 노로 불리기 시작한 것은 제아미 때부터였다. 간아미의 노가 구체적인 인간끼리의 갈등을 주로 다루었다면, 제아미는 고전 세계와의 조응을 통해 개체적인 한 인간의 심층을 무게 있게 파헤쳐 나가는 형식을 취했다.

노 양식의 완성은 제아미의 성장 배경을 통해서 설명할 수 있다. 1375년 이마쿠마노(교토 시내)의 노 무대를 관람한 당시의 쇼군 아시카가 요시미쓰는 12세의 미소년 제아미의 아름다움에 매료되어 노의 적극적인 후견자를 자청하고 나섰다. 다음해에는 당대의 최고 문화인인 니조 요시모토도 제아미에 끌려 그의 귀족 교육을 담당하고 나섰다.

제아미는 당시 절의 지고稚兒(절이나 귀족 집에서 심부름을 하는 어린애로 대개 남색의 대상이 됨)로 있었다. 이는 아마 아버지 간아미가 장래 노가 문화의 본산인 교토로 진출할 수 있도록 아들에게 미리 귀족의 취향에 맞는 교양을 익히도록 준비한 것으로 보인다. 특히 왕조 시대의 여자 모습을 하고 있던 지고는 당시로서는 유일하게 왕조미를 가시적으로 보여주는 존재였으므로, 제아미의 지고 경험은 노에 상당한 영향을 미쳤다.

무사로서는 처음으로 교토에 정권을 세운 아시카가 쇼군 가를 후견인으로 삼아 제아미는 무가의 오리지널 예술 형성이라는 기대를 한 몸에 받으면서 새로운 노의 세계를 개척해 나갔다. 단지 그 방향은 지식계급인 기존 귀족의 취미에도 걸맞은 고전문학적인 노였다.

문화 주체를 서민으로 확대한 가부키와 조루리

이처럼 무사라는 새 지배계급의 대두에 힘입어 중세의 노가 생겨났다면, 근세에는 때때로 지배계급으로부터 탄압을 받으면서도 새로운 민중 예능이 생겨났다. 가부키와 조루리淨瑠璃가 바로 그것이다. 이 두 예능은 근세에 들어와 그 경

지배계급인 무사의 가치관과 후원자인 서민의 욕구에 부응해 정착한 가부키의 한 장면.

제적 기반을 확고히 한 조닌(도시 거주민)의 문화적 욕구와 결합해 빛을 보게 된다. 그리고 오키나와에서 들어온 샤미센은 중세의 음울한 음의 세계를 밝고 튀는(?), 보다 서민적이고 근세적인 음향으로 전환시키는 기폭제 역할을 담당했다.

인형을 중심으로 하는 극 형태인 조루리의 한 장면.

조루리는 인형을 중심으로 하는 극 형태로 인형 조정자와 다유太夫라 불리는 가타리테에 의해 공연되며, 샤미센과 꼭두각시 인형의 도입으로 비약적인 발전을 이룩했다. 연극과 거의 유사한 가부키는 처음의 가부키오도리歌舞伎踊り에서 온나가부키女歌舞伎로 발전하였으나, 여자들의 매춘 문제로 인해 막부가 금지하게 된다. 그래서 다시 젊은 남자들에 의한 가부키가 유행하지만, 이 또한 남색으로 막부의 탄압을 받게 되고, 결국에는 현재와 같은 성인 남자들에 의한 가부키의 형태가 정착·발전하게 되었다.

조루리나 가부키는 공연 형식은 전혀 다르지만, 대본을 쓰는 작자가 구분되어 있었던 것은 아니다. 예를 들어 무사 출신이면서도 대본 작자로 이름을 날렸던 지카마쓰 몬자에몬近松門左衛門도 조루리와 가부키를 오가면서 작품 활동을 했다. 지배계급인 무사들의 가치관을 반영하면서도 직접적인 후원자인 서민들의 욕구에 부응했다는 점에서 이 두 예능의 생명력을 찾을 수 있지 않을까 싶다.

이처럼 가부키와 조루리가 새로운 계급인 조닌의 생활과 의식을 엮어 내면서 무대예술로서 인기를 끌었다면, 근세 소설의 활황도 이에 뒤지지 않는다. 근세 소설의 특징은 우선 그때까지 필사로 유통되던 모노

『호색일대남』의 작가 이하라 사이카쿠.

가타리와 달리 인쇄·출판되었다는 데서도 찾을 수 있다.

이로써 이전에 문학의 독자가 일부 지배계급 내지 식자층에 한정되던 것이, 근세에 이르러서는 대량 인쇄에 의해 한꺼번에 광범위하게 유통됨으로써 서민층으로 비약적으로 확대되었다. 다시 말해서 중세에 들어와 서민층으로 문화가 확대되어 갔다고 하면, 그 서민의 전담 문화가 생겨난 것은 근세였다는 의미가 된다.

이하라 사이카쿠는 『호색일대남好色一代男』에서 종래의 계몽적이고 교화적인 전통 소설과는 달리, 당시의 풍속과 인정을 묘사하여 조닌의 현실주의적 가치관을 긍정적으로 묘사했다. 특히 종전의 모노가타리 소설과 사이카쿠의 소설이 결정적으로 다른 점은 다 같이 남녀의 연애를 테마로 했더라도 다른 시대가 아닌 그 당시 에도 시대를 무대로 했다는 동시대성에 있다. 요즈음으로 치자면 인기 절정의 연속극이라고나 할까?

근세의 독서 욕구가 어떠했는지는 그 시대의 책 대여점을 통해서도 짐작할 수 있다. 높아지는 독서열을 필사 혹은 한정된 인쇄만으로는 당해낼 수가 없어 드디어 책 대여점이 생겨난 것이다. 책

사이카쿠의 『호색일대남』 표지.

을 보자기에 싸서 단골집을 돌아다니며 정가의 6분의 1 가격으로 5~7일 동안 대여하는 식이었다. 에도(현재의 도쿄)의 대여점 이용객만도 10만 명을 넘었다고 하니 그 열기를 짐작할 수 있다. 현 시세로 약 5만 원에 해당하는 비싼 대여료였지만, "『호색일대남』 언제 들어와요?" 하는 주문이 끊이지 않을 정도였다고 한다. 물론 책 대여점 성행의 배경으로는 그 당시 도시와 농

촌 지역에 데라코야寺子屋(서당)가 설립되어 문자 해독 인구가 급증하고 있던 점을 놓쳐서는 안 된다.

이러한 새로운 문화 주체로서의 서민의 욕구에 부응하기 위해 근세에는 많은 책들이 출판되었는데, 당시 세태를 반영하는 여러 형태의 문학을 통틀어 게사쿠戱作 문학이라고 부른다. 풍속을 어지럽히고 공안을 해친다는 이유로 막부는 걸핏하면 탄압을 가했고, 이로 인한 생존 전략상 권선징악 위주로 테마가 변질되기도 했지만, 독자층이 현저히 확대된 서민 중심 문학의 출현은 아무도 거스를 수 없는 대세였다.

이제까지 일본의 전근대 문학과 예능의 흐름을 아주 간략하게 정리해 보았다. 지배계급의 전유물로서의 문화가 시대의 변화와 맞물리면서 새로운 형식과 향유자를 찾아 나가는 여정은 일본도 예외가 아니었다. 바로 이 점에서 근세 서민문학의 탄탄한 저변 위에 일본 문학은 메이지 유신과 근대화에 발맞추어 근대 소설로 이행하게 된 것이다.

Code 11

17음절로 표현하는 시의 세계

김정례 · 전남대 교수

—

하이쿠

함축과 생략의 미학

옛날에 중국인은 12행으로 무엇인가를 말할 수 없다면 침묵하는 편이 낫
다고 말했다. 그러나 일본인은 더욱 짧은 하이쿠俳句라는 시의 형태를 개
발했다.
　　　　　　　　　　　　　　　　　　　　　　　　　　　　-에즈라 파운드

근대 서구의 대표적 시인인 에즈라 파운드는 5·7·5의 17음절로 된
일본의 짧은 시 하이쿠에 대한 놀라움을 이렇게 표현하였다. 그는 또 자
신의 시에서도 하이쿠적 기법을 활용했던 것으로도 잘 알려져 있다. 근
대 이후 하이쿠는 일본 문화 중에서 세계에 가장 많이 알려졌을뿐더러
가장 일본적인 것으로 받아들여지고 있다.

하이쿠가 그 발생의 시기를 거쳐 하나의 문예 형식으로 자리를 확고
히 다진 지 300여 년이 지난 지금, 현재 일본에서 하이쿠를 짓는 인구는
500만 명 이상으로 추정한다. 심지어는 1000만 명이라고도 한다. 이 숫
자는 하이쿠를 읽는 독자가 아니라 하이쿠를 쓰는 사람을 말한다. 1000
만 명이라면 일본 인구가 1억 3천만 명 정도이므로 13명 중 한 명은 하
이쿠를 쓴다는 이야기가 된다.

이처럼 하이쿠는 매우 대중적인 문예다. 텔레비전의 하이쿠 프로그램
에는 유명한 하이쿠 시인과 더불어 자신이 지은 하이쿠를 선뵈는 영화배
우나 탤런트, 혹은 코미디언이 종종 나오기도 한다. 그런 연예인들은 본
격적으로 하이쿠를 배웠을 뿐 아니라 작품 수준도 상당한 경우가 많다.

그런가 하면 하이쿠는 일본 문화론과 결부되어 인용되기도 한다. 롤랑 바르트의『기호의 제국』, 이어령의『축소지향의 일본인』은 그 대표적인 예다. 많은 외국인은 하이쿠를 통해 일본 문화를 이해하려고 하는 것이다. 일본인 또한 하이쿠는 일본 문화의 가장 응축된 한 모형이라고 생각한다. 전통적으로 자신들을 다른 나라와는 다른 매우 특수한 나라라고 생각하는 경향이 있는 일본인은, 자신들의 감성을 잘 표현하고 있지만 독특한 짧은 시형 탓에 스스로도 잘 이해가 안 되는 하이쿠를 외국인이 관심을 갖고 이해하는 것에 매우 놀라워하는 한편 자부심을 갖는다.

이 글에서는 하이쿠의 어떤 면이 일본 문화의 단면을 엿볼 수 있게 하는지, 그리고 복잡한 현대 사회를 살면서 17자의 시 형식에 자신의 생각을 담기에 열중하는 많은 일본인, 그 대중성은 어디에서 기인하며 그 실태는 어떤 것인지, 그리고 나아가 하이쿠의 국제화 양상 등을 그 문예적 특성과 더불어 살펴보기로 하자.

하이쿠 문예의 형식적 특질―정형·기고·기레지

하이쿠는 5·7·5의 17자로 된 음수율에 의한 정형시다. 우리나라 시조는 3·4·3·4/3·4·3·4/3·5·4·3의 43자이므로 글자 수로 치자면 하이쿠의 2.5배에 해당한다. 하이쿠에는 세 가지 약속이 있는데, 위에서 말한 5·7·5의 17음의 음률을 지킬 것, 계절을 나타내는 시어인 기고季語가 들어 있을 것, 그리고 17자 중에 시의 흐름을 끊는 역할을 하는 기레지切字가 들어 있을 것 등이다. 말하자면 하이쿠 문예의 형식적 특징은 정형·기고·기레지로 설명할 수 있다.

정형 — 5 · 7 · 5의 음률과 17음의 세계

하이쿠는 우리나라의 시조와 마찬가지로 음수율에만 의거하는 정형 시다. 5 · 7 또는 7 · 5의 음률은 일본에서 가장 오래된 『만요슈』(8세기경)에서도 이미 성립되어 있는 일본 전통 시가의 공통된 음률이다.

그러면 하이쿠 시인으로 가장 유명한 마츠오 바쇼(松尾芭蕉, 1644~1694)의 작품을 예로 살펴보도록 하자.

해묵은 연못이여	Old pond
개구리 뛰어드는	A frog leaps in
물소리	Water's sound
	(William J. Higginson 옮김)

古池や	HURUIKEYA
蛙飛びこむ	KAWAZU TOBIKOMU
水のおと	MIZUNO OTO

이 하이쿠는 일본인이라면 거의 다 알고 있는 작품이다. 알파벳 표기를 참고하면 알 수 있듯이 "古池や(HU · RU · I · KE · YA : 5음)/蛙飛びこむ(KA · WA · ZU · TO · BI · KO · MU : 7음)/水のおと(MI · ZU · NO · O · TO : 5음)"의 음률을 지키고 있다.

그렇다면 일본어의 17음이란 어느 정도의 길이일까. 일자일음一字一音으로 한자를 읽는 우리나라 식으로 보자면, 위에 인용한 하이쿠는 古池や(3음)/蛙飛びこむ(5음)/水のおと(4음), 모두 12음

하이쿠 시인으로 유명한 마츠오 바쇼의 초상.

처럼 보이지만 일본어로는 위에서 본 것처럼 17음이 된다. 일반적으로 일본어의 17음으로 표현할 수 있는 것은 우리말 17음보다는 적다고 볼 수 있다. 대개 일본어 17자의 하이쿠를 중국어로 번역하면 10자 내외가 된다고 한다. 그야말로 세계에서 가장 짧은 시인 것이다.

하이쿠의 17음은 일본어로서도 시 형식의 합리적인 범위에서 최소 형태라고 볼 수 있다. 따라서 하이쿠의 대표적인 특색은 17음으로 표현하는 세계, 그 시 형식의 짧음에 있다. 일본인들은 이 17음을 읊조려 보면 간결하게 꽉 조여져 있으면서 의외로 질리게 하지 않으며, 안정과 변화를 동시에 갖는 완벽한 시형이라고 한다. 그리고 5·7·5는 일본인에게는 매우 친숙하며 익숙한 음률이라고 한다. 일본 텔레비전에 등장하는 선전문구도 대개의 경우 5·7이거나 7·5 음률이다. 말하자면 이 음률은 일본인들이 기억하기 쉬운 형태인 것이다. 기억하기 쉽다는 것은 암송을 유발하고, 그 암송성은 하이쿠를 읊조리는 즐거움과 그것을 귀로 듣는 즐거움을 느끼게 하는 한편, 나아가서는 구송성口誦性을 유발한다.

하이쿠를 짓는 주된 방법 중의 하나로 구카이句會가 있는데, 구카이에서는 여러 사람이 모여서 하이쿠를 짓고 완성된 작품을 큰 소리로 읽어내려간다. 하이쿠를 배우는 사람이거나 이미 일정 수준에 도달한 사람이라도 하이쿠를 잘 짓기 위해서는 구카이에 참석하는 것을 매우 중요시하는데, 여기에서는 여러 사람과 어울려 작품에 대한 여러 가지 이야기를 듣는다는 의미도 있지만 구송성을 즐긴다는 뜻도 있다. 구카이의

하이쿠를 즐기는 사람들이 모여 구카이를 하는 모습.

즐거움은 보통 인쇄물로 보는 하이쿠를 큰 소리로 읽고, 또 다른 사람이 읽는 것을 귀로 듣는 즐거움도 있다고 볼 수 있다. 특히 자신의 하이쿠가 구카이에서 우수 작품으로 선발되어 큰 소리로 읽힐 때, 크게 감동하는 것은 어쩌면 당연할지도 모른다.

문학에서 추구하는 것 중의 하나가 언어에 의한 음악성이라는 것은 잘 알려져 있다. 근대 이전의 문학이 얼마나 음악과 깊은 관련이 있었던가. 우리의 시조만 보더라도 노래처럼 불리지 않았던가. 그러나 현대에 이르러 소설이나 시 등 모든 문예 작품이 활자화된 것을 눈으로 읽는 경우가 대부분인 점을 감안할 때, 하이쿠가 갖는 이와 같은 암송성과 구송성은 많은 사람들을 끌어들이는 매력으로 작용한다고 볼 수 있다. 그리고 무엇보다도 그 짧은 시형 탓에 누구든 하이쿠 짓기에 한번 도전해 보고 읊조려 볼 수 있다는 것은 대중적 유인력의 하나일 것이다.

계절을 나타내는 시어, 기고季語

하이쿠에는 계절을 나타내는 시어인 기고가 들어 있으므로 반드시 어느 계절인가가 작품 속에 그려져 있다. 위의 「해묵은 연못이여」라는 하이쿠에서는 기고가 '개구리'라는 것을 쉽게 짐작할 수 있을 것이다. 개구리는 봄에도 울고 여름에도 우는데, 그렇다면 이 하이쿠는 어느 계절을 읊고 있는 것일까.

결론부터 말하자면 '개구리'는 봄을 나타낸다. 개구리는 봄이 번식기이고, 따라서 그만큼 많이 울고 활동하는 것에서 연유하는 것이다. 하지만 하이쿠 속에 '개구리'가 읊어졌으면 그 개구리는 당연히 봄의 개구리라니, 이것은 이해하기 어렵다. 하지만 그것이 하이쿠 기고의 약속이다.

그렇다고 계절을 나타내는 모든 단어가 기고인 것은 아니다. 쉽게 말하면 기고는 시인들에게 읊어져서 인정받은 단어여야 한다.

기고는 첫째로 '봄바람'이라든가 '여름 산' 등 단어 자체에 계절이 들어가 있는 경우, 둘째로 '더위'라든가 '추위' 등 어느 계절과 밀접하게 관련된 경우, 셋째로 위에 인용한 '개구리'처럼 어느 계절을 나타내는지 약속하여 쓰는 경우로 나누어서 생각할 수 있다.

기고에서 특히 주의를 끄는 것은 세 번째 경우인데, 예컨대 하이쿠에 '달'이 들어 있으면 그 달은 가을밤의 달을 말하고, 또 '꽃'이라는 말은 '벚꽃'을 가리킨다. 하이쿠를 짓는 사람도 읽는 사람도 그 달이 가을밤의 달이며 그 꽃이 벚꽃이라는 것을 안다. 말하자면 기고의 약속인 것이다.

한편 각각의 기고는 특정한 이미지를 갖고 있다. 예를 들어 비의 경우를 보면 봄비春雨(하루사메, 봄), 장마비五月雨(사미다레, 여름), 초겨울비時雨(시구레, 겨울)로 나누어서 부르는데, 각각의 비에는 독특한 이미지가 정착되어 있다. 봄비는 젖을 듯 말 듯 언제까지나 끊임없이 내리는 감미로운 비의 이미지다. 봄비가 때로는 거세게 내리기도 하지만 하이쿠 속에 '하루사메'라고 읊어지면 그 비는 절대로 거센 비가 아니다. 일본 근세 하이쿠의 3대 시인으로 꼽히는 요사 부손(與謝蕪村, 1718~1783)은 그 봄비 내리는 모습을 다음과 같이 읊고 있다.

자연을 빗대어 계절을 나타내는 것을 하이쿠에서는 '기고'라 한다. 그림은 〈소철도〉.

봄비 내리네	春雨や
작은 해변의 잔 조가비	小磯の小貝
적셔질 만큼	ぬるるほど

많은 일본인은 봄비란 이런 것이라고 공감하는 것이리라. 그런가 하면 장맛비는 오랫동안 내리는 비의 음울한 이미지, 초겨울비는 갑자기 내리는 비에서 무상유전無常流轉의 한탄스러움의 이미지를 갖는다.

이처럼 기고 속에는 옛 시인들에 의해 발견된 계절감이 연륜처럼 각인되어 있으면서 동시에 시인들로 하여금 새로운 시정을 불러일으키는 기폭제의 힘을 갖고 있다고 할 수 있다. 그리고 작자와 독자를 잇는 공통의 기본 파이프의 역할을 하고 있다고 할 수 있다.

일본에서는 이러한 기고를 모두 모아 '세시기歲時記'로 정리해 놓고 있다. 기고는 하이쿠 이전의 일본 전통 시가인 와카에서 시작한다. 따라서 각각의 기고는 역사적으로 긴 것이 있고 비교적 짧은 역사를 가진 것도 있다. 하이쿠를 짓는 사람의 필수품 중 하나가 '세시기'로, 하이쿠에 관심 있는 독자가 세시기를 펼쳐놓고 각각의 기고를 읊은 하이쿠들을 탐독하는 풍경은 결코 낯설지 않다.

시적 흐름을 끊는 단어, 기레지切字

세 번째 약속은 하이쿠에 기레지가 들어 있어야 한다는 것이다. 기레지란 글자 그대로 끊는切 글자字(단어)라는 의미다. 기레지는 하이쿠 속에서 그 시적 흐름을 강하게 끊음으로써 하이쿠의 시적 세계가 넓어지게 하는 역할을 한다.

앞의 「해묵은 연못이여」의 하이쿠에서는 '후루이케야古池や'의 '야や'

가 기레지다. 이 작품의 경우 '해묵은 연못이여'라고 하지 않고 '해묵은 연못에'라고 했다면 어떨까. 의미상으로는 별 차이가 없다. 그러나 '해묵은 연못에'라고 했다면, 해묵은 연못에 풍덩 뛰어드는 개구리의 풍경만이 펼쳐질 것이다. 그러나 '해묵은 연못이여'라고 하면 독자는 '이여'에서 일단 한번 멈추어서 주변을 돌아보고, 작품을 다 읽고 난 후 '물소리'가 난 뒤 또다시 찾아드는 정적 속의 해묵은 연못의 정취를 느끼게 될 것이다. 단순히 연못으로 뛰어드는 '개구리'의 사생도 아니고 '오래된 연못'의 서경도 아니다. 담담하게 표현된 이 하이쿠의 세계는 '해묵은 연못이여'라고 함으로써 주변의 경치가 오래된 연못이라는 틀에 한정된다.

또 '뛰어드는 물소리'라고 하여 '개구리'의 모습이나 움직임보다는 오히려 물소리에 초점이 집중된다. 그리하여 이 하이쿠를 다 읽고 난후, 독자는 처음에는 전혀 보이지 않던 연못에 조용하게 퍼지는 파문을 보게 되리라. 기고인 '개구리'가 나타내는 계절 감각보다는 작품 전체가 표현하는 세계에 훨씬 무게를 두는 것이다. 즉 '묘사하지 않음으로써 묘사한 것 이상을 표현'하고 있는 것이다.

이처럼 기레지는 시의 흐름을 끊어 멈추게 함으로써 시가 산문처럼 단조롭게 읽혀지는 것을 막는다. 기레지에 해당하는 단어가 몇 개 있으나 꼭 그 단어를 넣어야만 하는 것은 아니다. 의미상으로 절단이 되어 있으면 된다. 이렇게 하여 17음의 짧은 시 하이쿠가 자칫 무슨 구호나 표어 같은 느낌을 주는 것을 막는다고 볼 수 있다.

하이쿠 문예의 성립 배경과 시대적 변천

　　　　　　　　　　　　　　　그렇다면 하이쿠 문예는 언제부터 시작되었는가. 하이쿠란 말은 근대 이후에 일반화된 명칭이다. 하이쿠란 하이카이俳諧에서 출발하는데, 하이카이라는 문예 장르가 언제부터 시작되었는지 확실하지는 않다. 단지 하이카이란 단어가 '골계骨稽', 즉 '익살'이라는 뜻의 중국어에서 온 것이며, 일본에서 이 단어가 처음으로 쓰인 것은 일본의 시가집인『고킨와카집古今和歌集』(10세기 경)이라는 것은 확실하다. 이 시가집에 실린 57수의「하이카이카俳諧歌」라는 시가는 정통 와카(5·7·5·7·7의 31자로 된 일본 전통시의 한 형태)에 비해 말장난에 지나지 않는 수준의 것이 대부분이다.

　결국 하이카이가 문예 형식의 하나로 성립하기 시작한 것은 15세기 들어서의 일이다. 일본의 중세 시대인 15세기 말 렌가連歌(5·7·5의 장구長句와 7·7의 단구短句를 2인 이상의 사람이 앞 구에 이어서 읊어 36수나 100수에서 끝내는 일본 전통시의 한 형태) 중 정통이 아닌 것을 하이카이의 렌가, 즉 하이카이라고 했다. 따라서 하이쿠는 그 문예의 출발부터 이미 패러디의 요소를 지니고 있었다.

　렌가에서 첫 번째 구인 홋쿠發□는 두 번째 이하의 구들과는 달리 5·7·5의 17자를 정형으로 하여, 읊을 당시의 계절을 나타내는 기고가 들어 있어야 하며, 내용을 안에서 끊는 역할을 하는 기레지에 의해 하나의 구로서 완결성이 요구되었다. 렌가에서 성립한 이러한 원칙은 하이카이에 그대로 답습되고, 근대 이후의 하이쿠에도 그대로 이어지게 된다. 이렇게 렌가의 여기餘技로 시작된 하이카이는 근세 시대인 17세기에 이르러서는 일본 운문문학의 중심을 차지하게 된다. 이 역할을 해낸 사람이 마츠오 바쇼였다.

조용함이	How still is here
바위에 스며드는	Stinging into the stones,
매미 울음 소	The locusts' trill. (Donald Keene 옮김)

閑さや	SIZUKASAYA
岩にしみ入	IWANI SIMIIRU
蟬の聲	SEMINO KOE

바쇼는 1689년 '오쿠로 가는 작은 길奥のほそ道'의 여행 중에 들른 산사에서 이런 하이쿠를 읊었다. 한여름 매미들의 울음소리밖에 들리지 않는 인기척 하나 없는 산사의 정적을 겹겹이 겹쳐진 주변의 바위에 스며드는 매미 소리로 표현하고 있다. 그는 이처럼 "바위에 스며드는 매미 울음 소리"라는 대상의 파악 방법과 표현 방법으로 그만의 독특한 세계를 지향해 갔다. 이 하이쿠의 배경이 된 동북 지방의 산사는 바쇼가 읊은 이 하이쿠의 정취에 감동하여 찾아오는 관광객이 매년 200만 명이나 될 만큼 유명하다. 바쇼 이후 부손 등에 의해 그의 시적 세계가 계승되기도 했으나, 예술적인 작품은 그리 많지 않은 상태에서 근대를 맞게 된다.

근대 하이쿠의 혁신

그렇다면 하이쿠란 무엇인가. 우리가 흔히 쓰는 '하이쿠'란 '홋쿠'와 같은 의미의 용어로, 일본의 근대 초기인 1890년대에 마사오카 시키(正岡子規, 1867~1902)가 하이카이를, 특히 홋쿠 중심으로 개혁한 이후의 것을 가리킨다. 시키는 하이카이를 근대 예술로서 새

하이쿠를 근대 예술로 정착시킨 마사오 카 시키

롭게 태어나게 했다.

시키는 하이카이 중에서 특히 홋쿠(하이카이의 첫 번째 구)가 사람의 감정을 표현하는 것이므로 소설이나 희곡과 마찬가지로 예술이라고 말했다. 이로써 그는 하이쿠라고 개칭된 홋쿠는 특정한 폐쇄된 사회에서만 통용되는 '지적인 놀이'가 아니라, 세계 전체를 향하여 개방된 진실 탐험의 길임을 선언했다고 볼 수 있다. 그리고 구체적인 표현 방법으로서는 19세기 말에 유행했던 리얼리즘의 영향을 받아 사실적 태도로 사물을 접하고 표현하는 '사생寫生'을 택하게 된다. 이로써 하이쿠는 근대 예술로의 질적 전환의 길을 맞은 것이다.

시키는 어느 광경을 있는 그대로 즉흥적으로 읊는 것을 매우 중요시했다. '사생'이라는 개념으로 이론화된 그의 하이쿠론은 근대 일본의 젊은이들에게 많은 영향을 끼쳤다. 그는 신문 〈닛폰日本〉과 자신이 1897년 1월 창간한 잡지 〈호토도기스〉를 하이쿠 혁신의 거점으로 삼아 추진하였다.

몇 번이고   いくたびも
쌓인 눈의 깊이를   雪の深さを
물어 보았네   尋ねけり

오랜 병상 생활을 하던 시키가 젊은 나이에 죽은 후 다카하마 교시(高浜虛子, 1874~1959)가 〈 호토도기스〉를 맡고, 헤키고도(碧梧桐, 1873~1937)가 〈닛폰〉을 맡게 되면서 시키의 정신은 양분되어 간다. 헤키고도가 시키의 사실寫實 정신을 계승한 반면, 교시는 시키의 부손적 요소를 계승해 간다. 이후 교시는 하이쿠란 "화조풍월花鳥風月을 읊는 것", 즉 "춘하추동 사계절의 변화로 생기는 자연계의 현상과 거기에 동반하는 인간계의 현상을 읊는 것"이라는 '화조풍월설'을 주장했다.

하얀 모란꽃	白牧丹
이라고 말하지만	といへども
홍색 어렴풋	紅ほのか
나비가	蝶の
뭔가 먹는 소리의	もの食ふ音の
조용함이여	静かさよ

이와 같은 교시의 하이쿠와 달리 한편에서는 기고가 없는 하이쿠, 기레지가 없는 하이쿠, 5·7·5 음률에 구애받지 않는 하이쿠 등이 주장되었으나, 당시 하이쿠의 주도권을 장악하고 있었던 교시의 영향력은 절대적인 것이어서 그의 하이쿠론은 일세를 풍미했다.

한편 1946년 11월 구와바라 다케오는 「제2예술—현대 하이쿠에 대해」라는 글에서 일본의 메이지 이래 소설이 형편없는 이유 중 하나는 작가의 사상적·사회적 무자각에서 연유하는 것으로, 그러한 안이한 창작 태도의 유력한 모델이 하이카이일 것이라는 전제 하에 현대 하이쿠에 대해 다음과 같은 의문을 제기했다.

우선 근대 예술이 작자와 독자가 같은 그룹 안에 존재하지 않는다는 전제 위에 성립하는 데 반해, 현대 하이쿠는 작자와 독자가 동일 그룹에 있어야 하므로 각 하이쿠 시인들은 동호인 그룹, 즉 '결사'를 만들어 결사 안에서만 통용되는 기준으로 작품을 쓰고 비평하고 있다고 지적한다. 실제로 당대의 하이쿠 시인 미즈와라 슈에시水原秋櫻子가 "하이쿠는 자신이 작품을 지어 보지 않고서는 모르는 것이다"라고 했을 때, 대부분의 사람들이 하이쿠란 그런 것이라고 수긍했을 뿐 아니라 누구도 거기에 이의를 제기하지 않았다.

또 하나는 예술 작품 자체(하이쿠 한 수)로 그 작가의 지위를 결정하는 것은 곤란하다는 것이다. 즉, 하이쿠 한 수만으로 작가의 우열을 가리기 어려울 뿐 아니라 일류 대가와 초보자가 구별되지 않는다는 것이다. 결론적으로 인생 그 자체가 근대화하고 있는 이상, 지금의 현실적 인생을 하이쿠에 담는다는 것은 불가능하므로 예술이라는 말을 굳이 쓴다면 '제2예술'이라고 해야 한다는 것이다.

하이쿠 시인의 안이한 창작 태도와 작가로서의 사상적 무자각을 예리하게 지적한 구와바라의 이러한 주장은 당시 엄청난 파문을 일으켰다. 하이쿠라는 문예 장르의 본질을 근본적으로 되돌아보게 했을 뿐만 아니라 그 존재 의미 자체를 의심케 했을 정도였다.

그로부터 50여 년이 지난 지금의 하이쿠를 살펴보면, 하이쿠를 짓는 인구도 매우 많아졌을 뿐 아니라 하이쿠에 대한 인식 또한 매우 높아졌다고 볼 수 있다.

공동사회적 요소 – 결사와 구카이

하이쿠가 여러 사람이 모여 함께 시를 이어 가며 읊었던, 말하자면 공동 창작의 성격을 띤 렌가에서 출발했다는 것은 앞에서 지적했다. 이 전통의 일면은 하이쿠로 이어지고 있다. 하이쿠 창작 선생에 해당하는 주재자를 중심으로 결사結社가 형성된다.

그리고 그 결사에서 주최하여 여러 사람이 모여 하이쿠를 짓는 구카이를 연다. 그러면 구카이가 어떻게 진행되는지 살펴보도록 하자.

먼저 구카이의 날짜가 정해지면 구카이에서 지을 하이쿠의 기고인 겐다이兼題가 며칠 전에 발표된다. 참가자는 이 기고가 들어 있는 하이쿠를 지어 가지고 간다. 혹은 당일 즉석에서 세키다이席題를 발표하기도 한다. 장소는 개인 집이나 공원, 혹은 신사나 절 등의 한켠을 빌린다.

만약 '모란꽃'이 그날의 소재이면 모란꽃이란 단어를 넣어 모란꽃과 관련된 하이쿠를 3수 내지 5수 종이에 무기명으로 적어 정해진 시각까지 투표함처럼 생긴 상자에 넣는다. 그리고 그것을 꺼내 각자 회람하면서 정해진 숫자만큼 작품을 각자 선별하여 선자選者의 이름을 써서 간사역에 해당하는 사람에게 낸다. 선발된 작품이 낭독되면 듣고 있다가 자신의 작품이 낭독되면 자기 작품이라고 말한다. 이때 참가자의 이름을 따로 적어 놓고 점수를 매겨 간다. 특히 지도자격에 해당하는 주재자나 초대한 하이쿠 시인이 있을 경우 그가 선택한 작품은 한층 큰 소리로 읽힌다. 마지막으로 전체 득점표를 점검하는 경우도 있지만, 대개 그 득점표는 각자 알아서 보고 판단하는 것을 원칙으로 한다. 이로써 구카이는 끝난다. 이때 입선한 하이쿠에 대해 비평이라고 할 만한 것은 거의 없다. 구카이에 같이 참석했던 사람들에게 선구選句되었는가 아닌가가 절대적일 뿐, 작품의 좋고 나쁨은 각자가 알아서 판단한다.

한편 하이쿠 짓기를 목적으로 교외나 명승지를 찾아 떠나는 것을 긴코吟行라고 한다. 하이쿠 짓기와 그

하이쿠는 읽고 감상하기보다 직접 창작하는 데 관심을 기울이는 문학 세계다.

향유에 있어 구카이나 긴코는 가장 중요한 역할을 한다고 볼 수 있다. 이처럼 하이쿠는 읽고 감상하는 것보다는 자신이 직접 작품을 창작하는 데 훨씬 많은 관심이 모아지는 문학 세계라고 할 수 있다.

현재 일본에서 발행되는 하이쿠 잡지는 종합지와 주재자가 자신의 경향으로 주도하는 결사 잡지로 나눌 수 있다. 하이쿠 종합 잡지로서 상업적으로 성공한 월간지는 현재 적어도 5개가 넘는다. 이 5개 잡지의 총 부수는 10만 부 정도이며, 각각의 하이쿠 결사 중에서 잡지를 출간하고 있는 결사는 700개 정도라고 한다.

하이쿠 결사 잡지의 회원이 되려면 하이쿠에 대해 상당한 수준의 훈련이 필요하다. 전통 있는 결사는 회원수가 만 명 이상인 경우도 있고, 1천 명 내지 2천 명 혹은 그보다 적은 경우도 있다. 대개 회원들은 회비를 내고 잡지에 매달 자신이 지은 하이쿠를 투고한다. 그리고 주재자의 선을 받아 거기에 자신의 하이쿠가 몇 수 실렸는가에 가장 관심을 갖는다. 또 그들은 자신의 결사 잡지에 실려 있는 하이쿠만을 읽는 경우가 대부분이다. 따라서 누군가의 하이쿠 시집이 수만 혹은 수십만 부 팔리는 일은 거의 없다.

일상을 노래하는 시세계

근대 들어 하이쿠를 혁신했던 마사오카 시키는 하이쿠, 장기, 샤미센(석 줄로 된 일본의 전통 현악기)과 와카, 바둑, 거문고를 비교하여 다음과 같이 말했다.

장기판은 바둑판보다 좁지만 그 수는 바둑보다 많다. 샤미센의 줄은 거문고보다 적지만 그 소리는 거문고보다 많다. 하이쿠의 글자수는 와카보다 적지만 그 변화는 와카보다도 많다. 변화가 많으면 깜짝 놀랄 만한 참신함을 표현할 수 있겠지만 비속함에 떨어질 폐해가 있다. 변화가 적으면 우미 청담한 맛이 있지만 진부함 때문에 새로움이 없다는 비난을 면치 못할 것이다.

원래 일본 전통 시가인 렌가나 와카는 완전히 고전적인 감각 위에서 성립한 예술로서 일본 시가의 정통적인 흐름 속에 있는 것이었다. 이들 시에는 원칙적으로 일본 고유의 아름답고 고상한 특정 시어 말고는 사용하지 않는다. 렌가나 와카의 세계에서 '아름답다'고 여기는 것은 용어나 표현 모두 잔잔함과 조용함이었다. 따라서 일상적으로 쓰는 단어는 이들 시세계와는 거리가 멀었다.

그러나 하이쿠는 그 출발부터가 해학적이며 새로움을 추구하는 서민의 문예였다. 따라서 하이쿠에서는 한자어나 속어, 외래어 등을 사용하여 새로움을 읊어 갔다. 따라서 주변의 일상 모든 것이 하이쿠의 소재가 된다. 예를 들면 1920년대에 읊어지기 시작해 외래어 기고로서 성공한 '메이데이(노동절)'를 소재로 한 작품으로 이런 하이쿠가 있다.

메이데이는　　　　　　メ ーデー は
여름 축제인가 하고　　夏祭かと
아이가 기다리네　　　　子の待てる
　 ─야마구치 세이시　　　 ─山口誓子

이와 같이 하이쿠에는 일본인들이 일상생활에서 느끼는 정서가 그대로 담겨 있다.

하이쿠의 국제화

하이쿠는 자연과 인간이 서로 관계될 때 예리하게 인식되는 순간의 에센 스를 기억하는 일본의 짧은 시다.

이 말은 미국의 하이쿠 협회에서 내린 하이쿠에 대한 정의다. 현재 미 국에서는 초등학교에서 하이쿠HAIKU 창작을 가르치고 있을 뿐 아니라 정 기적으로 발행되는 하이쿠 잡지만 하더라도 적어도 네 개 이상이라고 한다. 뿐만 아니라 캐나다와 네덜란드 등지에서도 하이쿠 잡지가 발간 되고 있다. 또 중국에서는 한배漢俳라는 이름으로 중국 문화 속에 정착해 있다고 한다. 이제는 하이쿠가 동양의 한 이색적인 시 형태로 소개되고 수용되는 단계를 벗어나 각 나라에서 각국의 언어로 읊어지고 있다고 볼 수 있다.

하이쿠가 이렇게 세계로 퍼져 나갈 수 있었던 뿌리는 근대 이전으로 거슬러 올라가게 되지만, 본격적인 움직임은 메이지유신 이후다. 유신 을 단행해 근대화에 박차를 가하기 시작한 메이지 정부는 근대화를 추 진하기 위해 서구 선진국으로부터 많은 외국인을 초빙했다. 그 외국인 들 중에는 일본 문학 중에서 특히 하이쿠의 독특함에 관심을 보인 사람 들이 있었다. 그들이 하이쿠를 어떻게 보고 있었는지 보도록 하자.

- 일본의 Epigram(일본어로 '寸鐵詩'. 경구·하이쿠를 말함)은 어느 한 순간 대자연을 향해 열려 있는 창이다.
  ─바질 홀 챔벌린(영국인. 메이지 정부의 초빙 외국인), 「바쇼와 일본의 에피그람」
- 하이쿠의 정수는 간결한 놀라움이다.

－폴 루이 쿠슈(프랑스인. 의사), 『하이카이—일본의 서정적 에피그람』

• 하이쿠는 우리가 항상 알고 있었는데도 알고 있는 것을 몰랐다는 것을 가르쳐 준다.

　　　　－H. 브라이스(영국인. 경성제국대학 교수, 영문학자), 『하이쿠』

유고슬라비아에서 발간된 『일본의 시·하이쿠와 그 마음』.

이 말들을 보면 서양 사람들에게 하이쿠가 어떻게 받아들여졌는지 알 수 있다. 이후 서양의 정치가들조차도 일본에 와서 강연을 할 때면 바쇼나 부손의 하이쿠 한 수를 인용하여 자신이 일본 문화에 관심 있음을 상징적으로 내보였다. 그들은 이 하이쿠 인용이, 그리고 인용한 하이쿠에 대해 덧붙인 자신의 의견 한마디가 얼마나 일본인들에게 호의적으로 받아들여지는지를 알고 있는 것이다.

하이쿠는 이처럼 일본과 외국을 잇는 하나의 파이프 역할을 한다. 앞에서 살펴본 바와 같이 '달' 하면 가을밤의 달을 가리키고, '개구리' 하면 당연히 봄에 우는 '개구리'라고 약속되어 있는 것이 하이쿠의 세계다. 즉 창작자와 독자 사이에 형성된 공감의 좌座를 기반으로 하는 것이다. 일본인 입장에서 볼 때 이러한 하이쿠를 외국인이 이해한다는 것은, 곧 자신들과 그 외국인 사이에 무언가 공감대가 형성되었다고 보는 것이리라. 이로써 우리 편과 남을 철저히 구분하는 일본인들의 의식 속에서 그 외국인은 이미 완전한 남은 아니게 된다.

일본어는 다른 언어에 비해 생략과 암시가 매우 많은 탓에 비커뮤니케이션적인 언어로 통한다. 생략된 부분은 듣는 사람이 알아서 들어야 한다. 일일이 논리적으로 설명하는 것을 일본 사회에서는 별로 달가워하지 않는 경향이 있다. 국제 사회에서 일원이 되어 일을 할 경우 이 점이 자신들이 갖는 난점이라는 것에 대해 많은 일본인은 공감한다.

그런가 하면 하이쿠는 극도의 짧은 시 형식 탓에 '생략의 문학'이라고 하기도 한다. 하이쿠 시인은 이미 창작 단계에서도 의미 전달에 별 관심이 없다. 하이쿠 시인이 하나 둘 명확한 이미지를 던지면, 독자는 자기 나름대로 생략의 틈새를 보충하고 해석 영역을 초월하여 체험적으로 그 작품 세계를 감상한다.

이처럼 하이쿠는 일본어의 특성, 그리고 그 일본어로 빚어내는 일본 문화의 특성을 가장 단적으로 나타내는 문예인 것이다. 바로 이러한 점이 많은 외국인이 하이쿠에 관심을 갖게 하고, 하이쿠를 이해하는 것은 곧 일본 문화를 심도 있게 이해하기 위한 좋은 방법 중의 하나라고 여기게 만드는 요인일 것이다.

한·일 양국 문화 교류에 관심이 높아지고 있는 지금, 우리나라의 『우리말 큰사전』(1992)을 보면 중국의 오언절구나 칠언절구, 또 서양의 소네트나 랩소디 항목은 있으나 하이쿠 항목은 없다. 또 일본의 대표적인 사전 『고지엔廣辭苑』(1999)이나 문예용어사전에는 우리나라의 '시조' 항목이 들어 있지 않다. 이 사실은 일본과 한국의 서로에 대한 관심과 이해의 수준을 아는 데 매우 상징적인 의미를 지닌다. 또 21세기를 맞아 보다 폭넓은 한·일 문화 교류를 앞둔 이 시점에서 앞으로 우리가 관심을 갖고 추진해야 할 과제가 무엇인지를 말해 주는 대목이기도 하다.

Code 12

교경없종 조전 도도는교

박규태 · 한양대 교수

—

신사

신사의 풍경

　　　　　　신사는 원래 '모리'라고 불렸는데, 이는 숲을 뜻한다. 우리가 산과 절을 떼어놓고 생각할 수 없듯이, 일본인은 어릴 때부터 '신사' 하면 숲을 연상하면서 자라난다. 실제로 일본 어디를 가도 우리는 숲에 둘러싸인 신사를 만나게 된다. 어떤 원초적이고 원시적인 향수를 감추고 있는 숲은 항상 우리를 유혹한다. 그러니 우리도 한번 상상의 여행자가 되어 숲 한가운데로 들어가 보자.

　지금 우리는 그 숲의 초입에 서 있다. 청정한 숲 내음이 스며 나오는 신사 입구에는 'ㅠ' 자 모양의 문이 나타난다. 일본인들은 그것을 도리이鳥居라고 부른다. 이 도리이는 일본 지도상에서 신사의 위치를 가리키는 표지이기도 하다. 도리이의 기원에 관해서는 설이 분분하다. 혹자는 중국의 화표華表(왕성이나 능묘 앞에 세우는 문)가 일본에 들어와 도리이가 되었다고도 하고, 또 다른 설에 의하면 한국의 솟대가 그 원형이라는 주장도 있다. 어쨌든 우리는 도리이를 지나면서 여기부터 신성 지역이

신사의 상징 도리이와 석등. 도리이에 신성 지역임을 나타내는 시메나와가 걸려 있다.

구나 하는 것을 어렴풋이 느끼게 된다.

　석등이 늘어서 있는 단아한 길을 따라 조금 더 들어가 보면 저 앞에 신사 건물과 한 쌍의 사자상이 눈에 들어온다. 우리가 해태상이라고 알고 있는 이 사자상을 일본에서는 고마이누拍犬라 하는데, 여기서 '고마'란 고려 혹은 조선을 뜻하

는 말이니까 그것이 한반도를 거쳐 일본에 들어갔으리라는 것을 쉬이 상상할 수 있다. 이 고마이누는 우리와 마찬가지로 악귀를 막는 수호자의 의미를 지니고 있다.

신사 건물 앞의 한쪽 귀퉁이에는 약수터처럼 보이는 장소가 있다. 이곳은 데미즈야手水舍라고 불리는데, 사람들은 여기서 신 앞에 나아가기 전에 몸과 마음의 때를 물로 씻어낸다. 앞으로 여러분이 신사를 둘러볼 때 참고가 되도록 이 데미즈야에서의 매너에 대해 간단히 짚고 넘어가기로 하자.

먼저 참배자는 오른손으로 대나무 국자처럼 생긴 물푸개(히샤쿠)를 잡고 물을 떠서 왼손을 씻는다. 그런 다음 물푸개를 왼손에 바꿔 잡고 오른손을 씻은 후 다시 오른손에 물푸개를 옮겨 쥔 채로 왼손바닥을 오므려 물을 받아 그것으로 입을 가신다. 이때 주의할 것은 물푸개에 직접 입을 대서는 안 된다는 점이다. 외국 여행자들을 보면 종종 직접 입에 대고 이 물을 마시는 경우가 있는데, 그것은 일본 문화를 모르는 데서 비롯된 실례라고 하지 않을 수 없다(나도 이런 실수를 범한 적이 있다!). 이런 정화 의식을 신도에서는 '하라이'라는 말로 총칭한다.

이제 우리는 마침내 이국적 분위기를 한껏 자아내는 신사 앞에 서 있다. 바로 앞에는 헌금함 같은 것이 놓여 있고 사람들이 그 안에 동전을 던져 넣는 소리가 끊이지 않는다. 그 헌금함 위에는 큰 방울 혹은 종이 달려 있고, 아이들이 흥겹게 줄을 잡아당기는 모습이 정겹기만 하다. 이렇게 방울이나 종을 울리는 것이 신을 불러내는 의식임은 두말할 나위가 없다. 그런 다음 참배자는 무언가를 기원하면서 이배를 하고 두 번 손뼉을 친 후 다시 일배를 하고는 물러나온다. 『위지魏誌』 왜인전倭人傳을 보면 일본인이 귀인을 공경할 때 손뼉을 쳤다는 내용이 나오는데, 이로 보건대 신도에서 손뼉을 치는 의식은 이미 3세기 이전부터 있었던 일본 고유의 풍습임을 알 수 있다.

참배자들이 손뼉을 치면서 기원을 하는 이 신사 건물은 통상 하이덴拜殿이라 불리는 곳이고, 신사 중에서 가장 중요한 건물인 혼덴本殿(神殿 혹은 正殿이라고도 한다)은 따로 있다. 이 혼덴에는 각 신사의 제신(주신)과 신체(제신을 상징하는 예배 대상물로서 구슬·거울·검·방울 등 신사에 따라 다양하다)가 모셔져 있으므로 일반 참배자는 출입금지다. 일반적으로 일본 신사의 건축 양식을 말할 때는 바로 이 혼덴의 양식을 의미한다.

신사 혼덴의 양식을 구분하는 기준에는 두 가지가 있다. 혼덴에는 건물의 본체를 이루는 부분(身舍 : 모야) 외에 그 바깥에 일종의 행랑채(庇 : 히사시)가 붙어 있는 경우가 있는데, 이와 같은 히사시 유무가 하나의 기준이 된다. 또 다른 기준으로는 히라이리平入와 츠마이리妻入 건축법을

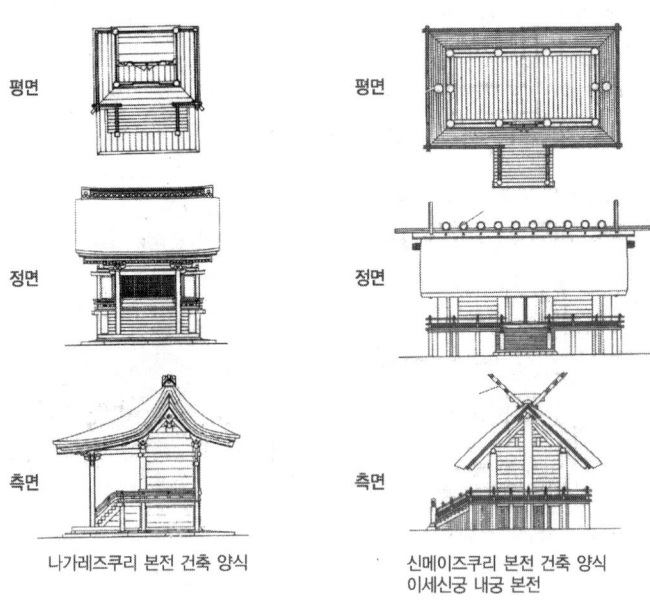

평면

정면

측면

나가레즈쿠리 본전 건축 양식

평면

정면

측면

신메이즈쿠리 본전 건축 양식
이세신궁 내궁 본전

들 수 있는데, 여기서 히라이리란 지붕의 용마루가 혼덴 건물의 정면과 평행을 이루는 경우이고, 츠마이리는 양자가 직각으로 교차되는 경우를 가리킨다.

오늘날 일본에서 가장 널리 보급되어 있는 신사 건축 양식은 히라이리에다 히사시가 붙어 있는 혼덴 양식으로서 나가레즈쿠리流造라 한다. 한편 일본 신도의 총본산이라 할 수 있는 이세 신궁(일본 왕실의 조상신인 태양의 여신 아마데라스를 모신 신사)의 혼덴 양식은 히라이리에다 행랑채가 없는 신메이즈쿠리神明造인데, 일본 신사 중에서 가장 오래된 전통적인 건축 양식을 그대로 보존하고 있다 하여 특히 유명하다.

이밖에도 여러 가지 양식이 있지만, 대체로 신사의 건축 재료로는 원목의 껍질만 벗기고 칠을 하지 않은 목재가 쓰인다는 점, 그리고 모든 신사 건물에는 정면의 지붕과 지붕이 만나는 곳에 X자형으로 튀어나온 치기千木와 마룻대 위에 직각으로 늘어놓은 가츠오기堅魚木가 있다는 점이 공통적이다. 앞에서 도리이가 신사의 중요한 상징이라고 말했는데, 절에도 도리이가 세워져 있는 경우가 있다. 하지만 치기와 가츠오기는 불교 사원에는 없다. 요컨대 치기와 가츠오기가 있는 건물은 반드시 신사라고 보면 틀림이 없다.

이쯤 해서 신사 경내의 다른 풍경을 둘러보자. 이때 특히 시메나와注連縄, 에마繪馬, 오후다御札, 오미쿠지御神籤, 그리고 미코巫女의 존재가 우리의 눈길을 끈다. 통상 신사 경내에는 거대한 나무神木가 있고 그 둘레는 새끼줄에 흰 종이 오리를 여러 개 드리운 일종의 금줄 같은 것이 쳐져 있다. 이런 금줄을 신도에서는 시메나와라고 하는데, 이 시메나와는 비단 신목 주변뿐 아니라 하이덴이나 혼덴 등 신성 지역을 나타내는 장소에서 흔히 찾아볼 수 있다.

한편 신사 경내를 거닐다 보면 윗부분이 산 모양을 한 작은 나무 액자들이 주욱 걸려 있는 전시물이 눈에 띈다. 이런 액자들을 에마라고 하는데, 거기에는 봉납자들의 기원을 담은 글이나 그림들이 그려져 있다. 원래는 신사에 기원이나 보은을 위해 바친 큰 액자로 말 그림이 그려져 있었기 때문에 에마(말 그림이라는 뜻)라는 명칭이 붙었다.

이처럼 신사에 에마를 봉납하는 관습은 일본 중세에 해당하는 가마쿠라 시대(1192~1336)에 널리 보급되었고, 근세 에도 시대(1603~1868)에는 화가들이 그린 에마가 신사에 전시됨으로써 신사가 일종의 화랑 역할을 하기도 했다. 오늘날에는 소원 성취를 위한 에마 봉납이 일반적으로 성행하고 있다. 특히 입시철이 되면 어느 신사에 가든 합격을 기원하는 내용의 에마가 수백 개씩 걸려 있는 진풍경을 접할 수 있다.

이번에는 경내에 있는 기념품점에 들러 보기로 하자. 통상 신사의 접수처이기도 한 기념품점에는 여러 가지 아기자기한 상품들이 즐비하다. 그 가운데 우리가 특히 주목할 것은 '오후다'와 '오미쿠지'다. 오후다는 오마모리御守라고도 하며 일종의 부적 같은 종이쪽지다. 거기에는 신사 이름과 함께(각 신사마다 어디에 좋다는 식으로 특정한 영험이 알려져 있다) 가령 가내 안전, 화재 안전, 교통 안전, 입시 합격, 장사 번창, 치병, 기타 취직이나 연인, 운수, 복과 장수 등을 기원하는 글귀들이 적혀 있다.

일본인들은 각자 자신에게 필요한 오후다를 사서 그것을 몸에 지니거나 혹은 집안의 신단神棚에 안치하든가 문 입구나 기둥 같은 곳에 붙여놓기를 좋아한다. 그럼으로써 신의 가호를 입을 수 있다고 여기는 것이다. 심지어 자동차나 선박 혹은 비행기 같은 곳에도 오후다가 붙어 있다. 여러분이 일본에 가서 자동차를 타면 그 안을 잘 살펴보라. 그러면 차 안 어딘가에 '교통 안전'이라고 적힌 오후다가 붙어 있는 것을 발견할 수도 있을 테니까.

이 오후다만큼이나 우리의 흥미를 끄
는 것이 바로 오미쿠지다. 오미쿠지란 일
종의 복점 같은 것인데, 일본인들은 신사
나 절에 가면 잊지 않고 이 오미쿠지를
사서 자신의 길흉을 점치기를 좋아한다.
물론 대부분은 재미삼아서 한다. 마음에

오후다와 오이쿠지를 판매하는 신사 기념품점. 미코들이
안내를 하고 있다

드는 점괘가 나오지 않으면 좋은 점괘가 나올 때까지 계속 오미쿠지를
사는 사람들도 많이 있다. 그리고 다 읽은 오미쿠지 종이는 버리지 않고
접어서 경내의 게시판이나 나뭇가지 같은 데에 걸어놓곤 한다.

또 신사의 풍경에서 빼놓을 수 없는 것이 '미코巫女·神子'의 존재다. 일
반적으로 신사의 직원인 신직은 총책임자인 구지宮司와 그 밑에 있는
'네기'와 '곤네기'로 되어 있다. 이에 비해 신사에 소속되어 있는 여신관
이라 할 수 있는 미코는 통상 미혼의 소녀로 접수와 판매에서부터 신에
게 음식을 바치는 일과 제사 및 신도 예능에 이르기까지 다양한 분야에
걸쳐 봉사하는 보조 신직이라고 할 수 있다. 흰 저고리에 선홍빛 치마를
받쳐 입은 이 미코의 모습에서 어딘가 모르게 무녀의 신기神氣를 연상한
다 한들 그것은 어디까지나 여행자의 자유일 것이다.

일본에서 가장 사랑받는 신사

지금까지 우리는 신사가 있는 숲으로
들어가 보았다. 하지만 아직 그 숲에서 나올 때는 아니다. 조금만 더 깊
이 들어가 보자. 먼저 신사의 호칭에 대해 분명히 하고 넘어가야 할 것

이다. 일본의 신사는 ㅇㅇ 신사라는 명칭이 가장 일반적이지만, 그 밖에도 ㅇㅇ 신궁이라든가 ㅇㅇ궁 혹은 ㅇㅇ 대사라는 호칭으로 불리는 신사도 적지 않다.

여기서 '신궁'이란 가령 이세 신궁이나 메이지 신궁 등과 같이 황실이나 권력자와 관계가 있는 특별한 신을 모신 신사를 말한다. 이에 비해 그냥 '궁'이라고만 붙어 있는 경우는 두 종류가 있다. 즉 궁을 '미야'라고 읽을 때는 보통 신사를 가리키고, 닛코日光의 도쇼구東照宮와 같이 그것을 '구'라고 읽을 때는 신궁과 동일한 의미를 갖는다. 한편 '대사'라는 명칭이 붙은 신사는 옛날에 신사의 사격을 대·중·소로 나누었을 때 대사의 자격을 부여받았던 신사를 가리키는 것으로서, 이즈모出雲 대사라든가 카스가春日 대사가 특히 유명하다.

다음으로 신사의 기원에 관해 생각해 볼 필요가 있다. 사실 처음부터 신사라는 건물이 존재했던 것은 아니다. 고대 일본인들은 큰 나무나 산 혹은 큰 바위 등을 신이 깃들어 있는 신성한 지역으로 생각했다. 이런 원시적 신사를 히모로기神籬 혹은 이와사카磐境라 불렀다. 히모로기란 신성 지역에 상록수를 심고 울타리를 두른 곳을 가리키며, 이와사카는 큰 돌을 세워 원형 또는 방형으로 두른 곳을 말한다. 이것이 발전하여 신사가 되었다고 하는데, 최초의 신사에는 우지가미氏神, 즉 씨족의 조상신이 모셔졌다.

일본의 신사는 그 성격상 크게 우지가미형 신사와 간조勸請형 신사 두 계통이 있다. 이 중 우지가미형 신사는 각 지역별로 제한된 신자들만이 참여하는 공동체적 제사가 중심을 이루었다. 그러다가 헤이안 시대 (794~1193) 이래 지역의 경계를 넘어 새로운 형태의 신사가 널리 생겨났는데, 이를 간조형 신사라 한다. 여기서 간조란 신의 분령分靈을 맞이하여 모신다는 말이다. 이런 간조형 신사는 우지가미형 신사에 비해 신의 영험을 강조하며, 따라서 보다 현세 이익적인 개인 기원이 중심을 이룬다. 하지만 오늘날 대부분의 신사는 역사적 전개 과정에서 이 두 형태가 복합적으로 혼합되어 있다.

붉은색의 도리이와 여우상이 특징인 이나리 신사.

현재 일본에는 전국적으로 약 10만 개의 신사가 산재해 있다. 그 가운데 일반인에게 가장 사랑받는 신사로는 이나리稲荷신을 모시는 신사(3만 2천여 개소), 하치만신을 모시는 신사(2만 8천여 개소), 이세신을 모시는 신사(1만 8천여 개소), 텐만天満 천신을 모시는 신사(1만여 개소) 등을 들 수 있다. 이 네 부류의 신사는 일본인의 신도 신앙을 이해하는 데 매우 중요하므로 조금만 더 부연하기로 하자.

첫째, 일본에서 붉은색 도리이와 여우상이 있는 신사를 보면 그것은 어김없이 이나리신을 모시는 신사라고 생각하면 된다. 여우를 사자使者로 삼고 있는 이나리신은 원래 농경신이었는데, 근세 이후에는 특히 장사를 번창케 해주는 상업의 신, 나아가 어업의 신, 가정의 수호신 등으로 그 역할이 확장됨으로써 현재 이 이나리신을 모시는 신사가 일본 전국에서 가장 많은 숫자를 보이게 되었다. 한 조사에 따르면, 오늘날 일본 기업 대부분이 회사 부지 내에 사당을 차려 이나리신을 모신다고 하니 가히 이나리 신앙의 인기를 짐작하고도 남음이 있다. 이와 같은 이나리 신사의 총본산은 교토에 있는 후시미이나리伏見稲荷 대사다.

둘째, 일본 최초의 무사정권인 가마쿠라 막부에 의해 가마쿠라의 츠루오카하치만鶴岡八幡궁이 무사의 수호 신사가 된 이래, 하치만신이 전국 각지의 신사에 권청되어 널리 퍼지게 되었다. 이 하치만신의 유래는 정확히 알려져 있지 않은데, 일설에 따르면 10대 오진應神 천황이 바로 하치만신이었다고 하고, 또 다른 설에 따르면 하치만신은 한반도에서 도래한 씨족의 조상신이라고도 한다. 다른 한편 하치만신은 일찍이 불교와 섞여 하치만 대보살이라는 칭호로도 불렸다. 총본산은 규슈 지방의 우사하치만宇佐八幡궁이다.

셋째, 이세신, 즉 아마데라스신天照大神은 신도의 신들 가운데 최정점에 있는 신이다. 원래 아마데라스는 태양의 여신으로 오곡풍요의 신이었는데, 8세기에 편찬된 『고지키』와 『니혼쇼키』에서 이 여신이 천황가의 조상신으로 자리매김된 이래 중세 이후 일반 민중 사이에서 일본의 수호신으로서 광범위한 숭배의 대상이 되었다. 그리하여 무로마치 시대 (1338~1573)에 이르러 일본인이라면 누구나 일생에 한 번은 이 아마데라스를 모신 이세 신궁에 참배해야 한다는, 이른바 이세 신앙이 국가적으로 형성되기에 이른다. 이후 이세신이 전국각지에 권장되었고, 특히 근세에는 오카게마이리 혹은 누케마이리라 하여 이세 신궁을 참배하는 열광적인 집단 순례가 약 60년을 주기로 유행처럼 번졌다. 특기할 만한 것은 이 자연발생적인 순례 무리가 많을 때는 5백여만 명에 이르는 대규모였다는 점이다. 18세기 일본의 총인구가 대략 2천 5백만 정도였다는 점을 감안하면, 그리고 지금과 비교할 때 턱없이 불편했을 당시의 교통 상황을 염두에 둔다면 오카게마이리의 행렬이 얼마나 기이한 현상이었는지 짐작하고도 남음이 있다. 요컨대 이는 이세 신궁이 일본인들의 마음의 고향으로 자리잡고 있었기 때문에 가능한 일이었으리라.

넷째, 매년 입시철이 되면 학문의 신인 텐만 천신 즉 스가와라노미치자네菅原道眞 공을 모신 신사에 가서 합격을 기원하는 수험생들의 모습이 흔히 눈에 띈다. 이 천신의 내력은 무척 특이하다. 원래 스가와라노미치자네는 헤이안 시대에 문장과 시가에 뛰어난 학자였는데 모략에 의해 억울한 죽음을 당했으므로 사후에 원신(역신)으로 관념되었는데, 이것이 후에 학문의 신으로 탈바꿈한 것이다. 교토의 기타노텐만北野天滿궁이 가장 대표적이다.

합격을 기원하는 기타노텐만궁의 에마.

신도는 생활과 밀착된 전통문화

이제 일단 신사의 숲을 빠져나와야 할 때인 듯싶다. 숲으로부터 나온다는 것, 그것은 바로 신사의 풍경이 의미하는 바를 포괄적으로 이해하고 해석하는 작업이다. 이를 위해서는 약간 번잡하게 느껴질지 모르지만, 최소한의 역사적·사상적·이론적인 분석이 불가피하다. 그래서 다음에는 신도의 정의, 신도와 불교가 섞이게 된 역사, 신도 사상의 전개 과정에 관해 간략히 살펴보기로 하자.

먼저 신도에 대한 일반적인 정의를 내려 보자. 예컨대 기독교가 사막의 종교라면 신도는 숲의 종교라 할 수 있다. 바꾸어 말하면 신도는 신사의 종교 혹은 신사에서 행해지는 종교적 행위 전반, 곧 마츠리의 종교라는 규정이 가능할 것이다. 이런 정의는 일본 민속학의 개조 야나기다 구니오柳田國男를 비롯하여 많은 신도 연구자들의 입장이기도 하다.

이처럼 신사 및 신사 의례와 관련지어 규정하는 관점 외에도 신앙 체계, 신 관념, 신화의 전승 등을 기준으로 다양하게 신도를 정의 내릴 수 있다. 심지어 신도는 종교가 아니라 일본인의 생활 정서에 밀착된 전통문화일 따름이며, 굳이 말하자면 '종교 이전의 원초적 종교' 혹은 '교조도 경전도 없는 종교'라는 식의 표현도 가능할 것이다. 그러나 어떤 경우든 우리는 일본 문화 현장에 엄연한 실체로 존재하는 신사와 마츠리의 풍경을 부인할 수 없다. 잠시 후 말하겠지만 그 풍경은 우리가 상상하는 것 이상으로 훨씬 강력하고 풍부한 원천으로서 일본인들의 심층적삶 안에 펼쳐져 있다.

그렇다면 '신도'란 명칭은 언제부터 통용되기 시작한 것일까? 신도란 말이 문헌상 최초로 등장하는 것은 『니혼쇼키』 31대 요메이^{用明} 천황기에서다. 거기에는 "천황이 불교를 신앙하고 신도를 존숭했다"고 나온다. 여기서 유념할 것은 신도라는 개념어가 불교와의 대비어로 쓰이고있다는 점이다. 이는 일본인이 외래의 종교 문화를 접하면서 비로소 자기 자신을 의식하기 시작했음을 시사한다. 사실 우리는 타자와의 만남과 관계성을 통해서만 자기를 알 수 있다. 고대 일본인이 불교라는 타자를 통해 일본 고유의 신도를 자각했다는 말도 그런 뜻일 것이다.

하지만 일본인의 정신성은 거기서 끝나지 않는다. 그들은 자신과는다른 타자를 재빨리 수용하고 공존시킬 줄 아는 열린 정신 구조의 소유자임과 동시에, 그 타자를 끝내 일본화(자기화)해 버리고, 그런 다음에는가차없이 최초의 타자를 제거하려 드는 닫힌 정신 구조의 소유자이기도하다. 1천여 년이 넘는 기나긴 신불^{神佛} 습합의 역사에서도 우리는 이런이중적 정신 구조의 한 단면을 엿볼 수 있다.

6세기경 한반도를 경유해 일본에 불교가 전래된 초기 단계에서 신도와 불교는 대체로 대등한 관계를 유지했다. 이때는 외래 종교인 불교측에서 신도에 접근하는 형태로 균형 관계가 형성되었는데, 그 대표적인사례가 신궁사^{神宮寺}(신사 경내에 세워진 절)와 신전독경^{神前讀經}(신사에서 불경을 낭송하는 것)의 관례였다.

그러다가 나라 도다이지東大寺의 대불 건립을 위해 이세 신궁에서 의식을 행하고 우사하치만신이 상경한 8세기 중엽에 이르면 서서히 힘의 균형이 기울기 시작한다. 그리하여 절을 수호하기 위한 신사가 사원 경내에 세워지고 신도 신들에게 보살 칭호가 수여되는 역현상이 나타난다. 신도에 대한 불교의 이와 같은 우위는 10세기에 등장해 11세기에 널리 퍼진 이른바 본지수적설本地垂迹說에서 그 정점에 이른다.

이때 '본지'란 불보살을 가리키며, '수적'이란 그 불보살이 중생 구제를 위해 임시로 일본 신도의 신이 되어 나타났다는 의미다. 이리하여 불교가 주도권을 장악하게 되고 그에 따라 중세에는 불교의 교의 체계에 의지하는 습합신도설(兩部神道와 山王一實神道)이 형성되는 등 본지수적설은 에도 시대에 이르기까지 장기간에 걸쳐 폭넓게 사람들 사이에 침투해 들어갔다. 본지수적의 관념은 실로 일본인의 정신사에서 지울 수 없는 흔적을 남겼다. 오늘날 일본인들이 출생 의례는 신도에 가서 하고 결혼식은 교회나 성당에서 올리고 장례는 절에 가서 치르면서도 아무런 갈등을 느끼지 않는 것은 따지고 보면 기나긴 신불습합의 역사에서 생겨난 특이한 정신성 때문일지도 모른다.

그런 한편 중세에도 반反본지수적의 입장에 선 신도론吉田神道이 있었음을 간과해서는 안 된다. 거기서는 민족주의적 색채를 띤 신도가 불교에 대한 우위성을 주장하고 있는데, 이런 관점은 불교 대신 유교의 강력한 영향을 받은 에도 시대의 신도론儒家神道, 吉川神道, 垂加神道에서도 유사한 구조로 나타난다. 그 결과 18세기 말에 이르면 배타적인 복고復古 신도가 등장하여 이후 근대 천황제에 이론적·심정적 기초를 제공하게 된다. 1868년 메이지 유신과 더불어 신도와 불교의 철저한 분리가 선언되고 실제로 불교에 대한 파괴적인 공격이 이루어진 것도, 그리하여 무모한

파쇼적 군국주의로 이어진 국가 신도 체제가 탄생한 것도 이상과 같은 역사적 전개 과정의 연장선상에서 일어난 일이다.

요컨대 일본의 신도는, 특히 사상적 측면에 한정시켜 말하자면, 불교라든가 유교 혹은 기독교와 같은 외래 사상의 수용에 지극히 민감하게 반응해 '자기'의 형성에 필요한 모든 자양분을 섭취한 후 결국에 가서는 모든 '타자'를 제거하려는 경향을 내포하고 있었다. 일본의 식자들이 흔히 자랑처럼 내세우는 신도의 관용성과 유연성이란 이런 과정에서 나타나는 일시적이고 표층적인 현상일지도 모른다. 그럼에도 불구하고 자기와는 이질적인 타자를 거리낌없이 받아들여 자기 주변에 공존시킬 줄 아는 태도는 분명 놀라운 능력의 하나임에 틀림없다. 그것은 동시에 변신의 능력이기도 하다.

신과 인간은 동격이라는 의식

이런 변신 능력은 일본인의 신 관념에서도 확인된다. 앞에서는 편의상 우리에게 익숙한 '신'이라는 용어를 그대로 사용했지만, 일본 신도의 신은 유교에서 말하는 신과도 다르고 기독교의 신 개념과도 다르다. 일본인은 신을 '가미'라고 부른다. 가미神는 가미上와 동일한 의미라는 설이 가장 일반적이지만, 그 밖에도 가가미鏡 혹은 가쿠레미隱身의 약어라는 설, 우리말의 '해'에서 유래했다는 설 등 가미의 어원에 대해서는 의견이 분분하다. 어쨌거나 가미의 특색은 다음 네 가지로 요약될 수 있다.

첫째, 신도의 가미는 인간과 질적으로 상이한 절대 타자로서의 창조신이 아니다. 신도에서는 가미와 인간 사이의 본질적인 차이를 인정하

지 않는다. 따라서 신도의 경우에는 인
간이 사후 혹은 생전에 가미로서 숭배
되고 제사받는 사례가 적지 않다. 가령
교토의 도요쿠니豊國 신사에는 임진왜
란을 야기한 도요토미 히데요시, 닛코
의 도쇼東照궁에는 에도 막부를 연 도
쿠가와 이에야스, 도쿄의 메이지 신궁

도쿠가와 이에야스를 신으로 제사 지내고 있는 닛코의 도쇼궁.

에는 122대 메이지 천황, 도쿄의 노기乃木 신사에는 메이지 시대의 영웅
노기 마레스케乃木希典 장군, 도쿄의 야스쿠니 신사에는 일본을 위해 싸
우다 전사한 자들이 각각 가미로서 오늘날에도 제사를 받고 있다. 뿐만
아니라 국가 신도 체제하에서 천황은 '살아 있는 가미'現人神로 숭배받았
으며, 교파신도에 속했던 금광교金光教나 천리교天理教의 교조들 또한 살
아 있는 동안 가미(生神, 이키가미)로 모셔지기도 했다.

둘째, 신도에서는 추상적이거나 초월적인 신이 숭배된 적이 없다. 가
령 신도 신화의 맨 처음에 등장하는 최고신 아메노미나카누시노가미天
御中主神는 초월적이고 추상적인 성격을 지니고 있는데, 이 가미를 제신
으로 모시는 신사는 없다. 왜냐하면 일본인은 가미를 인간에게 매우 친
숙하고 현실적인 존재로 선호하기 때문이다. 그래서 그들은 신을 호칭
할 때 마치 이웃집 사람을 대하듯이 '가미상'이라고 부르기를 좋아한다
('~상'이라는 표현은 우리말의 '~씨'에 해당하는 일상어다).

셋째, 신도의 가미와 인간의 관계는 상호 의존적인 기브-앤-테이크
의 관계에 가깝다. 즉 인간은 가미를 숭경함으로써 가미의 영위를 높여
주고, 그 대가로 가미는 인간을 지켜 주고 복을 가져다 준다는 것이다.

넷째, 신도에서 가장 일반적으로 신앙되는 가미는 조상신이다. 그 밖

에도 무수한 가미가 있는데, 일본인들은 신사를 참배할 때 자기가 지금 예배드리는 대상이 어떤 가미인지 그 이름조차 모르는 경우가 태반이다. 중요한 것은 가미가 현실적으로 인간에게 어떤 복덕을 가져다 주느냐는 데 있고, 그 가미의 형식이나 내용은 아무래도 상관없다.

그러니 가미의 이미지가 그때그때 상황에 따라 변한다 해도 전혀 이상한 일이 아니다. 가령『고지키』에 나오는 가미는 조상신이었다. 그러다가 신도와 불교의 습합신도설에 등장하는 가미는 불보살의 수적이 되고, 신도와 유교의 습합신도설에서는 리理 혹은 태극이 되었다. 한편 신도와 국학이 만난 모토오리 노리나가(本居宣長, 1730~1801)의 복고 신도에서 가미는 황실 및 국민의 조상신이었는 데 비해, 신도와 기독교가 섞이게 된 히라타 아츠타네(平田篤胤, 1776~1843)의 복고 신도에서 가미는 기독교의 신과 같은 창조주이자 최후의 심판의 주재자가 되었다. 나아가 국가 신도의 가미는 황실 및 국민의 조상신이자 동시에 충신·열사·전사자들의 사령死靈으로 관념되기에 이른다.

태어나서 죽기까지 신사와 함께 하는 일본인

이처럼 변신에 능한 신도의 정신에 따르면, 진리란 어디까지나 현실 그 자체일 따름이며 그 이상도 이하도 아니다. 거기에는 현실을 넘어선 어떤 절대적 이념이라든가 보편적 법칙 혹은 불변성이나 영원성이라는 관념이 뿌리내릴 여지가 없다. 다만 지금 이곳만이 그 자체로 진리일 뿐이다. 그래서 신도는 죽음 이후의 세계에 대해서는 언급하지 않는다. 그 대신 신도는 '영원한 지금'을 즐겁고 감사한 마음으로 최선을 다해 살아가라고 말한다. 신도는 생生을, 그리고 불교는 사死를 담당해 왔다는 말은 바로 이런 의미에서다.

그렇다면 오늘날 신도는 일본인의 일상적 삶에 얼마만큼 그리고 어떤 방식으로 관여하고 있을까? 여기서 다시 한 번 상상의 여행을 떠나보자. 지금은 정초이고 우리는 한 평범한 일본인의 집 문 앞에 서 있다. 거기에는 가도마츠門松라 불리는 소나무 장식이 세워져 있고 현관에는 시메나와가 걸려 있다. 주위를 둘러보니 골목길의 집집마다 풍경이 같다. 이것이 새해 첫날에 가미를 맞이하기 위한 장식임은 말할 나위도 없다. 주인의 안내로 집 안에 들어서니 거실 상단에 마련된 도코노마(바닥을 약간 높여 만들어 놓은 곳으로 꽃이나 족자 등으로 꾸민 곳)에 진설된 둥글 납작한 대소 두 개의 포갠 떡이 눈에 들어온다. 이것은 가가미모치鏡餠라 해서 설날에 가미를 대접하기 위해 차려놓은 것이다.

어느덧 장면이 바뀌고 우리는 이세 신궁에 와 있다. 그런데 이게 웬일인가? 신궁 경내는 발 들일 틈조차 없을 정도로 인산인해를 이루고 있다. 다른 신사들도 사정은 마찬가지다. 알고 보니 일본인들은 하츠모데初詣라 해서 정초에 신사를 참배해 새로운 한 해를 기원드리는 것이 관례라는 것이다. 이세 신궁이나 메이지 신궁처럼 큰 신사에는 매년 정초에 연인원 수백만 명이 참배를 한다고 하니 그저 놀라울 따름이다. 어쨌든 매년 일본 국민의 70% 이상이 하츠모데에 참여한다고 한다. 신도와 관련된 중요한 절기가 또 하나 있는데, 그것은 곧 세츠분節分이라 불리는 입춘 전날이다. 이날에도 사람들은 액풀이를 위해 신사를 참배한다.

신사를 참배하는 여학생들. 일본인들에게 신사 참배는 생활의 한 부분이다.

이밖에도 일본인은 인생의 중요한 매듭마다 신사를 참배한다. 가령 아기가 탄생하면 일정 기간(통상 남아는 32일, 여아는 33일)이 지난 다음 모친과 조모가 아기를 안고 신사를 참배하여 건강한 발육과 행복을 기원한다. 이를 오미야마이리御宮参라 한다. 또 아이가 3세(남녀 공통), 5세(남아), 7세(여아)가 되는 해의 11월 15일에도 신사를 참배하는데, 이런 관례를 시치고산七五三 축하연이라 한다. 뿐만 아니라 성인이 된 다음 남자 25세와 42세 때, 그리고 여자 19세와 33세 때 액땜을 위해 신사를 참배하는 관습도 있다.

그렇다면 평상시에는 어떤가? 다시 평범한 일본인의 가정을 엿보기로 하자. 일반 가정에는 통상 신단神棚(가미다나)이 설치되어 있다. 거기에는 신사의 오후다가 봉안되어 있는데, 사람들은 아침 일찍 일어나 세면을 한 뒤 이 신단을 참배하면서 가미와 조상신에게 감사 인사를 올리고 하루의 안녕을 기원드린다. 그 밖에 입학·진학·졸업·취직·환갑 등의 날에 각 가정에서는 신단 앞에서 감사와 축하의 기원을 올린다.

이런 사례를 다 들자면 한이 없으므로 스모 및 목욕 문화와 관련하여 한두 가지만 더 지적하고 그치기로 하겠다. 가령 일본의 국민적 스포츠인 스모에는 신도적 의례의 흔적이 짙게 남아 있다. 그 대표적인 예가 바로 소금을 뿌리는 스모의 관행이다. 이것이 원래 바닷물을 사용했던

일반 가정에 차려진 신단.

신도 정화 의례인 미소기禊(특히 물을 사용하는 하라이)의 흔적임을 아는 사람은 그리 많지 않다. 또한 일본의 발달된 목욕 문화는 일단 습기가 많은 환경적 요인 때문이라고 이해되지만, 그 이면에는 이 미소기나 하라이와 유사한 맥락을 가지

는 공감적 심정이 흐르고 있음을 추정해 볼 수 있다. 그것은 곧 주기적으로 부정을 씻어내고 새로운 생명력을 회복하고 싶어하는 신도적 청정관에 대한 공감일지도 모른다.

신도의 신성 관념을 나타내는 어휘로 '이미'라는 말이 있는데, 거기에는 청정한 것을 특별 취급해서 격리시키는 '이미齋'와, 부정한 것을 특별 취급해서 격리시키는 '이미忌'의 의미가 함께 담겨 있다. 말하자면 청정과 부정은 신도적 신성 관념의 양면성인 셈이다.

그런데 일본 민속에서 부정의 관념은 흔히 '게가레穢'라는 개념으로 표현된다. 여기에는 인간의 악행, 질병, 재앙, 추한 것, 모든 불길하고 더러운 것 등이 포함되는데, 여기서 '게'란 원래 쌀을 성장시키고 열매 맺게 하는 생명력 혹은 영적인 힘을 가리킨다. 요컨대 부정 관념으로서의 게가레는 게, 곧 영적 생명력의 쇠퇴나 사멸을 의미한다. 그러니까 이런 게가레를 씻어냄으로써 다시 생명력으로 가득 찬 게(일상=俗)로 돌아가야 한다는 것인데, 이를 가능케 하는 것이 신도 의례 즉 '하레(마츠리=비일상=聖)'에 다름 아니다. 미소기라든가 하라이의 의식은 바로 이런 신도 의례의 처음이자 끝이라 할 만큼 핵심적인 부분을 차지한다.

우리에게 신도란 무엇인가

이상에서 신사의 풍경과 신도 사상의 문제, 그리고 일본인의 생활 문화 속에 살아 있는 신도의 모습에 대해 부분적이나마 몇몇 편린들을 살펴보았다. 이 여행의 끝자락에서 우리는 신사(숲·마츠리·하라이)의 종교인 일본 신도가 과연 지금 우리에게 무엇이냐는 물음과 만나게 된다. 이런 물음에 대한 충분한 해답은 아직 우리에게 마련되어 있지 않지만, 그것이 우리에게 길을 안내해 줄 하나의 의미 있는 이정표가 되어 주리라는 것만은 분명하다.

오늘날 우리는 일본의 신도 하면 으레 식민지 시대에 신사참배를 강요당했던 기억 때문에 국가 신도의 이미지만을 떠올리기 십상인데, 그것은 역사의 교훈을 반추하는 데는 도움이 되지만 일본을 하나의 '타자', 즉 참된 '나' 자신의 모습을 비추어 줄 거울로서의 타자로 보는 데는 장애물이 될 수도 있다. 국가 신도는 비교적 최근에 '만들어진 전통' 이며, 일본의 신도는 앞서 살펴본 대로 훨씬 더 다양하고 풍부한 빛깔을 지니고 있다. 마찬가지로 1985년 나카소네 전 수상이 공식 참배한 이래 역대 수상과 각료들이 그 뒤를 잇는 야스쿠니 신사 문제 또한 복합적인 여러 측면을 내포하고 있다.

인간이 매번 거듭하는 실수 중 하나는 바로 사물의 일면만을 보는 습관이리라. 그러나 새로운 시대의 새로운 인간관계를 꿈꾸는 우리로서는 그런 실수를 되풀이하지 않도록 언제나 입체적인 곤충의 눈으로 세계를 보고자 노력해야 할 것이다. 우리 앞에는 때로는 숲 속 깊이 들어가 나무를 보고, 그리고 때로는 숲 바깥으로 나와 숲 전체를 조망하면서 신도라는 숲, 일본이라는 숲을 제대로 알아야 할 과제가 놓여 있기 때문이다.

Code 13

대를 물리는
장인정신과
기업문화
풍 토

이정 · 한국외국어대
법학전문대학원 교수

—

장인정신

전문화되지 않으면 살아남지 못한다

일본인들은 1990년 초부터 시작된 불황을 두고 "전후 최악의 불황"이니 "헤이세이平成(1989년이 헤이세이 원년) 대불황"이니 한다. 일본은 이전에도 미국의 대공황(1929)에 따른 경기침체나 패전으로 인한 경제적 파탄, 그리고 1973년의 오일쇼크에 따른 불황 등 크고 작은 경제적 어려움을 경험했지만, '전후 최악'이니 '대불황'이라는 표현을 쓰기 시작한 것은 아마도 1999년이 처음일 것이다. 일본 경제기획청의 통계에 따르면, 1999년의 완전 실업률이 4.5%를 넘어섰고 실업 인구도 300만 명대에 진입했으며, 이러한 수치는 연일 기록을 경신해 가고 있는 추세다.

그렇지만 일본의 실업률은 독일이나 프랑스의 절반 이하를 밑돌고 있으며, 전후 최대의 호황을 누리고 있다는 미국과 거의 같은 수준이었다. 뿐만 아니라 일본은 엄청난 흑자와 함께 세계 최대의 채권국으로 부상했으며, 월가를 비롯한 세계 증권시장이나 달러·유로 마켓에 절대적인 영향력을 행사하고 있음에는 변함이 없다. 그럼에도 불구하고 일본인들은 외국 정부나 외국 언론이 경기 사정을 물으면 대체로 '죽을 맛'이라고 할 정도로 주머니 사정에 대해서는 엄살(?)이 심하다. 물론 이번 불황은 그 원인이 불투명할 뿐 아니라 장기간에 걸쳐 지속되고 있다는 점에서 이전의 불황에 비해 심각하다고는 할 수 있다.

그러나 일본에 10년 이상 체류하는 동안 독일의 네오나치주의자들과 같이 외국인 근로자들의 퇴거를 주장하는 우익단체의 시위나, 프랑스 파리의 근로자들과 같은 대규모 스트라이크가 있었다는 뉴스를 접한 바는 없다. 얼마 전에 일부 버스 운송회사 노동조합들이 임금인상에 불만을 품고 시한부 스트라이크에 들어간 적이 있다. 기사를 취급하는 매스컴만이 이를 톱뉴스로 다루는 등 호들갑을 떨었을 뿐, 정작 당사자들인 운송회사의 노사 간부들은 스트라이크가 끝나자마자 나란히 친선 골프를 즐길 정도로 평온했다.

잘 알려진 사실이지만 한국이 1997년에 IMF 경제위기를 맞았을 때 100억 달러라는 거액을 선뜻 내놓았던 나라가 일본이다. 이는 '국제적 신용등급 회복'이라는 명목하에 캉드쉬를 앞세워 미주알고주알 주문을 하면서도 지갑만 만지작거리던 미국의 태도와는 사뭇 다른 것이었다. 당시 일부 우익 성향을 가진 정치평론가들은 "한국 문제에 대해 일본이 전면에 나설 필요가 있는가"라는 의문을 제기하면서 하시모토 내각의 태도를 비난하기도 했다. 이에 대해 하시모토 내각은 한국에 대한 지원은 인접국으로서 당연히 해야 할 '인지상정'이라고 맞받았다. 채권 회수를 염려하는 기자들의 질문에도 한국은 자동차나 반도체와 같은 제조업 분야가 아직도 건실하기 때문에 별 문제가 없다고 거침없이 대답했다.

이는 일본인들이 제조업을 얼마나 소중하게 생각하는지를 말해 주는 좋은 예다. 일본인들은 그 대상이 국가이든 기업이든 뛰어난 기술과 노하우를 가지고 있으면 당장 흑자를 못 내더라도 대체로 신용한다.

금융업계나 유통업계가 긴 불황의 터널을 빠져나오기 위해 기업이 사활을 걸고 안간힘을 쓰고 있는 데 비해, 도요타나

뛰어난 기술과 노하우가 있는 기업이면 당장 흑자를 내지 못해도 신용을 할 만큼 일본에서는 제조업을 소중히 여긴다.

혼다와 같은 제조업계는 전후 최대의 대미 흑자를 기록할 정도로 경기가 호조였다. 물론 제조업 분야에서도 전혀 어려움이 없는 것은 아니다. 일본 가전업체의 대명사격인 파나소닉이나 소니 등과 같은 재벌 회사에서도 심심찮게 고용조정(한국 매스컴 중에는 이를 '정리해고'로 오인하고 있는 경우가 많으나, 여기서 말하는 고용조정은 정리해고가 아니라 배치·전환 및 정리해고를 포함한 넓은 의미의 개념임)을 한다는 얘기를 종종 듣는다.

하지만 이러한 기업에서는 잉여 인원을 대거 자회사나 계열사로 배치 전환을 하거나 신규 채용을 중단함으로써 자연 감소를 꾀하는 것으로 고용조정을 끝낸다.

또 인력 부족이나 원가 상승 등으로 경영이 어렵게 될 때에도 노동력이 풍부하고 비교적 인건비가 싼 중국이나 베트남 등으로 거점을 옮겨 조업을 하는 일은 있어도 공장 문을 닫는 법은 좀처럼 없다.

이처럼 일본열도 전체가 불경기에 허우적거리고 있음에도 불구하고, 제조업 분야만큼은 건실할 수 있는 이유는 무엇일까? 이는 바로 시공을 초월한 '장인정신'이 살아 있기 때문이라고 생각된다. 일본은 예나 지금이나 기본적으로 물건을 팔아서 살아가는 나라다. 따라서 일본인들에게 상품의 질은 생명 그 자체이며, 자기가 만든 물건에 대해서는 자부심도 남다르다. 또한 그들은 물건을 만듦에 있어서도 타협을 모른다.

우리는 흔히 일본인들의 '장인정신'이라고 하면 '가업家業의 대물림' 정도로만 알고 있을 뿐, 장인정신의 실체에 대해서는 별로 아는 바가 없다. 한번은 이에 관한 책을 모조리 뒤지기도 하고 일본인 학자들에게 물어 보기도 했지만 "제 분수를 지키며 사는 것"이라는 평범한 대답만 들었을 뿐 별 소득이 없었다.

제 분수를 지키는 것을 일본 사람들은 '헤이조신平常心'이라고 하는

데, 사실은 이 평범한 말 속에 진리가 있다. 일본에는 '시니세^老' 라 하여 창업한 지 100년이 넘는 상점들이 즐비하다. 이들이 대를 물려 가며 한 곳에서 같은 일에 종사할 수 있는 것은 눈앞의 이익이나 유행에 휩쓸리지 않고 자기 분수를 지키며 살아가는, 바로 헤이조신이 있기 때문이다. 따라서 이들은 경제적으로 여유가 생기고 사회적 명성을 얻었다 해서 전혀 다른 업종에 함부로 손을 댄다든가 정치판에 뛰어드는 일이 좀처럼 없다.

노사관계의 기본은 대립이 아닌 협조

일본의 어느 민간 방송이 조사한 바에 따르면, 작년 한 해 동안 일본에서 가장 유행한 단어는 '무너지다' 라는 의미의 '괴^壞' 라고 한다. 종래의 가정 붕괴, 환경 파괴, 거품 붕괴 등에 이어 최근에는 '가격 파괴' 라든가 '학급 붕괴' 라는 말까지 등장할 정도로 기존의 가치나 질서를 부정하는 말이 유행하고 있다. 이 '괴' 라는 말에 이어 다음으로 유행하는 말을 들라면 아마도 사업의 '재구축restructuring' 이라는 의미의 '리스토라' 라는 말일 것이다.

지칠 줄 모르고 성장을 계속하던 일본 경제였지만, 장기간의 불황에는 체력이 달린 탓일까. 요즘 들어 일본 기업들은 종신고용, 연공서열, 기업별 노동조합을 '삼종의 신기'(三種의 神器 : 이는 원래 '일본의 왕위 계승에 사용된 세 가지 보물' 이라는 뜻)로 해왔던 종래의 고용제도를 수정하기 시작했다. 삼종의 신기 중에서도 특히 '연공서열' 에 기초한 임금 체계는 전근대적이고 비효율적인 성격이 강하다는 이유로 많은 기업들이 능력급(연봉제)을 도입하거나 도입을 검토하고 있다.

이처럼 기업 경영이 어려워지고 구조조정이 본격화되면 그 책임 소재를 둘러싸고 노사간의 불협화음이 생기련만, 지금까지 일본 산업계에 그런 조짐은 보이질 않는다. 오히려 일본의 노사는 어려운 때일수록 더욱 화합하는 경향을 보여 왔다. 주지하다시피 일본은 70년대의 오일쇼크 때에도 대규모 인원 삭감을 감행하여 노사가 대립했던 미국이나 유럽과는 대조적으로 노사가 협조적 관계를 유지함으로써 별 희생을 치르지 않고 불황을 극복했다.

당시 일본 경제 연구에 몰두하고 있던 로널드 도어Ronald Dore와 같은 미국 경제학자는 일본 기업의 저력은 바로 '협조적 노사관계'에 있다는 논문을 발표하여 세계인들의 이목을 집중시킨 바 있다. 이를 계기로 미국이나 영국과 같은 나라에서는 노동생산성을 높이기 위한 방편으로 일본의 노사관계를 배우자는 붐이 일어났으며, 포드나 크라이슬러와 같은 미국의 자동차 회사에서는 실제로 일본의 도요타 시스템과 마쓰타 시스템을 도입하기도 했다. 최근까지 우리나라 기업들도 춘투春鬪 시즌이 되면 '해외 시찰'이라는 명목으로 반드시 들르는 곳이 일본 기업의 현장이고, 그 목적은 일본의 협조적 노사관계를 배우는 데 있었다.

그러나 미국이나 한국 기업들이 일본적 노사관계를 도입하여 성공했다는 얘기는 들은 바 없다. 그 배경에는 국민 정서나 기업 환경의 차이 등 여러 가지 이유가 있겠지만, 가장 근본적인 원인은 노사간의 인식 차이에 있다고 생각된다. 이에 일본 노동조합의 탄생에서 노사 공존의 협조적 관계가 형성되기까지의 소사小史를 간단히 소개하기로 한다.

일본에서 노동조합이 본격적으로 활동하기 시작한 것은 1차 세계대전 이후부터다. 종전 후 일본은 심각한 불황의 늪에 빠졌으며 임금삭감·도산·해고·공장폐쇄가 이어졌고, 전국 각지에서 스트라이크가 발생했다. 이러한 상황에서 볼셰비키 혁명의 성공은 당시의 일본 노동조합 지도자들을 고무했으며, 1920년에는 일본에서 처음으로 메이데이 행사가 치러졌다. 그러나 일본이 전쟁으로 치달으면서 노동운동과 노동조합 활동은 억압을 받기 시작했고, 1940년에는 모든 노동조합이 자발적으로 해산했으며, 심지어는 '대일본산업보국회大日本産業報國會'라는 소위 전쟁에 협력하는 어용단체마저 탄생하기에 이르렀다.

그러나 일본은 2차 세계대전에서 패전을 하게 되었고, 일본을 점령한 미군은 일본을 민주화시키기 위한 방편으로 노동조합을 이용했다. 이리하여 종전 직후 GHQGeneral Head Quarters(일본점령총사령부)는 일본 정부에 대해 '노동조합법'을 새로 제정할 것을 명령했다. 그 이전에도 노동조합법이 있었지만, 노동조합의 활동이나 권리를 보장하기 위한 것이라기보다는 노동조합을 경찰의 감시 하에 두고 통제하기 위한 성격이 강했다. 새로운 입법을 계기로 빈사 상태에 있던 노동조합이 부활하게 되었고, 이듬해인 1946년 12월에는 1만7265개의 노동조합이 결성되어 41.5%의 조직률에 조합원 수만도 492만 5598명에 이르게 되었다. 이와 때를 같이 해 '산별産別'이나 '총동맹總同盟' 같은 내셔널센터National Center(노동조합의 전국적 조직)가 결성되어 형식적으로나마 근대적인 노동조합으로서 틀을 갖추게 되었으며, 이를 지켜보고 있던 맥아더는 일본 내의 미국식 민주주의의 개화를 예상하며 축배를 들었다.

GHQ를 등에 업은 노동조합은 마치 천군만마를 얻은 것처럼 위세가 당당해졌고, 종전과는 달리 경영자에 대해서도 임금인상을 강력하게 요구하기 시작했다. 하지만 전쟁으로 생산설비를 잃어버린 기업들이 노동조합의 요구를 수용할 여력이 없다는 이유로 이들의 요구를 묵살하자, 이에 분기 충천한 노동조합원들은 일제히 스트라이크에 돌입했고, 노사

간의 단체교섭도 노동자가 경영자를 호되게 공격하는 등 마치 '인민재판'을 연상케 하는 분위기에서 이루어졌다.

이를 근심스런 표정으로 관망하고 있던 원로 경제인이 한 사람 있었는데, 그가 바로 지금의 일경련(일본경영자단체연맹)을 만든 사쿠라타 다케시櫻田武다. 당시 섬유산업을 리드하던 닛신보日淸紡사의 사장으로 있던 사쿠라타는 정상적인 노사관계가 형성되기 위해서는 경영인들도 단결해야 한다고 역설한 뒤 많은 경제인들을 설득해 마침내 1948년 4월에 일경련이 탄생하게 되었다. 설립 당시의 슬로건은 '경영자들이여! 바르고 강하게!' 였다.

일경련의 지도자가 된 사쿠라타는 제일 먼저 경영을 재건하기에 가장 바람직한 노동조합상이 어떤 것일까에 주목했다. 초창기의 노동조합은 뜻을 같이하는 노동자들의 자발적인 조직이라기보다는 '정치적 민주화'를 실현하기 위해 의도적으로 만들어진 조직의 성격이 강했기 때문에 구심점이 없었다. 예를 들어 당시의 GHQ 노동과는 미국이나 유럽과 같은 '산업별 노동조합'을 선호했고, 소련과 깊은 관계에 있었던 사회주의자들은 이데올로기 성향이 강한 노동조합을 주장했다. 노동운동가의 입장에서 보면 산업별 전국 단일 조직이 유리한 것은 말할 필요도 없다. 왜냐하면 기업 내의 노동조합은 중앙본부의 지부로 되어, 본부가 지시하는 대로 움직이기 때문이다.

그러나 한 기업 내에 업종별로 복수의 노동조합(지부)이 조직되어 있었으므로, 예를 들어 이 중 한 개 노조라도 파업에 들어가게 되면 생산라인 전체가 멈추게 되어 결과적으로 '경제재건'이라는 지상 과제의 실현을 저해할 위험성을 내포하고 있었다.

이에 사쿠라타는 산업별 노조 대신에 노사가 서로 협력하며 공존할 수 있는 운명공동체적 노동단체를 구상하게 되었는데, 이는 현재의 협력적 노사관계를 구축하는 데 지대한 역할을 했다.

사쿠라타는 먼저 우파인 총동맹계의 지도자를 설득하여 섬유산업의 '전섬동맹全織同盟'을 중심으로 기업별 노동조합 조직을 확산시켰다. 이리하여 노사간의 문제는 기업 내에서 노사가 교섭을 통해 자주적으로 해결하는 '일본적 노사관계'가 탄생하게 되었다. 물론 당시에도 전산電産(일본전기산업노동조합)이나 전자全自(전일본자동차산업노동조합) 같은 강력한 산업별 노조가 있어 스트라이크는 그칠 줄 몰랐다. 그러나 이러한 현상은 미쯔이미이케三井三池 투쟁과 같은 대규모 노동쟁의를 경험하면서 점차 사라지고, 오늘날과 같이 협력적이고 온건한 기업별 노동조합이 정착하기 시작했다.

그러나 당시의 노동조합이 일방적으로 경영자들의 요구에 응한 것은 아니었다. 노동조합은 그 대가로 정년(55~60세)까지 고용을 보장받았고, 복리후생 제도도 확충하게 되었다. 뿐만 아니라 보수 면에서도 경영자와 근로자 간의 격차가 현저하게 줄어들었다. 예를 들어 전전戰前의 경영자들은 블루칼라 근로자들의 수십 배에 해당하는 보수를 받았지만, 전후에는 8배를 넘는 경우가 거의 없을 정도가 되었고, 이는 미국 경영자들 보수의 4분의 1에 해당하는 수준이었다.

설명이 조금 장황해졌지만, 이러한 일련의 과정을 통하여 전전의 '노동조합과 자본가 간의 관계'를 의미하던 '노자관계'라는 말은 '노동조합과 사용자 간의 관계'를 의미하는 '노사관계'라는 말로 대체되었다. 또한 GHQ에 의해 단행된 '재벌 해체'와 '지도자들의 추방' 등의 조치는 개인적 자본가를 약체화시킨 반면에 전문 경영자가 기업을 실질적으로 장악할 수 있도록 했다. 이로써 그간 노사를 갈라놓았던 두터운 불신의 장벽은 무너지고 신뢰를 바탕으로 한 협조적 노사관계가 싹트게 되었다.

그 결과 일본 기업들은 아무리 경영이 어렵다 하더라도 근로자들을 함부로 해고하는 법이 없고, 그 대가로 근로자들은 다른 나라 사람들은 이해하기 힘들 정도로 회사에 대한 충성을 맹세한다. 일본이 전후의 폐허 상태에서 짧은 기간에 경제대국으로 급부상할 수 있었던 것은 일본인 특유의 근면·검소와 더불어 협조적 노사관계가 있었음은 두말할 나위가 없다.

몇 년 전에 블루칼라와 화이트칼라의 구분을 둘러싸고 우리나라 학자들 간에 지상전이 벌어진 적이 있다. 지방의 모 국립대학 교수가 한국에도 사무직 근로자에 대립하는 현장 근로자 중심의 블루칼라가 엄연히 존재한다고 한 데 반해, 서울의 모 대학 교수는 한국의 산업구조로 보아 이 둘은 엄밀히 구분하기가 어렵다고 논박하고 나섰다. 결국 무승부로 끝났지만, 이는 한국의 노사관계가 매우 독특한 성격을 지니고 있음을 간접적으로 시사한다.

이 문제는 일본적 노사관계와 독일이나 프랑스 등의 유럽적 노사관계를 비교해 보면 그 해답이 간단하다. 즉, 독일이나 프랑스와 같은 유럽에서는 아버지가 블루칼라이면 아들도 블루칼라가 될 정도로 블루칼라와 화이트칼라가 명확하게 구분되어 있다. 따라서 이들 유럽에서는 블루칼라가 화이트칼라가 되는 일은 거의 없다. 이에 비해 일본의 경우에는 블루칼라와 화이트칼라의 구분이 없다. 일본에서는 아무리 우수한 성적으로 명문대학을 졸업해도 통상 현장근무를 거치게 되어 있다.

예를 들어 우리나라의 행정고시에 해당하는 공무원 시험에 합격하여 경시청에 들어갔다고 치자. 그런데 이런 최고의 엘리트들에게 주어지는 첫 임무는 방망이를 차고 밤새도록 시장 골목이나 유흥가를 순찰하는 방범대원 임무다. 이는 사기업에서도 마찬가지다. 철도회사에 입사한 명문대 출신의 신입사원은 개찰구에서 쪼그리고 앉아 물집이 잡히도록 차표에 펀치하는 것부터 배워야 한다.

이는 학력에 따라, 또는 입사 경위에 따라 직무에 차등을 두는 우리나라와는 현저하게 다르다. 따라서 우리나라에서는 노동조합 간부가 그 회사의 이사나 사장이 되는 경우는 거의 없지만, 일본에서는 노동조합 간부 출신이 대기업의 사장이 되는 경우가 적지 않다. 이처럼 일본의 노사는 서로 대립하는 관계가 아니라, 가족과 같이 공존을 전제로 하는 운명공동체적 성격이 강하다.

몇 년 전에 미국에 진출한 일본 기업과 현지 근로자들과의 문제를 다룬 〈쿤호KunHo〉라는 기업 영화가 일본과 미국에서 화제가 된 적이 있다. 줄거리는 일본식 노사관계를 바라는 일본인 경영자들과 이를 이해하지 못하는 미국인 노동조합 간의 갈등을 묘사한 것인데, 일본과는 기업 환경이나 사고방식에서 매우 차이가 있는 미국인 근로자들이 일본 경영자들의 생각을 이해하기가 얼마나 힘든지를 이 영화는 여실히 보여주고 있다.

나는 이 글을 통해서 일본식 노사관계가 다른 나라의 노사관계에 비해 우월하다는 주장을 할 생각은 추호도 없다. 일본식 노사관계에는 전근대적이고 불합리한 요소도 많다. 하지만 지금의 일본식 노사관계는 정부나 경영자에 의해 일방적으로 강요된 것이 아니라, 노사가 장기간의 시행착오를 거치면서 축적한 노사 관행이자 전후의 경제재건을 위해 노사 스스로가 한 최후의 선택이었음을 잊어서는 안 된다.

우리나라에서도 경기가 나빠지거나 노사 분쟁이 잦아지면 으레 일본과 같은 성숙한 노사관계를 본받자고 목소리를 높인다. 하지만, 정작 오늘이 있기까지 노사가 얼마나 노력했는지에 대해서는 관심이 없다. 성급한 한국의 경영자들은, 전전 일본의 경영자가 그랬듯이, 근로자들에게 희생과 자숙을 강요하면서도 자기 자신에게는 너무나 관대한 경향이 있다. 우리나라가 일본과 같은 안정된 노사관계를 실현하기 위해서는 근로자는 물론 경영자가 거듭 태어나지 않으면 안 된다는 사실을 일본의 노동운동사는 잘 말해 준다.

주어진 운명을 담담하게 받아들이는 일본인의 의식

일본이 패전의 잿더미 속에서 오늘날과 같은 경제대국으로 성장하게 된 배경에는, 이미 언급한 바 있는 장인정신과 협력적인 노사관계, 일본인 특유의 부지런하고 절약하는 국민성, 정부의 강력한 수출 드라이브 정책 그리고 한국동란으로 인한 특수特需 등의 요소가 있었다는 것은 잘 알려진 사실이다.

이에 대해 몇 년 전에 타계한 일본 역사 다큐멘터리의 거장 시바 료타로司馬遼太郎는 특이한 견해를 피력한 바 있다. 그는 생전에 NHK와 가진 대담에서, 일본에는 종교와 철학이 없었기 때문에 오늘날과 같은 경제성장을 할 수 있었다고 지적했다. 즉, 일본에는 인간의 궁극적 목적을 추구하는 종교관이나 철학관이 없기 때문에 경제성장 일변도의 정책을 강력하게 추진할 수 있었다는 게 그의 지론이다. 일견 궤변처럼 들릴지 모르지만, 일본인들의 일상적인 삶을 들여다보면 그의 주장은 상당한 설득력을 가지고 있음을 알 수 있다.

일본문화청의 통계에 따르면, 일본 고유의 신도神道를 믿는 신자가 약 1억 7백만 명으로 가장 많고, 불교 신자가 그 다음으로 약 9천만 명, 기독교 신자가 약 150만 명으로 집계되고 있다. 이는 일본의 현재 인구가 1억 3천만 명인 점을 감안할 때, 일본 인구의 상당수가 신도와 불교를 동시에 믿고 있는 셈이다. 일본에서는 실제로 아기가 태어나면 신사에 가서 참배를 하고, 결혼식은 예배당에서 올리며, 일상생활은 유교적 도덕률에 따르고, 죽으면 불교식으로 장례를 치르는 모습을 흔히 볼 수 있다. 이처럼 일본인들의 종교관은 우리가 이해하기 힘들 정도로 현세적이고 구복적인 성격이 강하다. 따라서 절대자에 대한 일본인들의 생각도 우리와는 달리 실제로 눈에 보이는 세계를 있는 그대로 절대자로 간주할 뿐, 현실 세계와는 멀리 떨어져 있는 절대적인 신의 존재를 부정하는 경향이 있다.

이러한 경향은 일본인들의 철학적 사고나 가치관에서도 흔히 볼 수 있다. 즉 일본인들은 주어진 환경이나 조건을 있는 그대로 긍정하고 수용하는 기질을 가지고 있다. 알다시피 일본열도는 지정학적으로 화산대에 걸쳐 있기에 화산이나 지진 등의 천연재해가 잦을 뿐 아니라, 태평양에 바로 접하고 있기 때문에 매년 태풍으로 인한 피해도 적지 않다.

그럼에도 불구하고 자신이 이러한 섬나라에서 태어난 사실을 비관하거나 원망하는 일본인은 한 사람도 만난 적이 없다. 이를 흔히 '섬나라 근성'이라고 하는데, 대부분의 일본인들은 자기 의사와는 상관없이 일어난 사실이나 이미 지나 버린 과거에 대해서는 별로 집착하지 않는다. 따라서 일본인들은 자기가 처한 환경이 아무리 불행하고 고통스럽더라도 자기 자신을 원망하거나 이를 남의 탓으로 돌리지는 않는다. 심지어 생전에 흉악범이나 파렴치범이었다 하더라도 그가 죽은 후에는 흉을 보지 않는 게 일본인들이다. 이는 사람이 죽으면 모두 호토케사마佛樣(부처)가 된다는 일본인 특유의 사관死觀과도 밀접한 관계가 있지만, 자기에게

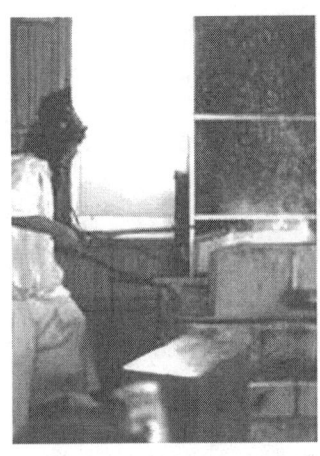
일본의 노사는 서로 대립하는 관계가 아니라 공존을 전제로 하는 운명공동체적 성격이 강하다.

주어진 운명을 있는 그대로 솔직히 받아들이는 사고가 이들의 정서를 지배하고 있기 때문이다.

이러한 일본인들의 정신구조는 직업관에서도 유감없이 발휘되고 있다. 우리가 사는 이 지구촌에는 다양한 민족이 공존하고 있지만, 자기가 종사하고 있는 직업과 자기가 속해 있는 직장에 대해 일본인만큼 프라이드와 공속감이 강한 민족은 아마 없을 것이다. 우리가 보기에는 그야말로 하잘것없는 일일지라도, 일본인들은 자기에게 주어진 일을 천직으로 알고 온 정성을 다한다. 뿐만 아니라 일본인들은 매사에 솔직하고 부지런하며 검약하는 정신이 생활철학이나 직업윤리의 형태로 몸에 배어 있다.

고대 일본 사회는 씨족사회였기 때문에 일본인들은 원래 혈연에 대한 의존도와 신뢰도가 강한 편이다. 그러나 대륙으로부터 불교가 전해지고 나서는 대승불교의 '은恩'과 '보은報恩', 그리고 '연緣'이라는 사상적 매체를 통해 혈연이 아니더라도 같은 조직에 속하는 사람들끼리 서로 의존하는 연대감이 싹트게 되었고, 이는 가마쿠라 막부의 지배 원리로 이용되었다. 즉 사무라이는 주군과 이를 섬기는 일반 사무라이(이를 편의상 從君이라 함)라는 수직적 인간관계를 전제로 생겨난 직업이며, 위에서 말한 은恩과 연緣의 사상은 이러한 주종 관계를 유지하는 사상적 지도 원리로 된 것이다.

물론 이러한 무사들의 주종 관계는 일본만의 독특한 제도가 아니라 중세 유럽 사회에서도 흔히 볼 수 있는 봉건제도다. 그러나 같은 무사들의 주종 관계라 하더라도 일본과 유럽 간에는 조직에 대한 연대감에서 커다란 차이를 보이고 있다. 예를 들어 유럽에서는 사태가 불리하게 돌아가면 종군이 주군을 바꾸거나 복수의 주군을 섬기는 경우를 흔히 볼 수 있는 데 반해, 일본에서는 아무리 상황이 불리하게 되더라도 종군은 주군과 운명을 같이하는 경향이 강하다.

다시 말해서 종군은 주군과 인연을 맺어 은혜를 입은 이상, 운명공동체로서 은혜를 갚아야 한다는 사상이 강하게 작용했다. 카마쿠라 시대의 연縁 내지는 은恩 사상의 영향을 받아 생성된 '운명공동체 의식'은 무로마치 시대와 에도 시대를 거치면서 일본인들의 직업윤리의 기반 형성에 적지 않은 영향을 주었다.

일본인들의 직업윤리에 불교 못지않게 영향을 끼친 것이 바로 유교다. 유교(특히 주자학)는 한때 도쿠카와 이에야스가 불교와 기독교 세력을 봉쇄하기 위한 수단(관학)으로 장려했으나, 후에는 무예와 함께 사무라이들의 필수 교양과목이 되었으며, 심지어는 당시의 바쿠한幕藩 체제를 유지하는 새로운 정신적 지도 원리가 되었다.

17세기의 일본은 다이묘를 정점으로 한 사무라이를 선두로 해서 그 밑에 농민·직인·상인 계급이 위치하는 철저한 신분사회였다. 이는 마치 조선 시대의 신분제도를 연상케 하나, 일본의 경우에는 양반(문반)이 아닌 무사(사무라이)를 정점으로 한 엄격한 신분사회였다는 점에서 조선의 양반 사회와는 구별된다. 이러한 계층간의 '지배, 복종 및 역할분담'의 통치이념은 위에서 말한 '운명공동체 의식'과 함께 일본인들의 직업윤리에 커다란 영향을 주게 된다.

'개인은 검소하게, 사회는 풍요롭게'

어느 나라를 막론하고 그 사회를 선도하는 계층의 사상과 철학은 그 사회의 직업윤리에 지대한 영향을 끼치게 마련이다. 일본의 경우에는 위에서 말한 근세 및 근대에 있어서 지도적 역할을 해온 무사 또는 사족土族(무사에 대한 메이지 이후의 호칭)이 바로 이러한 부류에 속한다. 무사 계급은 3백 년이 넘는 에도 시대의 엄격한 신분사회를 통하여 바쿠한 체제와 국내의 평화를 유지하고 정치나 윤리에 있어 항상 우위를 점하며 일본 사회의 지도적 입장을 견지해 왔다.

중기 이후 도시가 발달함에 따라 자유시장경제가 형성되어 상인들의 활약이 두드러지면서 이들이 경제적 실권을 쥐게 되었고, 이 과정에서 나름대로 독특한 직업철학과 윤리가 형성되기도 했다. 그러나 당시의 철학이나 윤리는 줄곧 '가업'을 유지하는 영역에 머물렀을 뿐, 봉건제를 타파할 만한 수준으로까지 성장하지는 못했다. 다시 말해서 상인 계급이 봉건제를 타파할 수 있을 정도의 시민 계급으로 성장하기에는 역부족이었다. 역으로 말하면 이는 당시의 무사 계급이 일본 사회의 지도적 역할을 계속해 왔다는 것을 의미하며, 이것은 '메이지유신' 이라는 일종의 혁명을 추진한 세력이 바로 무사 계급이라는 사실이 이를 입증하고 있다.

이러한 무사 계급은 메이지유신 정부 하에서 한때 실직하는 모멸을 당하기도 하지만, 지식과 교양을 갖춘 사족들은 관료나 군인, 교육, 언론계 등에 진출하여 활약을 하기 시작했고, 이와사키 야타로(岩崎彌太郎, 미쓰비시그룹의 창립자)를 필두로 실업계에도 점차적으로 사족들이 진출하여 신생 일본의 지도 계급으로 성장하기에 이르렀다.

무사 계급의 사상이나 윤리가 일본인들의 직업윤리에 어느 정도 영향을 끼쳤는가에 대해서는 여러 가지 견해가 있을 수 있겠지만, 메이지 정부와 개국 일본을 선도한 정치가나 관료, 언론인, 교육자, 군인 출신 중에 사족 계급이 많다는 것만 보아도 상당한 영향을 끼쳤으리라는 것은 쉽게 짐작이 간다. 다시 말해서 이러한 사족 계급 출신 지도자를 통해서 무사 계급의 사상이나 철학이 메이지 시대에도 그대로 계승되었으며, 이 과정에서 근대적 의미의 직업윤리가 완성되었다고 본다.

학자에 따라서는 메이지유신 또는 2차 세계대전을 분기점으로 해서 일본적 가치관이나 사상관이 단절되었다고 보는 견해가 있다. 이 두 사건이 일본 근대사에 미친 영향을 고려하면 충분히 근거가 있는 주장이라고 생각된다. 하지만 일본인들의 직업윤리만큼은 이러한 큰 사건이 있을 때마다 변태·탈피를 거듭하면서 지금까지 면면히 이어져 내려오고 있다고 생각된다. 여기서 오늘날을 살아가는 일본인들의 직업윤리의 특징을 정리해 보면 다음과 같다.

첫째, 일본인들은 직장을 자기 실현의 장으로 여기는 경향이 있다. 일본인들의 직업철학이 대승불교의 영향을 많이 받았다는 사실은 이미 서술했다. 따라서 근세의 직업철학은 직업 그 자체를 하나의 수행으로 간주하여 승려(직업)에는 귀천이 없고 모두가 평등하며, 사심없이 열심히 수행(근로)을 하면 모두가 성불한다는 범리梵理에 근거하고 있다. 인간은 죽어서 모두 부처가 된다는 일본인들의 사관에서도 짐작할 수 있듯이, 아직도 일본인들은 직장을 일종의 자

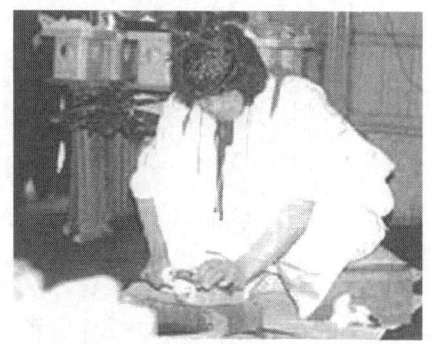

일본인들에게 일이란 곧 수행이다. 따라서 직업엔 귀천이 없고, 직장은 천직이라 여긴다.

기 실현 내지는 수행의 장이라고 믿고 있다. 따라서 일본인들에게는 직업의 귀천이 있을 수 없고 자기의 직장을 천직으로 알며 맡은 일에 충실한다. 뿐만 아니라 일본인들은 자기 자신을 비관하거나 회사 또는 동료의 흉을 보는 것 또한 자기의 수양이 부족함을 스스로 인정하는 것이라 해서 이를 삼간다. 이처럼 일본인들에게 '직장'은 흔히 말하는 '삶의 터전' 이상의 의미를 가진다.

둘째, 일본인들의 직업윤리는 기본적으로 진솔하고 성실하며 금욕적인 성격이 강하다. 이는 직장을 자기실현 내지는 일종의 수행을 하는 장으로 생각하는 일본인들의 직업관에 비추어 보면 당연한 귀결일지도 모른다. 일본인들이 애사심이 강하고 정직하며 성실하다는 것은 세계적으로도 유명하다. 과로사過勞死(영어식 표현은 Karoshi)라는 신조어가 세계 공용어가 될 정도로 일본인들은 맡은 일에 지나치게 충실하며, 가정보다도 항상 회사를 우선할 정도로 회사에 대한 충성심이 강하다.

더욱이 일본인들은 GNP에 걸맞지 않은 검소한 생활을 하면서도 회사나 본인에 대해 불평불만을 토로하는 일이 좀처럼 없다. 이러한 일본인들을 두고 유럽 사람들은 '경제동물'이니 '일벌레'니 하는 닉네임을 붙였고, 우리나라에서도 '경제대국 일본의 빈곤'이라든가 '일본과 같은 선진국은 되고 싶지 않다'는 말이 유행할 정도로 일본 사회에 대한 부정적 시각이 강하다. 하지만 정작 일본인들은 왜 그러한 비난을 받고 있는지 잘 모른다. 한 가지 예를 들어 보자.

몇 년 전에 한국 굴지의 모 유통업체 간부 사원들이 일본 연수 프로그램에 참가한 적이 있다. 연수 내용은 첫날과 둘째 날에는 다이에大榮라는 유통업체를 방문해서 마케팅 등 영업 전략에 관한 연수를 받고, 마지막 날인 셋째 날에는 일본 기업의 간부사원 집을 방문, 홈스테이를 통한 상호 유대를 강화한다는 것이었다. 한국 기업의 간부들은 홈스테이에 들어가기 전까지만 해도 일본 기업의 유통 전략에 매우 진지하고 비상한 관심을 보였는데, 홈스테이가 끝났을 때는 태도가 급변했다. 이유를 물었더니, GNP나 GDP로 보아 일본 기업의 간부 사원들은 적어도 한국의 사원들보다는 훨씬 윤택한 생활을 즐길 것으로 기대했는데, 대부분이 20평 안팎의 좁은 월세집에 살면서 소형 가전제품과 소형 자동차로 궁색하리만큼 검소하게 살고 있는 모습에 실망했다고 이구동성으로 말했단다. 한국적인 가치관에서 보면 이렇게 실망하는 것도 무리는 아니다.

그러나 이미 말했듯이, 일본인들은 외모상으로는 우리와 비슷하지만 그들의 가치관이랄까 정신구조에서는 우리와 많은 차이를 나타낸다. 일본인들은 대체로 크고 넓은 것보다도 작지만 오히려 실속 있는 것을 선호하는 경향이 강하다. 따라서 일본의 제조업자들은 '작으면서도 수명이 길고 고장이 적은 제품'을 생산하는 데 진력한다. 대표적인 실례로 1970년대 미국의 자동차시장을 석권한 것은 다름 아닌 일본 '도요타'의 '소형 자동차'였으며, '노트북'이라는 휴대용 컴퓨터를 개발한 것도 '도시바'라는 일본 회사였다. 더욱이 일본 상품 중에는 워커맨을 비롯해서 휴대용 CD 플레이어, 3D 디스켓, 패스포트 사이즈 비디오, 미니카메라, 전자수첩, 초미니 휴대폰 등 세계적으로 히트한 소형 상품이 이루 헤아릴 수 없을 만큼 많다.

그럼에도 불구하고 우리들 중에는 일본은 땅값과 물가가 비싸기 때문에 주거공간이 작아질 수밖에 없다고 당연하게 여기는 사람이 많다. 상당히 설득력 있는 말이긴 하지만, 일본인들의 주거공간이 소형화된 것은 땅값이나 물가가 비싸기 때문만은 아니다. 다시 말해서 도쿄나 오사카같이 거대한 맘모스 도시에 있는 주택이나 비교적 땅값과 물가가 저렴한 중소도시에 있는 주택이나 그 형태나 구조는 거의 다를 바 없다. 바꾸어 말하면 '개인은 검소하게, 사회는 풍요롭게'라는 캐치프레이즈가 상징하듯, 일본은 지금까지 개인의 주거환경보다 여러 사람이 생활하는 공간이나 시설에 대한 투자에 역점을 두어 왔다는 것을 의미한다.

일본을 여행해 본 사람은 알겠지만, 일본 전국 어디를 가도 공원이 있고, 그 수가 많음에 놀랄 것이다. 공원은 규모가 큰 유료 공원도 많지만 대개는 24시간 무료 개방을 하는 조그만 공원들이 주류를 이룬다. 뿐만 아니라 각 행정구역마다 그 지역 자치단체가 운영하는 공민관, 노인복지시설, 아동관, 병원, 체육관, 수영장, 집회실 등이 매우 잘 정비되어 있다. 그래서 일본인들은 경조사, 친목회, 심지어는 집들이마저도 공민관이나 집회실을 이용하는 경우가 많다. 이는 회사의 경우도 마찬가지다. 예를 들어 공무원은 물론 규모가 큰 기업들은 대개 회사 사택이나 휴양지 등을 확보하고 있으며, 심지어 회사 직원들의 노후를 생각하여 노인복지시설까지 갖추고 있는 기업도 적지 않다.

따라서 일본인들의 삶의 질을 논할 때에는 단순한 유형의 주거환경뿐 아니라, 위에서 말한 바 있는 사회적 환경이나 개개인의 가치관까지도 고려할 필요가 있다. 홈스테이를 마친 한국인들이 도쿄와 면적이나 인구가 비슷한 서울에 과연 어느 정도 시민들의 휴식공간과 복지시설이 정비되어 있는지 한 번이라도 비교해 본 적이 있다면 그렇게까지 실망을 하지는 않았으리라.

위에서 언급한 일본인들의 가치관과 관련해서 잊어서는 안 될 것은 그들의 금욕주의적 사고다. 몇 년 전 도쿄에서 노부부가 도영아파트(한국의 시영아파트에 해당)에서 굶어죽은 사건이 있었는데, 놀랍게도 노부부가 살던 장롱 속에서 수억 원대의 저금통장이 발견된 적이 있다. 또한 같은 해에 역시 도쿄에서 홈리스가 살해된 사건이 있었는데 그때에도 수천만 원짜리 저금통장이 발견되었다. 이 두 사건이 상징하듯 일본인들은 궁색하리만큼 금욕적이다. 일본인들은 아무리 부자라도 소위 '있는 척'을 하지 않는다. 조금 과장되게 얘기하면 일본인들은 검약 그 자체를 일종의 미덕으로 여기는 것 같다.

더욱이 일본인들의 직업윤리는 역할분담을 중심으로 한 운명공동체 의식이 강하다. 일본의 경우 이미 언급했듯이 무사들이 지배계급으로 군림하는 시대가 수백 년 동안 계속되었고, 이러한 체제는 엄격한 계급 사회를 전제로 한 것이었다. 그 결과 에도 시대에 이르러서는 무사 계급을 비롯해서 농민, 직인 그리고 상인 계급이 자기 신분에 걸맞은 직분윤리職分倫理를 가지게 되었다.

당시의 직분윤리는 철저한 사회적 역할분담을 전제로 한 것이었는데, 그 바탕에는 역시 일본식 불교 사상과 유교 사상이 깔려 있다. 다시 말하면 당시 일본 사회에서는 모든 면에서 무사가 우위를 점하고 있었기 때문에 무사는 소위 왕이나 절대자에 가까운 존재였다. 따라서 무사 계급 밑에 위치하는 피지배계급들은 자기의 신분을 무사로부터 보장받는 대가로 각자의 직분윤리에 따라 열심히 정성을 다하면 구제를 받는다는 생각이 지배적이었다. 이러한 경향은 계급간의 이동이 자유로워진 메이지 시대에 들어서도 그 기본적인 틀은 변함없이 유지되었고 오늘날까지 이어지고 있다. 일본인들의 직업윤리의 대명사로 된 '장인정신'이나 '협조적 노사관계'는 바로 이러한 전통적 직업윤리에 기초한 역사적 유물이라고도 할 수 있다.

이처럼 일본인들에게 '직장'은 단순히 생계를 유지하기 위한 수단 이상의 특별한 의미를 지닌다. 여기서 직업관에 대한 한국인과 일본인의 차이를 알아보자. 예를 들어 우리나라 사람들은 일이 끝나 동료들과 한 잔 할 기회가 있으면 직장에 관한 이야기도 많이 하지만 자연히 인생이나 종교, 그리고 삶에 관한 이야기가 화제의 중심이 된다. 즉 우리나라 사람들의 정신세계에는 각자 나름대로 이상적인 인생관이 있으며, 직업관은 이와 별도로 존재한다. 따라서 우리나라 사람들의 경우 이러한 이상적인 삶과 현실적인 직장 생활 간에는 갭이 생기게 마련이다. 그래서 이러한 갭이 좁을 때는 행복감을 느끼지만, 이러한 갭이 커지면 커질수록 직장에 대한 불만과 인생에 대한 허무감을 느끼게 된다.

이에 비해 일본 사람들의 경우는 인생관이나 직업관의 뚜렷한 구분이 없다. 조금 과장해서 말하면, 일본인들은 직장 생활을 통해서 인생이나 삶을 이해하려는 경향이 있다. 일본의 샐러리맨들이 퇴근길에 주로 이용하는 곳이 이자카야居酒屋(선술집)인데, 이곳에서도 화제는 직장이란 테두리를 거의 벗어나지 않는다. 예를 들어 직장 동료나 상사에 관한 얘기부터 요리나 취미생활 등에 이르기까지 일상적이고 시시콜콜한 화제가 중심이 된다. 물론 일본인이라고 해서 전혀 인생이 어쩌구 저쩌구하지 않는 것은 아니다. 일본에도 인생을 노래하는 엔카演歌나 인생을 풍자하는 연극은 수없이 많다. 하지만 일본인들은 자기의 종교관은 물론 인생관을 남에게 드러내기를 무척 꺼리는 경향이 있다. 아마도 이를 두고 시바 료타로는 "일본인에게는 종교와 철학이 없다"고 했는지도 모른다.

홈리스족도 일이 없으면 못 산다

몇 달 전에 어떤 사보에서 '잊혀지지 않는 이야기' 라는 제목의 기사를 읽은 적이 있다. 내용은 아들이 작고한 아버지에 대한 생각을 적은 것이었는데, 요약하면 이렇다.

어느 대기업의 중역으로 퇴직을 한 아버지가 가족의 반대를 무릅쓰고 자기가 다니던 회사에, 그것도 촉탁 수위로 재취직을 했다. 가족이 반대한 이유는, 아버지가 40년 가까운 직장 생활을 성실히 한 덕분에 내년이면 막내인 아들까지 대학을 졸업하게 되었고, 노후를 지낼 집도 마련했으며, 그동안 알뜰히 하여 불입한 정기적금과 퇴직금만으로도 충분히 생활이 가능하니까, 이제는 여행이나 취미생활을 하면서 보내는 것이 어떠냐는, 아버지에 대한 일종의 가족의 배려였다. 그러나 이러한 가족의 충고에도 불구하고 불편한 몸을 이끌고 아버지가 한사코 직장을 계속해서 다니자, 가족은 연민의 정을 넘어 완고한 아버지가 밉고 창피하게까지 느껴졌다.

그로부터 1년이 지난 어느 날, 만취하여 귀가한 아버지는 가족을 불러모은 뒤, 오늘 날짜로 회사에 사표를 냈다는 충격적인 발언을 했다. 의아해진 가족이 그 이유를 묻자, 아버지는 막내아들이 입사지원서를 쓸 때 아버지 직업란에 '무직'이라고 적게 하고 싶지 않았다고 한 뒤, 막내아들도 대학을 졸업하여 훌륭한 회사에 취직을 했으니까 이제는 직장을 그만두고 투병에 전념하겠노라고 담담하게 말했다. 즉 아버지는 본인도 쉬고 싶었지만 사회인으로 첫발을 내딛는 자식이 아버지가 무직이라는 이유로 기가 죽거나 마음이 상하는 일이 없도록 1년 이상이나 가족과 직장 동료들의 따가운 시선을 감수해 온 것이다.

이와 비슷한 경우는 주위에서도 흔히 볼 수 있다. 내가 아는 어떤 할머니는 모 대학 부속병원의 간호부장으로 정년퇴직을 한 후, 다시 그 대학교의 촉탁 청소부로 고용되어 7년 가까이 근무를 했다. 그러나 8년째 접어들어 학교측이 나이가 많다는 이유로 재고용을 거부하자 이번에는 구가 운영하는 스포츠센터에서 시설관리를 하는 아르바이트를 시작해서 지금도 그 일을 하고 있다. 그 할머니의 연세는 올해로 칠순이며, 부부가 국민연금과 후생연금을 이중으로 받아 비교적 윤택한 생활을 하고 있고, 딸은 시카고에서 변호사로 일하고 있다. 이처럼 일본인은 무언가 자기를 실현할 수 있는 직장에 대한 집착이 대단하다.

또 다른 일례를 들어 보자. 도쿄나 오사카에 가면 군데군데 홈리스들의 아지트를 볼 수 있다. 이들은 주로 지하철 주변이나 지하상가 등지에서 노숙을 하지만, 경우에 따라서는 도시 공원이나 숲에 텐트를 치고 야영을 하기도 한다. 이따금 행정관서가 이들을 단속하지만 홈리스를 지원하는 단체들의 반발도 있고 해서 대개는 형식적인 단속에 그친다.

한번은 도쿄도東京都가 신주쿠역 지하상가에 밀집해 있는 홈리스들의 아지트에 대한 강제철거를 시도한 적이 있다. 그 이유는 도쿄도민이나 관광객들이 많이 이용하는 지하보도가 홈리스들에게 점거되어 통행이나 영업에 지장을 줄 뿐 아니라 상하수도 시설의 미비로 위생 상태가 좋지 않다는 것이었다. 그러나 이러한 도쿄도의 계획이 홈리스와 지원단체들의 반발을 사서 무력 충돌까지 생기자, 도쿄도는 할 수 없이 주택가로부터 조금 떨어진 곳에 근사한 시설을 마련해서 식사까지 제공한다는 제의를 하며 설득을 했다. 이러한 계획이 처음에는 순조로운 것처럼 보였지만, 며칠 지나지 않아 시설에 입주한 홈리스들이 집단 탈출을 기도한 사건이 벌어졌다. 이유는 그 시설 내에서는 의식주는 해결할 수 있을지언정 일거리가 없다는 것이 그들의 말이었다.

결론적으로 말해, 일본인들의 직업윤리는 일본인들의 정신구조에 입각한 독특한 빛깔을 가지고 있다. 따라서 일본인들의 직업윤리를 이해하기 위해서는 이미 언급한 일본인들의 정신구조를 이루고 있는 그들의 종교관이나 철학관을 비롯해서 인생관이나 가치관, 그리고 세계관에 이르기까지 종합적인 지식과 이에 대한 사고가 필요하다. 이 글에서도 여러 번 반복해서 강조했듯이 이러한 일본인들의 정신세계는 단순한 것 같으면서도 대단히 복잡한 양상을 띠고 있다. 이는 노벨문학상을 수상한 오에 겐자부로大江健三郎조차 자기 민족을 "애매한 일본인"이라고 한 것만 보아도 짐작이 간다.

나는 항상 일본 사회를 '프리즘'에 비유해서 설명을 한다. 즉 프리즘은 보는 시각에 따라서 여러 가지 색깔을 발한다. 따라서 이러한 일본의 내면을 정확히 이해하기 위해서는 여러 가지 각도에서 종합적인 사고가 필요하다. 이러한 태도는 '일본 기업의 사회적 책임', 즉 일본의 기업윤리를 파악함에 있어서도 마찬가지로 요구된다. 왜냐하면 일본의 경우 기업 경영자들의 직업윤리가 기업윤리에 절대적인 영향을 끼치기 때문이다.

우리나라가 IMF 관리체제에 들어가면서 재벌에 대한 체질 개선이라는 명목하에 재벌간의 빅딜 문제가 사회적으로 상당한 파문을 일으켰던 일이 있다. 한국의 재벌이 이 지경까지 된 데는 정부나 재벌에도 문제가 있지만, 한국인들의 직업윤리와도 절대로 무관하지 않다. 어느 은행에 대한 합병설이 나돌자, 행원들이 합법적인 절차도 밟지 않은 채 퇴직금을 자기 계좌에 입금하고, 전산망을 폐쇄시킨 일도 있었다. 이러한 태도는 도산으로 회사 간판이 내려지는 순간까지 전혀 흐트러짐 없이 자기 업무를 마감한 일본의 야마이치 증권사 사원들과는 사뭇 다르다.

그 무렵 야마구치현에서 한·일 국제 심포지엄이 있었다. 이 자리에서 극동아시아 경제 분야에서 최고의 권위자라고 할 수 있는 도쿄공업대학의 와타나베 도시오渡利夫 교수는 동남아시아에서 생긴 일련의 경제

위기는 금융시스템의 기능부전으로 인한 것이며, 일본의 경기침체는 국민들이 미래에 대한 불안감을 너무 의식한 나머지 소비나 투자가 위축되어 생긴 것이라고 한 뒤, 한국의 경우에는 재벌을 중심으로 한 기업윤리의 타락이 경제적 위기를 초래한 직접적 원인이었다고 주장했다. 우리는 이러한 와타나베 교수의 주장을 한 번쯤 음미해 볼 필요가 있다.

Code 14

국민과 국가를 통합하는 상징적 이데올로기

이계황 · 인하대 교수

—

천황

고대의 천황 및 천황제

『니혼쇼키日本書紀』에는 1대 캄야마토이와레히코 천황神日本磐餘彦天皇이 기원전 660년에 즉위했다고 기술되어 있다. 그러나 이는 사실이 아니다. 또 천황이라는 호칭은 7세기 전반 스이코推古대에 성립했다는 설이 있다. 이 설의 근거는 스이코대의 불상 광배명光背銘과 608년 중국 수나라에 보낸 국서에 "동천황경백서황제東天皇敬白西皇帝"라 했다는 『니혼쇼키』의 기록인데 불상의 광배명은 후대에 써넣었을 가능성이 높고, 『니혼쇼키』의 기록은 윤색이 많아 신용할 수 없다.

중국에서 천황이란 말은 도교 사상의 영향을 받아 성립된 것이며, 하늘의 최고신이라는 뜻으로 쓰였다. 그리고 지상의 군주를 의미하여 최초로 사용된 것은 674년의 일이다. 따라서 일본에서 천황이라는 칭호가 사용된 것은 674년 이후의 일일 것이다.

천황이란 말이 사용되기 이전에 일본에서 최고의 권력자를 칭하는 말로 대왕大王(오키미)이 사용되었다. 그것은 계미년(癸未年, 443년 또는 503년)의 스다하치만隅田八幡 인물화상경人物畵像鏡의 이름, 신해년(辛亥年, 471년 또는 531년)의 이나리야마稻荷山 고분에서 출토된 대도大刀의 이름에서 알 수 있다. 따라서 '대왕'이라는 칭호는 야마토大和 · 가와치河內 지방을 기반으로 하는 5~6세기경의 야마토 정권 수장의 칭호라 생각된다.

6세기 중엽, 대왕의 권력은 더욱 강화되어 중앙집권제의 단서를 이루는 칸시官司제가 성립된다. 이어 스이코기에 왕권은 더욱 강화 · 발전하여 관위 12계제官位十二階制를 성립시킨다. 그리고 645년부터 시작된 다이카개신大化改新으로 대왕의 지위는 한층 높아진다. 하지만 5세기 이래 야마토 정권의 주요 세력을 구성하는 호족연합의 힘은 여전히 강했다.

이 호족연합의 정치구도는 텐무天武 천황에 의해 타파되어 천황 중심의 정치체제가 형성되는데, 천황 친정皇親政治은 텐무 천황이 죽자 곧 무너지고, 그후 율령제가 정비되어 마침내 다이호大寶 율령이 공포된다.

다이호 율령이 규정하는 다조칸太政官제는 다조칸 수뇌부의 정책결정 권한이 강하여 다조칸 회의의 결론은 천황도 쉽게 거부할 수가 없었다. 또 천황의 의사는 조서와 칙지로 발포되지만, 이들의 발포는 다조칸 수뇌부의 연서가 필요했다. 한편 유력 귀족도 권력을 행사하기 위해서는 천황의 권위가 필요했다. 따라서 그들은 천황과 혼인관계를 맺기 위해 열중하는 경향이 있었다.

율령제 하의 천황은 주지하듯이 원리적으로 정치·군사·외교 통치권을 한 손에 장악하고 있으며, 법 위에 존재하는 초월적 존재다. 율령제 하의 천황은 중국의 황제에 비유된다. 그러나 중국 황제와는 기본적으로 다른 점을 가지고 있다.

첫째, 천황의 지위가 특정 가계에 독점·세습된다는 점이다. 이것은 유덕자가 천명을 받아 군주가 된다는 중국 사상과 근본적으로 다르다. 둘째, 천황은 천황가(조정)의 신을 비롯한 천신지기天神地祇에 대한 일본 고유의 제사 집행자의 지위다. 이것은 첫째 특징과 밀접하게 관계되는데, 천명을 받은 천자가 천제天帝를 기리는 중국의 교사郊祀와는 이념을 달리하는 것이다. 셋째, 황위의 초책임적 성격이다. 이것도 궁극적으로는 첫째 특성과 밀접히 관계되어 있는 것으로 아무리 유교의 덕치주의를 표방한다 하더라도 역성혁명을 인정하지 않는 이상, 천황에 대한 책임 추궁에는 한계가 있다. 또 다이카 이전의 중앙 호족에서 계보를 잇는 의정議政과 집주執奏를 축으로 하는 다조칸 정치도 천황의 초책임성을 지탱하는 한 요소였다. 물론 천황이 대정을 총괄하는 권능도 있었기 때문에 정무의 친재 내지 독재를 지향하는 천황의 출현은 피할 수 없었다. 그러나 집정관에게 대정을 위임하여도 천황을 정점으로 하는 율령 정치는 무리 없이 기능하였다.

집정관에게 대정을 위임하는 방식을 관습화한 것이 셋칸攝關이라는 정치 형태다. 셋칸정치에서 셋세이攝政는 천황이 어린 동안 천황을 대신하여 정치를 섭행하는 임시적 지위이며, 캄파쿠關白는 천황 밑에서 백관을 총기總리하는 지위였다. 따라서 셋칸정치의 성공 여부는 집정 능력이 없는 어린 천황의 대리인인 셋세이는 제쳐두더라도, 성인이 된 천황과 캄파쿠와의 일체성 여부에 달려 있다 하겠다. 당시 나돌던 '어수의 계魚水의 契'라는 말은 셋칸정치가 효율성 있게 기능하기 위한 기본 조건을 비유한 말이다. 천황과 캄파쿠의 일체성, 그 일체성을 강력하게 지탱한 것이 천황과의 혼인 관계다.

후지와라 씨는 8세기 이래 율령제의 성립과 그 추진에 중심적 역할을 수행하고, 모든 귀족 세력을 제압하여 조정 내에 독보적 세력을 형성한 데다 천황의 외척으로서 다른 귀족보다 우월한 지위를 인정받았다. 그래서 귀족으로는 처음으로 후지와라노 요시후사藤原良房가 857년 다조다이진太政大臣에 오른다. 그의 외손인 세이와淸和 천황이 어린 나이로 천황에 즉위하자, 866년 셋세이의 조칙을 받아 정권을 장악했다. 그후 요시후사의 아들 모토츠네基經도 셋세이가 되어 정권을 좌우한다. 그러나 셋세이제가 정착된 것은 무라카미村上 천황의 사후, 병약한 레이제이冷泉 천황이 즉위하고 나서 967년 후지와라노 사네요리藤原實賴가 캄파쿠에 임명된 때부터다. 이후 천황이 어릴 때는 셋세이의 직을, 천황이 성인이 되었을 때는 캄파쿠의 직을 두는 것이 상례가 되었다. 이때부터 1068년 고산죠後三條 천황이 즉위하기까지 약 100년 동안 셋칸이 조정의 정무를 좌우했다.

이와 같이 셋세이·캄파쿠는 조정의 수위를 점하여 백관百官·제사諸司를 이끌며 정무를 좌우했으나, 그 지위를 근저에서 지탱시키는 것은 천황과의 외척 관계였다. 그리고 정무의 시행은 율령제 성립 이래의 관행에 따라 행해졌다. 따라서 셋칸정치는 천황에 기생하는 고대 권력의 한 형태라 할 수 있다.

외척 관계가 상실되고 천황의 독립성이 강해지면 셋칸의 권세는 급속히 후퇴한다. 고산죠 천황이 즉위한 이후 시라카와白河 천황 등 친정을 지향하는 천황이 연이어 재위에 오르고, 보다 강력한 권위를 요구하는 경제적·사회적 경향으로 말미암아 귀족 세력을 결집하고 재편하는 전제적인 인세이院政가 출현한다.

전제적인 인세이에서는 천황 친정이 아닌 상황上皇이 집정을 하는데 그 이유로는 첫째, 상황은 천황과는 달리 행동을 제약하는 각 제사와 의례에서 벗어나 있다는 점을 들 수 있다. 둘째, 셋세이·캄파쿠와 직접적인 관계가 없다는 점이다. 천황과 셋칸과는 제도적·관습적으로 강한 유대가 있지만 상황은 자유로운 입장에 있었기에 자신의 의지에 따라 법에 구속됨이 없이 전권을 행사할 수 있었던 것이다. 물론 전前 천황으로서의 권위를 가지고 있었기에 가능한 것이기도 했다. 한편 11세기를 전후해 결혼제도가 변하여 친자 관계가 중시되었는데, 이것도 상황이 집정을 하게 된 배경이 되었다.

상황의 국정 관여는 최초의 상황인 지토持統 상황 이래의 일이나, 지속적으로 전제적 권력을 행사하게 된 것은 1086년 시라카와 천황이 호리카와堀河 천황에게 양위한 이후 상황으로 자리잡으면서부터다. 그리고 이후 1185년 헤이시平氏 정권이 멸망할 때까지를 인세이기院政期라 한다.

이 시기의 정치는 종래와 다름없는 기구와 방법으로 운영되었으나, 상황이 배후에서 최종 재단과 지시를 내렸다. 즉 상황은 '치천의 군治天의 君'으로 군림했는데, 이때 사용된 문서가 인젠院宣이었다. 그러나 이 시기의 인젠은 직접 정무를 결재 혹은 지시하지는 않았다. 인젠을 다조칸이나 고쿠시國司에게 보내어 그것을 근거로 모든 기관이 문서를 발급하고 정무를 처리했던 것이다. 그리고 상황의 손발이 되었던 계층은 중류 이하의 귀족층에 속하는 인院의 근신들이다. 물론 상류 귀족 중에서도 인의 근신이 배출된다. 즉 상황의 정치세력 기반은 귀족층에 일부 한정되어 있었던 것이 아니라, 모든 귀족층을 재편성한 위에 성립된 것임을 알 수 있다. 그리고 그것을 지탱하는 경제적 기반은 당시 상황이 고쿠시 임명권을 가지고 있었던 사령화私領化한 분코쿠分國와 장원莊園이다.

중세의 천황 및 천황제

1185년 미나모토 요리토모源賴朝는 '니혼코쿠소츠이부시日本國總追捕使', '니혼코쿠소지토오日本國總地頭'에 임명되어 전국의 군사·경찰권을 한 손에 장악하였다. 그리하여 전국의 무사 세력을 직·간접으로 지배하기에 이른다. 요리토모는 오슈奧州 정벌을 앞두고 세이이타이쇼군征夷大將軍(이하 쇼군으로 칭함)의 임명을 조정에 청했지만, 고시라카와後白河 상황은 이를 거절하였다. 요리토모는 고시라카와 상황의 사후 쇼군에 임명되어(1192) 가마쿠라에 막부를 열었다. 요리토모가 쇼군에 임명됨으로써 그후 요리토모의 후계자들은 쇼군에 임명되는 것을 가례佳禮로 생각, 대대로 쇼군에 임명되었다.

한편 지샤寺社와 공가公家(쿠게) 세력은 교토의 공가 정권 지배하에 놓여져 공公·무武의 양 정권이 병립·대립하는 상황이 되었다. 그러나 조큐承久의 난(1221)으로 말미암아 공가 정권은 가마쿠라 막부에 굴복하게 된다. 그러나 공가 정권은 지샤와 공가들이 지배하고 있는 사이코쿠西國의 장원을 중심으로 하는 지역을 지배했다. 공가 정권의 지배는 막부의 감시와 보장 아래 오히려 안정되었고, 인노효조院評定(천황친정의 경우는 킨츄노기죠)와 덴소傳奏, 그리고 후도노文殿(親政의 경우는 키로쿠쇼記錄所)를 중핵으로 하는 정무 운영도 정착되었다.

이 시기 천황가·셋칸가·기타의 공가, 나라 지역의 사찰과 히에이잔比叡山의 엔랴쿠지延曆寺=남도南都·북령北嶺을 비롯한 지샤, 막부 등의 권문들은 각각 다른 신분을 결집시킨 정치적·사회적 세력을 가지고 있었다. 이들은 다른 신분을 결집하고 있었기 때문에 결집의 조직 형태도 조금씩 달랐다. 그들은 각각 장원 지배 등의 가산家産 경제를 기초로 하고 있으며, 다소의 차는 있으나 개인적으로 무력을 가지고 있었다. 이들 권문은 전통과 실력을 바탕으로 국정에 강력한 발언권을 가지고 있으며, 권력을 직능적으로 분담하고 있다.

그러나 이들은 상호 모순·대립하면서도 상호 보완하는 관계에 있었다. 조정은 이들 권문 세력을 조정하는 경쟁과 의례의 장이며, 천황은 천황가라는 권문의 주요 일원임과 동시에 권문의 정점에 선 국왕으로서의 역할을 수행했다. 물론 당시에도 인세이가 실시되고 있었으며, 사이코쿠를 중심으로 한 상황 및 공가의 장원이 존재하고, 지샤 세력과 직능 집단이 천황의 지배 하에 존재하므로 천황의 통치권은 실질적으로 기능하고 있었다. 그러나 천황의 군주권은 전대에 비해 현저히 축소되었다.

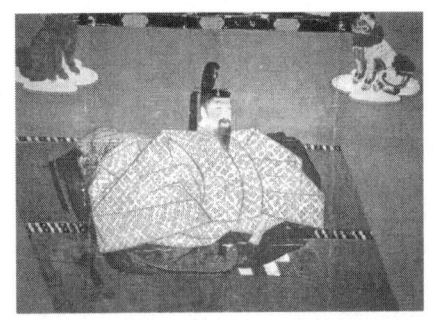
바후쿠를 타도하고 친정체제를 세우려 했던 고다이고 천황.

몽고 침입의 여파로 가마쿠라 막부가 쇠퇴하자, 고다이고後醍酉胡 천황은 막부를 타도하고 공무일통公武一統의 정권을 수립했다. 이는 천황과 '치천의 군'을 재통합하고자 한 시도라고도 볼 수 있다. 고다이고 천황은 인세이·셋칸·막부를 모두 폐지하고 강력한 천황 친정 체제를 수립하고자 했으나 재지세력在地勢力의 포섭에 실패했다. 그리하여 막부의 부흥을 목표로 아시카가 다카우지足利尊氏가 거병하자, 고다이고 천황의 공무일통 정권은 곧 붕괴되어 남북조 항쟁기로 돌입한다.

즉 다카우지는 고다이고 천황과 대립하고 있던 코곤光嚴 상황의 인젠院宣에 의해 코묘光明 천황을 세워北朝 고다이고 천황의 양위를 강요하고, 1338년 교토에 무로마치 막부를 열었다. 한편 고다이고 천황은 1336년 교토를 떠나 요시노吉野에 들어가 남조南朝를 유지하고 새로이 세워진 교토의 북조에 대항했다. 그리하여 이후 50여 년의 남북조 대립기에 돌입한다.

북조의 공가는 무가 정권 아래 편입되어 있었기 때문에 세인들은 양조의 대립을 조정측과 무가측의 항쟁으로 보았다. 그러나 무가 정권 내분의 한 원인이 남조의 존재에 있었기 때문에, 무로마치 막부는 남조를 주멸하는 방법으로 양조의 합일을 꾀하였다.

남조를 멸망시키고 전국을 통일한 아시카가 요시미치足利義滿는 무가에 의한 전국적 지배체제를 정비했다. 또한 조정의 재판권을 막부에 흡수하고, 쿠니國의 행정기구인 국아기구國衙機構를 슈고守護 권력에 흡수하였다. 그리고 1394년 쇼군직을 요시모치義持에게 물려주고 스스로 다조다이진에 올라 무가·공가의 최고위를 독점하였다. 또한 조정측이 경작지의 면적이었던 단殳을 기준으로 부과하던 단젠殳錢 등도 막부에 흡수하였다. 즉 천황을 정점으로 하는 국가의 통치 권능을 형식적으로도 실질적으로도 막부에 집중시켰다. 1401년에는 명의 책봉을 받아 스스로 일본 국왕이라는 입장을 확정하여, 외교 행위를 막부 단독으로 하기에 이르렀다. 이리하여 내정·외교 양면에서 천황=공가 정권이 보지하고 있던 국가적 제 기능의 기본 부분을 막부에 흡수, 사실상 최초의 무가 단독 정권을 확립했다.

그러나 주종제의 기반은 이에 권력을 출발점으로 영주제를 발전시키고 있는 재지 영주층으로, 그 자율성은 막부가 통제하기 어려운 성격의 것이었다. 막부는 막부가 직접 보임권을 가지고 있는 슈고마저도 통제할 수 없었다. 또 소고僧綱의 보임권은 여전히 천황의 권한에 속해 있었으며, 소령所領의 소유 형태도 황실령 장원과 지샤·인령院領의 장원과는 혼케本家·료오케領家의 관계로 결합되어 있었다. 지샤 세력은 장원을 기초로 일정한 군사적·경제적 실력을 독자적으로 가지고 있어 막부에 쉽게 따르지 않았을뿐더러 국가 의례에 속하는 종교적 행사는 여전히 천황의 고유 영역이었다. 이렇듯 막부의 재지 지배와 국가 지배는 불안정했다.

이 같은 불안정성으로 말미암아 막부는 점차 천황과 일체화되어 갔다. 즉 위에서 말한 미완 부분의 존재(국가 의례의 영역과 독립적인 지샤 세력의 존재)와 주종제 편성의 불안정 때문에, 요시미치는 그것들을 보완하기 위해 천황에게 접근했다. 관직제를 갖춘 국가 체제가 지배기구를 작동시키기 위한 실질 부분은 아니나, 권위의 심볼인 천황에 자신을 접근시켜 일체화해 간 것이다. 그리하여 쇼군이 실질적인 국가권력의 기본 부분을 장악하고, 천황이 국가 의례의 부분을 담당하는 권위 원천의 형태를 갖춘 '쇼군─천황 결합 왕권'을 성립시켰다. 다시 말해 장군과 천황이 상대적인 대립을 포함하면서도, 기본적으로는 쇼군의 주도로 결합된 형태의 권력이 창출된 것이다.

전국시대를 통하여 쇼군의 지배가 약화되고 공가를 포함한 조정의 경제기반이 재지세력에 침해당함으로써, 이 시기 조정의 재정은 현저히 악화된다. 그리고 막부 권력의 쇠퇴로 조정은 막부 제의례에 대한 경비 지원을 받을 수 없게 되었고, 때문에 이 시기에 조정의 제의례가 상당수 폐절되기에 이른다. 이러한 측면에서 보면 전국시대의 조정은 절박한 위기에 직면해 있었다고 할 수 있다.

그러나 위에서 언급했듯이 전국시대 말기가 되면 다이묘들이 영국 지배의 정당성을 확보하기 위해 조정에 접근하는 경향이 강해진다. 이 것은 종종 센고쿠 다이묘의 관위 획득으로 나타나는데, 이때 일정한 금전 또는 곡물이 조정에 헌상된다. 이러한 면을 고려하면 전국시대 말기에 오면서 조정 및 공가의 재정은 약간 호전된다고 할 수 있다.

근세의 천황

오다 노부나가 정권기는 중세적 성격의 장군 권력과 지역 할거적 센고쿠 다이묘 권력을 극복하고, 전국시대 말기 이래 정치화된 천황을 권력으로부터 차단·봉쇄하여 전국 규모의 근세 권력, 즉 '텐카비토天下人 권력'을 창출해 가는 시기였다. 이 과정에서 노부나가는 자신이 지배하거나 지배해야 할 영역을 '천하'로 칭하고 자신의 권력을 텐카비토 권력으로 전환시켰다. 그리고 그는 '천하'의 지배 원리로서 '무사도^{武士道}'를 내세웠다. 즉 지배의 정당성을 공평성과 형평성에서 구하고, 자신을 텐카비토 권력의 군주인 '텐카비토'로, 무사 계층을 '천하의 지배계층'으로 자리매김했다. 한편 천황의 정치적 영향력은 1580년 윤3월 혼간지^{本願寺}와의 화해 과정에서 완전히 봉쇄된다. 이후 텐카비토 권

일본의 정치적·경제적 통일 기반을 닦은 오다 노부나가.

력의 국가화가 지향되나 혼노지^{本能寺}의 변으로 실패했다.

노부나가 정권 말기로부터 텐카비토 권력의 국가화가 진행되어 도쿠가와 이에야스 정권기에 텐카비토 권력의 국가화는 기본적으로 완성된다. 도요토미 히데요시 정권은 노부나가 정권의 권력의 질을 계승한 텐카비토 권력으로, 집권 후 바로 권력의 국가화를 추진한다. 즉 전통적 국제^{國制}인 율령적 관위제를 채용한 것이다.

율령적 관위제가 채용된 것은 당시의 정치·군사적 상황에 기인한 것이나, '천하관^{天下觀}'에 결여된 역사(시간)적 국가 이데올로기를 확보하기 위한 것으로 판단된다. 그리고 다이묘들을 관위에 서임시킴으로써 국가적 위계질서를 창출하고, 그들로 하여금 국가의 주요 구성원임을 현시함으로써 권력의 안정화를 도모했던 것으로 판단된다. 이로써 '무가국가^{武家國家}'가 창출된다. 그러나 천황과 조정의 정치화를 봉쇄할 제도적 장치가 존재하지 않았다는 점이 한계였다. 또 관위제가 공·무 혼용이라는 점, 관위제를 채택했던 현실적 요인인 다이묘와의 역학 관계가 여전히 가로놓여 있었던 점을 간과해서는 안 된다.

히데요시의 사후 정권을 장악한 이에야스도 권력의 국가화를 추진한다. 그 논리도 기본적으로는 히데요시와 다를 바 없었다. 다만 이에야스

가 세이이타이쇼군에 올랐던 것은 무문武門의 동량으로서 전국을 지배한다는 전통적인 무가 권력의 계승성을 선명히 한 것이며, 현실적으로는 히데요시가 창출했던 공가적 외형을 가지는 국가를 상대화하고자 하는 의도를 나타낸 것이라 하겠다. 또 도요토미 히데요리 세력이 여전히 건재하고 있어서 천황의 정치화 가능성이 존재하고 있었기 때문에 이에 야스는 공·무 혼용의 관위제로부터 무가관위제武家官位制를 분리 독립시켜 천황이 정치화할 수 있는 가능성을 차단하고자 했던 것이다.

나아가 조정의 통제를 강화함과 더불어 조정을 무가국가에 기능하도록 조정과 공가, 그리고 지샤에 관한 모든 제도를 정비하고 법제화한다. 그 과정의 총결산으로 1615년의 '킨츄나라비니쿠게쇼핫토禁中幷公家諸法度'가 만들어진다. 이리하여 고·중세적 천황은 원리적으로 부정되고, '무가국가'의 정통성을 승인하는 지위로만 한정된다. 권력과 '국가'는 군주인 쇼군에게 속하고, 외교권도 쇼군에게 있었다. 다만 천황은 '무가국가'에게 계보성에 연유하는 시간성(역사성)과 공간성의 국가 이데올로기를 제공함으로써 그 지위를 인정받게 된다.

따라서 '무가국가'는 장군과 천황의 관계에 따라 설정되며, 천황은 외국과 구별되는 역사성을 동반한 나라, 즉 '국國'만을 상징한다. 따라서 권력—국가—'국'의 관계는 쇼군—쇼군·천황—천황으로 나타낼 수 있다. 즉 천황이 '무가국가'를 초월하여 존재했던 것은 아니다. 그리고 장군도 '무가국가'의 군주임에는 의심의 여지가 없으나 '무가국가'와 일치하지는 않는다. 이러한 '무가국가'와 군주=쇼군의 미묘한 불일치로 말미암아 쇼군도 추상적 국가와 '국'에 대한 봉임자로 인식되는 것이다. 천황도 '무가국가'의 군주인 쇼군은 아니지만, 추상적 국가에 봉임하는 존재가 된다. 때문에 '무가국가'의 군주인 쇼군의 법제에 구속되는 것이다.

그런데 막부는 이런 구조를 현실적으로 작동시키고 있었음에도 불구하고 그것을 완전한 논리나 이념으로 만들지 않았고 법제화도 시키지 않았다. '킨츄나라비니쿠게쇼핫토'는 이런 천황의 지위나 위치를 기본적으로 규정하고 있으나, 막부가 그것을 국가법 혹은 '국' 법으로 정해서 천황이 바뀔 때마다 그것을 상기시켰던 흔적은 없다. 이것은 '부케쇼핫토武家諸法度'를 쇼군 취임 때마다 제 다이묘에 상기시켰던 것과는 크게 대조를 이룬다. 따라서 후대의 지식인들은 '무가국가'와 천황의 구조적 관계를 정합적으로 설명하기보다는 유교적 이념에 입각한 천황=군주론, 존황론尊皇論 혹은 천황에 대한 명분론적 충성론으로 이해하기도 한다.

어쨌든 이런 구조는 막부가 전국을 지배할 충분한 능력이 있을 때는 문제가 되지 않았다. 실력으로 대처하면 그만이기 때문이다. 그러나 18세기 중·후반에 이르러 바쿠한제 사회는 동요하기 시작했고, 천황은 바쿠한제 사회의 동요를 맞아 막정幕政에 간섭하고 나섰다. 이에 바쿠후는 대정위임론大政委任論을 적극적으로 전개하여 대응하고자 했다. 즉 바쿠후는 국가 통치권을 천황이 쇼군에게 위임했다는 대정위임론으로 바꿔치기했던 것이다.

그러나 그것이 바쿠후의 전국 지배권 유지에는 크게 유용했다고 할 수 있어도 '무가국가'의 유지에는 도움이 되지 못했다. 19세기 중반 이후 대내외적 위기를 맞아 천황이 그것을 일본 '국'의 위기로 인식하고 막정에 관여하기 시작하면서 '무가국가'는 해체되기 시작하였던 것이다. 특히 19세기 중반 이후 존황양이론자尊皇攘夷論者들이 당시의 대내외적 상황을 '국'의 위기로 인식하고, 막정을 비판하면서부터 천황의 의지는 정치의 향방을 결정하는 중요한 요소로 작용했다. 즉 천황은 이 시기에 이미 일본 '국'과 '국가'의 실질적인 중심이 되어 가고 있었던 것이다.

근대의 천황제

근대 일본의 지배층은 서양 문명에 대한 동화와 반발, 즉 구화주의歐化主義와 국수주의國粹主義 등 두 개의 상반되는 내셔널리즘 속에서 갈등하면서도 부국과 강병을 목표로 진행하였다. 천황제는 이러한 상황에서 국가 통합에 대한 포괄적 기능을 완성함과 동시에, 상반된 두 개의 내셔널리즘을 재생산하는 정신적 기능도 유지하고 있었다. 또 천황의 존재로 말미암아 파생된 제도와 조직은 방대하여 이미 정치·경제·사회 각 방면에 영향을 미치고 있었다.

그러나 천황제가 국가·사회와 구별이 되지 않을 정도로 거대했다는 것은 천황제의 상당 부분이 의제擬制였음을 말해 준다. 지배층은 1889년 입헌군주제를 도입하기 전부터 천황제와 국가 조직을 명확하게 구분하기 시작하였으며, 국가 경영에 필요한 조직이 반드시 천황제일 필요는 없다고 인식하고 있었다. 그럼에도 불구하고 지배층이 천황제를 확장시킨 것은 법에 의한 지배가 그 자체의 결함으로 인해 사회적 불평등으로 나타났기 때문이다. 즉 사회의 통제와 질서를 유지하기 위한 보완 수단을 천황제에서 구한 것이다.

이제부터는 의지를 가진 천황과 천황 지배의 실행자인 정부와의 대항 관계를 시대의 흐름에 따라 다섯 시기로 나누어 살펴보도록 하자.

1867년 12월 9일 교토의 조정은 왕정복고를 선언하고, 20일 후 천황의 만기친재萬機親裁와 옛 막부법의 계승을 고유告諭하였다. 이에 따라서 1853년 6월 3일 페리 내항 이래 구미 열강의 압력에 굴복하여 문호개방을 진행해 온 도쿠가와 막부는 지배의 정통성을 부정당했다. 이어 1868년 3월 14일 교토의 시신덴紫宸殿에서 5조항으로 된 서약을 하고 신정부를 발족시켰다.

근대국가 건설 시기에 천황에게 부과된 역할은 국민이 신정부의 명령을 존중하고 복종하는 '대기초', 즉 전제권력의 존립을 보증하고 관철케 하는 인심수람人心收攬이었다. 오쿠보 토시미치大久保利通의 건의에 따른 천황의 오사카 친정大阪親征은 그 첫 번째 일이었다. 이때 천황은 해군과 제번병諸藩兵의 조련을 열람하였다. 1869년 도쿄 천도가 결정될 때까지 교토와 도쿄를 왕복하는 행행行幸은 인심의 불안과 근왕제번勤王諸藩의 피폐를 위무할 목적으로 행해졌다.

　천황을 인심수람에 이용하는 정책은 1871년 폐번치현廢藩置縣 이후 더욱 본격화한다. 1872년 한 달 반에 걸친 천황의 전국 순행, 1876년 약 한 달 반에 걸친 동북 지방 순행은 정부의 서양화 정책의 계몽·선전과 식산흥업정책을 추진하기 위해서였다. 지방 장관들도 정세보고 속에서 사족士族의 곤궁을 호소하고, 교육비 부담 경감과 개발에의 원조 증대를 요구해 왔다.

　위와 같은 정부의 천황 정치 이용에 불만을 품고 천황 친재를 실현하려는 움직임이 궁중에서부터 일어난다. 모토다 나가자네元田永孚는 1877년 5월 친정의 지침으로서, 십사의 소十事の疏를 천황에게 올렸다. 그리고 정부는 세이난西南 전쟁의 승리가 확실시된 1877년 8월 말 궁내성에 지호侍補직을 설치하고, 국민들에 대한 천황 교육에 몰두한다. 이것은 대규모의 내란 발생으로 천황과의 일체화를 강조할 필요가 있었기 때문이다. 이러한 분위기에서 천황 친정운동이 갑자기 활성화되는데, 중심 인물들은 말할 나위도 없이 모토다를 비롯한 지호들이다. 이들은 1878년 5월 오쿠보가 살해되자 천황과 면회하여 '만기친재'를 권했다. 이 지호들의 권고는 메이지 천황에게 큰 영향을 주어 이후 천황은 적극적으로 정치에 개입하게 된다.

유럽에서 헌법 조사를 마치고 귀국한 이토 히로부미伊藤博文는 조약개정과 그 전제가 되는 입헌제로의 이행을 강력하게 추진하였다. 그러나 메이지 천황은 급진적인 구화정책을 비판하는 쪽에 서 있었다. 이토 등이 추진하는 구화정책은 천황이 품고 있던 유교적 이상정치를 전면적으로 부정하는 것이었기 때문이다.

메이지 천황과 이토의 관계가 호전되는 것은 1888년 4월 말 이토가 궁중에 스우미츠인樞密院을 설립하여 천황 감독 아래 헌법안 심의를 개시한 때부터이다. 이토가 중심이 되어 작성한 헌법안에는 천황의 권력이 구체적으로 열거되어 있었고, 천황의 주권이 의회에 의해 박탈당하지 않도록 여러 가지 운용상의 궁리가 간결한 조문으로 준비되어 있었다.

헌법 이하 기타 법령의 제정으로 근대적 법치국가 체제는 준비되었다. 즉 1889년 2월 11일 '대일본제국헌법'(이하 메이지헌법이라 칭함), '중의원선거법', '귀족원령貴族院令', '황실전범皇室典範' 등이 공포되었다.

군복 정장의 천황과 전통복의 천황.

메이지헌법에는 고문告文과 칙어에 이어 제1장 제1조에서 17조까지 천황에 대해 규정하고 있는데, 제1조에는 "대일본제국은 만세일계의 천황이 그것을 통치한다"고 되어 있다. 이는 법적으로 일본의 주권이 천황에게 있음을 나타냄과 동시에 천황의 통치성을 나타내고 있다. 그리고 제3조에는 "천황은 신성하여 침해할 수 없다"고 규정하고 있다. 이는 천황에게 절대무상의 신성한 권위를 부여함과 동시에 천황이 인민에게 신으로 군림함을 나타내고 있다. 이러한 성격의 천황은 국가의 원수로서 통치권을 총람하는 지위에 위치하게 된다(제4조). 그리하여 천황은 의회나 국민에게 책임을 지지 않는 존재가 된다.

그런데 입헌주의의 전제인 개인의 자유를 넓게 인정하면 사회질서를 혼란하게 하고 국가의 존립에 위험을 준다는 인식이 정부 내에 뿌리 깊게 존재하고 있었다. 특히 지방관들은 법률·명령으로는 묶어 둘 수 없는 개인 내면의 욕구나 사상을 덕육德育에 의하여 억제하고 싶다는 원망을 강하게 가지고 있었다. 그리하여 개인의 내면을 규제하는 '교육칙어敎育勅語'를 공포하게 되었다(1890). 교육칙어에는 유교의 국교화 방침이나 국체의 이념을 명시하지는 않았지만, 부국강병과 사회질서 유지를 양립시키기 위한 덕목을 내용으로 하는 국민의 수신修身이 규정되어 있다.

1889년 2월 12일 입헌정치 개시에 즈음하여 내각 총리대신 쿠로다 키요다카黑田淸隆는 정부의 '초연주의超然主義'를 선언하였다. 그러나 조약 개정 교섭을 둘러싸고 정부는 분열하고, 스우미츠인과 내각의 의사통일은 쉽지 않았다. 자연히 내각은 의회와 타협을 도모하지 않으면 안 되었다. 그러나 전제 지향의 번벌藩閥 세력은 이러한 입헌제에 의하여 강요되는 타협 정치에 불만을 품었다. 따라서 청일전쟁 후 헌법 일부를 정지하여 의회를 배제하고 전후 경영을 추진하려는 야마가타 아리토모山縣有朋

등의 전제주의파가 대두한다.

그런 한편, 입법과 행정의 일체화에 의하여 효율적인 정부를 만들려는 입헌주의파도 성장하고 있었다. 이토는 전제주의파에 대항하기 위하여 최초의 정당 내각인 오쿠마大隈 내각隈板內閣의 실현(1898)을 돕고, 스스로도 릿켄세이유카이立憲政友會를 창립하여(1900) 정당 내각에로의 길을 열었다.

메이지 천황은 덕육에 의하여 국민의 의식을 개선하고, 계몽에 의하여 정당이 국가 본위로 되면 입헌제는 현재대로 유지될 수 있다고 생각하고 있었다. 즉 메이지 천황은 입헌제에 입각한 본격적인 정당 내각에 반대했다. 그러나 전제주의파가 정국을 떠맡는다는 조건으로 헌법의 정지를 들고 나오고, 그것을 천황이 지지하면 정부의 분열은 불을 보듯 뻔했다. 이에 천황은 어쩔 수 없이 정당 내각을 승인하고, 이후 전제주의파가 주장하는 문무관료제의 독립 강화, 군령 제정(1907)에 의한 통수대권의 독립·강화를 지지하여 정당 내각 노선을 주장하는 입헌주의파와의 균형을 맞춘다.

입헌군주제에서 군주가 정치상의 판단 능력을 가지지 못할 경우, 어떠한 혼란이 일어나는가를 여실하게 보여주는 것이 다이쇼 정변(1912~1913)이다. 다이쇼 천황은 유년 때부터 자주 병에 걸려 건강이 좋지 않았다. 그래서 궁중과 정부의 수뇌들은 다이쇼 천황이 친정을 행할 자질이 부족한 것은 아닌가 하는 의구심을 가지고 있었다. 당시 원로이며 육군 원수인 야마가타 아리토모山縣有朋, 육군 대장 카츠라 타로桂太郎 등의 전제주의 세력은 궁중·정부·의회를 지배하려 했고, 이들은 조칙·칙어 등으로 자신들의 행위를 정당화·합법화하려 했다. 이에 대해 세이유카이政友會나 코쿠민토國民黨 등의 입헌주의 세력은 전제주의 세력의 행위가 입헌정치의 규칙에 위반된다고 주장하면서, 야마가타와 카츠라를 비판했다. 한편 자본주의의 발전과 더불어 사회 불안도 증대되어 있던 상황에서 카츠라 내각은 총사직하게 된다.

결과적으로 타협을 명한 칙어는 현실 정치에 작동하지 않았다. 따라서 실체 없는 권력이 권력일 수 없고, 의지를 갖고 있지 못한 천황이 주권자일 수 없다는 것이 이 다이쇼 정변을 통해 증명된 셈이다. 그리고 이 사건으로 전제주의 세력에게 천황 친정을 단념시키고, 천황 친재의 형식화에 의한 궁중의 중립을 승인하게 했다.

1920년 내각 총리대신 하라 타카시原敬는 원로(山縣有朋, 松方正義)들과 궁중 수뇌와 협의하여 다이쇼 천황을 은퇴시키고 셋세이를 두기로 결정했다. 셋세이에 취임한 황태자 히로히토裕仁는 전국 시찰을 통해 상징의 재생에 힘썼다. 이는 친정의 준비이기도 했다. 쇼와昭和 천황에 의한 친정 부활은 정당의 지지에 의한 것이 아니라 천황을 황태자 시절부터 일관되게 지도·보좌해 온 궁중 고관과 원로의 지지에 의한 것이었다. 그들이 친정을 필요로 했던 것은 천황이 입헌주의를 지지하도록 하여 국민에 대한 천황의 권위를 회복시키고, 민주주의 정치로의 이행을 저지하려는 목적이 도사리고 있었기 때문이다.

그런데 친정과 정당 내각의 병존은 다이쇼기의 불친정不親政기보다도 더 많은 불안정 요인을 가져왔다. 1929년 7월 세이유카이 내각의 타나카 기이치田中義一 수상이 장작림張作霖 사건 처리에 관해 천황에게 질책을 받고 불신임을 선고받는 사태가 일어났다. 천황이 내각 총리대신을 직접 파면한 것은 일찍이 메이지 천황도 하지 않았던 일이었다. 이에 대해 내각에서는 강한 반발이 있었으나, 천황 측근자들은 천황이 정부의 실정을 질책하는 것은 당연하다고 생각했다. 그들은 천황이 정부 기관의 결정에 간섭하고 개입하여 조정하는 것이 입헌정치의 규칙을 파괴하는 것이라는 인식을 가지고 있지 않았다.

한편 간섭당하는 측의 반응은 천황의 간섭을 인정하는 입장과 천황의 간섭을 무시하나 천황의 의지를 이용하여 대립하는 상대를 억압하려는 입장으로 나누어졌다. 이러한 친정을 둘러싼 대응의 차이는 정부의 분열로까지 발전한다. 1930년 런던 군축조약 체결과 승인, 1931년 9월 간토關東군에 의한 만주사변의 발발과 그 처리 과정은 그것을 극명하게 보여준다. 그리고 만주사변의 처리 과정은 국내법에 있어서나 국제법에 있어서나 명확하게 위법인 행위가 국가에 의해 승인·합법화되어 가는 과정으로 입헌제의 붕괴 과정을 잘 보여준다. 더욱이 1936년 돌발한 2·26 사건은 중신들의 말살이라는 극히 단순한 방법으로 입헌제의 지속을 불가능하게 했다.

그런데 새롭게 정권을 획득한 소장 문무 관료들에게는 새로운 통합 조직을 구축하는 능력도 경험도 지식도 부족하였다. 단지 기성 사실을 합법화해 가는 것밖에 모르는 군의 중·소·영·미에 대한 전쟁 계획만이 있을 뿐이었다.

그들은 중국과의 전면 전쟁에서는 동아신질서東亞新秩序의 건설을, 연합국과의 개전에서는 대동아공영권大東亞共榮權 건설을 명목으로 내세웠다. 그리고 전쟁 총동원 체제하에서 새로운 신의 존재가 필요해지자, 국민들이 전쟁에 철저하게 협력하게 하기 위해 신에 의한 지배를 등장시켰고, 쇼와 천황은 이들에게서 부여받은 현인신現人神의 역할을 충실하게 수행했다. 건국신화의 교화·선전과 전쟁 부담에 괴로워하는 국민과 장병을 위무하는 등의 일을 무난히 치러낸 것이다.

한편 천황은 끝없는 전쟁의 확대를 반대했다. 천황이 포츠담선언 수락 의도를 공식적으로 전한 것은 1945년 8월 14일 어전회의에서였다. 천황이 포츠담선언을 수락하고자 했던 것은 자신이 통치하는 국가가 멸망하는 것이 두려웠기 때문이다. 소련의 참전으로 포츠담선언 수락 이외에 전쟁을 종결시킬 방법이 없다고 생각한 수상 스즈키칸타로鈴木貫太郎 역시 천황의 의지를 전면에 내세워 본토 결전을 주장하는 전쟁 지도자들을 제어하고자 했다. 전쟁 지도자들에게도 자기 파멸을 면하는 길은 오로지 천황의 결단에 의한 종전밖에 없었다. 따라서 어제까지 전쟁에 매진하던 인민이 천황의 말 한마디로 종전에 임한 것은 천황의 정신 지배력이

연합국의 원폭 투하는 팽창일로에 있던 일본 군국주의에 종지부를 찍게 했다.

종전은 자신이 통치하는 국가의 멸망을 막으려는 천황 최후의 선택이었다. 어제까지도 전쟁에 매진하던 국민이 천황의 말 한마디로 종전을 받아들일 만큼 그의 영향력은 절대적이었다.

얼마나 강했던가를 극명하게 보여주는 사례라 하겠다.

현대의 상징천황제

미군을 주력으로 하는 점령군은 침략성을 갖는 일본 제국주의의 근간인 천황제를 근본적으로 개혁할 필요가 있다고 생각하고 있었다. 반면 그들은 점령정책의 원활한 수행을 위해 일본 국민이 가지고 있는 천황주의 의식과 천황 권위를 이용하려는 의도도 있었다. 이러한 상황에서 창출된 것이 전후의 '상징천황제'였다.

천황의 권위가 국민에게 스며들어 있는 동안에는 천황은 질서 형성에 일정한 위력을 발휘할 수 있었다. 그러나 기대했던 천황의 국민 통합역할은 수행할 수 없게 되었다. 이러한 사태에 대해 불만을 격하게 토로한 것은 바로 쇼와 천황 자신이었다. 전후 천황제의 역사는 일본국헌법이 규정하는 상징천황제와 그것에 만족하지 못하는 천황 및 보수세력과의 대항의 역사다. 패전 후 천황제의 흐름을 살펴보자.

1945년 8월 15일에서 1947년 5월 3일 일본국헌법 시행에 이르는 시기는 일본의 '국체'를 둘러싼 점령군과 일본의 천황·정부 사이에 격렬한 공방이 계속되던 시기였다.

천황·중신들이 군부의 격렬한 저항을 물리치고 포츠담선언을 수락한 것은 '국체'를 수호하려는 의도에서였다. 쇼와 천황은 자신의 대에서 국체가 붕괴되는 것만큼은 피하고 싶었던 것이다. 이미 전후의 세계체제를 둘러싸고 미·영·프와 소련의 대립이 시작되었기 때문에, 천황·중신들은 영·미가 일본의 공산주의화를 막기 위해서라도 천황제를 유지시킬 것이라고 기대했다. 맥아더도 점령정책의 수행을 위해 천황을 이용하려 했다. 이렇게 보면 패전 직후 점령군도, 일본의 지배층도, 천황제 존속이라는 점에서만은 일치했다.

천황이나 중신들이 수호하려 했던 국체는 천황이 통치권의 총람자로서 군림하는 체제를 가리킨다. 그들은 천황이 거대한 권한을 소유해야만 패전에 따른 위기를 극복, 일본을 재건할 수 있다고 생각했다. 하지만 점령군은 이러한 국체야말로 침략전쟁을 가능하게 했던 것으로 인식하고 있었다. 따라서 위와 같은 국체의 파괴는 점령군에게 가장 중요한과제 중 하나였다.

GHQ(연합국 최고사령관 총사령부)가 작성한 헌법 초안을 본 천황은 난

색을 표했다. 그러나 연합국 사이에서 천황의 전쟁 책임과 퇴위 여론이 강해지고, 이 소식이 일본에도 전해지자 일본 내에서도 천황의 전쟁 책임 논의가 활성화되고 천황 퇴위 여론도 확산되었다. 더욱이 미카사노미야三笠宮·히가시쿠니노미야東久邇宮 등 황족마저도 천황 퇴위론을 주장하고, 이들의 천황 퇴위론이 매스컴에 보도되는 사태가 발생했다. 천황 퇴위 논의의 활성화는 쇼와 천황에게 충격적인 것이었다. 이러한 사태에 빠진 천황은 우선 '상징'이라는 형태로라도 천황제를 존속하기로 결정했다.

상징적 천황의 시대를 연 쇼와 천황.

헌법 개정에 따라 메이지 헌법이 규정하고 있던 천황대권, 즉 통수대권(11조)을 비롯한 전쟁과 강화에 관한 외교권(13조), 긴급·독립명령의 권한(8·9조) 등 의회와 관계없이 자기 의사를 관철할 수 있었던 조항들은 일소되었다. 그리하여 천황은 정치에 일절 관여할 수 없고 단지 일본 국가와 일본 국민의 통합을 '상징'하는 지위로 격하되었다. 특히 '일본국헌법'에 규정된 천황제는 입헌군주가 가지고 있는 외형적 권한 및 그것으로 인한 위기시에도 정치에 개입하거나 조정할 수 없다는 점도 주목된다.

헌법 개정에 따라 화족제도華族制度 역시 폐지되었다. 그리고 메이지 헌법과 동시에 제정된 황실전범도 폐지되었다. 황족의 범위는 크게 축소되었으며, 천황 즉위와 관련된 다이조사이大嘗祭 등의 제의식이나 원호元號 제도도 아예 삭제되었다.

1947년 5월의 헌법 시행에서 1952년 샌프란시스코 강화조약으로 점령군이 철수하기까지의 시기는 새로운 제도의 틀을 타파하고 정치 복권을 시도하는 쇼와 천황과 새로운 제도의 정착을 꾀하려는 세력(GHQ와 정부)이 충돌한 시기였다.

신헌법이 발효되었음에도 불구하고 천황은 전처럼 정치의 움직임을 감독하려 했으며, 수상이나 각료에게 빈번히 내주內奏를 구했다. 그러나 정부는 천황이 의도한 대로 움직이지 않았다. 다만 천황의 측근들만이 천황의 뜻에 따라 천황의 복권에 힘을 기울였다. GHQ는 이러한 천황의 행위가 신헌법 정신에 부합되지 않을 뿐 아니라, 연합국들의 경계와 반발을 가져와 천황제를 '상징'으로서 정착시키는 데에도 역효과를 낸다고 판단했다. 이에 GHQ는 정부에 지시하여 궁중의 개혁과 인사의 쇄신을 단행한다.

1952년 점령군의 철수로부터 1960년 민중의 대대적인 안보조약 개정 반대운동이 일어나기 전까지의 시기는 보수정권에 의한 천황제 부활 기도와 그것에 대한 민중의 저항 시기였으며 동시에 새로운 천황상이 정립되어 가는 시기였다.

점령군이 철수함과 동시에 보수당 내에서 헌법 개정 움직임이 대두했다. 헌법 개정 움직임의 직접적 계기는 전쟁 포기와 전력을 보유하지 않기로 선언한 헌법(제9조)과 한반도 전쟁을 계기로 1950년 이래 본격화한 재군비가 상호 모순된다는 점이었다. 그러나 헌법 개정 움직임을 재촉한 더욱 중요한 요인은 일본국헌법이 주장하는 평화와 민주주의 제도로는 일본의 재건과 보수 정당의 안정이 불가능하다는 보수 지배층의 위기 의식이었다. 당시 보수당이었던 자유당自由黨·개진당改進黨은 천황을 '상징' 대신에 '원수'로 규정하여 '선전·강화의 포고', '조약의 비준', '비상사태 선언 및 긴급명령의 공포' 등을 천황의 권한으로 새롭게 인정하려 했다. 그러나 이러한 움직임의 의도는 패전 전과 같은 주권자로서의 천황을 부활하려 했던 것은 아니다. 보수 정당은 천황을 권력으로부터 제외시키고, 메이지 헌법에서 보장하고 있던 천황의 권위만을 부활시키려 했을 뿐이다.

이러한 보수당의 헌법 개정 구상은 천황으로서는 환영할 만한 것이었으나 국민의 강한 반발과 경계심을 불러일으켰다. 이리하여 헌법 개정에 반대하는 여론이 확대되고, 그 결과 1955년 2월 국민투표에서 사회당社會黨 등 호헌파가 중의원·참의원의 헌법 개정 발의를 저지하는 데 필요한 3분의 1의 의석을 차지하였던 것이다. 헌법 개정의 좌절은 쇼와 천황의 정치적 복권을 재차 무산시켰다.

한편 패전 후의 상징천황제 하에서 천황제를 새로운 형태로 국민 속에 정착시켜 나가려는 움직임이 나타났다. 그것은 1959년에 행해진 황태자 아키히토明仁와 쇼다 미치코正田美智子의 결혼이다. 이 결혼에 대해 쇼와 천황·황후를 비롯한 황실이 강한 불안과 의구를 가지고 있었다는 것은 말할 나위도 없다. 그러나 황태자가 평민인 황태자비를 맞이한다는 것은 획기적인 사건이었다. 또 이 결혼은 저널리즘에서 크게 보도되어 '열린 황실'이라는 새로운 황실상의 전개에 크게 공헌하게 된다.

1960년 안보조약 개정 반대 운동기로부터 1970년대 말까지는 고도성장과 경제대국화라는 목표에 박차를 가하던 시기였다. 보수정권이 천황을 평화와 경제성장의 상징으로 선전, 정권연장을 위해 정치적으로 이용하고, 그 결과 상징천황제론이 사회 저변에 정착하는 시기였다.

1950년대에 지배층이 추구했던 '복고' 구상은 1960년 안보조약 개정에 반대하는 미증유의 민중운동에 의해 최종적으로 좌절되었다. 이 시기의 안보투쟁은 안보조약에 의해 일본이 미국의 세계 전략 기지가 되어 미국을 필두로 한 전쟁에 연루되는 것은 아닐까 하는 국민의 '평화의식'을 배경으로 일어났다. 뿐만 아니라 이 개정을 강행한 기시 노부스케岸信介 내각의 처사가 일본을 또다시 제국주의 시대로 되돌아가게 하는 것은 아닌가 하는 의구심을 일으켰던 것이다. 기시 내각을 물러나게 하고 들어선 이케다 하야토池田勇人 내각은 헌법 개정을 단념하고 소득배증 운동으로 대표되는 경제성장정책을 추진했다. 그후 60년대에서 70년대를 거쳐 자민당은 이제까지 자신들의 상징이었던 복고주의적·국가주의적 정치노선을 버리고 경제성장을 국민적 목표로 삼았다.

지배층이 헌법의 틀을 승인하고 경제성장으로 국민을 통합하기 시작하면서 천황의 역할은 크게 변화했다. 그리고 정치로부터 천황을 격리하는 현상이 더욱 현저해졌다. 보수 지배자들은 천황이 전후 일본의 평화와 경제성장을 이룩한 상징으로 행동하기를 기대했다. 그리하여 정부는 천황이 원래 평화주의자이고, 생물학에 조예가 있는 학자이며, 평화주의에 입각하여 전쟁을 종결시킨 뒤 평화와 경제성장의 기초를 만들었다는 천황의 이미지를 1960년대 이후에 창조하기에 이른다. 이는 1964년 도쿄올림픽과 1970년 만국박람회를 통해 홀륭히 연출되었다. 그리고 이 시기를 통해 1946년 천황제 존속을 위해 츠다 소키치津田左右吉가 창안했던 '상징' 천황제론―천황 본래의 모습은 권력을 가지고 있지 않으며, 메이지 헌법 하의 주권자로서의 천황은 예외적이라는 설―도 국민에게 정착되었다.

한편 자민당 보수 지도자들에 의한 천황의 정치적 이용은 더욱 빈도를 더해 간다. 1963년 생존자 서훈의 부활이 결정되어 1964년 실시하게 되는데, 이는 천황의 권위를 강화하기 위한 것이라기보다는 서훈자들을 이용한 의원 후원회 강화가 주목적이었다. 그리고 1973년 계획된 천황의 미국 방문도 경제 마찰을 해소하기 위한 정책의 일환이었다.

반면 자위대를 중심으로
천황의 권위를 부활시키려는
움직임이 1960년대 이후에
나타났다. 1960년 자위대 고
급 간부들이 대거 천황을 배
알하고, 이후 그것을 관행화

1960년대 이후 자유대를 중심으로 천황의 권위를 부활시키려는 움직임을 보인 자위대.

시켰던 것이다. 그리고 자위대는 1964년 천황이 군을 방문할 때 행하던
도열을 부활하여 제도화했다. 자위대 지휘관의 야스쿠니 신사 참배도
시도하는데, 야스쿠니 신사는 천황이 행한 침략전쟁에서 목숨을 잃은
사람들을 제사하는 곳이다. 1950년대부터 신사 세력과 유족회 등은 야
스쿠니 신사를 국가 시설로 자리하게 하려는 운동을 벌였고, 자민당은
유족회 등의 표를 의식하여 1969년 야스쿠니신사국가호지법안靖國神社國
家護持法案을 국회에 제출했다. 그러나 이 법안은 기독교도와 역사가들 사
이에 천황제 부활 책략으로 인식되어 강한 반발을 불러일으켰다. 이후
이 법안은 다섯 차례나 국회에 제출되었으나 심의에 들어가지도 못한
채 폐안 처리되었다.

한편 1980년대 들어 다시 천황제를 강화하려는 움직임이 대두되었는
데, 이는 1979년 패전 후 좌절되었던 원호의 법제화로 나타났다. 이어
당시 수상 나카소네 야스히로中曾根康弘는 1985년 야스쿠니 신사의 공식
참배를 강행했고, 같은 해 건국기념일 축전에 공식적으로 출석하여 축
사를 낭독했다. 또 문부성의 교과서 검정도 1980년대 들어 다시 강화되
었으며, 1984년에 설치된 임시교육심의회는 애국심의 필요와 함께 국
기·국가가 갖는 의미를 이해하고 존중하는 마음과 태도를 기를 것을
강조했다. 이에 문부성은 1989년 신학습지도요령에서 입학식 등에서 국

기 게양과 국가 제창을 의무화했다. 이러한 일련의 천황제를 둘러싼 움직임은 1950년대 복고주의 시대의 재래를 연상시킨다.

이러한 움직임의 배후에는 경제 대국화를 배경으로 내셔널리즘을 재구축하려는 지배층의 준동이 있었다. 베트남전쟁 등으로 미국의 군사력이 약해지기 시작한 반면 일본은 경제 대국화에 성공, 일본 자본의 해외 진출이 증가함에 따라 독자의 정치적·군사적 힘을 유지할 필요성을 느끼게 되었던 것이다.

그러나 이러한 시도는 커다란 장애에 직면한다. 가장 커다란 장애는 일본의 정치적·군사적 대국화에 필요한 내셔널리즘의 중핵에 천황제가 위치하고 있다는 점이다. 이것은 패전 전의 군국주의와 전쟁에 대한 경계심을 불러일으키고, 더욱이 정부가 1960~1970년대에 선언해 왔던 상징 천황의 이데올로기와도 모순되기 때문이다. 그렇다고 천황제를 대신할 만한 새로운 내셔널리즘의 상징이 존재하는 것도 아니다. 그리고 그것은 일본 자본주의 진출의 대상 지역인 아시아 제국의 반발을 불러 왔다. 수상의 야스쿠니 신사 공식 참배, 문부성의 교과서 검정, 자위대의 해외 파병에 대한 한국·중국을 비롯한 아시아 제국의 비판은 대단히 강하다. 이들 아시아 제국은 천황과 신사야말로 일본 제국주의 침략의 상징으로 인식하고 있으며, 일본이 또다시 천황제 강화를 들추어내자 과거 일본의 침략과 현재 일본의 경제 진출을 중첩시켜 생각하지 않을 수 없었던 것이다.

1989년 메이지 헌법 하의 주권자였으며 신헌법 하의 상징이었던 쇼와 천황이 서거하고 황태자 아키히토가 즉위했다. 새로운 천황 아키히토(헤이세이平成 천황)는 신헌법에 친근감을 표명하고, 패전 후의 평화와 민주주의에 강하게 집착하고 있다. 일본 국민들도 일본에 대한 아시아

제국의 경계와 반발이 강한 상황에서 아
키히토 천황과 쇼와 천황의 단절을 중요
하게 평가하고 있는 듯하다.

아키히토 천황이 즉위하면서 발표된 신원호 '평성'. 종전
후 일본은 한동안 원호 사용을 금지당했다.

　이러한 기대에 부응이나 하듯이 천황
은 1992년 가을, 우익과 일부 보수정치가
의 반발을 누르고 중국을 방문하여 과거
일본의 침략에 대한 반성을 표명하였다.
현재의 천황은 현대의 일본과 과거 일본
제국과의 단절을 나타내는 사절로서 활약하고 있는 듯이 보인다. 천황
의 한국 방문도 과거 청산과 신시대의 도래, 즉 '한·일 협력 시대'를 상
징하는 사건으로 평가될 것이 틀림없다.

　한편 냉전체제 붕괴 후 세계화 추세가 확산되면서 민족주의는 오히
려 강화되는 경향을 나타내고 있다. 이 두 가지 현상은 언뜻 보아 모순
되는 것처럼 보이지만, 현재 확산되고 있는 민족주의는 세계화의 대립
물로서가 아니라 부산물이라 할 수 있다. 이러한 현상은 현재의 일본에
서도 나타난다.

　요즘 일본의 '신민족주의'와 관련하여 주목되는 '자유주의 사관 연
구회'와 '새로운 역사 교과서를 만드는 모임'은 국민국가의 동요에 대응
하는 국민 의식의 재건과 민족적 정체성의 확립을 꾀한다는 명분 아래
일본 제국주의의 침략성과 인권침해를 부정하고 있다. 이러한 자민족
중심주의 역사관에서 민족의 정체성을 강조할 때 천황과 천황제는 역사
의 핵심이 된다.

　이러한 일련의 움직임과 더불어 천황에 대한 충성심을 나타내는 기
호와 표상으로서 '히노마루' 계양과 '기미가요' 제창을 강제하는 법률

이 얼마 전 일본 국회를 통과했다. 그리고 헌법 개정에 관한 논의도 서서히 힘을 얻어 가고 있다. 즉 현재 일본에서는 인식의 측면에서도, 제도의 측면에서도 천황제가 국민·국가 통합의 이데올로기 창출의 측면과 민족 정체성 확립의 측면에서 더욱 강조되고 있는 것이다.

이러한 국내외적 여건 속에서 상징천황제는 어떻게 될 것인가? 그리고 우리는 이에 대해 어떻게 대처해야 할까?

Code 15

일본을
움직이는
실질적인
운 영 자

김석근 · 건국대 등 강사

—

관료

일본 발전의 견인차

2차 세계대전 패전국이었던 일본은 채 30년도 지나기 전에 세계 무대에 화려하게 등장했다. 누가 보더라도 세계사에서 보기 드문 사례라 하지 않을 수 없다. 급속한 경제성장, 세계경제 질서에서의 주도적인 위치 등은 심지어 슈퍼파워 미국이 위협을 느낄 정도였다. 하버드대학의 사회학자 에즈라 보겔Ezra Vogel이 자신의 저서 『넘버 원 일본Japan Number One』에 '미국에 대한 교훈Lessons for America'이라는 부제를 단 것은 극히 상징적이다.[1]

실제로 사회과학자들에게는 일본의 경제성장 자체가 하나의 이론적 도발이자 동시에 수수께끼와도 같은 것이었다. 그 원동력을 둘러싸고 다양한 논의가 활발하게 전개되어 왔는데, 자세하게 소개할 필요도 없고 또 여유도 없지만, 그 중 유력한 설명 방식의 하나가 다름 아닌 '관료'의 역할에 주목하는 '관료 중심 이론'이라는 점은 그냥 지나칠 수 없다.

그런 입장을 취하는 학자들, 예컨대 『일본, 누가 다스리는가 Japan : Who Governs? An Essay on Official Bureaucracy』, 『일본의 기적MITI and the Japanese Miracle : The Growth of Industrial Policy, 1925-1975』을 쓴 찰머스 존슨Charlmers Johnson은 관료들이 산업정책을 통해 전략적이고 목표 지향적인 경제운영을 해왔으며, 그것이 국제경쟁력을 축적하고 경제성장을 이룩하게 된 동인이 되었다고 분석했다(Johnson, 1975 ; 1982). 한마디로 말해서 경제성장의 원동력을 정부의 역할, 특히 관료 조직의 시장에 대한 효율적 통제와 적극적 개입에서 찾는 것이다.

아울러 통산성을 중심으로 한 관료 조직이 대기업의 종합기획실과 같은 기능을 담당하고 민간기업들은 하위 부서처럼 조직되어, 일본 사회 전체가 마치 하나의 주식회사처럼 유기적으로 연결되어 운영된다는 '일본주식회사론Japan Inc.' 역시 같은 맥락에 있다고 할 수 있다(Abegglen, 1970).

약간의 뉘앙스 차이가 없지는 않지만 사회의 엘리트라 할 수 있는 관료들과 관료 조직이 일본 사회를 효율적으로 조정하고 경제발전 방향을 기획하고 이끌어 가는 발전 지향적 국가 운영을 해왔다는 점에 대해서는 크게 다르지 않다.

하지만 그것은 어디까지나 하나의 설명 방식에 지나지 않는다. 시각 자체에 대한 비판이 있음은 물론이다. 또 일본 사회가 다원화·다양화함에 따라 설명력이 떨어지고 있다는 점 또한 간과할 수 없다. 그럼에도 관료들이 일본의 경제성장을 설명하는 하나의 독립변수로까지 설정되었다는 점 자체가 중요하다.

가장 근대적이고 잘 짜여진 조직

그러면 대체 일본의 관료 및 그들의 조직은 언제 어떻게 형성되었으며, 또 어떤 메커니즘에 따라 운용되어 왔는가, 그리고 운용되고 있는가.

여타 다른 분야와 마찬가지로, 일본에서 근대적 의미의 관료와 관료 조직 역시 메이지유신(1868)과 무관할 수 없다. 일본 근대사에서 그것이 갖는 중요성은 아무리 강조해도 지나치지 않는다. 정부 내지 정치체제라는 점에서 그것은 바쿠한세이幕藩制라 불리는 '봉건적·지방분권적 체

이토 히로부미. 메이지유신의 2세로서 일본 제국주의의 초석을 다지고 초대·5·7·10대 총리대신을 역임했다.

제로부터 중앙집권적인 강력한 정부로의 이행'으로 요약될 수 있다. 이전에도 중국의 영향을 받은 관료제 성격을 띤 조직 체계가 전혀 없었던 것은 아니지만, 메이지유신과 더불어 강력한 정부를 떠받쳐 줄 근대적 관료제가 필요하게 되었다. 프러시아의 행정 체계를 모델로 삼음에 따라 그 필요성은 한층 더 강화되었다. 어쩌면 관료제야말로 일본에서 가장 근대적이고 잘 짜여진 조직이라 할 수 있을지도 모른다.

가시적으로 관료제도는 1885년 12월 다이조칸太政官 제도가 폐지되고 내각제도가 창설되던 시기, 내각 총리대신을 비롯해 내무·외무·대장·육군·해군·사법·문부·농무·체신의 각 대신을 중심으로 조직되었다. 초대 내각 총리대신은 우리에게도 낯설지 않은 이토 히로부미였다. "직책의 명확화, 채용 시험의 채택, 번문의 제거, 불필요한 경비의 절약, 관기의 확립"을 내용으로 하는 '간키고쇼官紀五章'가 발표되고, 이어 1889년 12월 24일 칙령 135호에 의거해 내각관제內閣官制가 제정되었다.

메이지 일본에서 자동적으로 근대적 의미의 관료제가 형성되었던 것은 아니다. 왜냐하면 당시 정부의 성격상 형식적으로는 근대적 입헌성을 갖추고 있었지만, 본질적으로는 봉건적인 한바츠藩閥 정부의 연장선상에 있었기 때문이다. 자연히 기묘한 이중성을 띠고 있었고, 엄밀히 말해서 여전히 '정실 임용'에 의한 '봉건적 할거성'을 벗어나지 못했다.

본래적 의미의 관료제와 그 운용은 역시 관리 채용 시험의 실시와 거의 동시에, 그것을 시발점으로 해서 이루어진다. 과거제가 존재하지 않았던 일본에서 시험과 실적에 의한 관료 충원이 갖는 의미는 실로 컸다.

메이지 정부는 정부의 유지와 근대화 과정에 필요한 인재를 확보하기 위해 구체제의 무사 계급 출신에게도 문호를 개방했다. 원칙적으로 어떤 계층 출신이라도 시험에만 합격하면 고위 관료로 진출할 수 있었다. 급격한 사회적 유동성social mobility과 신분상승의 계기가 되었음은 물론이다.[2]

1877년 설립된 도쿄제국대학을 위시한 제국대학의 일차적인 존재 의의가 바로 거기에 있다고 해도 과언이 아닐 것이다. 제국대학, 그곳은 단적으로 말해서 중앙집권 체제를 담당해 나갈 국가 관료를 키우는 곳이었다. 그런 만큼 제국대학 출신에게는, 예컨대 시험을 치르지 않고서도 주임관에 임용하는 등 특전이 부여되었고,[3] 빠른 승진 또한 보장되었다. 특정 제국대학 출신이 점차 다수를 차지하게 되고, 또 그들끼리 유대감을 다져 나감에 따라 '가쿠바츠學閥'가 종래의 '한바츠'를 대신하게 되었다. 점차 도쿄제국대학 법학부→고등문관시험→고급관료로 이어지는 이른바 출세(엘리트) 코스가 형성되었고, 그 결과 응집력과 결속력을 갖춘 관료들이 등장하게 되었다.

그와 더불어 근대 일본의 관료제는 제도적 기반을 갖추게 되고 또한 근대화의 주역으로 활동하게 되었지만, 그들의 존재가 반드시 긍정적인 측면만 지니고 있었던 것은 아니다. 정치와 자유주의, 민주주의와 관련해서 일찍부터 부정적인 측면을 드러내기 시작했던 것이다. 메이지와 쇼와 사이에 낀, 이른바 '다이쇼 데모크라시'로 불리는 상대적으로 자유로운 시대의 종언과 함께 정당정치의 영역은 한층 더 축소되었다.

무엇보다 그들은 '관존민비官尊民卑'의 의식과 태도를 보여주었다. 그것은 어쩌면 '위로부터의 혁명'을 통해 창출된 근대 일본의 태생적인 한계에서 자연스레 도출되어 나온 측면이기도 했다. 그들이 '야쿠닌役人

(관리)'이라 불렸다는 것 자체가 극히 함축적이다. 그들은 정당정치를 배제하고 점차 정치 자체를 담당하고 주도해 가는 모습을 연출하게 되었고, 자신들을 '혁신 관료'로 규정하는 일군의 집단은 기꺼이 군부와 결탁하는 모습마저 보여주게 되었다.

그 과정은 일본 사회 전체로 볼 때 훗날 마루야마 마사오丸山眞男가 '초국가주의'로 명명하고 분석한 바 있는 독특한 '일본 파시즘' 혹은 '군국주의 일본' 형성 과정에 짝하는 것임과 동시에 그 일부를 이루는 것이기도 했다.

2차 세계대전 후 새롭게 출발

"일본 제국주의에 마침표가 찍힌 8월 15일은 동시에 초국가주의 전 체계의 기반인 국체가 절대성을 상실하고 비로소 처음으로 자유로운 주체가 된 일본 국민에게 그 운명을 넘겨준 날이기도 했던 것이다"(마루야마 마사오, 김석근 옮김, 1997, 64).

2차 세계대전에서 패배한 일본 사회는 '패전'과 더불어 거의 모든 면에서 급격한 변화를 겪게 되었다. 연합군 최고사령부의 지휘 아래 민주화를 기치로 내걸고 재건 작업이 이루어졌으며, 관료조직 역시 예외는 아니었다. 역사적으로 보자면 관료 조직의 모델은 중국에서 프러시아로 되었다가 이제는 다시 미국으로 바뀌게 되었다. 관료제 역시 전반적으로 재편성되지 않을 수 없었다. 행정 조직에서는 국민 주권의 원리, 3권 분립의 원칙, 국회의 최고성과 의원내각제도, 관제대권官制大權의 폐지, 지방자치의 존중 등과 같은 기본 이념 하에 이루어졌다. 육·해군성이 해체되고 신헌법 채택과 더불어 행정조직관계법·국가공무원법·지방

공무원법이 제정됨으로써 관료제에 관한 근본적인
변화 조치가 단행되었다. 미국의 행정 민주화를 모
방, 다수의 행정위원회가 도입되었고, 철도·전매·
통신전화 사업이 공사소社로 개편되는 한편, 경제부
흥·경제통제 조직들이 신설되었다.

따라서 오늘날 우리가 볼 수 있는 일본의 관료제
는 1947년 이후 수정된 형태의 것이라 하겠다. 그런
데 여기서 우리는 하나의 흥미로운 문제에 부딪치지
않을 수 없다. 미국의 일본 점령(미군정)과 민주화 정

요시다 시게루. 정통 외교관으로 시작해
다섯 번이나 총리를 지냈다. 패전 일본의
부흥을 일궈낸 근대 정치의 아버지.

책이 과연 일본 사회를 정말 '민주화'시켰는가, 어느 정도 민주화시켰는
가, 그리고 그와 더불어 관료제 역시 바뀌었는가 하는 것이다.

좀더 자세한 검토가 필요하겠지만, 애초에 생각했던 민주화 정책이
냉전으로 요약되는 국제정치의 전개 및 그에 따른 보수세력의 발호 등
의 요인에 의해 다소간 변질되었다는 점만은 지적할 수 있을 것 같다.
이른바 '역코스' 라 불리는 과정이 그것을 뒷받침해 준다. 관료 조직에
서도 2차 세계대전에서의 패배와 민주화에도 불구하고 여전히 많은 유
사한 점들을 찾아볼 수 있다는 지적이 나오고 있다. 연속성과 단절성이
동시에 존재한다는 것이 정확한 표현일 것이다.

어쨌든 2차 대전 후 새로 출범하게 된 일본 사회에서 관료들이 급속
한 경제성장을 주도했다거나, 아니면 적어도 그 일단의 역할을 했다는
점은 누구도 부인할 수 없을 것이다. 이 점은 이미 앞에서 지적한 바와
같다.

이제 관료는 어떻게 조직되어 있고, 어떤 과정을 거쳐 충원되며, 또
어떤 식으로 움직이는가를 살펴보기로 하자.

〈도표 1〉 일본의 행정기구

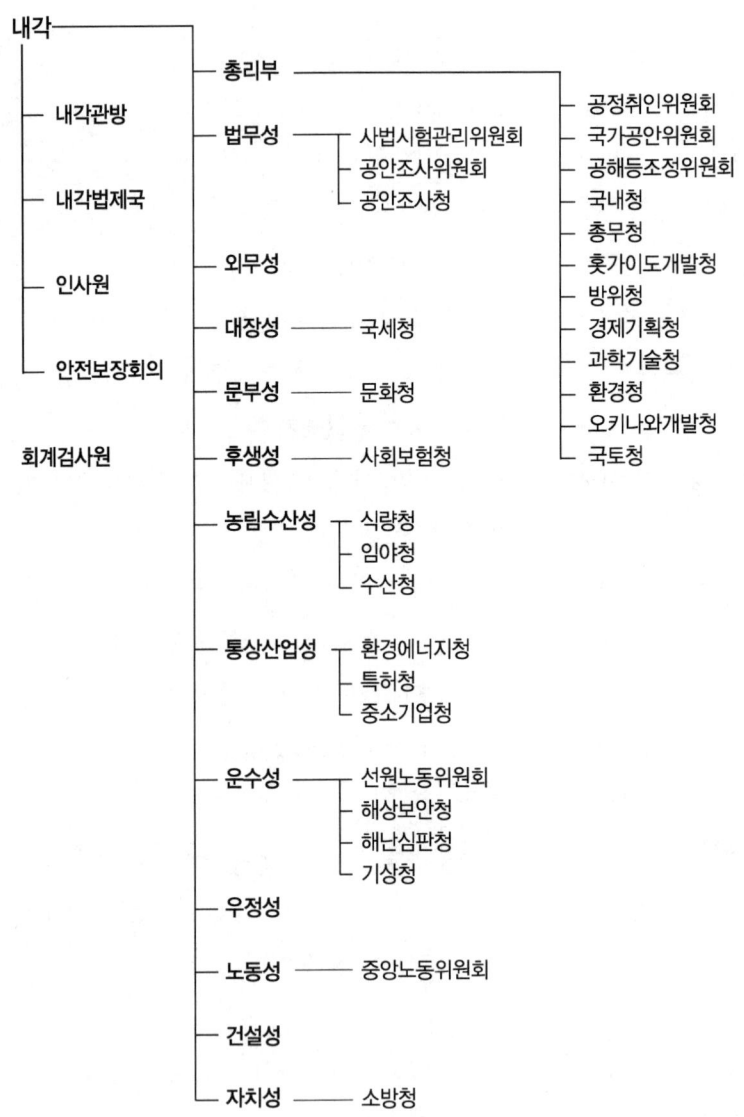

일본의 행정조직 정점에는 최고 행정기관으로서 내각이 있는데, 그것은 국정의 중추가 되는 합의체 성격을 갖는다. 헌법에 의거, 내각은 행정권을 담당하고 내각 총리대신과 국무대신으로 구성된다. 내각 총리대신은 내각의 수장으로 대신을 임명하고 내각을 대표하며 각의의 방침을 토대로 행정 각 부를 지휘·감독한다. 국무대신은 각 행정기구의 장이 된다. '내각법'에 의거해서 내각에는 보조기구(내각관방·내각법제국·인사원·안전보장회의)가 있고, 또 내각에 대해 참모 기능을 수행하는 많은 보조기구가 있다(행정관리청·경제기획청·과학기술청·대장성·주계국 등과 사무차관회의·정무차관회의 등). 조직은 기능주의 원칙에 따라 총리부, 법무성, 외무성, 대장성, 문부성, 후생성, 농림성, 통상산업성, 운수성, 우정성, 노동성, 건설성, 자치성으로 1부府 12성省으로 구성되어 있다(〈도표 1〉 참조). 행정기관의 내부 부국部局으로는 국局, 부部, 과課 또는 거기에 준하는 부서 외에 지방지부국 및 심의회나 시험연구기관 등의 부속기관이 설치되어 있다.

이들은 다같이 행정기구에 속하지만 모든 부처가 같은 비중을 갖고 있는 것은 아니다. 대장성·통산성·건설성·우정성 등이 이른바 힘있는 부서에 속한다. 그리고 충분히 예상할 수 있듯이 성·청 간의 경쟁이나 영역 다툼이 일어나기도 한다. 그것은 때로 국가의 일관된 정책 형성을 방해하기도 한다.

그러한 행정기구의 구성원이자 동시에 운영자로서의 관료, 특히 고급 관료가 되고자 하는 사람은 모름지기 '국가공무원 상급 시험 갑종 법률직'을 통과해야 한다. 당연히 주로 법학부 학생들이 응시한다. 1차 시험은 7월 초, 2차 시험은 8월 초에 치러진다. 10월 중순이면 합격자의 윤곽이 드러난다. 그들 합격자들이 이른바 행정기구 내지 조직에 충원되고 흡수되는 것이다. 관료의 채용은 각 성省과 청廳의 자유재량에 일임되어 있다. 자연히 인기있는 성과 청일수록 성적이 우수한 합격자를 채용할 수 있게 된다.

일반적으로 관료는 크게 경력조, 즉 커리어와 비경력조, 이른바 난커리어non-career로 구분할 수 있다. 좁은 의미의 직업적 관료는 그들 중에서 '상급직 갑종 시험, 국가공무원 채용 1급 시험에 합격해 본 성·청에 의해 채용된 자들'인 경력조, 즉 커리어를 가리킨다. 그들을 일컬어 유자격자·간부후보생이라고도 부르는데, 때로는 비난과 선망의 의미를 담아 특권 관료라 하기도 한다. 그들을 특징짓는 것은 첫째로 난커리어와는 다르다는 엘리트 의식, 둘째로 커리어끼리의 동아리 의식, 셋째로 각성·청의 일가一家 의식 세 가지이며, 그들은 커리어로 임관되자마자 자신들의 신분과 장래를 보장해 주는 강고한 조직과 힘에 눈뜨게 된다. 그밖의 사람들은 난커리어 혹은 비경력조라 한다.

경력조의 경우, 시험 합격을 거쳐 성·청에 들어간 후 10여 년간 각 국의 주요 과를 돌며 대체로 34~35세가 되면 과장보좌가 된다. 다시 2~3국의 과장보좌를 거친 후 다른 성·청에 '파견'되거나 도都·도道·부府·현縣에 '출향出向'하게 된다.4) 관료로서 다양한 경험을 쌓게 하는 것이다.

관료의 일생에서 '과장보좌' 시절은 매우 중요하다. 과의 구성원들을 지휘·감독하면서 중요한 정책의 입안 과정 및 실무에 깊이 관여하기 때문이다. 거기서 미래의 비전이 판가름난다. 대신의 비서관, 관방의 총무과·회계과·인사과의 과장보좌는 어느 정도 장래가 약속되어 있는 자리라고 할 수 있다. 이어 국局의 중견 과정을 2~3회 거쳐 다시 관방의 총무과·회계과·인사과 과정으로 돌아오게 된다(45~46세). 그런 직책은 과장직의 고참에 해당하며, 약간의 차이는 있으나 관방 심의관급에 2~3

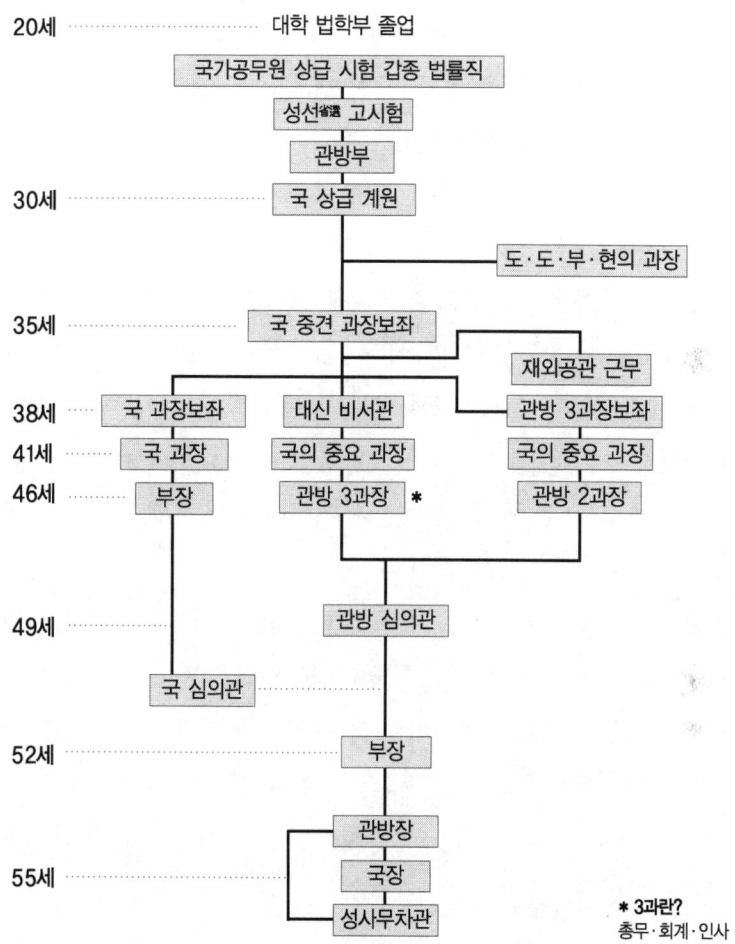

년 머문 후 국차장 혹은 관방장 또는 국장으로 승진하게 된다(55세 가량).

　이런 과정을 거쳐서 마침내 '관료의 꽃'이자 '최고봉'이라 할 수 있는 '사무차관'에 이르게 된다. 장관이나 정무차관은 정치적으로 임명되기 때문에 경력조에게 사무차관이 되는 것은 그야말로 소원을 성취하는 것이나 다름없다. 그러기 위해서는 역시 관방실 근무, 국 상급 계원, 국 과장보좌, 관방 총무과장보좌, 대신 비서관, 국과장 2~3회 역임, 관방 총무과장, 관방 심의관 또는 국심 의관, 국차장, 국장, 관방장이라는 엘리트 코스를 쉼 없이 달려가야 한다. 일종의 예측 가능한 진로가 설정되어 있는 것이다. 그러다 보니 관료들의 연령과 승진은 심지어 정형화되어 있는 듯한 느낌마저 들 정도다(〈도표 2〉 참조).

지금까지 살펴본 것은 관료들에 대한 '정태적 분석' 내지 '해부학적 접근'이라 할 수 있다. 조직과 구성에 대해서는 대략 알 수 있지만 그것으로 충분치는 않다. 역시 그들이 실제로 어떻게 움직이는지 알아야 하는 것이다. 그러기 위해서는 역시 '동태적 분석' 내지 '생리학적 접근'이 필요하다. 그런 후에 그 둘이 한데 어우러질 때 우리는 비로소 일본 관료 사회를 이해할 수 있을 것이다.

실제로 관료들이 어떻게 움직이는지는 역시 구체적인 사례 분석으로 들어가는 것이 좋으며, 또 가장 효율적인 방법일 것이다. 하지만 그것은 이 글의 한정된 범위를 한참 넘어서 있다. 다소 자의적이지만 일본 관료 사회에서 독특한 것으로 여겨지고 있는 품의제稟議制, 네마와시根回し, 행정지도, 하위정부, 아마쿠다리天下り 등에 대해 간략하게 살펴보는 정도로 멈추고자 한다.

① 품의제(린기세이) : '품의' 란 어떤 사안에 대해 주관자가 결정안을 만들어 관계자들 사이에 돌려 승인을 얻는 것을 말한다.[5] 이는 관료뿐 아니라 민간에서도 널리 사용되는 것으로서 극히 일본적인 현상이라 할 수 있다. 부部 차원이나 계장급 혹은 그 아래에서 이루어진 정책 초안에

대해 각 부의 동의, 나아가 부장, 국장, 차관을 거쳐 마침내 대신(장관)의 재가를 얻게 된다.[6] 그러다 보면 하나의 정책 초안에 무려 20여 개의 도장이 찍히기도 한다. 이런 패턴은 관료들 사이의 상하 관계를 새삼 확인하게 하고, 은연중에 상급 관료에 대한 충성과 복종, 상급 관료의 권위적 결정으로 이어지게 한다. 말하자면 집단적으로 결정하고, 결정을 집단화한다고 할 수 있다. 집단적 일체감을 형성하게 되는 것은 자연스러운 귀결이라 하겠다.

② 네마와시[7] : 네마와시란 '어떤 일을 실현하기 쉽도록 미리 주위의 각 방면에 말해 두는 것'을 의미한다. 미리 사전에 공작해 두는 것 정도를 뜻한다. 이는 갈등보다는 화和를 중시하는 일본 사회에 독특한 것으로, 결정과 문제 해결을 위해 해당 기관들 사이에 일어나는 설득과 협상의 비공식적 과정을 가리킨다. 사전협의라 해도 좋겠다. 사전협의가 이루어지게 되면 그 정책안은 이미 입안이 보장된 것이나 다름없다. 앞에서 본 품의제란 네마와시 과정을 통해 이루어진 결정안을 문서화하고 구체화하는 형식적 작업으로 이해해도 될 것이다. 네마와시→품의제로 이어지는 방식은 갈등을 회피하고 합의를 중시하는 일본적 가치관이 구현된 것이라 하겠다.

③ 행정지도 : 직접적인 통제라기보다는 독려하면서 행정적으로 '지도'하는 것을 가리킨다. 지도라는 말 자체가 애매하지만 그 애매함에 본질이 있다. 각 성·청은 강제력에 의한 통제가 아니라 상대방의 의사나 이익을 고려해서, 상대방의 자발적인 협력에 의해 정책 목표가 달성되도록 노력하는 방식을 취하는 것이다. 서로 이해하고 양해하는 분위기

를 조성하기 위한 것이라고 하지만, 비판적으로 보자면 어쩔 수 없이 오랜 세월 동안 전해 내려온 '행정 우위'를 드러내는 것이라고 하겠다.

④ 하위정부 : 업계(이익단체), 관청(성·청), 정당의 정조부회政調部會(특히 족의원) 3자로 이루어진 하위정부는 정책 결정 과정에서 중요한 역할을 하게 된다. 대부분의 정책은 하위정부에 의해 작성·집행된다고 해도 그리 지나친 말이 아니다. 그것은 특정한 영역에서 일종의 배타적인 정책 결정 기구로 작용하게 된다. 때로는 그것이 할거주의와 결부되어 심한 역작용을 야기하기도 한다. 그와 관련해서 각 분야별로 분화된 국회의원 집단을 가리켜 '족의원族議員'이라 하는데, 그들이 관료와 기업과의 조정과 매개 기능을 담당하는 과정에서 검은 이권의 삼각고리를 이루기도 한다.

⑤ 아마쿠다리 : 관청에서 퇴직 후의 간부를 민간 회사에 받아들이게 하는 것을 말한다.[8] 실제로 고급 관료들은 퇴직 후 지방자치체, 공단 등의 특수법인, 재단·사단 등의 공익 법인, 은행, 제조업 등 민간기업의 간부나 중역으로 재고용되고 있다. 그 정도는 각 성·청의 실질적인 세력 판도와 밀접한 관계를 갖는다. 재고용된 그들을 통해서 성·청과 민간기업은 긴밀하게 이어지게 된다. 정보교환·네트워크라는 면에서 긍정적인 측면도 있지만, 그와 동시에 훗날을 대비한 봐주기식 행정과 인맥 형성이라는 부정적 측면도 없지 않다.[9]

정치권도 관료 사회를 넘지 못한다

어떤 평가를 내리건 간에 일본 사회에서는 독특한 구조와 운용 메커니즘을 갖는 관료들이 주도적인 역할을, 적어도 그 일단을 해왔다는 사실은 누구도 부정할 수 없을 것이다. 그러면 전체 권력구조 내에서 관료들이 차지하는 비중과 위상은 과연 어느 정도일까.

종래의 관료 우위론에 대해 70년대 이후 국회와 정당의 역할에 주목하는 '국회 중심주의'나 '정당 우위론'이 등장하고 있는 것도 엄연한 사실이다. 실제로 그렇게 보이는 측면도 전혀 없지는 않다. 하지만 그런 주장들이 관료의 역할을 인정하는 주장과 양립할 수 없다거나 완전히 배치되는 것은 아니다.

그 문제에 대해 『일본 권력구조의 수수께끼The Enigma of Japanese Power』라는 흥미로운 제목의 책을 쓴 월포렌Karel van Wolferen은 이렇게 말한다.

"일본에서는 몇 세기에 걸쳐 권력을 나누어 가지는 반半자치적인 몇 개의 집단이 힘의 균형을 꾀함으로써 국정을 펴왔다. 오늘날 가장 강력한 집단은 일부 성·청의 고관, 정치 파벌, 그리고 관료와 결부된 재계의 일단이다. 그것에 준하는 집단도 많은데, 예를 들면 농협·경찰·매스컴·폭력단 등이 그것이다. 이들 모든 집단은 …… 국가의 권위를 위협할 수 있는 자유재량권이 부여되어 있지만, 이들 전부를 통솔하고 좌우하는 어떤 중앙기관도 존재하지 않는다."

일본 현대사는 정치권과 관료 사회의 공방의 역사지만 그 공방전에서 언제나 정치권이 패배해 왔다. 사진은 오부치 게이조 총리와 내각.

보는 각도에 따라서는 메이지 이후의 정치사를 '정(정치권)'과 '관(관료사회)'의 공방의 역사로 이해할 수도 있을 것이다(金子仁洋, 1999). 그런데 그 공방전에서 '정'은 언제나 패배해 왔으며 지금도 계속 패배하고 있다는 메시지는 극히 시사적이다. 삼권분립이라는 고전적인 원칙은 이미 사문화하다시피 했으며, 행정부, 특히 전문적 지식과 정보를 갖춘 관료들의 위상이 높아지고 있는 것이 세계적인 추세라는 점도 중요하다.

그렇다고 해서 관료들에게 '어두운' 측면이 없는 것은 결코 아니다. 기업계·정치권(특히 족의원)과 검은 사슬로 이어져, 이른바 '부정부패'와 '금권정치'를 은근히 방조하거나 일역을 담당해 왔다는 혐의로부터 완전히 자유롭지 않다. 권위 의식에 사로잡힌 나머지 새로운 추세에 적응하지 못한다는 지적도 나오고 있다. 관료들이 국가를 망친다는 '관료 망국론'(屋山太郎, 1994)이나 '시민의 정부를 제안하는 행정개혁'의 제창(五十嵐敬喜·小川明雄, 1999), 나아가서는 메이지유신과 같은 제2의 유신, 즉 '헤이세이 유신'을 외치는 목소리(大前硏一, 1989) 등이 좋은 증거다. 그런 점에서 관료들 역시 일대 전환기를 맞고 있는 것 같다.

그럼에도 불구하고 실질적으로 일본을 움직여 왔으며, 아마 앞으로도 그럴 사람들, 하지만 권력을 행사하고 있다는 사실 자체를 스스로 인정하지 않는 사람들, 그들이 바로 관료들이 아닐까 한다. 앞으로도 정도의 차이는 있을지언정 그들은 일종의 '비공식적 권력'을 계속해서 행사하게 될 것으로 보인다.

미주

1) 그는 일본의 성공 요인을 국민성에서 찾았다. 다시 말해 유교적 전통에 입각한 근면한 노동 정신, 기업이나 국가와 같은 소속 집단에 대한 노동 정신, 기업이나 국가와 같은 소속 집단에 대한 충성심 등이 경제성장의 원동력이 되었다고 보았다.

2) 판임관은 보통시험에서, 주임관은 고등시험에서 선발했다. 하지만 최상급 공무원이라 할 수 있는 칙임관 임용에서는 여전히 정실이 작용하고 있다.

3) 1918년 제정된 '고등시험령'에 따라 제국대학 출신자도 판·검사에 임용되기 위해서는 시험을 치러야 했다.

4) '출향'은 적籍을 옮기는 것이며, '파견'은 적은 옮기지 않고 다만 다른 곳에서 근무하는 것이다.

5) 품의에는 다음과 같은 것들이 포함된다. ① 관청·회사 등에서 회의를 열 정도로 중요하지 않은 사항에 대해서, 주관자가 결정안을 만들어 관계자들 사이에 회부해 승인을 얻는 것. ② 회사 등에서 소정의 중요 사항에 대해서 결정권을 갖고 있는 중역 등에게 주관자가 문서로 결재 승인을 구하는 것.

6) 모든 정책이 아래로부터 올라오는 것은 아니다. 부장급 회의에서 합의된 사항을 나중에 추인하는 경우도 있다. 그것을 가리켜 '아토린기세이'라 한다.

7) 원래 그것은 나무를 이식하는 것에서 나왔다. "큰 나무를 이식하기 1~2년 전에 그 주위를 파서 측근側根의 큰 것과 주근主根을 남기고 그 나머지 뿌리를 잘라 모근髦根을 발생시켜 이식을 쉽게 하는 것. 과수의 결실을 좋게 하기 위해 사용한다.

8) 하늘에서 국토로 내려오는 것, 아랫사람의 의향이나 사정을 생각하지 않고서 위로부터 일방적으로 밀어붙이는 것. 특히 관청에서 퇴직 후의 간부를 민간회사에 받아 들이게 하는 것을 가리킨다.

9) 아마쿠다리와 대비되는 것으로, 민간이나 자치체에서 중앙관청으로, 민간에서 자치제로 옮기는 아마아가리天上り적 현상도 나타나고 있다.

참고문헌

Abegglen, James C, "The Economic Growth of Japan," *Scientific American*, Vol. 222. No. 3, 1970.

Johnson, Charles, "Japan: Who Governs? An Essay on Official Bureaucracy," *The Journal of Japanese Studies*, Vol. 2, No. 1, 1975.

Johnson, Charlmers, *MITI and the Japanese Miracle: The Growth of Industrial Policy, 1925-1975*, Stanford Univ. Press, 1982(장달중 옮김, 『일본의 기적』, 박영사, 1984).

Vogel, Ezra, *Japan as Number One: Lessons for America*, Harvard Univ. Press, 1979.

Wolferen, Karel van, *The Enigma of Japanese Power*, Macmillan London ltd., 1989 (양찬규 옮김, 『일본의 권력구조』, 시사영어사, 1991).

金子仁洋, 『政官攻防史』, 文春新書 027, 1999.

大前硏一, 『平成維新』, 講談社, 1989(정관호 옮김, 『平成維新』, 時空社, 1991).

西尾勝, 『行政學』, 有斐閣, 1993(강재호 옮김, 『일본의 행정과 행정학』, 부산대 출판부, 1997).

近淸明, 『新版 日本官僚制の硏究』, 東京大學出版會, 1969.

五十風敬喜・小川明雄, 『市民版 行政改革』, 岩波新書, 1999.

屋山太郎, 김인수 옮김, 『관료 망국론』. 비봉출판사, 1994.

丸山眞男, 김석근 옮김, 『현대정치의 사상과 행동』, 한길사, 1997.

丸山眞男, 김석근 옮김, 『일본의 사상』, 한길사, 1998.

丸山眞男, 박충석・김석근 옮김, 『충성과 반역 : 전환기 일본의 정신사적 위상』, 나남, 1998.

염재호, 「일본의 경제성장과 정부의 역할」, 『일본・일본학 : 현대 일본 연구의 쟁점과 과제』, 1994.

유종해, 「현대 일본 관료제와 정책 형성」, 현대일본연구회, 『일본 정치론』, 박영사, 1981.

유종해, 「현대 일본 관료제의 행동양식 : 자민당과 관료제의 관계」, 현대일본연구회, 『자민당의 장기집권 연구 : 일본 정치권력의 구조와 성격』, 한길사, 1982.

최은봉, 「일본의 관료제와 정치과정」, 『일본・일본학 : 현대 일본 연구의 쟁점과 과제』, 1994.

최상용 외, 『일본・일본학 : 현대 일본 연구의 쟁점과 과제』, 오름, 1994.

Code 16

무사도, 일본의 혼?[1]

김석근 · 건국대 등 강사

—

사무라이 정신

천황제 부활 촉구하고 할복한 미시마 유키오

작가 미시마 유키오(三島由紀夫, 1925~70)를 아는가. 1970년 11월 25일, 그는 자신을 추종하는 사람들의 모임 다테노카이楯の會(1968년 결성) 대원들을 이끌고 육상 자위대 이찌가야 동부 방면 총감부에 들어가 "의회를 해산하고 천황제를 부활하자. 그러기 위해서 쿠데타를 일으키자" 면서 자위대의 궐기를 촉구했다. 아무런 반응이 없자, 일장 연설을 늘어놓은 후 그는 할복자살을 했다.[2] 그때 나이 45세. 그의 죽음은 일본 사회는 물론이고 전 세계의 주목을 끌기에 충분했다. 강한 인상과 긴 여운으로 인해 그 장면은 끊임없이 화제가 되고 있다.[3]

본명은 히라오카 기미타케平岡公威. 가쿠슈인學習院을 거쳐 도쿄대학 법학부를 졸업하고, 고등문관시험에 합격(1947), 대장성 은행국에 근무하기도 한 인텔리 청년이었다. 허나 이미 13세 때 단편을 발표한 문학 소년이었던 그는[4] 끝내 '문학'을 택했다. 전 35권 보권 1권에 이르는 『미시마 유키오 전집』(新潮社, 1973~1976)을 통해 방대한 그의 문학세계를 엿볼 수 있다.[5]

문학 외에도 그는 많은 화제를 불러일으켰다. 보디빌딩과 검도 연습, 영화 출연, 자위대에의 체험 입대[6] 등 한마디로 그는 '행동의 미학'을 추구했다. 그런 '행동의 미학'의 클라이맥스는 다름 아

『금각사』의 작가이기도 한 미시마 유키오는 지금 일본 군국주의 부활을 촉구하는 극우파를 상징하는 인물이 되었다.

닌 그의 죽음 장면이라고 하겠다. 특히 그냥 지나칠 수 없는 것, 그것은 바로 죽음을 실행한 '방식(할복)'이다.

그렇다. 수많은 방식 중에 '왜 하필이면 할복인가'. 처음 그를 알게 되었을 때 문외한으로서 글쓴이는 즉각적으로 사무라이의 죽음을 떠올렸다.[7] 그런데 얼마 후 그가 『하가쿠레뉴오몬葉隱入門』(1968)을 남겼다는 사실을 알게 되었을 때, '아, 그렇구나!' 하는 탄성이 절로 터져나왔다. 뒤에서 보듯이 『하가쿠레葉隱』(1716)는 에도 시대 무사도

귀족들은 유년기의 자식들에게 무사도를 교육시켰다. 어린 사무라이 초상화.

를 대표하는 책이었다. 말하자면 그들의 성경과도 같은 것이었다. 첫머리의 "武士道と云ふは死ぬ事と見付たり(무사도란 곧 죽는 것을 찾아내는 것이다)"라는 말은 익히 알려져 있다.

그의 죽음을 하나의 실마리로 삼아 이 글에서는 '일본의 혼the soul of Japan'으로까지 불리고 있는 무사도武士道(부시도)에 대해서 간략하게나마 살펴보고자 한다.

무사도의 기원과 전개

　　　　　　무사도? 대체 무사도란 무엇인가. 사전은 이렇게 정의하고 있다. "일본의 무사 계층에서 발달한 도덕. 가마쿠라 시대부터 발달해 에도 시대에 유교 사상에 뒷받침되어 집대성, 봉건 지배체제의 관념적 지주가 되었다. 충성, 희생, 신의, 염치, 예의, 결백, 꾸밈 없음質素, 검약, 상무, 명예, 애정 등을 중시한다"(『廣辭苑』 2239쪽. 강조 글쓴이.

지배층이 문인이 아니라 무사라는 점
은 같은 동아시아 문화권 나라와는
다른 독특한 성격을 갖게 했다.

이하 마찬가지).

당연한 것이지만 '무사'가 있은 연후에야 '무사도'도 성립할 수 있다. 일본사에서 무사의 존재는 가마쿠라 시대부터 두드러지기 시작했다. 거칠게 보자면 메이지유신에 이르기까지 그 점은 거의 변하지 않았다. 지배층이 문인이 아니라 칼 찬 무사라는 점은 같은 동아시아 문화권에 속하는 일본으로 하여금 중국·베트남·조선과는 다른 독특한 성격을 갖게 했다. 단적으로 '독서와 과거'로 특징지어지는 유교의 현실 적응성에 어떤 형태로건 한계를 설정한 것이 그 좋은 예라 하겠다(渡邊浩, 1985. 김석근, 1995).

한 사회를 떠받치는 지배층으로서 무사들 사이에 그들 나름대로 도덕과 이념 체계가 생겨나는 것은 자연스러운 일에 속한다.[8] 아울러 일단 형성된 그것이 시대와 상황에 맞게 변용해 가기도 한다.[9] "원래 한마디로 무사도라 해도 농업 경영자적 기초를 지녔던 가마쿠라 시대의 무사에서 도시의 소비자가 된 에도 시대의 무사에 이르기까지 몇 단계가 있어 그 성격은 크게 다르다. 따라서 무사의 도덕 역시 시대에 따라서 반드시 같은 것은 아니었다. 널리 사용되고 있는 무사도라는 명칭은 에도 시대에 들어와 생긴 것이다. 메이지 시대 이후의 윤리학자들이 보편적 도덕인 것처럼 미화해서 구미 제국에도 선전된 무사도라 부르는 것은 에도 시대에 성립된 관념적인 이데올로기로서 봉건사회 성장기 무사들의 도덕의 실체는 그러한 것과는 상상이 되지 않을 정도로 다른 성격을 지녔다"(家永三郎, 1982, 117~118).

다른 분야와 마찬가지로 에도 시대의 성립은 무사도에서도 하나의 굵은 획을 긋게 되었다. 약 한 세기에 걸친 센코쿠 시대를 지나 도쿠가와 막부가 성립되는 과정 자체가 무사들의 위상과 긴밀하게 얽혀 있다. 특히 1588년 전국적으로 시행된 병농분리兵農分離는 농민의 무기 소유, 전직과 이주를 금지했을 뿐 아니라 무사와 농민의 신분 차별을 분명하게 했다는 점에서 의의를 갖는다. 기본적인 신분 관계를 틀짓게 되었다는 점에서 그러하다.10) 이른바 '난세'를 특징짓는 '신분의 유동성'(小和田哲男, 1981), 다시 말해 사회적 유동성을 더 이상 찾아보기 어렵게 되었다.

신분은 점차 닫혀진 것으로 변모해 갔다. 다른 계층(급)과의 관계에서 에도 시대의 무사들은 기리시테고멘切捨御免,11) 다이토帶刀,12) 묘지名字13) 와 같은 일종의 특권을 누리고 있었다.

여기서 한 가지 유념해야 할 것은, 전란의 종언과 평화의 정착이 무사들에게 오로지 축복만은 아니었다는 점이다. 왜 그런가. 리얼하게 말해서 싸움이 있을 때 무사의 존재는 진정 빛난다. 그들은 싸우기 위해 존재하는 것이다. 싸움 자체가 없어지면 그들의 존재 의의는 그만큼 약해질 수밖에 없다. 더 이상 싸움이 없는 평화의 시대, 게다가 급격하게 변해 가는 사회에 어떻게 대처해 나갈 것인가. 그들은 이제 그런 고민을 해야 했다. 그것은 극히 현실적인 문제이기도 했다.

실제로 에도 막부의 정치기구가 정비되고 평화로운 사회가 출현함에 따라 일부 무사들은 정치가 또는 행정 관료로서 역할을 수행하게 되었다. 어쩔 수 없이 '일상성'에 편입된 것이다. 그와 더불어 그들은 쇼코치所行地를 떠나 조카마치城下町에서 비생산자의 생활을 영위하게 되었다. 이미 상업자본의 틀 속에서 살아가지 않을 수 없게 된 것이다. 생활 역시 전반적으로 사치스러워졌다. 시대의 흐름을 간파하고 잘 적응해 간 무사들과는 달리, 자신의 심정의 순수함만을 의지하여 살아가던 사무라

전쟁에 나서는 장군의 전투 복장.

이들은 당황하지 않을 수 없었다. 그들은 사회적으로, 특히 경제적으로 도태될지도 모르는 상황에 처하게 되었다.[14]

그러한 일련의 흐름 속에서 그에 대한 일종의 반작용으로, 예전의 무사를 그리워하고 또 이상화하는 일련의 움직임이 태동하기에 이르렀다. 그들은 자긍심이 높고 신의를 중시하며 자기 이름을 지키기 위해서는 목숨까지도 기꺼이 버릴 수 있는, 또 실제로 그렇게 한 무사들을 이상적인 모델로 그려내기 시작했다. 부박한 현실에 대한 비판이라는 메시지까지 담아서. 우리는 오쿠보 히코자에몬(大久保彦左衛門, 1560~1639)의 『미카와 모노가타리三河物語』,[15] 고바타 가게노리小幡景憲의 『코요군칸甲陽軍鑑』,[16] 다이도지 유잔(大道寺友山, 1639~1730)의 『부도쇼신슈武道初心集』[17] (다음 절에서 보게 될) 야마모토 츠네토모(山本常朝, 1659~1719)의 『하가쿠레葉隱』, 그리고 뉘앙스는 조금 다르지만 시대의 흐름을 꿰뚫어보면서 세태를 풍자해 마지않았던 우키요조시浮世草子의 작가 사이카쿠(西鶴, 1642~1693)의 『부도기리모노가타리武家義理物語』나 『부도덴라이키武道傳來記』 등에서 그런 무사들을 만날 수 있다.

"결국 그러한 무사도는 모두 센코쿠 시대에 무인의 도道를 배경으로 해서 자각·형성되었다는 점에서 찾을 수 있지 않을까. 다시 말해 고유한 의미에서 무사도는 센코쿠 시대의 무인의 도를 배경으로 해서 케이조慶長을 전후해서 『코요군칸』에서 자각되었고, 또 그 영향 하에 쿄오호享保를 전후해서 『부도쇼신슈』나 『하가쿠레』에서 한층 더 분명하게 자각·형성되었다고 할 수 있지 않을까 한다"(古川哲史, 1957, 58).

평화가 정착한 에도 시대에 들어서 오히려 옛날 센코쿠의 무사를 그리워함과 동시에 이념형으로 '무사도'가 등장하게 된 것은 역사가 보여주는 일종의 역설이라 할 수 있을는지. 그리고 언제나 그러하듯 이상과 이념은 어두운 현실에서 피어오르는 것인지.

그들이 보기에, 정말이지 현실은 가관이었다. 사이카쿠의 『부도덴라이키武道傳來記』는 "바야흐로 지금은 무도를 모르더라도 주판을 튕기면서 시마쯔始末(절약)라는 두 글자만 댈 수 있으면 어디서나 행세할 수 있게 되어, 옛날부터 알던 사람들 중에 후다이譜代의 도리가 분명한 사람들이 점점 줄어들고 있다. 세상은 엄청나게 변해서 앞으로는 모든 사무라이 된 자들이 칼 대신 저울을 허리에 차고 장사를 해야 하는 그런 시대……"(源了圓, 1973, 79)라 묘사하고 있다.[18]

이미 '먼 옛날'이 되어 버린 센고쿠 시대의 무사일 수도 없고, 또 그렇다고 해서 멸시해 마지않던 상인과 다를 바 없는 그런 타락한(?) 무사가 될 수도 없는 노릇, 대체 어떻게 살아가야 하는가, 대체 어쩌란 말이냐. 정신적 혼란을 겪고 있는 그들 앞에 어떤 형태로건 새로운 모델 혹은 이상형이 제시되지 않으면 안 되었다.

무사도에서 사도로의 전환

"말 위에서 천하를 얻을 수는 있지만 말 위에서 천하를 다스릴 수는 없다."

전국을 통일한 도쿠가와 이에야스가 유교(주자학)에 주목하고, 또 일종의 체제 이데올로기로 수용한 것은 충분히 납득할 수 있는 일이다. 1615년 제정한 '부케쇼핫토武家諸法度' 제1조에서 문무 겸비와 문文의 필

전투에 나서는 무사들에게 요구되는 것은 항상 주군을 위한 사무라이 정신이었다.

요성을 역설하고 있는 것은 극히 시사적이다.

그런 탓에 '무사와 유교의 만남', 그것은 이미 예정된 것이나 다름이 없었다. 흥미로운 것은 '무사의 유교화'(사무라이의 道義化) 내지 '유교의 무사화' 작업이 하야시 라잔(林羅山, 1583~1657) 등의 어용학자들이 아니라, 나카에 토주(中江藤樹, 1608~1648), 쿠마자와 반잔(熊澤蕃山, 1619~91), 야마가 소코(山鹿素行, 1622~1685) 등 로인浪人 출신 유자儒者들에 의해 이루어졌다는 점이다.

스스로 무사의 지위를 던져 버린 나카에 토주. 그는 『맹자』를 인용, "선비의 이상은 마음을 수고롭게 하여 다른 사람을 다스리는 것을 일로 삼기 때문에 밝은 덕을 밝게 하여 인의를 행하는 것이 선비가 해야 할 일"(『翁問答』)이라고 했다. 그는 유교에 의해 사무라이의 위상을 기초지으려 했고 싸움이 잦았던 당시 무사들에 대해서는 "서로 물어뜯고 싸우는 사나운 개가 되어서는 안 된다"(『翁問答』)고 비판했다.

그의 제자 쿠마자와 반잔이 그런 생각을 이었다. 그가 보기에 당시의 유학자들은 "세상을 살아 나가기 위해서 유학을 한 사람"으로 결코 사군자士君子의 이상을 체현한 사람은 아니었다. 그는 "지금 일본에서 무사로서 무도에 달한 사람은 태어나면서부터 어질고 사랑하며 욕심이 없는 사람이었다. 이런 사람에게 예악禮樂과 문장文章이 있다면 옛날의 사군자가 될 수 있을 것이다"(『集義和書』)라고 했다. 어질고 사랑하며 욕심이 없는 무사 기질을 유교의 예악과 문장을 가지고 세련되게 함으로써 이상적인 사군자가 형성될 수 있다고 했다(源了圓, 1973, 79-80).

이처럼 유교에 의해 이상화된 무사들의 삶의 방식을 종래의 '무사도 武士道'와 구분해서 '사도士道'라 한다. 시도의 형성에 크게 기여한 유학자로 는 역시 야마가 소코를 꼽아야 할 것이다.[19] 그는 '유교의 무교화武教化' 를 실천, 시도를 고취한 사람으로서 의의를 갖는다.[20]

그는 무사의 직분에 대해서 다음과 같이 말했다.

"무릇 사무라이의 직분이라는 것은, 그 몸을 돌이켜보건대 주군을 얻 어 그를 받들어 충성을 다하고, 친구들과 사귀어 믿음을 두텁게 하고, 혼자 있을 때에도 몸을 삼가 의리를 오로지하는 데 있다. 그리고 사람에 게는 누구나 어버이와 자식, 형과 아우, 지아비와 지어미 같은 어쩔 수 없는 관계가 있다. 이 또한 천하의 많은 사람들이 모두 해야 할 인간의 윤리이지만, 농·공·상은 그 직업에 틈이 없으므로 언제나 좇아 그 길道 을 다할 수 없다. 사무라이는 농·공·상의 업을 제쳐두고 오로지 이 길 에만 힘써 이 세 부류의 백성들 사이에서 인간의 윤리를 어지럽히는 무 리를 재빨리 처벌하여 천하에 인륜의 올바름이 지켜지도록 해야 한다. 때문에 사무라이는 문·무의 덕치를 갖추지 않을 수 없다"(『山鹿語 類』).[21]

그가 바람직한 모습으로 생각했던 무사의 이미지는 '문·무의 덕치' 를 갖춘, 다시 말해 문무를 아울러 갖 춘 그런 인간이었다. 무사는 당연히 인 류의 길을 실현해야 하며 도덕적인 면 에서도 모든 사람의 전범이 되어야 한 다. 그런 직분을 자각하고 인류의 길을 실현하는 한편, 여타 다른 계급을 이끌 어가야 한다. 이렇게 보면 무사는 곧

산적들에게 괴로움만 당하던 한 마을의 농민들을 7인의 사무 라이들이 구하고 그들의 수호신이 된다는 영화의 한 장면.

사士와 거의 다를 바 없다. 다만 허리에 두 자루 칼을 차고 있을 뿐, 아니 '칼을 찬 선비'라고나 할까.

아울러 야마가 소코는 무사와 관련하여 『부쿄오혼론(武教本論)』과 『부케지키武家事紀』라는 두 권의 책을 저술했다. 『부쿄혼론』(1656)은 "후학들이 그 말류를 좋아하기 때문"에, 다시 말해 당시 일반 무인들이 권모와 기예로만 흘러 무사의 본지를 잊어버리는 것을 경계해서 쓴 책이다.[22] 『부케지키』(1673)는 무가에 관한 역사적 사실을 집성·정리한 것으로 일종의 백과전서라 할 수 있다. 풍부한 지식을 정리하고 전쟁 경과를 기술하는 등 도처에서 병학자로서의 역량을 발휘했을 뿐만 아니라 고문서나 법령, 지도 등을 풍부하게 인용, 실증적인 연구 자세를 보여주었다.[23]

'병학과 무가에 대한 관심'이라는 측면에서 야마가 소코는 중국이나 조선의 유학자와는 확연히 구별된다. 다소 유교로부터 일탈한 것처럼 보이는 것은, 요컨대 무사들의 사회에 유교를 토착화시키기 위해서 어쩔 수 없이 취한 방편 정도로 이해할 수 있겠다. '나는 그가 센고쿠적인 사무라이를 동양의 젠틀맨─사군자士君子─으로 정립하려 했던 것으로 생각한다. '바보스럽고 헛소리空言만 하며 도박이나 하는' …… '아주 좁은 동네에서 일곱 번이나 빈말을 한 사람이 있다' ─이것은 『하카쿠레』에 나오는 한 구절인데, 그런 살벌한 센고쿠 시대의 폐습을 그대로 지니고 있는 사무라이들을 교양 있는 사무라이로 길들이는 것은 당시에 꼭 있어야 할 그런 일이었다. 사가라 도루相良亨의 말을 빌리자면, 거기에는 '죽음을 각오하고 있는' 무사도武士道로부터 '도를 자각하는' 사도로의 전환이 있었다"(源了圓, 1973, 82).

"꽃은 사쿠라, 사람은 사무라이"

1702년 12월 15일 아침, 갓 잠에서 깨어난 에도 시민들 사이에 마치 전파가 퍼져 나가듯이 하나의 중대한 소문이 전해졌다. 전날 밤 아코赤穗의 로시浪士 46명이 부슬부슬 내리는 눈을 맞으면서 기라 요시나카(吉良義央, 1641~1702)의 저택을 습격, 자신들의 주군의 원수 요시나카의 목을 벤 후 센가쿠지泉岳寺로 퇴각해 코기公儀를 기다리고 있다는 소문이었다. 갑작스레 그들의 행동을 둘러싸고 세론이 뜨겁게 달아오르기 시작했다(丸山眞男, 김석근 옮김, 1995, 183-184).

사건의 기원은 1701년 3월로 거슬러 올라간다. 에도의 치요다성千代田城의 마츠노로카松の廊下에서, 아사노 다투미노카미淺野內匠頭가 칼을 빼들고 기라 요시나카에게 덤벼들었다. 주위의 저지와 만류로 큰일 없이 사태는 곧 수습되었다. 막부는 기라에게는 무죄, 아사노에게는 할복자살을 명했다. 그것으로 사건은 일단락되었다. 하지만 완전히 끝난 것은 아니었다. 그로부터 1년 8개월이 지난 후 마침내 가신들이 주군의 원수를 갚는 사건이 터진 것이다.

과연 그들을 어떻게 처리할 것인가를 둘러싸고 찬반 양론이 뜨겁게 달아올랐다. 결국 막부는 그들에게 할복자살을 명했다. 이후 140여 년 동안 학자들 사이에 격렬한 찬반 양론이 되풀이되었다(이준섭, 1999, 119-121). '아코 사건'으로 불리는 그 사건은 훗날 「츄신쿠라忠臣藏」로 극화되었고(松島榮一, 1964), 지금도 변함없이 일본인들의 사랑을 받고 있다.

실제로 무사들의 도덕·윤리와 관련해서 아코 사건은 뜨거운 쟁점거리가 되었다. 주군을 잃은 사무라이들이 1년 남짓한 세월을 심사숙고해서 행동에 나섰다는 것, 그리고 그 목적을 달성했다는 점에서 평가가 엇

갈릴 수 있다. 무로 규소(室鳩巢, 1658~1734) 같은 독실한 주자학자는 그들의 행동을 무조건적으로 찬미하면서 유명한 『아코기진로쿠赤穗義人錄』를 저술하기도 했다(丸山眞男, 김석근 옮김, 1995, 184).

당시 많은 사람들이 그들의 행위를 의義를 위한 것으로 보았으며, 또 그 배경에는 야마가 소코의 병학과 사도士道가 있는 것으로 해석하기도 했다(源了圓, 1973, 82). 오로지 '죽을 각오'로 무장한 채 부딪쳐 가는 센코쿠적 무사 스타일과는 확실히 뉘앙스가 다른 것이기 때문이다.

그들에 대해서 에도 시대를 대표하는 유학자 오규 소라이(1666~1728)는 시종일관 할복해야 한다는 주장切腹論을 펼쳤다. 『소라이기리쯔쇼』라는 문건에서 그는 이렇게 말했다.

의리義는 자신의 몸을 깨끗하게 하는 길道이며, 법은 천하의 사람들이 모두 따라야 할 바規矩다. 예禮로써 마음을 다스리고 의로써 일을 다스린다. 지금 46인의 사무라이들이 그 주군을 위해서 원수를 갚은 것은 옆에서 섬긴 사람들의 부끄러움을 아는 것이다. 자신을 깨끗이 하는 도리로서 그 일은 의롭다고 할 수 있지만, 그것은 그 무리黨에 한정되는 일이므로 궁극적으로는 사적私的인 논의일 뿐이다. 그 까닭은 깊은 궁궐 내에서 꺼리는 것 없이 죄를 저질렀고, 또 요시야스吉良를 원수로 간주해 조정의 허락公儀도 받지 않고 소란을 피운 것은 법에 용납될 수 없는 것이다. 지금 46명의 사무라이들의 죄를 결정하는 데 있어 사무라이의 예로써 셋푸쿠切腹에 처한다면 우에스기上杉 가문의 바람도 헛되지 않을 것이고, 또 그들이 충의忠義를 가볍게 여기지 않은 도리 역시 공정한 논의公論라고 할 수 있을 것이다. 만약 사사로운 논의私論를 가지고 공정한 논의를 해친다면 앞으로 천하의 법도가 서지 않게 될 것이다(丸山眞男, 김석근 옮김 1995, 187).

그는 주군을 위해 원수를 갚는 것은 의로운 일로 인정해 참수와 같은 극형에는 반대했다. 인정은 어디까지나 사적인 논의일 뿐이며, 사적 논의가 공적 논의를 해쳐서는 안 된다는 것이다. 의미심장한 분석이라 하겠다.[24]

그러면 에도 시대의 무사도를 대표하는 것으로 여겨지는 『하가쿠레』는 이 사건에 대해 과연 어떻게 생각했을까. 아니, 『하가쿠레』적 시각에서는 아코 사건을 어떻게 보아야 할 것인가.[25] 『하가쿠레』의 구술자 야마모토 쯔네토모(山本常朝, 1659~1719)는 그 사건에 대해 이렇게 논평했다.

아사노淺野 도노殿의 로닌浪人들이 밤에 치고, 센가쿠지泉岳寺에서 셋푸쿠한 것은 도를 넘어선 것越度이다. 그리고 또 주군을 잃고서 적의 토벌을 너무 질질 끌었다. 만약 그동안에 기라吉良 도노殿가 병이라도 들어 죽어버렸을 때에는 유감천만이었을 것이다. 그들은 지혜가 있고 또 영리하기 때문에 칭찬받는 데 익숙하긴 하지만, 나가사키 싸움처럼 앞뒤를 가리지 않고서 한 것은 아니었다(源了圓, 1973, 83).[26]

"무사도라는 것은 곧 죽는 것을 찾아내는 것이다." 이 말은 『하가쿠레』의 메시지를 한 마디로 요약한 것이라 하겠다. 기꺼이 죽을 수 있어야 한다는 것. 그는 아코 무사들에 대해 적을 좀더 일찍 토벌하고 또 장렬하게 죽음을 맞아야 했다는 아쉬움을 가졌던 것으로 여겨진다.

이런 입장은 아무래도 야마모토의 개인사와 관련이 있는 것으로 보인다. 그가 보기에 주군과 신하의 관계는 극히 정의적情誼的인 관계였다. 그것은 마치 연인 사이의 관계와 비슷했다. 그는 주군의 죽음에 즈음해서 따라 죽는 것殉死이야말로 무사의 도리라고 생각했다.[27] 실제로 그는 열렬한 순사 찬미자이기도 했다(古川哲史, 1957, 115). 그러나 실제로 그는 그 길을 걷지 못했다. 이미 순사殉死가 금지된 시대를 사는 무사였기 때문이다.[28] 헌신적인 미덕에 한 목숨 걸었던 센코쿠 무사의 정신은 그의 정신적 고향과도 같은 것이었다. 더구나 눈앞에서 전개되고 있는 부박한 현실은 그로서는 받아들이기 어려운 것이었으리라. 순사하고 싶으나 순사할 수 없는 상황에서 그가 택한 길은 바로 '은거'하는 것이었다. 은거, 그것은 살아 있으면서도 사회적으로는 이미 죽은 것이나 다름없는 존재 양태를 구사하는 것이었다.

그렇게 10여 년간 은거해 있던 쯔네토모에게 어느 날 같은 한藩의 후배 무사 한 사람(田代陳基)이 찾아들었다. 죽은 것도 아니고 산 것도 아닌 쯔네모토는 그를 앞에 두고 자신이 그리워해 마지않던 무사의 정신과 도덕, 그리고 기억에 남는 일들에 대해 털어놓기 시작했다. 후배 무사는 그것을 열심히 받아 적었고, 태워 버리라는 쯔네토모의 만류에도 불구하고 후세에 전하게 되었다. 오늘날 우리가 접할 수 있는 『하가쿠레』는 그렇게 태어났다.

대략 이러한 사정으로 인해 "죽지 못하고 뒤처진 사람의 아무런 생각 없음無念이 『하가쿠레』 전편에 일종의 기괴한 느낌을 드리우고 있다"는 식의 평가도 있다. 그런 만큼 일반화하기 어려운 측면도 없지 않다. 어쩌면 그것은 전국시대의 살아 있는 화석이자 동시에 극한 상황이 연출해 내는 '정신적 지형도'의 한 단면이라 해야 할 것이다.

글쓴이가 보기에 『하가쿠레』는 차가운 '사회학적 시선'보다는 뭐랄까 일종의 '미학적인 시선'으로 바라보아야 하지 않을까 한다. 어차피 죽게 되어 있는 인간의 운명이라면 보다 값있게 죽음을 맞아야 한다. 모름지기 죽어야 할 때를 알아야 한다. 그런데 그 죽음은 언제 어디서 어떻게 찾아올지 모른다. 항상 준비를 하고 있어야 한다. 『하가쿠레』가 전해 주는 무사의 몸가짐에 관한 이야기 한 토막은 그런 진지함을 전해 주기에 충분하다.

수양하는 자세로 하루하루를 생활하는 사무라이들에게 전장은 곧 자신의 죽음을 맞는 장소로 여겨졌다.

"50, 60년 전까지의 사무라이는 매일 아침 일어나면 냉수마찰을 하고, 사카야키(月代. 이마에서 머리 한가운데까지 머리털을 깎는 것)를 해 머리를 정돈하고, 머리털에 향을 바르고, 손톱과 발톱을 깎고 조약돌로 비비고, 거기에 윤기를 더해 주기 위해 고가네쿠사こがね草로 문질러서, 언제나 몸가짐에 신경을 쓰고 있었다." 죽음을 결의한 사람의 '청결하고 아름다운 일상'이라 하겠다 (奈良本辰也, 1975 참조).

전통의 재발견, 혹은 창조?

기본적으로 무사도는 '에도 시대에 성립된 관념적인 이데올로기'로서 '유교 사상에 뒷받침되어 집대성된 봉건 지배체제의 관념적 지주'라 할 수 있다. 하지만 앞에서 보았듯이 그것은 시대와 더불어 다양한 모습으로 변모했다. 그만큼 무사도를 구성하고 있는 요소나 가치평가에서도 각자의 시각과 입장에 따라 서로 다를 수밖에 없다.[29] 일반적으로 우리가 생각하는 무사도 자체가 메이지유신 이후에 이미지가 형성된 것이기 때문에 더욱 그렇다.

지금도 논의의 초점이 되는 것은 과연 그러한 무사도가 '근대화' 과정에 어떤 기능을 했는가이다. 얼마든지 긍정적인 측면도 지적할 수 있고(笠谷和比古, 1997), 또 부정적인 측면도 지적할 수 있을 것이다.[30] 이는 중요한 주제임에 분명하지만, 냉정하게 보자면 그런 논의 자체가 극히 '사후적'이라는 점을 잊지 말아야 한다. 다시 말해 '성공한 근대화'라는 현실을 미리 전제해 놓고서 그 원인을 찾아 가는 것이다. 이미 답을 알고 문제를 푸는 것과 크게 다를 바 없다.

인간의 의식과 사회의 구성 원리라는 측면에서 보자면, 아무래도 무사도에 뒤얽혀 있는 봉건적 관념이라는 측면을 외면할 수 없을 것이다. 그것이 근대적 의미의 '충성과 반역'(丸山眞男, 박충석·김석근 옮김, 1998)으로 이행해 가기 위해서는 역시 '질적인 전환'을 거치지 않으면 안 된다.

흔히 무사도와 관련해서 '우뚝한 독립'·'독립심'·'자립' 등을 말하지만, 문명 개화기의 지식인 후쿠자와 유키치(福澤諭吉, 1835~1901)는 『분메이론노가이랴쿠文明論之槪略』 제9장에서 일본 사회의 '권력 편중'을 비판했다. 아울러 "일본의 무인들에게는 '독일개인獨一個人의 기상'(인디비듀앨리티)이 없어서 그런 비열한 행위를 부끄럽게 여기지 않았다(난세의 무인에게 獨一個의 기상 없다)"고 했다(김석근, 1999 참조). 아무래도 근대적 의미의 '개인' individual으로 보기는 어렵다는 것이다. 그의 비판은 예리하다.

하지만 그와 동시에 현실에서 일본이 위로부터의 순탄한(?) 근대화 과정을 걷게 되면서, 그러한 '봉건 지배 체제의 관념적 지주'인 무사도에 대해 조금은 다른 시각에서 보려는 입장도 없지 않았다. 아니, 적극적인 측면에서 보려는 움직임도 싹트게 되었다.[31]

글쓴이의 경우 일본의 군국주의화 과정과 관련해서 비판적인 입장을 취하고 있음에도, 그런 움직임에 대해 한 번쯤은 어느 사회나 있게 마련인 '전통의 재발견' 혹은 '창조'라는 맥락에서 바라볼 수도 있지 않을까 한다. 말하자면 그것은 근대화 과정에서 일본인 자신들이 생각하지 않을 수 없었던 아이덴티티identity 문제와도 직결되어 있다.

그러한 재발견 혹은 창조 작업을 일찌감치 그리고 설득력 있게 실행한 사람으로는 역시 니토베 이나조(新渡戶稻造, 1862~1933)라는 인물을 제일 먼저 꼽아야 할 것이다.[32]

지금도 일본인들이 사무라이에 대해서 갖는 자긍심과 경외감은 말로 다 표현하기 어렵다.

한국에는 그다지 알려지지 않았지만, 일본돈 지폐 5천 엔짜리에 실려 있는 초상화의 주인공이 바로 그라면 어떨까. 아마 많은 사람들이 "아~, 그 사람!" 할 것이다. 바로 그 점만으로도 근대 일본에서 그가 차지하고 있는 위상의 일단을 엿볼 수 있지 않을까. 1899년 신병 치료를 위해 미국에 체류하는 동안 그는 영어로『Bushdo, the Soul of Japan』을 썼다.[33] 그때 나이 38세. 미국과 일본에서 출판되었고,[34] 그후 세계 각국어로 널리 번역·소개되었다. 그것이 바야흐로 일본에 주목하기 시작한 서구인들의 일본관 형성에 많은 영향을 미쳤음은 물론이다.[35]

1899년이면 어떤 시절이던가. 제자이자 동시에 역자이기도 한 야나이하라 타다오(矢內原忠雄, 1893~1961)는 역자 서문에 이렇게 적었다. "1899년은 청일전쟁이 끝난 후 4년, 러일전쟁이 터지기 5년 전으로, 일본에 대한 세계의 인식이 아직 극히 유치하던 시대였다. 그때 넘쳐 흐르는 애국의 열정과 해박한 학식과 웅경雄勁한 문장으로 일본 도덕의 가치를 널리 세계에 선양했다는 것은, 그 공적이 삼군三軍의 장將에 필적하는 것이 있다."

청일전쟁에서의 승리는 일본 근대사에서 전환점이 되는 일대 사건이라 하겠다. 지난날 중화적 국제질서의 중심국 청나라를 패퇴시켰다는 점에서 그렇다. 신생 일본이 문명 개화에 대해 한층 더 자신감을 얻었음은 물론이다.

바로 그 같은 시대적 분위기에서, 일종의 전통의 재발견(내지 창조) 과정을 거쳐서 등장한 '무사도'[36]! 그 후, 그것은 좋든 싫든 간에 전 세계의 일본관은 물론이고 나아가 일본인의 그것에까지 깊은 영향을 미쳐왔다. 그리고 지금도 일본인의 정신세계와 조직 그리고 사회를 설명하는 중요한 요인의 하나로 자리잡고 있다.

미주

1) '무사도, 일본의 혼'은 니토베 이나조(新渡戶稻造, 1862~1933)가 1899년 영문으로 쓴 책 *Bushdo, the Soul of Japan*에서 그대로 따온 것이며, 거기에 글쓴이가 물음표를 덧붙였다. '정말 그런가' 반문하는 의미까지 담고자 했기 때문이다.

2) 1964년 고바야시 마사키(小林正樹)의 〈셋부쿠切腹〉(영어 제목으로는 腹切り, 즉 하라기리)라는 영화가 국제영화제에서 상을 받았다. 그로 인해 '하라기리'는 널리 알려지게 되었다.

3) 매년 11월 25일 쇼콘쥬쿠(松魂塾)라는 우익단체가 중심이 되어 추모대회를 하면서 그의 우익 정신을 기리고 있다고 한다.

4) 그가 최초의 단편소설 「산모(酸模)」를 호진카이(輔仁會)에 발표한 것은 1938년. 이어 1941년 「꽃이 만발한 숲(花ざかりの森)」을 『분게이카분카(文藝文化)』 9~12월호에 연재했다. 그때 미시마 유키오라는 필명을 쓰기 시작했다.

5) 할복과 관련해서 그의 문학은 지나치게 내셔널리즘 관점에서 조명되고 있다는

느낌을 받을 때가 없지 않다. 미학을 완성하기 위해 절대자(天皇)가 필요하다는 주장, 기타 잇키(北一輝)와 사이고 다카모리(西鄕隆盛) 등의 국수주의에 대한 관심, 그리고 곧 보게 될 무사도에 대한 관심이라는 측면이 없지 않지만, 실은 30대 전반까지 그는 사회적 이슈나 정치적 문제에 극히 무관심했다.

6) 그는 자위대에 몇 차례 체험 입대했다. 1967년 4월, 1968년 3월과 10월, 1969년 2월, 1970년 3월과 9월.

7) 스스로 배를 갈라 목숨을 끊을 때(셋푸쿠) 옆에서 목을 쳐주는 것을 가이샤쿠(介錯)라 한다. 고통을 덜어 주고 구차스럽게 살게 되는 것을 피하기 위해서 그렇게 한다. 동료나 부하 등 친한 사람이 이른바 가이샤쿠닌(介錯人)이 되어 준다. 미시마 유키오가 전통적인 방법으로 할복했을 때도 다테노카이 단원인 모리타 시카츠(森田必勝)가 가이샤쿠닌의 역할을 했다(그 자신도 할복 자살했다).

8) "전통적인 형을 중시하고, 동시에 그 배경이 되는 마음(心)의 움직임을 중시하는 것은 일본 문화의 특색의 하나가 아닐까. 원래 단순한 기예(技)나 술수(術)에서 출발한 것이, 그 깊은 뜻을 끝까지 밀고 나간 것으로 끊임없는 정진과 엄격한 수업을 거듭해 가는 동안에 기예나 술수를 넘어선 정신적인 측면이 강조되고, 그러다 보면 도로 승화해 간다.… 이른바 무예십팔반(武藝十八般)은 일찍이 전란의 시대에는 어느 것이나 모두 적을 죽이고 자신의 몸을 보호하는 기예이며 술수였다. 그 단계에서는 기술의 우열은 승부에 의해서만 평가되었다. 그러나 무사가 전장에서 멀어짐에 따라, 무기(武技)는 그 기법의 체계화가 진척되고 이론에 뒷받침되어 일정한 형을 갖춘 무예로 발전해 가며, 그런 가운데 유파가 생겨나게 되었다. 유파 성립에는 불세출의 명인이나 달인의 출현이 필요하며, 그런 사람들의 체험이 비법·구전으로 전해지게 되었다. 나아가 각 유파가 문인을 모아 집단적으로 지도하기 시작하면, 그 이론이 신도·유교·불교·선 등의 말을 빌려 점차로 성문화하게 되었다. 그것이 대체로 寬永 연간(1624-1644) 이후의 일이다"(『日本の古典名著總解說』, 1990, 373).

9) 무사도라는 단어가 생겨나기 전에도 다양하게 표현이 되었다. "옛날에는 ものゝふの道, ますらをの道, 조금 내려와서는 兵の道, 武者の習, 弓矢とる身の習, 弓矢の道, 더 내려와서는 侍道, 武士の道, 武士道, 士道 등이 사용됐으며, 메이지 이후에 무사도의 사용이 압도적이게 됐다는 것이 옛날 무인의 도를 나타내는 단어의 개략적인 역사다"(古川哲史, 1957, 2).

10) 중세의 농민들은 무기를 소유할 수 있었다. 다시 말해 무사와 농민의 구분이 그

렇게 명확하지 않았다. 센코쿠 시대에는 특히 그러했다. 시대의 특성상 신분상 승의 기회가 많았던 것이다. 평민에서 재상의 지위에까지 오른 도요토미 히데요시가 좋은 예라 하겠다.

11) 농·공·상인이 무례를 범했을 때 그 자리에서 목을 벨 수 있는 것. 물론 정당한 사유에 의한 것인지 아닌지 조사가 이루어졌다.

12) 크고 작은 칼 두 자루를 차는 것. 그것은 곧 무사를 상징하는 것이기도 했다.

13) 무사 계급만이 성을 가질 수 있었다.

14) 무사와 관련해서 다음과 같은 유명한 이야기가 있다. "떡장수의 이웃집에 가난한 홀아비 사무라이가 아들 하나를 데리고 살고 있었다. 어느 날 그 아들이 떡집에서 놀다가 돌아간 후, 떡장수는 떡 한 접시가 없어진 것을 알게 되었다. 자연히 사무라이의 아들에게 혐의를 두게 되었고, 떡장수는 그에게 떡값을 내라고 했다. 사무라이는 '아무리 가난할망정 내 자식은 사무라이의 자식이다. 남의 가게에서 떡을 훔쳐먹었을 리가 없다'고 극구 해명했다. 그럼에도 막무가내로 졸라대는 떡장수. 참다 못한 사무라이는 마침내 그 자리에서 칼을 빼 아들의 배를 갈라 떡을 먹지 않았음을 입증해 보인다. 그리고 그 칼로 떡장수를 베어 죽이고, 이어 자신마저 자결해 버린다." 해석은 여러 측면에서 가능하겠지만, 글쓴이의 경우 일차적으로 '사무라이의 가난(몰락)' 부분에 주목할 수 있지 않을까 한다.

15) 전 3권. 1622년 초고가 완성되었고 26년 보정되었다. 도쿠가와 이에야스의 사적事蹟을 중심으로 일족의 무공을 서술하고, 자손을 경계한 것이다. 주군에 대한 절대적인 헌신과 센코쿠 시대 무인의 기질, 특히 도쿠가와 가문의 그것을 엿볼 수 있다.

16) 에도 초기의 군학서. 20권. 武田信玄, 勝頼의 合戰에 있어서의 전술이나 전략을 말함과 동시에 軍法, 治世, 武士道의 기본이나 이상에 대해서 논술하고 있다. 저자는 고바타 가게노리(小幡景憲)라는 설이 가장 유력하다. 가게노리는 에도 군학의 시조로 불리는 사람으로, 甲州流 軍學을 체계화했다. 호조 우지나가(北條氏長)와 야마가 소코(山鹿素行) 등의 스승에 해당한다. 그리고 그 책의 체제는 다케다가의 늙은 가신 高坂信昌가 집필하는 형태로 되어 있어 후세에 '軍神 武田信玄' 상을 만들어낸 원천이 되기도 했다. 寛永 연간(1624~43)에는 이미 목판으로 출판되었으며, 에도 시대를 통해서 군법의 중요한 교과서의 하나가 되었던 책이다.

17) 다이도지 유잔(大道寺友山)이 무사도의 존재 양상을 논한 책. 享保 연간 (1716~1735)의 저술이라 한다. 1권 내용은 무사의 근본적인 마음가짐, 삶의 방식을 56조에 걸쳐 간명하고 친절하게 설명했다. "무사라는 존재는 정월 초하루 아침 雜煮의 餅을 祝하면서 젓가락을 들 때부터 그해 섣달 그믐날 저녁에 이르기까지 낮이나 밤이나 죽음을 언제나 마음에 두고 있는 것을 제일의 本意로 삼는다. 죽음을 언제나 마음에 두고 있으면 충효라는 두 개의 도에 들어맞으며, 또 모든 나쁜 일과 재난도 막을 수 있으며, 그 몸이 병이 없고 재해도 잠재워서 수명이 장구해지며, 사람됨도 능히 이루어져 그 덕이 많게 된다"는 첫머리의 한 구절은 그 책을 일관하는 근본 정신이라 할 수 있다. '무사도'라는 말이 빈번하게 보이는 것도 이 책의 특징인데, 비슷한 무렵 성립된 사가현의 『하가쿠레』와 함께, 무사도 정신을 논한 것으로 쌍벽을 이룬다. 처음에 松代藩에 전해졌으며 후에 널리 보급되었다. 메이지 말경에는 옛 한시藩士 가정에서 애독되었다 한다.

18) 그 시대를 특징짓는 조닌(町人) 계급의 등장과 현세 중심적 사유의 정착에 대해서는 박규태(1996)를 참조할 것.

19) 그는 아이즈(會津)에서 태어나 에도에 나와 하야시 라잔(林羅山)에 유학했으며, 고바타 가게노리, 호조 우지나가에게 병학을 배웠다. 그후에도 神道・歌學・佛法 등을 닦아 이름을 얻었다. 학문이 무사의 일용에 도움이 된다고 주장하여 주자학을 비판하고 고학 유교를 주창했으며, 스스로 實學・聖學이라 불렀다. 그 학문의 근저에는 兵學者적인 체험이 있으며, 그 자손에 의해 야마가류의 병학으로 계승되었다.

20) 일본 유학사에서 그가 차지하고 있는 위상과 의미에 대해서는 丸山眞男/ 김석근 옮김 1995를 참조할 것.

21) 이 부분은 源了圓 1973, 80-81에서 다시 인용했다.

22) 1권 전편을 상・중・하 3부로 나누고, 상편은 大原・人原・道原・事原, 중편은 主要・君職・三事・警戒・建官・選教・武備・法制・內閣・賞罰, 하편은 戰略・武教・謀知・戰法・戰地・戰時・戰用・戰要의 장으로 나누어 논한 것으로, 무사도의 조직화・체계화를 시도했다.

23) 58권. 前集・後集・續集・別集의 4부로 구성되며, 전집(제 1~3권)에는 皇統要略과 武統要略을, 후집(제 4~5권)에는 武朝年譜와 君臣正統을 수록하고, 이들을 전체의 綱要로 삼고 있다. 속집은 이른바 후집의 세목이라 할 수 있는 것으로,

주로 바쿠후 개창에서 寬文 연간(1661~73)까지의 譜傳·家臣列傳·戰略·古案·法令·地理·驛略·地圖 등을 상세하게 기록했고, 그리고 별집(제 44~58권)은 將禮·武本·武家式·年中行事·國郡制·職掌·臣禮·故實·武藝·朝藝故實 등 무사의 생활 규범에 관한 사항을 서술하고 있다.

24) 자세한 논의는 이 글의 범위를 벗어나므로 깊이 들어가지 않기로 한다.

25) 사가(佐賀) 한의 사무라이 야마모토 쯔네토모(山本常朝)가 구술한 것을 같은 한의 쯔라모토(田代陳基)가 적은 것이다. 한 내외 무사의 언행에 대한 비평을 통해서 무사의 도덕을 설명한 것으로, 전체 11권 1200여 절로 되어 있다. 1716년에 이루어졌다. 원래 『葉隱聞書』라 했던 것을 줄여서 『葉隱』라 부르게 되었다. 쯔네토모는 필기한 것을 태워 버리라고 했으나, 쯔라모토는 그 말을 어기고 몰래 보존하고 있었다. 그것이 어느새 사가한의 사무라이들 사이에 읽히고 필사되어 『鍋島論語』 등으로 불리고 존중받기에 이르렀다. 1-2권은 쯔네토모 자신의 교훈, 3-5권은 鍋島直茂(藩祖), 勝茂(一代의 藩主), 光茂, 綱茂(2·3대 번주) 등의 언행, 6-9권은 사가한의 일, 11권은 전 10권의 보유(補遺). 역시 핵심을 이루는 것은 1, 2권의 쯔네토모 자신의 교훈의 말이며, 거기서 그의 사상이 약동하는 것을 볼 수 있다.

26) 여기서 나가사키 싸움이라는 것은 나베시마(鍋島) 가문의 후카보리(深堀) 야시키(屋敷)에 근무하던 후카보리 산우에몬(深堀三右衛門)과 시바하라 다케우에몬(志波原武右衛門)이 나가사키초(長崎町) 도시요리(年寄) 다카키 히코우에몬(高木彦右衛門)의 추겐 소나이(仲間內)와 길에서 부딪쳤을 때 어쩌다 진창의 흙탕물이 조금 소나이에게 튀긴 것이 시비의 발단이 되어 두 사람의 일가 친척 그리고 다카키 쪽의 주인 이하 가솔들까지 모두 거기에 얽혀들게 되었고, 마침내 일이 일어난 그 다음날 아침 두 사람과 그 일가 친척들이 다카키 쪽을 습격하여 주인이하 모든 사람을 죽여서 사무라이의 명예를 지키고 자신들도 셋푸쿠해 마무리지은 사건이다.

27) 허가받지 않았음에도 불구하고 순사를 감행했을 경우, 그것은 그야말로 '개죽음' 犬死 취급을 당했다.

28) 1663년 순사를 금지하는 시행령이 내려졌다. 하지만 그런 사례가 전혀 없어진 것은 아니다. 1912년 메이지 텐노 천황이 죽자, 노기 마레스케(乃木希典, 1849~1912) 부부가 함께 순사했다. 그후 乃木神社가 세워졌다.

29) 사가라 도루(相良亨)의 경우 名と恥, 死の覺悟, 閑かな强み, 卓爾とした獨立이

라는 측면에 주목하고 있다(相良亨, 1968). 그리고 일찍이 야마가 소코는 "우뚝 솟은 독립"(『山鹿語類』)을 말했고, 요시다 쇼인은 "대장부는 자립하지 않으면 안 된다. 다른 사람에게 기대는 천박함은 대장부가 깊이 부끄럽게 여기는 바다"(『語孟余話』)라고 했다.

30) "메이지 시대에 무사도가 수행한 역할을 전면적으로 긍정적인 방향만으로 인정해서는 안 될 것이다. 무사도가 군국주의 형성과 관계가 있다는 점도 부정할 수 없다. 그러나 무사도에 의해 배양된 도덕적인 바탕(moral backbone)을 가진 메이지 시대 일본인들이 어떤 풍격風格 같은 것을 가지고 있었다는 점 또한 부정할 수 없다. 도쿠가와 사회의 전통을 짊어진 메이지 근대화의 '사랑과 미움이 병존하는(ambibalance)' 감정의 가장 좋은 예의 하나를 무사도가 제공했다고 할 수 있을 것이다"(源了圓, 1973, 90).

31) 이는 일본이 군국주의 노선을 힘차게 달려가면서 한층 더 가속화하는 측면을 보여주고 있다. 이에 대해서는 丸山眞男/ 김석근 옮김 1997 참조.

32) 근대 일본의 교육자. 盛岡藩(岩手縣) 戡定奉行 新渡戸常訓의 아들. 1877년 札幌농학교 제 2기생으로 内村鑑三·宮部金吾 등과 함께 '예수를 믿는 자의 서약'에 서명해 기독교도가 되었다. 그 학교를 졸업한 후, 도쿄대학 문학부에 選科生으로 입학, 영문학·이재학(理財學)·통계학을 전공했으며, 1884년 존스홉킨스대학에 유학, 1987년 札幌농학교 조교수가 되어 독일에 유학. 폰 베를린 하레의 제 대학에서 농정학·농업경제학을 공부하고, 1891년 귀국. 札幌농학교 교수, 대만총독부 기사(技師), 교토대학 교수를 거쳐 1906~1913년 一高 교장으로 학생들에게 깊은 인격적 영향을 주었다. 1914년 도쿄대학교 교수가 되어 식민정책 강좌를 맡았다. 1918년 도쿄여자대학 초대 학장이 되었다. 또 1926년 국제연맹 사무차장으로 활약했다. 1933년 캐나다의 태평양조사회의 국제회의에 출석 중 병으로 죽었다. 퀘이커교도로서 국제평화를 계속 주장했으며, 1895년 『友徒의 特色』을 저술했다. 전쟁에 반대하고 국제분쟁을 평화적 중재에 의해 해결해야 한다고 주장했으며, 또 태평양의 다리가 되겠다는 청년 시대에 품었던 희망을 실천해 그 생애를 국제평화를 위해서 바쳤다. 주저는 『농업본론』· 『무사도』 등. 『新渡戸稻造全集』 전 16권(1969-70). 矢内原忠雄 『内村鑑三と新渡戸稻造』(1948)이 있다.

33) 그는 외국인 아내가 일본에 대해 이것저것 물어 보는 데 대해 답해야 할 필요성을 느꼈다고 했다. 그야말로 자신을 설명해 내야만 했던 것이다. 아이덴티티!

34) 같은 해 The Leeds and Bible Company, Philadelphia에서, 1900년 일본에서 출판되었다(裳華房). 그후 판을 거듭했고, 1905년 제10판에 즈음해 증정을 해 미국 (G. P. Putnam's Sons, New York)과 일본(丁未出版社)에서 발행되었다. 그가 죽은 후 1935년 미망인의 서언을 덧붙여서 研究社에서 新版을 발행했다. 明治 41년 櫻井鷗村에 의해 번역되었다. 이는 저자의 가르침과 설명에 의거해 상세한 주를 집필, 그리고 저자에 의해 교열되기도 했다.

35) 그는 일찍부터 "태평양을 연결하는 다리가 되고 싶다"는 생각을 가지고 그 꿈을 실현하기 위해 노력했다. 미국 유학이나 또 영문 책자를 쓴 것 역시 같은 맥락에서 이해할 수 있다.

36) 니토베 이나조의 『무사도』에 『하가쿠레』이 전혀 언급되지 않고 있다는 점은 우리에게 시사하는 바가 크다.

일본을 강하게 만든 문화코드

초판 1쇄 펴낸날 : 2000년 1월 11일
초판 6쇄 펴낸날 : 2007년 9월 10일
개정판 2쇄 펴낸날 : 2011년 2월 18일

지은이   윤상인 · 박전열 외
펴낸이   최윤정
펴낸곳   도서출판 나무와숲

등 록   22-1277
주 소   서울특별시 송파구 방이동 22 대우유토피아 1304호
전 화   02)3474-1114
팩 스   02)3474-1113
e-mail : namuwasup@namuwasup.com

값 12,000원
ISBN   978-89-93632-11-8   03810